三國風雲之

曹賊

第二部

卷之陸

此時此男兒本色

庚新（風回）著

超合金叉雞飯 繪

二部 卷陸

目錄

人物

曹朋

曹朋

甘寧

龐統

龐德

曹操

魏延

典韋

許褚

陳群

劉備

諸葛亮

馬超

呂布

貂蟬

袁紹

章一

涼州大決戰（四）

馬超大驚失色！

費沃的突然反水，雖令他措手不及，但說心裡話，馬超並不畏懼。相反，當他確定費沃要造反的時候，心裡面反而升起了一種奇妙的衝動：正好藉此機會，幹掉費沃！

哪知道，費沃沒有出現，曹朋卻來了！

曹朋怎麼會在這裡？他不是應該在鸞鳥，抑或返回姑臧養病嗎？

馬超腦海裡，在電光石火間閃過了一個疑問。但不管他是否能找到答案，曹朋就在他面前，已容不得他考慮太多。心下一橫，馬超縱馬擰槍就衝了出去。

兩人已不是第一次交鋒了。

上次，曹朋藉裝備之利，占了上風。而這一次，馬超也配備了高鞍和雙鐙，但沒有穿戴鎧甲，這使得他從一交手便落入了下風……畢竟，沒有盔甲的保護，馬超必然要多一份謹慎。

從兩人交鋒的一剎那，馬超的心態就表現得淋漓盡致。依照馬超以前的風格，搏殺疆場，打的是一個勇氣和銳氣。有道是狹路相逢勇者勝，雙方看誰更能一往無前，誰就占上風。這一點，在相差不多的武將之間尤為明顯。所以一般而言，馬超會以疾風暴雨般的攻擊，壓制對方的士氣。

可現在，他一出手就顯得有些畏手畏腳。沒有甲冑防護，始終讓他感到有些忐忑。而這一忐忑，頓時令他和曹朋之間的對決變得勝負分明。

曹朋親自接待了費沃。

費沃並不認識曹朋，以至於當他從賈星口中得知曹朋的身分時，竟目瞪口呆，半晌說不出話來。同時，在費沃的心裡更生出一種被重視的感受。他是個商人，雖說在金城郡頗有地位，但始終只是個商人。不管是韓遂還是馬騰，與他交往更多的是因利益拉攏。可曹朋竟然在這種時候深入險境，單刀赴會，也顯示出來他對費沃的極端看重。若非如此，他又何必親自前來見費沃呢？

曹朋向費沃保證，張掖郡太守之位，非他莫屬。同時他還告訴費沃，如果費龍，也就是費沃的兒子費成大願意，他可以舉薦費龍到軍中效力。不管是武威曹軍，抑或長安曹洪帳下，曹朋都可以一力承擔。

費沃最終選擇讓費龍去長安。不是他不信曹朋，而是在涼州人心裡，長安終究是一塊風水寶地。繼續留在涼州？

不需要！西涼有他費沃一個人足矣！他奮鬥大半輩子，把女兒嫁給馬騰，後來又反叛韓遂，不就是為了家族能有一個前程？費龍繼續留在涼州的話，就始終無法融入中原的大圈子。

君不見韓遂，雖貴為金城郡太守，可實際上，韓遂最希望的還是被中原士林認可。相比之下，另一個涼州名士賈詡，則因走出涼州，如今貴不可言。

去長安，才是費龍唯一的出路。

有了曹朋這一番保證之後，費沃徹底下定了決心。他與賈星商議之後，先是安撫馬超，而後再設法一舉將之擊潰。

為保證允吾的安全，費沃把馬玩找來，與他徹底攤牌。殊不知，馬玩對馬騰也不是特別看好！他當

章一

涼州大決戰（四）

初歸順馬騰，也是迫不得已，而今費沃有更好的出路，他自然不會拒絕。所以，依照計畫，馬玩先率部進駐允吾城，將縣城完全控制。

而馬超駐紮城外，自然不可能清楚這一切……

待萬事俱備，費沃選定了時間，襲擊馬超。

原本應該是萬無一失的偷襲，不成想卻因為車速的問題，被胡遵看出了破綻。既然被識破了，那就唯有強攻。百餘輛牛車，隨著烈焰騰起，發瘋一樣的向馬超的營地衝去。

曹朋更是養精蓄銳，眼見馬超衝過來，他二話不說，催馬就迎上前去。畫桿戟在半空中劃出一道弧光，鐺的就劈在了馬超的大槍上。人藉馬力，馬藉人威，這凶狠的一戟，直令馬超雙臂發麻，胯下踏雪烏騅更希聿聿向後連退了十餘步。

「咦？」曹朋敏銳的覺察到了異常。馬超的力量和承受力，似乎比之上一次交鋒時增強了許多，這才多長時間？

距離上次曹朋和馬超的交手，不過一個月而已，馬超居然有如此進步？這當然不可能！且不說馬超的年紀已經過了飛速增長的巔峰時期，即便他和曹朋一樣大，也不可能增長如此迅速。上次和馬超交鋒時，馬超還無法如此鎮定自若的封擋，而這一次他居然在馬上紋絲不動，其中必然有一些詭異之處……

曹朋的眼睛掃過踏雪烏騅，頓時了然！

雙鐙、高鞍……怪不得馬超會如此輕鬆，原來他已經發現了自己的秘密。

不過，曹朋並不驚慌。高鞍和雙鐙，說實話算不上什麼驚天的秘密，這東西製作起來並不是特別複雜，可以說只要畫出個圖形，找個工匠就能打造出來，被發現是早晚的事情，也沒什麼了不得。但曹朋還是暗自稱讚，這馬超真是一個不好對付的傢伙，只一次交鋒，就覺察到了高鞍和雙鐙的存在……

曹朋忍不住笑了，「孟起兄，咱們現在扯平了，正可放手較量。」說著話，他馬打盤旋，架戟衝出。

馬超大怒：你這廝也忒不要臉，什麼叫扯平了？老子身上可是連半片甲葉都沒有，你卻全副武裝！心中雖然惱怒，可是馬超卻絲毫沒有慌亂。他咬著牙，大槍一顫，鐺的架開了畫桿戟，催馬上去，和曹朋便戰在一起。

兩人，這是第二次交手。

雖然只交鋒過一次，可是對對方卻極為瞭解。上次曹朋和馬超在鸞鳥，鏖戰數百回合，對方有什麼招數，大致上都心知肚明。所以這一戰，兩人輕車熟路，卻變得更加凶險。

馬超經驗豐富，槍馬純熟；曹朋年富力強，銳氣磅礡。這一次再交手，彼此沒有半分試探，招招都衝著對方的弱點而去，打得是難解難分。

不過，馬超被曹朋纏住，可他那些部曲卻有些抵擋不住。龐明一馬當先，舞槍就衝進了敵營，只見他大槍翻飛，如同出海蛟龍。

馬超的親隨，個個都是能征慣戰的猛士，但比起龐明，仍有所不如。龐明戰馬過處，殺得是人仰馬翻，而一百名白駝兵緊隨其後，舞動手中陌刀，於亂軍中橫衝直撞。

西涼兵和白駝兵的裝束，明顯不一樣。火光照應中，只要不是身著白色衣甲，那就是敵人。

陌刀橫掃，血流成河……

馬超耳聽一聲聲慘叫，不由得心裡發急，可是他被曹朋死死纏住，也無可奈何。兩人交鋒十餘個回合之後，馬超已變得岌岌可危，失去了甲冑的防護，令他束手束腳。可眼看著曹朋步步緊逼，馬超卻怒了……二馬錯蹬時，馬超突然間大吼一聲，猛然從馬背上長身而起，棄槍呼的一下子騰空，向曹朋凌空撲擊。

曹朋猝不及防，被馬超抱住，身體再也無法控制住，一下子便被馬超從馬背上撲下來，碰的一聲摔在了地上。

章一 涼州大決戰（四）

馬超就地一滾，翻身站起。

而曹朋卻感覺腦袋暈乎乎的，他身著重甲，雖加強了防護力，可是被馬超撲下馬來，摔得更重。用力晃了晃腦袋，方天畫戟也不知道滾去了何處。曹朋剛清醒，就見馬超已衝到了跟前，但見他拳腳飛舞，衝著自己一陣凶猛的打擊，本能的用雙手護住了頭，連連後退。

雖說身上的甲冑擋住了馬超拳腳上的大部分力道，可是那笨重的甲冑，卻讓曹朋無法靈活躲閃。眨眼間，便被馬超轟中了十幾拳，那勁力透甲而入，讓曹朋感覺極為難受。

他媽的，老子比拳腳還沒有輸過誰！就算是典韋、許褚，和我比試拳腳，也休想占我便宜……

雨點般的拳頭打在曹朋身上，讓他勃然大怒。曹朋一聲大吼，雙手架開了馬超的拳腳，猛然跨步而上，身體凶狠的靠上前去——八極拳，鐵山靠！

隨著年齡的增長，曹朋的身體變得越發強壯，這八極拳的大開大闔、硬碰硬打，也就成了最適合他的一種拳法。身上的甲冑雖然影響了曹朋的靈活度，卻使得他無懼馬超的拳腳，不管馬超怎麼打，他全然不顧，一副硬碰硬的打法，逼得馬超連連後退。

而此時，金城郡兵馬從四面八方包圍過來。馬玩親自督兵，喊殺聲四起……

「休走了馬孟起！」

「休放走馬超……」

此起彼伏的喊殺聲，讓馬超感到心煩意亂，而己方的劣勢，更使得他感到了莫名的壓力……曹朋凶狠的逼迫，也令馬超漸漸有些抵擋不住。他打曹朋十幾拳，曹朋未必會有事，可曹朋的每一次攻擊，都讓他不得不閃躲。

所謂一力降十會，大致上就是這樣一個情況。曹朋行動雖然不靈活，可是拳腳之凶猛，卻使得馬超感到無比頭疼，越打心裡面越是心驚。

閃身，馬超躲過了曹朋的拳頭，剛站穩身形，卻聽曹朋一聲大喝，笨重的身體陡然間騰空而起，凶狠的撲上前來。這突如其來的撲擊，令馬超心裡一驚，他連忙閃身，想要躲過去，不成想曹朋單手化鷹爪，劈面落下。這一記鷹爪，使得極為巧妙，馬超閃躲不及，被曹朋碰的一下子扣住了肩膀……

手上猛然間發力，曹朋藉著這一扣之力，猱身就貼到跟前。

只聽嘶啦一聲錦帛破裂的聲響，馬超一聲慘叫，身體好像被大錘拍中，頓時飛起。

一口鮮血噴出，馬超飛出數米，狠狠的砸在了地上！

此時的馬超，髮髻蓬亂，狼狽不堪。一條袖子被撕扯下來，露出一隻臂膀，手臂上有三道血痕，血肉模糊，鮮血淋淋。也幸虧是冬天，馬超身上的衣服比較厚，若薄那麼一點的話，曹朋這一招鷹爪力，說不得能將他的膀子都扯下來。

錦袍襤褸，胸口沾著血跡，馬超掙扎著爬起來，火光照耀下，那俊面顯得格外猙獰。

曹朋這一記鐵山靠，足有千斤巨力。也幸虧是馬超的身子骨強健，否則至少要丟半條命。可即便如此，馬超也有些撐不住了，他半跪在地上，眼睛通紅，死死的盯著曹朋。

即便是全盛時期的馬超，曹朋也不會害怕，更不要說這時候已經廢了一半的馬孟起。自己那記鐵山靠的威力，自己心裡清楚。本就是八極拳中的一記殺招，再加上他身上這一身沉甸甸的鎧甲，貼上去威力更大，一般人根本無法受得住。

曹朋嘿嘿一笑，彎腰從地上拾起一口長刀，大步向馬超走去。馬超想要起身應戰，可胸口的劇痛讓他感覺好像癱了一樣，使不出半點力氣，只能眼睜睜看著曹朋向他走來，卻又無法阻止。

「孟起，你今日之敗，非戰之敗，而是因為你看不清楚這天下的大勢。」曹朋走到馬超跟前，忍不住得瑟了一句。

馬超破口大罵：「小賊休要得意，馬超就算是死，也不會放過你！」

章一

涼州大決戰（四）

「那就讓我看看，你如何不放過我！」曹朋說著話，抬手舉起長刀。

火光中，那長刀寒光閃閃，透著一股冷冽之氣。

看著那冷森森的刀口，馬超眼睛一閉，暗道一聲：完了！他已無力反抗，當下只能閉目等死。

說時遲，那時快，就在曹朋手中長刀要劈出的一剎那，只聽一聲弓弦響，一枝利箭飛來。曹朋有所覺察，連忙閃身想要躲避，卻見那利箭飛快，蓬的正中曹朋的手腕！曹朋啊的一聲輕呼，手中長刀鐺的掉落在地，他反應極其迅速，當長刀脫手的一剎那，立刻向後飛退。

馬超先是一怔，撿起長刀，抬手就要劈砍曹朋，可是已經晚了，這凶狠的一刀落了空……

「大公子，速走！」

一匹快馬從亂軍中衝出。馬上一員小將，飛快的來到了馬超跟前。只見他俯伏在馬背上，探出手，一把抓住了馬超的胳膊，「大公子，莫要戀戰。」

與此同時，龐明正快馬趕來。

馬超心知，想要殺曹朋已經不太可能，一咬牙，忍著身上的傷痛，翻身就跳上馬背。小將也不遲疑，催馬就走。

龐明這時候也到了曹朋跟前，縱身跳下了戰馬，問道：「公子，可無礙？」

曹朋抱著鮮血淋淋的手腕，看著已經逃走、沒入濃霧之中的馬超，不由得恨恨一跺腳。

「那小子是誰？」

他是在問，救馬超的那個小將。

龐明搖搖頭，「不知道，以前從未聽說過。」

「該死！」曹朋咬牙切齒的罵道。

眼見著就要殺了馬超，卻被他逃走了……此一去，就如同放虎歸山，馬超早晚必成禍害。有心追趕，可是卻沒有馬匹。曹朋嘬口一聲長嘯，只聽戰場上傳來獅虎獸龍吟獅吼般的嘶鳴，伴隨著一匹戰馬希聿聿的悲鳴，顯得格外突兀。

踏雪烏騅遍體鱗傷的被獅虎獸趕了過來。

很顯然，剛才曹朋和馬超交鋒，這獅虎獸和踏雪烏騅之間也發生了一場慘烈搏鬥。

那踏雪烏騅雖說是汗血寶馬，但比起獅虎獸來，似乎仍差了一籌。至少，獅虎獸身上雖然也有傷痕，但比起踏雪烏騅，卻顯得好了百倍。踏雪烏騅已經被獅虎獸制服，老老實實的跟在後面。獅虎獸撒蹄，眨眼間來到曹朋跟前，看到曹朋手上血淋淋的樣子，不由得憤怒咆哮，仰天長嘶不止，嚇得那匹踏雪烏騅四蹄發軟，希聿聿不住的悲鳴……

「安平，這裡就交給你，速戰速決，不可以放過一人。」

「速戰速決，不放過一人。」龐明大吼一聲，擎槍上馬，厲聲吼道：「公子有令，速戰速決，不可放走一人。」

白駝兵齊聲吶喊，手中陌刀揮舞得更加凶狠。

一時間，西涼兵被殺得鬼哭狼嚎，潰不成軍！

喊殺聲漸漸弱了。

西涼兵大部分已停止了抵抗，只剩下零星死硬的兵士還在掙扎。營地裡，燈火通明，照映得通通透透。那一具具殘缺不全的屍體，似乎在告訴人們，這裡曾發生過一場何等慘烈的戰鬥。馬超的三百親隨，有一半戰死，剩下一半人中又有半數重傷，而那些投降的西涼兵或多或少也都帶著傷，一個個看上去極為狼狽。

曹朋的傷勢並不嚴重。當時那西涼小將的一箭，看上去挺嚇人，其實影響並不算太大。經過簡單的

章一
涼州大決戰（四）

包紮之後，曹朋騎著馬，在費沃、馬玩兩人的陪同下，一起來到戰場。

此時，天已濛濛亮。不過霧氣仍未散去，使得視線仍有些模糊。

那座小寨，已變成了廢墟，一片狼籍。帳篷幾乎全部被焚毀，地上東倒西歪的是一頭頭火牛。屍體被火烤得六、七成熟，散發著濃濃的氣味。那些摔倒的車仗，有的已經熄滅，有的還在燃燒，把這廢墟裡的一切照映得極為清楚……

費沃一夜未睡，眼睛紅得好像兔子似的，一臉憔悴之色。

馬玩倒是顯得很精神，也很冷靜。他與費沃並排而行，緊跟在曹朋身後，看著那雄魁背影，心中也是一個勁兒的打鼓。就是眼前這青年，戰敗了有西涼第一猛將之稱的馬超！曹公帳下果然多豪士，這位曹公子，不愧是曹公的愛將。

「公子，那小子打聽清楚了。」

「嗯！」

龐明上前，勒住馬沉聲道：「救走馬超的人，名叫胡遵。據說是馬超來允吾之後收下的親兵，雖然時間不長，但好像對此人非常的看重。」

「允吾兵？」馬玩一怔，露出緊張之色。

曹朋忍不住笑道：「將軍，莫擔心……此事乃我太過輕敵，才被那胡遵偷襲，怨不得你。」

「公子英明。」馬玩還真害怕曹朋因為這胡遵而遷怒於他。他反了韓遂，又反了馬騰……如果曹朋不待見他的話，那他可真就剩下做馬賊一條出路。不過，這胡遵又是哪個？按道理說，能射傷公子，應該也非等閒之輩。

「那胡遵，原本是允吾門丁。」

馬玩長出一口氣：允吾門丁，那就不是我的人了！

他扭頭向費沃看過去，卻見費沃也是一臉迷茫。

很顯然，費沃也不知道這胡遵是何方神聖。

好在曹朋並無心追究此事，而是很大度的一擺手，「區區小卒，不必費心。與其關心這小卒來歷，倒不如留意馬超動靜。馬孟起，西涼猛虎，絕不可掉以輕心。他被我打傷，想來也逃不太遠。還請費公和馬將軍費心，設立關卡，搜查此二人。馬超，絕不可使其放虎歸山，否則必為涼州之禍、金城之禍。」

「喏！」

不知不覺中，曹朋已取得了允吾的主導權。

這是一種很奇妙的地位轉換。當費沃和馬玩決定襲擊馬超的時候，他們和曹朋之間的關係已然出現了變化。也許，他們自己並沒有覺察出來，可事實上呢，他們已經把自己的姿態放低，表示出以曹朋為主導的態勢，成為了曹朋附庸。

沒辦法，他們已沒有選擇……

胡遵？

曹朋用馬鞭，輕輕敲擊靴子，在確定了自己對胡遵這個名字沒有任何印象之後，旋即把這個人拋在了腦後。對曹朋而言，胡遵不過是個小把戲。

如今費沃既然已經造反，那麼接下來，就是武威戰事收官之時。他想了想，從身上取下一枚腰牌，反手交給馬玩，「馬將軍，還煩勞你派一心腹之人，立刻前往蒼松。憑此腰牌，見潘璋、龐統之後，命他們立刻出兵，夾擊張掖縣……」

「令居那邊！」曹朋說著話，朝費沃看去。

費沃哪裡還能不明白曹朋的意思？他當下在馬上拱手道：「公子放心，程銀那邊我馬上派人通知，令他撤守允街，請公子派人接掌令居。還有榆中方面，我已派人前去，想來很快就會有結果。」

章一

涼州大決戰（四）

「如此，甚好！」曹朋點點頭，露出一抹滿意之色。

他猶豫了一下之後，輕聲道：「還有一件事情，須煩勞費公。」

「公子但請吩咐。」

「臨洮縣令石韜，如今下落不明，我結義兄長王買，也不知所蹤……此外，我曾命我心腹大將龐德，領兵潛入隴西，至今也音訊全無。費公在涼州人脈頗廣，交友廣闊，所以曹某有不情之請，還望費公費心，代為打聽一下他們的下落。」

費沃心裡頓時開懷：曹公子讓我幫忙做私事，這是把我當成自己人啊……

他連忙說：「公子放心，費某定會想辦法，儘快找到他們。」

曹朋長出一口氣，猛然撥轉馬頭，神色淡然道：「馬超敗走，馬騰早晚會得到消息。馬玩將軍！」

「喏！」

「我想借你的兵馬，連夜偷襲狄道。趁馬騰尚未得到消息，將狄道奪取之後，與他決一死戰。不知將軍願隨我一行？」

臨洮，東門——

喊殺聲撕裂了清晨的寂靜，迴盪在蒼穹，久久不息。

城下，曹軍列陣，向臨洮發起了凶猛的攻擊。一輛輛井闌車在城下空蕩的平地上，緩緩推進。臨洮縣城的城牆不高，約七丈有餘，而曹軍的井闌車高有四層，有近八丈的高度，在一頭頭覆甲犛牛的牽引下，緩緩行進。井闌車上，弓箭手不斷朝臨洮城頭射箭，壓制著臨洮的弓箭手……不過，每當井闌車靠近臨洮城牆，便從城中飛出一塊塊巨石，伴隨著轟鳴聲，挾帶萬鈞之力，飛向井闌。

轟隆！一輛井闌在承受了數次巨石轟擊之後，終於支撐不住，轟然倒塌。井闌車上的曹軍弓箭手，隨著井闌的倒塌，也摔得骨斷筋折，頭破血流，死傷大半。

甘寧眉頭緊蹙，立於戰車之上。他手扶車欄，凝視著臨洮城牆，臉色鐵青……

「將軍，不能這樣硬攻了！」一名校尉從戰場上敗退下來，撲通跪在車前，放聲哭道：「如此強攻，兒郎們死傷實在太過慘重！」

甘寧聽聞，勃然大怒：「混帳東西，竟敢陣前亂我軍心！我問你，你的部曲今在何處？可曾聽到鳴金聲響？我之前已經下令，膽敢畏戰不前者，格殺勿論……今二罪歸一，來人啊，給我把這貪生怕死之徒拉下去，斬！」

甘寧根本不給那校尉解釋的機會。戰車兩邊，兩名軍校衝上來，將那校尉拿住，一名刀斧手上前，手起刀落，將校尉斬首於陣前。一時間，曹軍陣中噤若寒蟬，沒有一個人再敢跳出來說話。

甘寧厲聲道：「擂鼓，再攻！」

咕隆隆！數十面牛皮大鼓，隆隆作響。

剛剛被逼退的曹軍，聽聞鼓聲立刻發出淒厲嘶吼，向臨洮城頭發起亡命攻擊。

此時已十一月了！天氣越來越冷……

甘寧擊潰了馬休之後，迅速和郝昭取得了聯繫，來了一個乾坤大挪移。郝昭從落門聚，直撲西縣，而甘寧則率部，向臨洮發起了攻擊。兩人也算是老朋友了，甚至沒來得及見上一面，兩軍擦肩而過，便各自展開了行動。與此同時，陳群兵進戎丘，與郝昭在西縣遙相呼應，形成了對武都西涼大軍強有力的鉗制。而曹洪則坐鎮大散關，使得漢中楊昂不敢輕舉妄動。

曹軍這突如其來的攻擊，令西涼軍頓時手足無措。馬騰在漳縣，被王靈死死拖住，一時間也進退不得。如果臨洮丟失，那就等於是切斷了隴西和武都的聯繫，馬騰只得嚴令李堪、張橫兩人死守臨洮……

不管李堪和張橫是否願意，他二人已沒有其他的選擇，無奈之下，也只能憑藉臨洮堅城，和甘寧展

章一
涼州大決戰（四）

開了一場鑿戰。

一眨眼，三天過去，李堪堅守不出，任憑甘寧搦戰。無奈之下，甘寧也只有選擇了強攻臨洮一途。只是這強攻的代價，著實驚人！

歷經無數次大戰，甘寧早已經練就了一副鐵石心腸，面對驚人的死傷，他絲毫沒有在意，目光死死的盯著臨洮城頭，眼中閃動殺機。

不管是從私人感情出發，抑或是從公事上言，甘寧必須要奪取臨洮。

這臨洮令石韜，還有戎丘都尉王買，是曹朋的心腹，如今卻下落不明；而作為曹朋長輩的王猛，更戰死白石城，令甘寧無比憤怒。他和王猛交情也不錯，別看王猛比他大很多，可是卻絲毫不影響兩人的友情，他二人一個是豪爽果敢，一個經歷豐富……當年甘寧未入仕時，在許都時常會拉著王猛走街串巷，飲酒作樂。而今，王猛死了！

甘寧心中萬分惱怒，恨不得立刻攻下臨洮，而後直撲狄道，將那馬騰碎屍萬段。

可是，臨洮的防禦著實讓他感到吃驚……李堪、張橫二人，雖說聲名不顯，可能做到金城八部將，也不是尋常之人。兩人指揮城上西涼兵拚命的反擊，城中的投石機更成了攻城的一大障礙，一連摧毀了甘寧兩輛井闌車，死傷無數。

甘寧此次前來，一共只帶了八座井闌。這一下子就損失了兩座，也算得上是損失慘重。

見曹軍再一次被西涼兵打下來，甘寧有點耐不住了……

「傳令，井闌車於百步之內停止前進，弓箭手給我壓制住城頭上的叛軍！」

「喏！」

甘寧吩咐罷，縱身從戰車上下來。只見他披上重甲，手持長刀大盾，厲聲喝道：「白翎精兵何在？」

百餘名精卒呼啦啦上前，在甘寧身前停下。這百名精卒，清一色重甲披身，頭插白翎。甘寧掃視眾人，猛然轉身，厲聲道：「白翎兒，與我攻城！」

白翎兒，是甘寧親兵的名號。

隨著他這一聲嘶吼，白翎兒發出震天價響的吶喊：「白翎，先登！」

百名精卒，隨著甘寧健步如飛，朝著臨洮城牆撲去。六輛井闌，一字排開，在距離城牆大約百步停下，朝著城頭上就是一波瘋狂的箭雨。而臨洮城頭上也絲毫不示弱，一邊抵擋著井闌車上的攻擊，一邊朝著城下瘋狂的揮灑箭雨。

嗡！飛蝗遮天蔽日。十幾名曹軍慘叫著，倒在血泊中，全身上下被射得好像刺蝟一樣。

甘寧全然無視那些哀號的曹軍，大盾高舉，向著臨洮城牆不斷靠攏。在他身後，十數架雲梯緊緊跟隨，越來越近……投石機用來轟擊井闌，是一個極佳的選擇，可是面對著散開來蜂擁而上的曹軍，投石機的效果明顯降低了許多。可即便如此，在這百步距離中，還是有幾十人被巨石轟得血肉模糊。

李堪站在城上，手持長刀，嘶聲吼道：「弓箭手，放箭！」

臨洮城下，屍橫遍野。

不過，那瘋狂的箭矢，並沒有阻擋住甘寧的衝鋒。

蓬蓬蓬！隨著一連串的聲響，雲梯搭在了臨洮城牆上。甘寧一馬當先，張口將長刀銜在口中，一手持盾高舉過頭頂，另一隻手扒著雲梯，手腳並用，如靈猴般飛快向上攀沿。與此同時，白翎兒全像是甘寧那樣子，口銜刀、手持盾，沿著雲梯往上爬。

城頭上的西涼兵大驚失色，向城下拋灑礌石。

一塊礌石砸在甘寧手中的盾牌上，巨大的衝擊力令甘寧不得不為了穩住身形，腳下猛然發力，卡嚓一聲響，雲梯斷了一塊……也幸虧是甘寧反應敏捷，一把抓住了梯子，才算是沒摔下去。

甘寧瞠目，卻毫無懼色，再次向上爬去，不一會兒工夫便到了雲梯頂端。只見他猛然騰空而起，單

章一
涼州大決戰（四）

手抓住了城牆垛口，順著那股力道，身體一下子便甩到城上。雙足剛一落地，四、五支長矛便狠狠刺來，甘寧腳下錯動，身形忽閃，在幾支長矛的縫隙間掠過，抬手從口中取下長刀，掄刀便砍……

就在甘寧登上城頭的一剎那，馳道上一隊西涼兵，正冷眼旁觀。

一個大鬍子輕聲道：「七公子，怎麼辦？」他一口雒陽官話，向他身旁的一個青年詢問。

那青年，身高八尺開外，魁梧健壯，黑黝黝的面龐透著一股濃濃的殺氣……掌中，一口大刀，緊盯著正在和西涼兵搏鬥的甘寧。

突然，他抬手將身上的衣袍撕下來一條，往胳膊上一纏，「祝道，建功立業，就在今朝。」說話間，這青年猱身撲出。

由於他一身西涼兵的裝束，所以也沒有太多人留意。

李堪正背對著他，手持大刀，指揮西涼兵圍殺甘寧等人。而張橫則在城門樓上，命弓箭手繼續向城下放箭。

甘寧雖然勇猛，但這城上的西涼兵實在太多，漸漸的，他有些抵擋不住，不斷向城牆垛口退去。雖然白翎兒紛紛登城，可畢竟還是少數。甘寧氣得哇呀呀大叫，手中長刀舞得更加凶猛，卻阻止不了頹勢。

那位青年，如幽靈般不斷向李堪靠近。眼見著就剩下二十多步的距離，李堪的親兵覺察到了他的存在，喝問道：「來者何人，為何不去參戰？」

那青年面色猙獰，咧嘴一笑，露出一口森森白牙。他突然發力，猛走兩步，「爺爺王買，今日特來取爾等狗命，看刀……」

手起刀落，血光崩現！

一名親兵當場被青年砍成了兩半，腸子散落了一地。那親兵的慘叫聲令李堪心裡一驚，他連忙回頭查看，就見一名西涼兵打扮的青年如猛虎般向他撲來，在其身後還跟著一隊兵卒。

為首的是一個大鬍子，中等身高，掌中一口利劍，但見他衝入人群，手中利劍舞動，劍光霍霍……那口劍好像有了生命一樣，不斷的奪取李堪親兵的性命。

這兩個人打頭，而在他二人身後的西涼兵，則個個賽下山猛虎。只是他們的招數，明顯是江湖遊俠兒的打法，使得親兵難以阻擋。

「李堪，哪裡走！」

那胳膊上纏著布條的青年，眨眼間就到了李堪的跟前。李堪大吃一驚，連忙拔刀相迎。兩口大刀交擊，鐺的一聲響，李堪那口長刀頓時斷為兩截。

青年猙獰一笑，「李堪，拿命來！」

說時遲，那時快，青年墊步騰空，大刀掄圓了，一記力劈華山，帶著千鈞之力，狠狠斬向了李堪。李堪嚇得將手中斷刀扔開，轉身就要走。卻見那青年突然變招，大刀猛然向前一推，一個順水推舟，刀口閃動著血紅色暗芒，刷的抹過……

一蓬血光，崩現！

李堪人頭飛起，一腔子鮮血如泉水般噴湧而出，瞬間染紅了身體。不過，人頭雖然不見了，可身體仍直立著。那副詭譎的模樣，讓所有人都感到了一種莫名寒意：好快的刀……

大半個城牆上，時間彷彿一下子凝固。雖只是短短的瞬間，卻令所有人記憶深刻。李堪屍體旁，那個渾身沾滿血跡的青年，齜牙若凶神惡煞。

「李將軍死了！」

剎那間，西涼兵亂了……

也不知是誰先喊了一句，整個臨洮城頭頓時沸騰起來。而正在城門樓指揮的張橫，聽到喊叫聲不禁

涼州大決戰（四）

嚇了一跳。他扭頭看去，卻正好看到一張熟悉的面孔朝他飛來，啪的落在他腳下。

李堪，死了？

「虎頭？」甘寧這時候也看清楚了那青年的樣貌，不由得失聲呼喚。

王買，居然是王買！他沒有死……

甘寧心中頓時狂喜，精神也隨之振奮起來。

「李堪已死，爾等還不投降，更待何時！」甘寧揮舞盾牌，啪的將一名西涼小校拍翻在地，舞刀便衝了過去。

西涼兵此時卻是魂不守舍，李堪突然被殺，給他們造成了巨大的壓力，甚至感到了一絲迷茫。而那五十名軍卒的臨陣倒戈，更讓他們不知所措，變成了一盤散沙……

青年，不，是王買，瞠目吼道：「興霸，臂膀抹白者，皆為袍澤！」

「我知道！」甘寧說著話，大刀已經劈翻了兩人，迅速和王買會合一處。「虎頭……」

「甘大哥，稍候再說，先搶了城門！」

甘寧立刻點頭，「我在這裡拖住賊兵，你只管行事。」他抬頭，一眼正看到張橫，二話不說，墊步便衝上前去。

而王買擺刀向城下衝去，一邊殺一邊喊道：「祝道，隨我奪門……不要戀戰，先奪取城門再說！」

張橫這時候總算是清醒過來，拔出寶劍，指揮兵卒攔住甘寧。

與此同時，城外的曹軍開始蜂擁逼近。臨洮城裡的投石機，沒了指揮，也變得凌亂不堪。六輛井闌車隆隆行進，井闌車上的曹軍彎弓放箭，壓制得城頭上西涼兵竟無法還擊……

甘寧猶如一頭瘋虎登上了城門樓，掌中那口大刀翻飛，刀雲重重，所過之處屍橫遍地。張橫想要穩住陣腳，顯然已經來不及。眼看著甘寧越來越近，他慌了手腳，也顧不得繼續指揮，扭頭就要逃走。

就在這時，忽聽城門卷洞裡傳來一聲巨響，緊跟著城門洞開，曹軍如潮水般湧入。

張橫臉色蒼白，突然丟了手中兵器，大聲道：「休要再戰，張某願降！」

話音未落，王買沿著馳道的另一側復又登上城牆，正好和張橫打了個照面，他二話不說，抬手就是一刀！張橫正高喊著要投降，哪想到王買根本不理。

一個殺紅了眼，一個根本沒有抵擋。只聽卡嚓一聲，刀光一閃，張橫人頭落地！

王買，又如何出現在臨洮？

這說起來，就要從羌道講起……

當時王猛還沒有戰死，王買奉命視察羌道事務。只是，他從沒有處理政務的經驗，所以對當時羌道的混亂，雖感到了一些頭疼，卻沒有覺察到其中所隱藏的危機。參狼羌和白馬羌的叛軍，趁機混入羌道城中，並在入夜之後突然發動偷襲，裡應外合……王買被打了個措手不及，雖死戰，卻無法阻止羌道淪陷的命運。也幸虧是親兵死戰，才算是護著王買逃離。

逃出羌道之後，王買身邊只剩下十餘人。此時，整個武都郡已經混亂起來，武都太守黃華被部曲所殺，張魯的大將楊任占領了沮縣，並配合楊昂，迅速逼近河池。王買眼見武都局勢已無可挽回，便準備退回戎丘。不過，在途經武都道的時候，他意外的遇到了一支商隊……

河西郡商會的商隊！

自入夏之後，河西郡商會便開始了動作。歷經半年時間的籌備，李儒鑄造出大量含鉛的劣質五銖，總數量多達三十萬貫。而蘇雙，則透過河西郡商會的途徑，開始向西川進行滲透。他攜帶了大量的劣質五銖錢，秘密進入成都，在開設店鋪的同時，將手中的劣幣分批投入西川流通市場，而後又藉助這些貨幣的能量，收購了大批的糧食、匹緞、蜀錦等西川物資。

曹賊

章一 涼州大決戰（四）

說來也是西川承平太久，自劉焉接掌益州之後，天府之國風調雨順，年年豐收，這也就造成了益州有大量貨物的積壓，卻又因為種種原因無法送出巴蜀。這大批貨物的囤積，造成了西川物價極為低廉。

就比如說，一斗糧，在許都市面上價值三百錢，平均一斤糧食折合約二十錢。這還是歷經了屯田豐收、曹操整治之後的糧價。而相對糧價較低的地區，比如徐州東南大海西地區，一斤糧食市面上明碼標價十二錢。可是在益州，卻僅僅八錢便可以買到。如果你大批量收購，價格可能會更加低廉，六錢，甚至五錢便可以買入……

蘇雙並沒有大規模的投放劣幣，而是透過將劣幣和塞外的皮毛、牛羊等商品混合搭配，分批次小心翼翼的投入。如此一來，大批物資從西川源源不斷的向河西輸送，而蘇雙手中的劣幣也不斷的減少，可不論是益州劉璋還是漢中張魯，都一無所知。

歷經近四個月時間的操作，蘇雙決定暫時停止放出劣幣。畢竟，一下子投放億錢，實在是太過於醒目，很容易被人覺察到其中的不正常。可即便如此，蘇雙還是放出了近八千萬劣幣在益州。

這數目聽上去很大，其實也只不過八萬貫而已。這八千萬劣幣，散落於益州一百四十六縣，就好像石沉大海一般，根本不會引起任何人的注意。李儒設計了一個十年規劃，準備在十年之內向益州投入五百萬貫劣幣，將整個益州徹底摧毀。

五百萬貫，一貫千錢，加起來近五十億……

可以想像，當這五十億五銖劣幣完全投入益州後，會造成什麼樣的結果。

由於關係重大，蘇雙也不得不小心謹慎。八千萬不少了，可以緩一緩，待市場將其消化再說。

八千萬能買來什麼？

這麼說吧，在三國時，幾個有名的大商賈，例如麋竺，資產也不過逾億而已。當然了，這個逾億，是指麋家的貨幣資本，其隱性資產加起來，估計有三、四億的樣子，可隱性資產還包括了許多商路、客戶等無法評估的東西。曹朋在海西鎖住了鹽路之後，麋竺的資產就立刻縮水；麋竺用逾億資產傾力資助，為劉備打下了基業，那麼八千萬的資產，差不多就等於是劉備在徐州的基業……

這些貨物送抵河西，將極大程度緩解河西來年的物資匱乏，同時也會給曹朋帶來巨大的收益……只是這收益在短時間內還無法看出來。

蘇雙命祝道押送一批貨物撤離漢中，恰好和王買相遇。

本來，祝道並不認得王買，所以兩人一直都很警戒，直到王猛的死訊傳來，王買才露出了破綻。為此，王買差一點和祝道火拚，不過幸好兩人及時說開。

臨洮丟了！石韜下落不明，王猛戰死白石！

王買悲憤至極，拒絕了祝道讓他去河西的邀請，決意帶著部曲混進臨洮縣城。

「阿福定會為父親報仇，早晚會收回臨洮。我要去臨洮，為他做接應……到時候，我要殺了馬騰，為我父親報仇雪恨！」

祝道當年在雒陽時，曾得罪過曹朋。雖然說曹朋已表明了態度，不會和他計較，但在祝道的心裡面，始終是一根刺。他不是無知平民，早年遊俠兒的生涯，讓他明白『秋後算帳』的道理。所以，祝道一直希望能建立一些功勳，來進一步促進他和曹朋之間的關係。只不過，他卻找不到機會。

祝道不懂兵事，也不知道如何處理政務，雖使得一手好劍，但又非臨陣搏殺之道。所以，他只能掛名在河西郡商會下為曹朋效力。

王買是什麼人？

那是曹朋的結義兄弟！小八義裡，他排第七，也是和曹朋關係最為密切的人。

可以說，小八義雖然休戚相關，但真正能讓曹朋為之發狂的，恐怕也就是王買和鄧範兩人。畢竟，這兩人早在曹朋還沒有到許都的時候，便已經親如手足……

如果我能幫王買一把，以王買和公子的交情，公子必然會看重我！

每個人心裡，都俯伏著一頭猛虎，一頭渴望功名的猛虎。想當初，小八義裡的老四朱贊被殺，就讓曹朋不顧一切的為他報仇，尋找朱贊死亡的真相。而今換上了比朱贊更親密的王買，那曹朋又豈能不念祝道的好處？好吧，就算曹朋不念，王買也會念……不管是誰念他祝道的好，對祝道而言，都是一條康莊大道。

「公子若不嫌棄，祝道願領兄弟，為公子效犬馬之勞。」

王買想了想，覺得這事靠譜，畢竟他手裡只有十幾名部曲，想要在臨洮城裡起事，可不是一件易事。而祝道劍術高明，他手下那些江湖豪客，個個也都是好手，正可以助他一臂之力。

於是，王買讓祝道從護隊裡挑選出四十名江湖豪客，一起混進了臨洮。

也就是這時候，李堪和張橫奉馬騰之命，接掌臨洮縣城……郝昭，已兵進落門聚，而甘寧也率部抵達大散關。李堪、張橫二人驚慌失措，連忙在臨洮徵召兵馬。

在這種情況之下的徵召，必然是魚龍混雜。許多被徵召的兵卒甚至來不及進行訓練，便被派上了戰場，所以也沒有上追八代、清查身家的程序。只要你來報名，那我就可以收下你，不過兵器自理。

祝道以遊俠兒的身分，加入西涼軍中，得了一個都伯的軍職。而後，他迅速將王買等人收攏在身邊，組成一隊，而後便在臨洮縣城裡潛伏下來。

沒過多久，甘寧率部兵臨城下。

王買和祝道混在西涼軍中，登上了城樓。當甘寧親率白𩿧兒攻上臨洮城牆的時候，王買就知道，這時機已經成熟了……於是，才有了他臨陣倒戈，刀劈李堪、張橫的舉動！

臨洮城門洞開，曹軍湧入城中。

張橫和李堪戰死之後，西涼兵群龍無首。雖然還有一部分死硬派在拚死抵抗，但是於戰局而言，已經產生不了多大的影響。喊殺聲，隨著曹軍源源不斷的進入，漸漸減弱下來。

甘寧和王買，並轡而行，在臨洮長街上巡視。

路旁到處都是屍體，不時可以看到一隊隊西涼兵在曹軍的看押之下，抱著頭往城外走。

在洮水畔，一座簡易的戰俘營正在搭建。俘虜們將被關押進戰俘營內，等待最後的發落……

「虎頭，叔父的事情……」甘寧看著王買那張滿是陰霾的面容，忍不住想要勸慰兩句。

王買卻擺手，阻止了他的話語，「甘大哥莫勸我，我沒事兒……今臨洮復奪，還請兄長儘快派人通知阿福。我估計馬騰若知道了臨洮被咱們奪取的消息之後，會立刻放棄漳縣和襄武，掉頭攻打咱們。這臨洮，可是勾連漢陽和武都的咽喉。」

虎頭，似乎長大了很多！在經歷了這麼多事情之後，他變得沉穩了，能夠分清楚輕重。

「這件事你只管放心，我會立刻派人前去通知阿福……而後我將會和伯道換防，若說攻城掠地，我不輸任何人。但若要堅壁清野，我遠比不得伯道做得出色。虎頭，你要不要和我一同去戎丘駐守？」

「不，我要留在這裡！」王買咬牙切齒，惡狠狠的說：「若不能取馬騰項上首級，我王買枉為人子！」

這傢伙，看起來已打定了和馬騰死拚的主意！

甘寧也知道，他勸說不了王買。事實上，這個時候能勸說得王買的人，除了曹朋之外，恐怕也就是曹汲夫婦和曹朋的姐姐曹楠。可惜，這四個人都不在……

甘寧想了想，便下定了決心：既然如此，那我就暫緩對武都的攻擊。我和伯道一起駐守臨洮，哪怕是死了，也要保護虎頭周全，他日也好向阿福交代！

章二　涼州大決戰（五）

兩日後，郝昭抵達臨洮。

西縣的防務，由陳群全面接手。雖說陳群並不擅兵事，但堅壁清野，問題不大。

再說了，曹洪駐紮在大散關，足以威懾武都軍。而滯留於河東的兵馬在曹洪的催促下，也陸陸續續返回關中，其先鋒兵馬已渡過黃河，抵達華陰。換句話說，關中兵力空虛的狀況正得到極大的緩解。

隨著關中兵馬源源不斷的回歸，馬騰的優勢也將隨之消失……

不過，王買、甘寧、郝昭三人在臨洮布防，嚴陣以待，卻沒有等來馬騰瘋狂的攻擊。

建安九年十一月，費沃在允吾宣布反馬。緊跟著，駐守於令居的程銀，撤出令居，退守允街縣，隨費沃一同宣布起事。潘璋隨即開拔，進駐令居縣。由此，金城郡大門，徹底被打開……

失去令居的牽制後，龐統如同放飛的雄鷹，立刻調集兵馬，以韓德為先鋒，領三千兵馬，向馬岱發起了攻擊。而接手鸞鳥的曹軍主將，征羌校尉鄧範隨即傾巢而出，與韓德合兵一處，兩縣兵馬加起來已逾萬人。馬岱雖然驍勇，可面對著曹軍瘋狂的進擊，也感到了前所未有的壓力，連忙向張掖李越求援。

李越率六千羌騎，傾巢出動。不過，早已等候多時的閻行，在徐庶的安排下，及時的發動了攻擊。

李越在馳援馬岱途中，被閻行伏擊，雙方一場鏖戰，最終李越被閻行臨陣斬殺。

隨即，徐庶率部，攻占了張掖縣。閻行在擊殺了李越之後，便立刻趕赴戰場，和曹軍會合。

集合了鄧範、閻行、韓德三員悍將的曹軍，遠遠不是馬岱可以抵擋。而馬超去允吾，杳無音信。在支撐了三天之後，馬岱只得率部突圍，帶著殘兵敗將，敗退河湟。

至此，武威戰事全面告捷。

之後，鄧範以閻行為先鋒，以韓德為副將，徐庶和龐統為軍師，率部突入金城郡。洛都谷費龍率先歸順，獻出破羌城；緊跟著，榆中楊秋、允街程銀紛紛投降。曹軍幾乎是以摧枯拉朽之勢，毫不費力的便占領了大半個金城郡。

十一月初十，閻行的先鋒兵馬，抵達湟水河畔。

而此時，馬騰已經得到金城反馬的消息。他大驚失色，連忙停止了對漳縣和襄武的攻擊，命成宜、梁興二人分守首陽和安故兩縣。馬騰親率大軍三萬，浩浩蕩蕩向狄道趕赴。他準備先回到狄道，補充糧餉之後，再出兵金城郡，復奪允吾縣。到那時候，他一定要把費沃千刀萬剮！

從漳縣戰場返回狄道，路程並不算太遠。馬騰在安故做了休整之後，只用了一晝夜的時間，便兵臨狄道城下。

可是，出乎馬騰的意料，狄道城門緊閉，城頭上鴉雀無聲，好像一個人都沒有。馬騰心裡不由得感到奇怪，連忙命人到城下喊話，好半天，望樓上才探出一個人來……

「原來是主公回來了！」

那人興奮的大聲叫嚷，讓馬騰總算是鬆了一口氣。

「何故城門緊閉，如臨大敵？侯選呢？為何不來迎接？」

涼州大決戰(五)

狄道守將，便是韓遂八部將之一的侯選。

說起來，這侯選也算倒楣。當初他受費沃的挑唆，投降馬騰。八部將中，唯他最心狠手辣，做事情也最絕。他傷了韓遂，殺了韓遂家小，可謂是功勞最大，也正因為如此，馬騰對侯選深信不疑。做事情做到侯選這地步，他事實上已經沒有其他退路。

可沒想到，才一轉眼的工夫，費沃又造反了！侯選即便是想後悔，怕也沒有去處。

「回稟主公，侯將軍前兩日聽聞費沃造反，氣得臥床不起。這兩天，金城曹軍斥候不絕，將軍害怕出事，故而下令封城，等待主公返回。」

馬騰聽罷，鬆了一口氣，倒也不疑什麼。

事實上，侯選做得那麼絕，已經斷了他的後路。韓遂的女兒女婿，還有成公英，現在可都在曹朋手下做事，侯選即便是投降了曹朋，只怕也沒有什麼好結果……

「快開城門！」

「請將軍稍候。」

馬騰下令兵卒在城外紮營，他自領兵馬，準備入城。他三萬大軍不可能都駐紮在城中，狄道雖然是隴西郡的治所所在，但面積並不是太大。當初之所以選擇狄道，也是為了震懾羌狄，其軍事作用更大。三萬大軍，自行紮營。等馬騰入城之後，會將輜重糧餉送至營內。

馬騰催馬來到城下，等了一會兒，邊聽城門內傳來嘎吱嘎吱的扭盤聲響，千斤閘徐徐升起，城門緩緩打開。馬騰見城門開了，心裡便更加放心，帶著親隨，策馬往城內行去。

馬騰的親兵有八百人左右，簇擁著馬騰往城裡走，顯得格外輕鬆。也難怪，到家了嘛！狄道是自己的地盤，又何必再去嚴陣以待的防範。

可是，當馬騰進城門之後，敏銳的覺察到情況似乎有點不太對勁。

從卷洞裡，可以看到城中的長街，空蕩蕩不見一個人影。城裡，好像有點反常！哪怕是封城，可是這街道上也不可能這麼冷清，至少會有店鋪開張，行人走動。可如今這模樣，分明是大戰將臨的氛圍……狄道大戰？馬騰突然想到侯選沒有出現。雖然剛才那人說侯選生病，臥床不起，可是至少該有個熟悉的人出面才是。城上的那人，明顯看著眼生。難道說……馬騰激靈靈一個寒顫。

「有埋伏，撤退！」

隨著一聲嘶吼，馬騰猛然調轉馬頭，就想要往城外走。

那些親隨還有些迷茫，不太清楚馬騰好端端的為何突然要退出縣城。一時間，卷洞內混亂不堪，後面的人不知道是怎麼回事，還在往裡走；已經進去的人，聽從馬騰的命令，掉頭準備往外走。一下子，這些人全擠在一起，寸步難行。

與此同時，城裡突然傳來一陣梆子響。空蕩蕩的長街兩側房舍，突然間門戶大開，湧出一隊隊曹軍。弓箭手當前，瞬間便占領了城門下的廣場。隨即，城頭上一聲喝令傳來：「放箭！」

這些弓箭手二話不說，彎弓搭箭，朝著卷洞裡的西涼兵，就是一排箭雨。

卷洞裡的西涼兵也是一陣慌亂。被這突如其來的箭雨襲擊，瞬間就有十幾人倒在血泊中。這些曹軍所使用的是清一色曹公矢。三稜箭無比強大的穿透力，造成了巨大的傷亡。

馬騰被擠在中間，進退不得，眼看著親隨死傷越來越多，形勢變得越來越危急，他一咬牙，怒吼一聲，拔出長刀，左劈右砍，硬生生殺出一條血路來。

一邊往外走，馬騰一邊大聲吼叫：「撤退，撤退！」

當他戰馬衝出卷洞的一剎那，身後傳來絞盤鎖鏈放開的聲音。只聽嘩啦啦一聲鐵鍊滑動的聲響，緊跟著轟的一下，千斤閘一下子落了下來，將十幾名西涼軍卒活活砸得血肉模糊……千斤閘一落，生死立判。城裡的西涼兵見沒了退路，便想要往卷洞外衝擊，可是那迎面瘋狂飛來的曹公矢，令他們一個個栽

涼州大決戰（五）

倒在地。

「放箭！」

馬騰衝出城門，驚魂未定。耳聽城樓上傳來一聲厲喝，緊跟著弓弦聲響，只聽嗡的一聲，一排箭矢如暴雨般傾下，他連忙舞動長刀，撥打鵰翎，同時催馬往外跑。

可是那箭雨來的實在太猛烈，也太密集，給馬騰的感覺，就好像是狄道城裡所有的箭矢都朝著他射出來一樣。胯下戰馬希聿聿一聲悲嘶，十幾枝鵰翎便沒入戰馬體內，戰馬撲通一聲就倒在了地上，把馬騰也摔出去老遠。馬騰身體剛著地，一枝鵰翎箭飛來，正中他的大腿，那箭矢力道強猛，直接貫穿……

馬騰不由得大叫一聲，差點跪下來。好在，他手中長刀沒有脫手，瘋狂舞動，將箭矢磕飛。

只是有了第一箭，就有第二箭、第三箭……

城頭上一個冷冽的聲音傳來：「弓箭手，射殺馬騰者，賞百金……就是那身披金甲之人。」

馬騰生平恐怕從沒有像此時這麼後悔……好端端的，穿什麼黃金甲呢？

不等他抬頭看清楚說話的人是誰，一蓬箭雨便向他飛來。見過馬蜂沒有？在馬騰的眼中，那一蓬箭雨就好像是被捅了窩的馬蜂一樣，密密麻麻，令他眼前一黑。只一眨眼的工夫，就有十餘枝鵰翎箭射中馬騰。馬騰被那鵰翎箭巨大的力量撞擊，登登登後退幾步，仰面朝天便摔倒在了地上。

「速救將軍！」

馬騰的親隨一見，也大吃一驚。十幾個親隨衝過去，攔在了馬騰的身前，手舉盾牌，為馬騰遮擋鵰翎。與此同時，駐紮在城外的西涼軍也反應過來，十幾名西涼將領縱馬飛出，朝著城下奔來。

馬騰渾身上下，中了二十餘箭。好在他身穿重甲，擋住了要害，才沒有被射成刺蝟，可即便如此，胳膊、大腿上，卻也是鮮血淋淋。一名西涼將官衝過來，將馬騰拉到馬背上，撥馬就走。

而城頭上，箭雨戛然而止。

那冷冽的聲音再次響起，迴盪在狄道城牆上空：「馬壽成，你殺我世父，今日只是一部分利息。侯選首級在此，一併贈你，來日咱們臨陣，我誓取爾狗命！」

夜色，籠罩洮水上空。

狄道的夜幕陰沉沉的，令人感到無比壓抑。城頭上，黑漆一片，只見人影晃動，猶如鬼魅。在城門樓下方，一排血淋淋的人頭懸掛在上面，在風中不停搖晃。

空氣中，瀰漫著一股濃濃的血腥味。一具具無頭死屍被丟在城外，讓人有一種毛髮悚然的感覺。遠處，西涼軍大營燈火通明。

曹朋在黑暗中，手扶垛口，面色陰冷。他靜靜的站在那裡，周身散發的寒意，甚至比西北的風還要讓人難受。一身白衣，在風中獵獵。不僅是曹朋披麻戴孝，城上所有曹軍，皆是如此打扮。

「公子，香案準備好了。」龐明身披孝衣，走到曹朋跟前。

曹朋點點頭，又看了遠處西涼兵大營一眼，眼中閃爍濃濃恨意。

他轉身走進了城門樓的大廳裡，只見廳中已經被布置成了一座靈堂。白色的布幔子，在風中搖曳，透出一副悲慟之氣。正中央的香案上，擺放著王猛的靈位。

王猛戰死後，屍體隨大火無蹤。曹朋也找不到他的屍體，只能以靈位來替代。

他走上去，從龐明手裡接過香，在靈前跪下，用一種近乎壓抑的聲音道：「世父，姪兒今天，已為你討回了些許利息。然則馬賊不死，姪兒絕不收兵……請世父保佑姪兒，能在這狄道城下，手刃那馬賊首級，為世父報仇雪恨。」

「姪兒二求世父，保佑虎頭平安無事。待戰事結束，姪兒必親自去尋訪虎頭哥的下落……姪兒向你發誓，若虎頭哥有個萬一，姪兒就用那白馬和參狼兩羌十萬人性命，祭奠你和虎頭哥在天之靈。」

章二 涼州大決戰（五）

在曹朋身後，龐明靜候。而大廳外，白駝兵一字排開。

曹朋的聲音從漆黑的靈堂中飄出，眨眼間傳遍了整個狄道城頭。那清冷的誓言，令人不由得毛骨悚然，龐明甚至可以聞到瀰漫在湟中上空的血腥之氣。

「誓殺馬騰！」

「誓殺馬騰！」

「誓殺馬騰……」

也不知是誰先喊出來，好像瘟疫般，瞬間蔓延。

狄道城頭上，迴盪著曹軍那聲嘶力竭的吶喊聲，誓殺馬騰……遠遠傳了出去。

「掌燈！」

隨著曹朋一聲令下，狄道城頭，頓時燈火通明。

「誓殺馬騰！」

吶喊聲此起彼伏，令遠處西涼大營中的西涼兵不由得膽戰心驚！

西涼大營裡，愁雲慘澹。

不少西涼兵躲在背風之處，瑟瑟發抖。沒辦法，營帳不夠……這聽上去似乎有些突兀，行軍打仗，怎可能連軍帳都沒有備齊？可事實上，卻正是這種狀況。

由於是從安故匆匆返回，所以就沒有準備太多輜重。想想也是，到了狄道之後，大可以讓狄道負責安排營地，又何必攜帶那麼多的輜重，耽誤時間。可誰也沒想到，狄道竟然失守了！沒有了狄道，三萬大軍就只能在瑟瑟寒風中生火取暖。許多人緊靠在一起，相互取暖，相互安慰……

「沒事兒，主公已派人往安故，最遲明天，就會有輜重送到。」

「你說的那是狗屎！」一個西涼兵忍不住罵道：「咱們這麼多人，安故怎可能備齊軍帳？就算明天送過來，也是先讓那些當官的住宿。幾千頂軍帳，沒有幾天時間，怎可能湊整齊？」

周圍眾人頓時息聲，看著眼前的篝火，耳邊迴響著劈啪的聲息，一個個心中茫然。

遠處，中軍大帳外聚集了許多人。但見從帳中進進出出，每一個人都面色凝重。

一個醫生從帳中出來，神色疲憊不堪。西涼眾將連忙圍上去，緊張問道：「先生，我家主公安好？」

那醫生苦笑，「這射箭的人，好生歹毒。每枝箭上都裝有倒鉤……好在發現的及時，否則以將軍的傷勢，未必能受得住。還好，箭矢已經取出來，不過將軍還未甦醒，恐怕需要將養些時日。」

「那……」

「放心吧，不會有性命之憂。」

醫生話音剛落，就見一個小校神色慌張的跑出來。

「先生，情況有點不對勁……請先生快去看看！」

「怎麼了？」

「主公一個勁兒的打擺子，而且傷口似有膿水流出，好像、好像是毒箭！」

那醫生聽聞，大吃一驚，「不可能！」

他仔細檢查過那些箭鏃，已確定了上面並沒有塗抹毒藥。可是聽了小校的話，醫生也有些緊張了。

他連忙轉身，匆匆走進了中軍大帳裡，只留下西涼眾將一個個神情緊張。

大帳裡，點著火盆。地上扔著十幾枝被截斷的箭矢，上面鮮血淋淋。

馬騰躺在榻上，昏迷不醒。

醫生走上前，「掌燈！」

小校們舉著火把，他彎下腰，小心翼翼將馬騰身上的布條取下。馬騰的肩膀上、手臂上、大腿上，十幾個箭孔怵目驚心，也不知是怎麼回事，此時從傷口中有膿水往外冒，還夾雜著一股惡臭的氣息。醫生連忙讓人取來清水，小心翼翼的擦拭傷口。半晌後，他眉頭緊蹙，直起腰來，看著那小校道：「的確是膿水……不過，沒有中毒。」

「啊？那怎麼會……」

「這個，就恕在下學藝不精，看不出端倪。按道理說，將軍箭傷雖重，卻不應該這麼快就出現膿水……問題，恐怕還是出在那些箭上。」

說著，他彎下腰，用一塊布條，撚起一個箭簇，在火光下仔細觀察。

箭鏃是非常普通的狼舌箭箭鏃，稀鬆平常。不過箭鏃上，似沾著一些暗黃色的東西。一開始，醫生還以為那是鏽跡。可現在看來，恐怕不是鐵鏽那麼簡單……把箭鏃放在鼻子下，醫生輕輕聳動了幾下鼻子，眉頭不由得緊蹙起來。

「怎麼了？」

「氣味好大。」

「什麼氣味兒？」

「你聞聞。」

醫生把箭鏃遞給小校，那小校小心的接過來，也聞了一下。

「好臭！」

「依我看，將軍這問題，就出在這上面。但絕不是什麼毒箭，也不知道射箭的人究竟用了什麼手段。觀將軍這狀況，恐怕沒那麼容易康復。以我之見，最好還是找一個良醫，再好生的診治一番……我開個方子，可以防止將軍發寒發熱。但如果不能儘快找到根源，只怕是……」

醫生沒有再說下去，但意思已經明白無誤。

「那就煩勞先生。」
醫生離開了。馬騰仍躺在榻上，昏迷不醒。
軍帳外，西涼眾將交頭接耳，竊竊私語。
「主公這一傷，只怕是很難再奪回狄道了吧？」
「是啊！」
「那……咱們該怎麼辦？」
不管馬騰為人如何，在西涼軍中，還是享有極高的聲望。也許，只有馬超能和他相提並論。只是馬超現在也不在軍中，而馬騰又昏迷著，連個作主的人都沒有。
有道是，將是軍中膽。
一軍主將的存在，影響深遠。主將不在，軍隊也就成了一盤散沙，特別是那些將領，也都開始起了小心思。
「如果主公……咱們該怎麼辦呢？」
「胡說！主公身經百戰，戎馬一生，區區箭傷能奈何他？」
「我當然知道那箭傷奈何不得主公，可凡事都有意外……萬一，咱們該怎麼辦？」
眾人頓時沉默無語。
是啊，咱們該怎麼辦呢？
隆冬的風，極冷。特別是到了晚上，從洮水上游吹來的西北風，更像刀子一樣，往骨頭縫裡剜。
時間一點點的過去，忽然間，就聽到軍帳裡傳來一個悠長的嘆息聲。
「主公醒了？」
「可是主公清醒了？」

不一會兒的工夫，就見一名小校走出來，輕聲道：「主公已經醒來，請諸位將軍進去。」

眾將聽聞，那惶恐不安的心，好像一下子穩定了許多。

他們魚貫而入，走進了中軍大帳。就見馬騰半靠在榻上，火光跳動，照映得他那張臉慘白慘白，沒有半點血色，好像死人一樣。看他這模樣，眾將又是一陣心冷。

「諸君，坐吧。」馬騰說起話來，有氣無力。

他擺手示意眾人落坐，而後咳嗽幾聲，道：「今曹賊雖占了狄道，看似占盡上風。不過呢，依我看，他們未必能撐得住……孟起在鸞鳥，尚牽制住曹軍主力，所以狄道曹軍必然兵力不多。明日天亮之後，我大軍出擊，強攻狄道……只要奪回狄道，軍心自然可以穩定下來。到時候，咱們便可以穩住陣腳。」

「主公，說的極是。」

「不過如此一來，咱們想要奪回金城，恐怕有些難了。我準備讓孟起率部返回，等他到了，就由他來主持軍務，我則前往武都養傷。」

眾將聽聞，不由得連連點頭稱讚。

若是馬超來主持軍務，那倒是一個最好的選擇。不過，想要奪回武威郡，恐怕就更難了……好在還有隴西和武都兩郡，十七縣之地，倒是比當初在武威郡好很多。而且，守住隴西武都，背靠漢中，可以獲得張魯支援。待休養生息一段時間，兵馬士氣恢復過來，自然可以打回武威去。

「我等遵主公吩咐。」

「既然如此，待天亮之後，奪回狄道，就拜託諸君。」

「末將願效死命……」

就在這時候，營外一陣騷亂。從狄道城頭隱隱約約傳來一陣陣聲浪，而且聲音越來越大，越來越響，越來越清晰。

「什麼事情？」馬騰眉頭一蹙，沉聲問道。

「是狄道曹軍在呼喊。」

「他們在喊什麼？」

「他們在喊……」小校有些猶豫。

馬騰怒道：「說！」

「他們在喊『誓殺馬騰』……」

馬騰一怔，慘白的臉浮起一抹紅光。耳聽曹軍的喊罵聲傳來，他不由得怒極攻心，大吼一聲：「小賊欺我太甚，明日，我必取狄道……」

說完，只覺心口氣血浮動。馬騰腦袋嗡的一聲響，嗓子眼一甜，一口鮮血噴出，復又昏迷不醒……

人道是，虎落平陽被犬欺！

馬騰自認是西涼猛虎，戎馬一生，叱吒西北。即便是董卓雄霸涼州時，也沒能占過馬騰太多便宜。可不成想，遇到這曹朋之後，卻束手束腳，一直落在下風。

這讓心高氣傲的馬騰，如何能承受得住？

武威郡被曹朋奪走……金城郡突然反水，連他的老丈人都跳出來要造他的反。如果說，之前馬騰還沒有弄清楚狀況的話，那他現在已經清楚了其中的玄機。

曹朋，又是這曹家小賊！必是他在中間搬弄是非，才使得費沃決定反馬投降。

曹朋既然出現在狄道，那說明馬超……

馬騰身上有傷，再這麼一想，頓時怒極攻心，昏迷不醒。

一夜間，他醒過來、昏過去，一直都昏昏沉沉，令西涼眾將莫不感到擔心。

可是，又有什麼辦法？

事到如今，馬騰這樣子根本就無法主持大計。而軍卒士氣低落，物資匱乏，更讓人感到心亂。三萬大軍，聽上去好像很厲害，可實際上呢？如果糧草不濟，這三萬大軍會立刻變成烏合之眾，潰散而走……雖說已經通知了安故的成宜，但大家都很清楚，安故縣的府庫中並沒有太多的存糧，即便是送來，怕也是杯水車薪。

隴西郡的輜重糧草，幾乎集中在兩個地方，那就是狄道和臨洮縣，這兩處一個是隴西郡的治所，另一個是南部都尉駐紮之地。

「要不然，派人去臨洮求援？」

「嗯，也只好如此！」

西涼眾將在商議之後，只得命人前往臨洮。殊不知，此時的臨洮已經落入了甘寧、王買手中……所謂病急亂投醫，也差不多就是這種狀況。失去了金城郡為依持，又丟了狄道，西涼軍人心惶惶。別看這三萬大軍目前還保持平靜，但所有人都知道，這只是暫時的平靜，當糧草不濟，抑或時局敗壞，三萬大軍會立刻煙消雲散。而最能穩住軍心的馬騰，又在昏迷之中。

前途渺茫，前途渺茫……

好在，馬騰這些手下的將官，大都是跟隨馬騰多年的老部曲。雖然眼下情況不妙，可大家並未起別的心思，他們一心期盼著馬騰能早點醒來，帶著他們擺脫目前的困境。

「這麼守著，恐怕也不是事兒。」一名校尉輕聲道：「要不然，天亮之後咱們打一場，試探一下狄道的虛實，如何？」

「打一場嗎？」

「嗯，總比大家在這裡挨餓受冷、無所事事的強。我估計，狄道曹軍人數未必會有多少。咱們打一場，試探一下，至少能振奮一下士氣，否則這樣子下去，只怕到了明天，兒郎們就撐不住，甚至會出現潰逃。」

「那，就打一場！」

眾將一番商議，最終拿定了主意。

與此同時，一支兵馬沿洮水而行，趁著夜色，來到了狄道城下。

「還請通稟曹將軍，就說閻行、韓德奉兩位軍師之命，特來馳援，請打開城門。」

城上的曹軍，立刻通知了曹朋。

正為兵力而發愁的曹朋，聽聞喜出望外。

他雖占領了狄道，可說實話，兵力也確實不足。在允吾歸附之後，馬玩率三千兵馬，陪著曹朋一起連夜奔襲狄道。狄道主將侯選，並不知道費沃已經投降，所以非常熱情的迎接馬玩入城。可馬玩一進城池，立刻就變了臉，奪了侯選兵權。

侯選被龐明斬殺於縣廨大廳，隨後曹朋收攏兵馬，將俘虜看押在狄道校場之中。

也幸虧狄道是隴西治所，其城中校場面積很大。

狄道三千名俘虜被看押在校場中，可為此曹朋要撥出五百人負責看守……在這種情況下，曹朋設計，先傷了馬騰。但他很清楚，真正的戰爭才剛開始而已，馬騰一定不肯善罷甘休，狄道必然會面臨一場慘烈的苦戰。他命人往武威通知，讓龐統從速派出援兵，只是曹朋也沒有把握能否支撐到援兵到來。

沒想到，援兵來得這麼快！

曹朋命人接閻行和韓德入城，並在大廳內設宴款待。

「彥明，武威局勢怎樣？」

涼州大決戰（五）

「稟將軍，只管放心，武威戰局已經平靖。今張掖縣復奪，由三公子親自駐守。鄧征羌已率部抵達金城縣，潘都尉也屯紮在允街，榆中統兵校尉楊秋已表示願意歸降，潘都尉不日將前往榆中接收。軍師率部，已渡過大通河，在破羌屯紮，估計用不了幾日就會接收允吾縣……徐軍師吩咐，請公子務必要拖住馬騰所部十日，十日後，兩位軍師將率部前來，到時候一舉擊潰馬騰，平定隴西戰局。」

「十天？」曹朋搔搔頭，感覺有些為難。「你們此次前來，帶來多少兵馬？」

「回稟公子，由於戰局進展太快，所以造成了兵力分散。末將和韓將軍此次，只帶來兩校兵馬，不滿四千人。」

「四千人啊！」

曹朋直接過濾了『不滿』二字。加上自己手中的三千人、狄道屯兵七千，倒是可以和馬騰一戰。只是，守有餘而攻不足。單憑防禦，想要拖住西涼兵十天，恐怕也不太可能……

西涼軍糧草不足，撐不了太久。以馬騰之精明，見勢不妙，肯定會撤往臨洮。

不行，不能讓他跑去臨洮……必須要在這狄道城下，將西涼兵一舉擊潰，否則這三萬西涼兵到了臨洮，憑藉洮水天塹，勢必又是一場鏖戰。那絕不是曹朋所期望的結果。拖住馬騰，將其擊潰……這是曹朋目前要做出的一個決斷。

「安平，取地圖來。」曹朋連忙下令。

不一會兒的工夫，龐明帶著一幅狄道地圖匆匆走進了大廳，把牛皮地圖懸掛在廳中。

地圖上，狄道方圓百里盡在其中，一山、一水，甚至一草、一木，都有顯著的標注。這地圖，始造於興平二年，是韋端任涼州刺史之後，親自所製，所以地圖繪製的也極為準確，非常精細。曹朋等人站在這地圖前，雖比不得沙盤那麼直觀，卻可以將狄道一目了然……

「彥明，我有一計，須你配合。」

閻行聽聞，立刻躬身應道：「憑公子吩咐。」

「我要你帶本部兵馬，立刻撤出狄道。注意，要保密，不可以被西涼軍覺察。你帶一千本部兵馬，並一千狄道卒，押解三千狄道俘虜，連夜渡過洮水，在洮水對岸……也就是這裡，廣河灘灘頭的密林和蘆葦蕩中紮營。多帶旌旗和戰鼓，每個降卒須持一旌旗，藏於河灘。一旦狄道竄起狼煙，你就搖旗吶喊，擂鼓助威。記住，只造出聲勢即可，無須出擊……日間狼煙，晚間火光，就是信號。」

閻行愕然，看著曹朋半晌說不出話來。

疑兵之計嗎？

說實話，他並不願意擔任此事，只因為他這次要面對的，是馬騰！閻行希望能夠手刃馬騰，為他丈人韓遂報仇雪恨。可這是軍令，軍令不可違，他豈能不知？

如今，他可不是當初的金城郡駙馬爺，他只是曹朋帳下一員將官……論武藝，曹朋、韓德、鄧範、潘璋，都是驍勇善戰之人，更不要說那個失蹤的龐德，還有遠在河西郡的夏侯蘭，也都有萬夫不當之勇；論謀略，曹朋有龐統、徐庶、賈星，皆多謀善斷之人。

而趙昂是天水名士，極有才幹；甚至連成公英，也有一技之長，那就是善於處理羌人關係。相比之下，閻行在韓遂手下雖然出眾，可是在曹朋手下，卻顯得有些泯然無跡。

這也難怪，曹朋如今手中，聚集的大都是三國時期的英才。比如趙昂成公英，或許算不上大牛人物，可至少也是小牛，端地可以稱之為人才濟濟。

一開始，閻行對這種落差也不太舒服。但成公英離開姑臧、前往武威縣之前，和他一席長談。

「曹公子，非等閒。年紀雖不大，可即便是明公，也不可與之相比。明公在曹公子這般年紀，也不過是他人門下客，但曹公子卻已經打下了一番基業，立下無數功勳。曹公子發跡於中原，乃清流公認的後起之秀。乃至於孔融那些人，也對他極為稱讚……在他手下效力，也是你我福氣。」

「公子是個有情義的人，你我只須盡心輔佐，聽憑調遣，遲早會有出人頭地之日。但在此之前，你我所要做的，就是盡心竭力的做事。以前明公依持你我，是因為你我是心腹；可是在曹公子帳下，你我都是新人，所以還是不要和公子爭執。」

新人！這兩個字，道盡了閻行目前的狀況。

他想了一想，拱手道：「末將，遵命。」

「彥明，我知你想要報仇……事實上，我與那馬騰也有不共戴天之仇。但越如此，你我就要越冷靜。我向你保證，一定會給你一個手刃那馬賊的機會。」

閻行聽聞，頓時感激涕零：「行，必為公子，效犬馬之勞。」

當夜，閻行押解著俘虜，悄然撤離狄道。

此時正值隆冬，洮水冰封。五千人趁著夜色，渡過了洮水，在洮水對岸的廣河灘密林之中，紮下了營寨。一如曹朋所吩咐，多帶旌旗和戰鼓，閻行密切留意著狄道的戰局。

可，只是如此嗎？

翌日，天光大亮。

馬騰折騰了一夜之後，總算是清醒過來。他才一清醒，便迫不及待的下令，命西涼兵列陣，準備對狄道縣城發動攻擊。

可是，不等他發出命令，卻見小校匆忙跑來。

「啟稟主公，大事不好……那曹朋領兵殺出狄道縣城，正在陣前向主公搦戰！」

三國時代，馬騰也算得上一員猛將。至少在後世的遊戲裡，這傢伙的武力值屬於九十靠上。按照曹朋的觀點，馬騰應該屬於一隻腳已經邁入超一流武將行列的準超一流武將。不過隨著年紀的增長，氣力衰退，已年過五旬的馬騰比之當年叱吒西涼的馬騰，有著明顯退步。

可是他骨子裡的那份高傲卻從沒有消減，並且隨著他事業的不斷壯大，年齡的不斷增長，越發強烈。

「小賊，欺我太甚！」馬騰怒不可遏，險些又昏迷過去，怒道：「來人，與我抬槍備馬，某必取小賊狗命！」

「主公不可！」

西涼眾將嚇了一跳。

別開玩笑了，您老人家現在這模樣，還要上陣殺敵嗎？看您這樣子，估計一個小卒都能勝您，更不要說去和那曹朋交鋒……

曹朋有多厲害？其實在西涼眾將心裡，並沒有一個清楚的概念。也難怪，曹朋攻取武威的時候，這些人在金城，而曹朋和馬超交鋒的時候，他們正忙於在隴西征伐。

他們只是聽說過曹朋很厲害，可耳聽為虛，眼見為實……大多數西涼武將的心裡，曹朋可能比較厲害，但也沒有傳說中說的那麼玄乎。什麼呂布親傳，什麼呂布將畢生功力灌頂……誰都知道呂布死於關羽之手，而那時候的曹朋不過是個毛頭小子，怎可能得到呂布親傳？有時候就是這樣子，傳得太過於玄乎了，讓人產生懷疑。至少在西涼眾將心裡，曹朋的勇武估計也就馬馬虎虎。

如果馬騰身體健康，沒有人會阻攔。這個時候，如果馬騰走馬取曹朋性命，對於西涼軍而言，絕對是一樁好事……可問題在於，馬騰現在的狀況別說是上陣搏殺，恐怕連騎馬都成問題。所以，眾將紛紛阻攔。

一員武將大聲道：「主公，人常說殺雞何用牛刀？諒那小賊不過徒有虛名而已，末將願代主公出戰，將小賊項上人頭獻於主公。」

曹賊

章二 涼州大決戰（五）

馬騰一見此人，頓時大喜。

這武將名叫石修，原本是張掖一個馬賊。此人跳下馬，八尺七寸，近兩米身高，生得膀闊腰圓，體型宏大。善使一口長柄鐵錘，力大無窮。在西涼武將之中，此人絕對可算得上是馬騰手下一員悍將。

「洪山願出戰，正合我意。」馬騰笑道：「如此，某便在這裡，靜候洪山佳音。」

馬騰那張慘白如紙的臉，因為笑容而變得生動許多。石修二話不說，拱手領命，大步行出中軍大帳。西涼眾將一個個露出羨慕之色，不少人感到後悔，為何剛才自己不搶先一步請戰？否則的話，這臨陣斬殺曹朋的首功，便可以歸為自己。

馬騰閉上了眼睛。剛才說了一會兒的話，讓他感到非常疲憊，甚至有些喘不過氣來。也不知道那曹賊到底用了什麼東西，令他的傷口始終不見好轉。一夜工夫，換了好幾次金創，可是傷口處卻不斷湧出惡臭的淡黃色膿液，令馬騰萬分難過。好在，這次出征帶了軍醫，否則只怕他現在還無法甦醒過來……

大帳外，傳來了隆隆戰鼓聲，並伴隨著震天價響的喊殺聲，傳入軍帳。

大約一炷香的工夫，就見一名小校狼狽的衝進大帳，「主公，大事不好，石修將軍和曹友學戰不到二十回合，被曹朋斬於馬下！」

「啊？」馬騰頓時大驚。

可不等他開口，就見一員武將跳將出來：「主公休要驚慌，待某家前去殺了小賊，為洪山報仇。」

此人名叫車震，武山人氏，本為氐人。與石修關係深厚，曾一同為馬賊，肆虐隴西漢陽，後又和石修一同歸順馬騰，成為馬騰手下的左膀右臂。

聽聞好友被殺，車震悲慟萬分。他不等馬騰同意，大步流星衝出中軍大帳。

戰鼓聲，再次響起。喊殺聲似乎比之剛才更加驚人……可以想像得出，那陣前必然有一番龍爭虎鬥。

「啟稟主公，車震將軍與那曹朋交鋒二十餘合，被曹朋挑殺。」

馬騰不由得目瞪口呆。

以車震和石修兩人之武力，單打獨鬥，即便是馬騰也不能保證在二十回合內獲勝。曹朋兩戰皆勝，令馬騰感到吃驚。而對於西涼眾將來說，也是出乎預料……

「何人敢再出戰？」

馬騰目光掃過大帳中眾將，最後將目光落在一個四旬男子的身上。

此人名叫王虎，表字山君。生性桀驁，有千斤神力，一口開山斧，重六十餘斤，與馬騰更是交往甚密。王虎和馬騰一樣，也有一半的羌人血統。他比馬騰小十幾歲，從小就跟著馬騰，好像跟屁蟲一樣。後來馬騰從軍，建立了功勳，嶄露頭角，當時年方二十的王虎帶著鄉人前來投奔。

此人殺性甚大，曾一夜間盡屠西羌的叛亂部落，無一人活口。後來隨馬騰一同前往長安，又因為性情暴烈，和呂布發生衝突，結果嘛……

呂布勝了！

但王虎能在呂布手中生還，已足見其高明。

西涼諸將當中，王虎可以排名前五，除了馬超之外，似也只有龐德可以取勝。即便是馬岱，也不是王虎的對手。

感受到了馬騰的目光，王虎二話不說，便站出來拱手請命，「主公休要擔心，末將請戰。」

到了王虎這個年紀，已不復當年那好勇鬥狠。不過，當馬騰需要他出手的時候，王虎絕不會有半點推辭。

馬騰猶豫了一下，沉聲道：「賢弟只管出戰，我隨後與眾將親自出營，為賢弟助威。」

王虎桀驁大笑，「區區小賊，何必主公辛勞。爾等學藝不精，平白丟了性命不說，還漲了那小賊氣勢。待我出戰，取他狗命！」

章二 涼州大決戰（五）

王虎在西涼眾將中，人緣不算太好，只因為他資格老，而且武力過人，誰也不放在眼裡，所以得罪了不少人，但王虎卻從不在意。而馬騰呢，也因為王虎這脾氣，對他極為信任。

不拉幫結派好啊，你不拉幫結派，那就只有為我效命，我若不信任，哪還有天理？

不過，王虎雖然這麼說，但馬騰還是要親自督戰。他命人抬來一個軟兜，而後坐在上面。在眾將的簇擁下，馬騰點起兵馬，殺出轅門。

狄道城下，曹軍軍威鼎盛。

曹軍人數不算太多，大約也就是兩千人左右。其中，尚有一部分兵馬騎著駱駝，佩刀觀戰。那些駱駝都俯伏在地上，似乎根本不在意陣前的搏殺。

而在兩軍之間，一員小將胯下獅虎獸，掌中畫桿戟，正與王虎戰在一處。只見那小將身形魁梧，體格健壯，猶如一頭雄獅般，氣勢逼人。掌中畫桿戟翻飛，戟雲翻滾，隨著他口中一聲聲暴喝，王虎雖然竭力相爭，卻隱隱透出了敗相……

馬騰心裡不由得咯登一下，有些感到緊張了。他連忙扭頭，剛準備下令鳴金，卻聽得疆場上傳來一聲巨雷般的怒吼！

曹朋縱馬騰空而起，人在馬背上突然長身直立，雙手握戟，扭腰呼的一戟揮出。王虎哪見過這等場面，也不由得大吃一驚，連忙舉開山斧，想要招架。說時遲，那時快，曹朋的畫桿戟猶如一頭巨蟒，撲稜稜一抖，快如閃電……那鋒利的小枝，直接撕開了王虎胸前的甲冑……

卡嚓！甲冑碎裂。

二馬錯身而過，曹朋渾然不理睬王虎，逕自返回本陣。

而王虎騎在馬上，正面對著西涼軍陣。他胸前已經是血肉模糊，一道可怖的傷口，從胸口處一直滑到了胯骨。腸子從傷口滑落而出，王虎卻好像全然沒有覺察。大斧鐺的一聲脫手落地，一雙環眼圓睜，他努力的睜大眼睛，看著馬騰，緩緩伸出手來。

「賢弟！」馬騰大驚，失聲喊道。

卻見王虎嘴巴張了張，似乎有話想和馬騰說，可是喉嚨裡發出呵呵的聲音，說不出一句話來。身體在馬背上晃了兩晃，撲通一下子就摔落在地面，氣絕身亡。

「公子威武！」

城頭上，馬玩一見，立刻大聲呼喊。

這位曹公子，可真是少有的悍將……即便是馬超，在曹公子這個年紀，恐怕也要遜色幾分。

他親自上前，從一個軍卒手裡搶過鼓槌，掄開膀子，只聽咕隆隆一陣得勝鼓，迴盪在狄道城頭。曹軍齊聲吶喊，『公子威武』之聲響徹蒼穹。

曹朋一身素甲，連獅虎獸身上都裹著白色飄帶。他面無表情，單手舉起畫桿戟，遙遙向馬騰一指，而後抬手做了一個割喉的動作。那囂張氣焰，令西涼兵不由得為之色變。

馬騰只氣得渾身發抖，臉色更白。他咬牙切齒，厲聲喝道：「三軍兒郎，與我出擊！」

長這麼大，就沒受過這等窩囊氣。馬騰那高傲的性情，又怎能容得曹朋如此囂張！

西涼兵齊聲吶喊。就在這時，狄道城頭上竄起一股濃濃狼煙，隨即，遠處突然響起了隆隆戰鼓聲。

馬騰不由得一怔，剛要下令查探，忽聽身後傳來一陣喧鬧和嘈雜的聲音……

西涼軍陣腳頓時大亂。

「後軍發生了何事？」

「回稟主公，有曹軍衝營！」

馬騰聽聞，忙回頭向身後看去。可這一看，卻讓馬騰臉色大變，透出一抹憤怒的嫣紅。

章二

梟雄歸天

三戰之後，西涼兵的士氣已經跌落到了極點。

但畢竟三萬之眾，想要一舉擊潰，難度可不會太小。徐庶讓曹朋拖住十日，在曹朋看來，難度太大。而且單純的守禦，並不是一個最佳的選擇，那會造成過多的傷亡。所以，思來想去，曹朋決定拋開徐庶的主意，按照自己的方式進行。

他的方式？

那就是虛虛實實，真真假假。

馬騰是個極其高傲的人，斷然不會容忍曹朋在他頭上耀武揚威。

曹朋在正面打擊西涼軍的士氣，一旦發生亂戰，則有閻行在洮水對岸，迷惑馬騰。如此一來，馬騰就很難專注，他必須要防備曹朋，同時還要顧慮洮水對岸那支不知來歷的兵馬。

所以，按照曹朋的計算，最多三日，馬騰肯定會撤退。但是他想要渡河退往臨洮，恐怕沒那麼容易，畢竟洮水對岸有那麼一支疑兵存在，會讓馬騰感到困惑。

也就是說，馬騰要退，只有退往安故。而後憑藉安故和首陽兩縣，集中兵力，強行突破漳縣和襄武。

曹朋要做的，就是把馬騰逼到安故，而後和王靈聯手，將西涼軍困在白石山一線。待兵力充足時，一舉將之消滅，便可以永絕後患。之後再奪取臨洮，想必臨洮守將在知道馬騰戰死之後，必然無心戀戰。到時候就能兵不刃血，收復隴西。

可沒想到，意外發生了……

一支兵馬從天而降，突然出現在了西涼軍的後方。人數好像不多，甚至不足千人。

這些兵卒，清一色曹軍的裝束，而為首的一支騎軍最為醒目。騎軍大約在百人左右，胯下大宛良駒，挎刀持矛，猶如一把利刃，衝進西涼大軍的後陣之後，迅速便劈開了一條血路。一員大將，胯下馬，掌中虎咆刀，在西涼軍中若猛虎般，奮勇當先，所過之處，殺得西涼兵血流成河。

西涼武將上前想要阻攔，卻沒有一個人能在他馬前走過三回合……

好一員猛將，好一個壯士！

馬騰認出了那武將的來歷，頓時怒不可遏。

此人，正是失蹤已久的龐德龐令明！

在龐德身後，姜冏拍馬舞槍，緊追不捨。

飛駝百騎恰如一群猛虎般，衝進了西涼軍陣。這些飛駝兵精神抖擻，移動迅速，往往是三人一組，一人當先，兩人掩護，在奔襲中不斷變換位置。當西涼兵上前阻攔的時候，為首飛駝率先出槍，西涼兵閃躲的瞬間，其後的飛駝兵立刻跟進，將西涼兵卒刺殺在地；隨後，第三騎衝到最前面，與之前的首騎配合。於是乎，三騎之中，始終可以保持兩人配合衝鋒，顯示出極為強橫的衝擊力……

西涼兵在飛駝兵的衝擊下，懵了！

而馬騰，卻怒了……

「龐德！」他忍不住一聲怒吼。

想當初，他對龐德是何等的看重，甚至連前往許都覲見漢帝，馬騰沒帶上馬超，卻帶著龐德過去。誰知他竟然和曹朋認識，哪怕龐德後來否認，卻始終未能讓馬騰相信。不過，馬騰卻不想就這麼放棄龐德，於是把他派去了龍耆城。

一晃四年過去，馬騰復起龐德，命他輔佐馬鐵。結果，馬鐵死了，龐德降了……

要說馬騰不恨龐德，那純粹瞎話。他對龐德的恨意，尤勝於曹朋。如今龐德出現了，一下子衝亂了自家的陣腳，也讓馬騰更加憤怒，他深知龐德的厲害，更清楚若不能攔住他，三萬兵馬勢必潰不成軍。

本就士氣低落，如果再被龐德鑿穿，軍卒們哪裡還有鬥志？

「攔住那背主狗賊！」馬騰嘶聲吼叫，只是中氣不足，顯得有氣無力。

但足夠了！

十幾名西涼武將縱馬撲出，向龐德衝去。

曹朋此時也認出了龐德。

和馬騰不一樣，曹朋興奮無比，忍不住在馬上哈哈大笑。

龐德，果然未曾負我！

這些日子來，曹朋一直擔心龐德的下落。飛駝百騎音訊全無，著實讓他緊張了一下。甚至有不少人在私下對他說，龐德很有可能帶著飛駝兵，再次造反了！

可曹朋不信。他對龐德深信不疑，笑道：「他人我不知曉，但令明必不會負我。」

但說是這麼說，他心裡面總歸有一點嘀咕。

龐德真的不會反我嗎？嗯，他絕不會反我！

在沒有龐德的消息時，曹朋一次次的這樣告訴自己。

而今，龐德出現了！並且是以一種出人意料的方式，在一個極為奇妙的時機，從天而降。至於龐德身後那幾百曹軍如何得來？曹朋已經無暇猜測。他敏銳的捕捉到，也許已不必把馬騰逼到安故，他現在就可以將馬騰徹底擊潰，龐德來的正是時候！

「三軍聽令！」

「喏！」

「隨我，出擊！」

曹朋大吼一聲，獅虎獸仰天咆哮，噌的一下子竄出。

與此同時，狄道城頭上的狼煙，突然變換了顏色。黑煙滾滾，卻夾雜著一種紫青色的煙霧，顯得極為醒目。這是狼煙加上硝石之後產生出來結果。曹朋在提醒洮水對岸的閻行——不必繼續使疑兵之計了，你現在可以出擊，攻打馬騰側翼。

韓德、龐明兩人，緊隨曹朋。

而曹軍陣前的白駝兵，突然間齊聲吶喊，百餘頭白駱駝呼的一下子站立起來。駱駝的速度不慢，披上重甲之後猶如一群重型坦克，呼嘯著向西涼兵衝鋒。白駝兵亮出了陌刀，跨坐駱駝，猶如凶神惡煞。而在他們身後，則是韓德帶來的武威兵馬。三千曹軍齊出動，猶如一股洪流般，向著西涼兵衝擊而去……

在人數上，曹軍處於明顯劣勢，但一個個士氣高漲，看上去竟比之那三萬西涼兵氣勢更足。

西涼軍此時已經陣腳大亂。那龐德被十幾名武將圍在中間，卻絲毫不懼，只見他手中虎咆刀發出一聲聲如同猛獸咆哮的聲音，刀光閃閃，刀雲翻滾，戰馬所到之處血光迸現。那些武將雖然拚命阻攔，無奈龐德太過勇猛，竟無一人能夠攔阻。一眨眼的工夫，十幾名武將被龐德刀劈挑戰，有四、五人已栽落馬下。

與此同時，曹朋一馬當先，已經衝進了西涼軍陣。

不等馬騰吩咐，就見八、九個武將一擁而上，將曹朋圍住。

曹朋單手運戟，另一隻手從兜囊中取出兩枚鐵流星，身體騰挪躲閃之際，鐵流星已經飛出。一名西涼武將猝不及防，正中面門，頓時被打得面門凹陷，摔落地面。曹朋舞動畫桿戟，在人群中左衝右突，不時會有鐵流星飛出，眨眼間就有三人喪命。西涼武將人數雖多，可是卻無法抵擋住曹朋這頭瘋虎……

而此時，韓德和龐明也殺了過來！

馬騰坐在軟兜之上，氣喘吁吁，臉色慘白。

眼看著西涼兵已陣腳大亂，開始呈現潰敗的跡象，戎馬一生、身經百戰的馬騰，如何還不知道這大勢已去？眼見曹朋在亂軍中衝殺，馬騰心裡陡然生出一種複雜的念頭。作為對手，他開始羨慕曹操……竟然有這麼一個厲害的姪兒！

可惜我……

其實，孟起不錯！只可惜我早先蒙蔽了眼睛，只看到小鐵，卻忽視了孟起這許多年來的赫赫功勳。這是一種英雄末路的感慨。不過，這也只是在馬騰的腦海中一閃即逝。

我還沒死！

哪怕是明知道大勢已去，馬騰也絕不會束手就擒。

「牽馬來。」

「主公！」

親隨們大驚失色，連忙上前，想要阻止。馬騰咬緊牙關，從軟兜上下來，當雙腳落地的一剎那，他腿一軟，險些站不穩。

「主公……」

「我還沒輸！」馬騰厲聲吼道：「牽馬來！」

親隨們知道他們勸說不住馬騰，只得將馬騰的坐騎牽來。

在親隨們的攙扶下，馬騰吃力的跨坐上馬。而此時，曹朋和龐德已經會合一處，兩人都沒有說話，只是馬打盤旋，相視一眼，而後曹朋撥轉馬頭，向中軍大纛看去。

也許是感受到了曹朋的目光，馬騰猛然挺起了胸膛。

當看到馬騰的一剎那，龐德心裡竟升起了一種極其複雜的感情。

這個如今連騎馬都困難的男人，曾幾何時是他心中的偶像。想當初他從臨涇趕去西涼投奔馬騰，一晃差不多快十年了，而馬騰看上去，卻似乎變得蒼老了！

「令明，江山代有才人出，各領風騷數百年……馬騰看不清楚這天下大勢，已經跟不上這個時代。如今，是你我的天下，是你我的時代。我輩正應奮勇爭先，在這亂世之中打出一片天地，方不負來這世上一遭。」

龐德聽聞，不由得熱血沸騰！

是啊，馬騰已經老了……公子說得不錯，江山代有才人出，各領風騷數百年。大丈夫當縱情快意，方才對得起這一身本領。

「公子，且看龐德立功！」龐德大吼一聲，催馬就向那中軍大纛衝去。

曹朋不由得哈哈大笑，兩腳一磕馬腹，獅虎獸長嘶一聲，雖後發卻先至，眨眼間便超過了龐德。

「馬騰，是我的！」

洮水河畔，出現了一幕極為奇怪的景象。

三萬西涼大軍，在占據了絕對優勢的情況之下，被數千曹軍打得落花流水。龐德從後軍殺入，閻行從河對岸突擊，再加上曹朋正面衝鋒，將整個西涼大軍的陣勢衝得七零八落。西涼兵哭喊著、叫嚷著，四散奔逃，已然是潰不成軍，而曹軍則猛追猛打，毫不留情。洮水河面的堅冰，被鮮血染成了紅色。濃稠的血液在嚴寒中，迅速和堅冰融為一體，十里洮水，血紅一片……

馬騰連騎馬都成問題，更不要說和曹朋交鋒。

也難怪，前日曹朋射出的箭矢，的確沒有塗抹毒藥。這天寒地凍的，也不好找毒藥，所以曹朋讓馬玩將狄道府庫中存留的箭矢鐵鏃，放在金汁裡熬製一夜。

什麼是金汁？

哈！其實就是把糞便和腐爛之物放在一起，用人火熬製。

這種金汁，在歷史上也曾多次被使用。三國時期，郝昭堅守陳倉時，就大規模使用過。滾燙的金汁澆在人身上，會令人的皮膚迅速潰爛，可謂是殺傷力驚人。

把鐵鏃放入金汁熬製，最大的效用，就是一旦被箭矢射傷，傷口就會出現嚴重的感染。而在三國時代，這種感染足以要人的老命。馬騰所受的箭傷之所以不斷反覆、迅速潰爛化膿，就是因為被金汁感染所造成的後果……效果不錯！

西涼眾將拚死攔住了曹朋。馬騰在親隨的保護下，落荒而逃……但他在馬匹上顛簸不止，令傷口再次破裂，感染也進一步加劇。

身後，西涼兵的哭喊聲傳入馬騰的耳朵裡，讓他感到無比的難受。可他沒有辦法，所謂兵敗如山倒，西涼軍目前的狀況正是如此。當務之急，是要逃離此地！馬騰開始後悔，昨天晚上就應該撤離狄道……如今，該往哪裡逃呢？

安故、首陽，距離最近。可彈丸之地，根本不可能抵禦住曹軍的攻擊，而且那裡還是隴西第一線，距離漳縣和襄武，甚至不足一天的路程。如果去了安故和首陽，才是真的自投羅網，到時候被困白石山，也只有死路一條。

唯一的出路，是臨洮！臨洮尚有兵馬無數，李堪、張橫對馬騰忠心耿耿，絕對可以信任。最重要的，是臨洮毗鄰武都郡。那裡如今是他馬騰的地盤，馬休就駐在河池。

只要到了武都，自然也就能高枕無憂。武都地勢複雜，多高山峻嶺，不適合大規模的作戰。到時候坐擁武都，內有張魯呼應，外有湟中羌人可以提供幫助，足矣自立。或許武都的面積比不得武威郡，可單以守禦而言，卻是綽綽有餘。

馬騰趴在馬上，在瞬間做出了決定。

「過洮水，過洮水……」

他大聲喊著，親隨立刻改變了方向，朝著洮水而去。

在他身後，曹朋緊追不捨。

曹朋讓龐德、龐明兄弟帶著姜冏領軍在狄道城下，清理殘局，而他則領著韓德，死死盯著馬騰。如果這一次不能幹掉馬騰，日後再想要幹掉他，就會很麻煩。

他之所以不讓龐德追擊，還是考慮到龐德的想法。不管怎麼說，龐德之前是馬騰的部下，雖然他對自己忠心耿耿，可若是說對馬騰沒有愧疚，斷然不可能。背主或許可以接受，但弒主就有些狠了。這對於忠厚的龐德而言，若馬騰真的死在他面前，說不定會造成一輩子的心理陰影……

曹朋可不希望自己的愛將患上心理疾病。

對於曹朋的安排，龐德也心知肚明，感激萬分。他自領著兵馬，打掃狄道戰場。

而曹朋一馬當先，韓德領飛駝兵，緊隨其後。

雖不足百人的追兵，卻讓馬騰等人仍感到了莫名壓力。

「主公，如此下去，恐怕難以逃脫。請主公速走，末將願留下來殿後，護主公周詳。」幾名西涼武將大聲說道，猛然勒住了戰馬，帶著二百多人轉身殺回去，攔住了曹朋的去路。

馬騰也沒有贅言，只是趴在馬上，雙手緊緊抱著馬脖子，亡命而逃。

身後，傳來了金鐵交鳴的聲響。戰馬希聿聿長嘶，一聲聲慘叫，傳入馬騰耳中。

馬騰悲由心生！

若我兒在此，焉得小賊張狂？

他這時候想起了馬超，心中更加的悔恨。

悔不當初，他一力打壓馬超。在占領了金城之後，馬騰本有意將馬超召回，授予兵權，可他偏偏又聽信了費沃的挑唆，對馬超產生了猜忌，以至於最後讓馬超留在西涼，牽制曹朋……如今曹朋出現在狄道，說明馬超也失敗了！不知道超兒如今怎樣？想來以他的勇武，即便曹朋狡詐，也奈何不得他吧……

腦海中，雜亂的思緒此起彼伏。馬騰隨著顛簸，腦袋越發昏沉，思緒也越來越混亂。

身後的喊殺聲似乎越來越小，漸漸的消失。身邊的親隨衝著他大聲叫喊，可是卻聽不真切。眼前，似乎出現了一個嬌小的身影，正朝他微笑著走過來。

那是他的前妻，也就是馬超的生母。

當年那個隨著他一起同甘苦、共患難的羌女，如今早已成為一塚枯骨。不知已經多少年了，馬騰以為自己忘記了這個女人。可是在這一刻，他眼前似乎只有這個女人。

「你答應過我，要照顧好超兒。」

「我照顧了！」

「可是，他卻受了很多委屈。」

「我知道！」

馬騰的眼睛濕潤，眼看著那如花一般美麗的女人，忍不住伸出手，想要去抓住。

蓬！他手一鬆開，身體立刻從馬背上栽下去，重重的砸在了堅硬冰涼的冰面上。

「主公，主公！」親隨嚇了一跳，連忙勒住馬，衝上去攙扶馬騰。

剛才就發現馬騰有點不太正常，怎麼喊他都不理睬，可不想一眨眼，馬騰就從馬上掉下來。看著他那張慘白的臉，親隨們不由得放聲大哭。

總體而言，馬騰這人雖說耳根子軟，多疑而且還剛愎自用，但是他對手下，還是相當的友善。這也是到了這種程度，仍有人願意為馬騰賣命，仍緊緊跟隨……

看著馬騰的模樣，親隨們不知所措。

「先把主公攙扶到岸上再說。」一個親隨提醒道。

看馬騰這樣子，實在是有些危險。

曹軍的追兵，此時已不見了蹤影，想必已經甩脫了。親隨們抬起馬騰那宏大魁梧的身子，剛要往河對岸走，忽聽遠處，馬蹄聲響起。一員大將身穿鐵甲，手擎長槍，縱馬疾馳。

「馬騰，哪裡走！」

是閻行……

親隨們頓時大驚！甩脫了曹朋，沒想到卻來了閻行。這兩個人，和馬騰都有著深仇大恨。不過，閻行並沒有帶什麼人，而是單人獨騎。

「速保護主公撤離！兄弟們，如今正是我等以死報答主公恩情的時候，攔住閻賊！」

二十多名小校二話不說，扳鞍認鐙，躍馬衝出。

單以武力而言，這些人遠非閻行的對手。可是一將效死，三軍莫辟。二十幾名小校，抱著必死的決心，攔住了閻行，即便閻行武力過人，也被這些人絲絲纏住，一時間手忙腳亂。

而另一邊，十幾名小校把神志不清的馬騰攙扶上馬，打馬揚鞭而去。眼見馬騰越走越遠，閻行氣得哇呀呀大叫，大槍翻飛，西涼小校紛紛落馬。

可是，當他解決了那二十多名小校的時候，馬騰已經不見了蹤影……

馬騰看上去，越發的神志不清了，忽而大聲叫喊『超兒』，或是喃喃自語『鳳凰』……一會兒哭，一會兒笑，一會兒咬牙切齒，一會兒又昏沉沉，一言不發。

天色漸漸昏暗下來，親隨們擺脫了閻行之後，一直跑出去二十多里，在緊鄰洮水河畔的一處密林中避風。

「主公這樣子下去，可撐不了太久。」

「我知道！」

「那咱們……」

「就算是撐不下去，也得撐下去！」一個頭目似的親隨，厲聲吼道：「主公於我們有知遇之恩，若無主公，你我說不定早已戰死。如今主公落難，正是你我報還之時。那麼多兄弟捨命掩護，不就是想要保住主公性命？咱們說什麼也不能放棄，待天亮之後，咱們保著主公前往臨洮，估計明日傍晚，便可以抵達……」

「如此，也好！」

肚子，咕嚕嚕的響起來。一干親隨這才想起，他們已一整天水米未進。

由於敗的突然，所以眾人身上也沒有攜帶什麼乾糧和水囊。大家你看著我、我看著你，片刻後，幾個健壯的親隨站起身來，「我們去尋些吃食，你們照顧好主公。」

「那，有勞了！」

幾個親隨抄起弓矢，挎刀往密林外行去。

林中，幾個小校走到馬騰身邊，小心翼翼的將馬騰身上的血汙擦拭乾淨。再把纏繞在傷口上的布條扯下來，但見那傷口潰爛，膿水和鮮血混在一起流淌，色澤發黑，帶著一股濃濃的惡臭氣，讓人不由得窒息。

一個小校取出一顆金創，在嘴裡嚼碎，吐出來，把金創藥壓在傷口上，而後罵道：「曹賊狠辣，也不知用了什麼妖法，竟令主公成了這副模樣。這傷口一直不見好，該如何處理呢？」

「到了臨洮，請先生診治就是。若臨洮的先生不成，咱們就去武都。聽說漢中有些先生的手段高明，說不定能看出端倪。大家辛苦一點，保護好主公。等到了臨洮，咱們就能輕鬆一些了……」說著，那小校站起身來。

忽然間，耳邊一聲弓弦響，一抹寒芒恍若憑空幻出，噗的一聲，正中那小校哽嗓咽喉。小校瞪大眼睛，身體直挺挺的栽倒地上，一聲不吭。其餘幾名小校大吃一驚，連忙站起身來向四周觀察。

密林中，光線幽暗，視線極差……

一名小校驚恐叫嚷，可是卻沒有人回答。

「什麼人？」

眾小校臉色慘白，握緊了手中兵器。其中一人緩緩邁步，向前走了幾步，忽然間，就看到一個黑乎乎的東西朝他飛來。小校本能的揮刀將那物體拍飛，那圓乎乎的東西在地上滾了兩圈，在篝火旁邊停下。火光照映下，眾小校看得極為真切，那赫然是一刻血淋淋的人頭，面目栩栩如生，極為真切。

「是二牛！」

眾人一眼認出，這人頭是剛才說要出去找食物的親隨首級。

不由得激靈靈打了個寒顫，頓時有一種墜入冰窟的恐怖感受。一個小校忍耐不住，大喊一聲，朝著林外衝去。卻見密林中人影一閃，一抹寒光掠過，正中小校面門。那小校慘叫一聲，栽倒在地上，緊跟著屍體好像被什麼東西拉扯，刷的一下子沒入草叢之中……

所有人都知道是怎麼回事！可是親眼看到那屍體消失，仍感到毛骨悚然。

「拚了！」

倖存的六名小校，拔刀向外衝去。一抹抹寒光掠過，眨眼間奪走了六名小校的性命。

篝火熊熊，馬騰躺在地上，緩緩睜開了眼睛。只見一個人，從黑暗中走來，那人身高八尺開外，體型宏大而魁梧，猶如一頭雄獅；他一身孝衣，頭戴白色抹額，步履堅實，緩緩逼近，掌中一口短刃，閃爍著一抹暗紅色的光。

馬騰突然開口道：「曹朋，休要裝神弄鬼，馬某不怕你。」

「堂堂槐里侯，大名鼎鼎伏波將軍後裔，如今卻落得如此下場。若馬伏波泉下有知，必然會為你感到羞愧。」

來人停下了腳步，火光照映下，一張英武的面容顯現出來。濃眉，大眼，殺氣騰騰……正是曹朋！

馬騰一笑，「成王敗寇，隨你怎麼說。馬騰今日輸給你，非戰之過，實費沃誤我，乃天意。」

「費沃嗎？若非你貪心不足，想要謀取金城，我焉能有機會奪取武威？若非你殺了韓遂，只怕也不會像現在這般，孤家寡人。馬騰，你確實是一條好漢，只可惜你不該壞我世父性命。我今日要殺你，非是為了國仇，只為我世父報仇，祭他在天之靈。」

馬騰此時，精神似乎好轉許多，不再復先前那神志不清的模樣。

「大丈夫戰死沙場，快哉快哉……王猛是一條好漢，我亦敬佩不已。不過，既然他坐在那位子上，就應明白早晚會有那麼一天。我殺了王猛，也知道遲早有一日，會死於他人之手。曹朋，今日你殺我，他日我兒定取你項上人頭！」

「你是說，馬超？」

曹朋並不急於殺死馬騰，而是在篝火旁站穩，靜靜的看著他。

對於這位伏波將軍的後人，曹朋並無太多的惡感。前世，他挺喜歡馬騰這個人，忠誠、耿直……雖說現在看來，《演義》裡的馬騰明顯是經過了小說家的美化，而現實中的馬騰，也是個野心勃勃的梟雄。但這並不妨礙他對馬騰的尊敬……

這，恐怕是曹朋重生以來，所殺的第一個梟雄人物。

此前的呂布，非他所壞；而顏良、文醜，說實話也沒有給他帶來太大的感受。顏良、文醜死於甘寧之手，和他關係不大。雖然在世人眼中，顏良是被他所殺。

馬騰，是第一個將要死在曹朋手裡的大人物！

也許他不會是最後一個，但對於曹朋而言，親手殺死這麼一個大人物的感受，卻是極為奇妙。

「馬超如今，恐怕也是自身難保。我忘了告訴你，馬孟起在允吾被我打成了重傷，如今下落不明，生死不知……而你在西涼的那些兵馬，也已經潰敗而逃。李越戰死，你姪兒馬岱同樣生死不知。」

馬騰的眼睛驀地睜大。他瞪著曹朋，牙關緊咬，久久說不出一句話來。

馬超，敗了？

他有些無法相信，可他也知道，曹朋沒必要在這種事情上騙他。胸口一陣劇烈起伏，喉嚨一甜，馬騰哇的噴出一口鮮血。剛才還精神奕奕的模樣，一下子變得壞敗。

超兒，輸了！

「我不信！」

曹朋臉上透出一抹森然，手腕一翻，亮出鋼刀。「不管你信不信，反正我信了……馬超不會是最後一個，接下來，我會殺了馬休，將你馬氏一家，徹底誅絕。」

「你……」馬騰一臉驚怒之色，看著曹朋，久久不語。

半晌後，他突然道：「小賊，你贏了……曹操老兒端地好運氣，竟有你這麼一個族子。不過你別得意太久，費沃其人，狡詐多變，他早晚會反了你，咬你一口。」

曹朋笑了！他走到馬騰身邊，猛然抬手，一刀狠狠刺進了馬騰的胸口。

「我知道……所以，用不了多久，他會和你在黃泉路上相見。馬將軍，這是我贈你的最後一樣禮物，希望你能夠喜歡。」

馬騰張大了嘴巴，口中發出呵呵的聲響，臉上的恨意卻漸漸淡去，露出一抹笑容。

曹朋一咬牙，拔出鋼刀。一蓬熱血噴濺出來，灑在了他的臉上。

馬騰的身子一抽搐，頭一歪，頓時氣絕身亡……

閉上眼，曹朋的眼前，又浮現出了王猛的模樣。彷彿又回到了他殺死成紀之後，逃離中陽鎮的時光。王猛背著當時體弱的曹朋，一路上有說有笑，在夜色中行進，那寬厚的後背，給當時還顯得稚嫩懵懂的曹朋帶來了無比的安全感……

眼淚，順著眼角無聲流淌出來。

曹朋突然仰天啊的一聲大叫，他抬起頭，透過密林的縫隙向夜幕仰望。

「王伯伯，我已經為你報了仇，你看到了沒有！」

不知不覺，淚水打濕了曹朋的衣襟……

馬騰，死了！

當他的屍體被懸掛在狄道城外的柱子上時，整個涼州全都為之轟動。

誰也沒想到，強悍若斯的馬騰就這麼死掉了。之前還占盡了優勢的西涼軍，在一夜之間煙消雲……

涼州，要變天了！隨著馬騰被殺，曹朋的名字迅速傳遍了涼州大地。一時間，幾乎所有人都知道了曹朋的名字，更瞭解到了他顯赫的戰功。

蠢蠢欲動的河湟諸羌，立刻安靜下來。

燒當老羌王在得到消息之後，立刻命其子柯吾，攜帶大量物資，前往允吾拜會。誰能搶在最前面第一個得到曹朋的支持，那麼接下來，他就可以在涼州大地站穩腳跟。

與此同時，曹朋在河西推行的天下一家、天下大同的思想，也開始被那些羌人、氐人所瞭解。

曹朋在河西，並沒有對胡漢進行區別對待，而是一視同仁。羌人可以保留自己的生活習慣，可以自由買賣，但是他們必須要承認自己漢民的身分，由此才可能在河西立足……得到了官府的承認之後，他們的牧場將會受到保護；他們和漢人的交易，不必再去擔心受到欺騙，而是公平買賣。

最讓人吃驚的，莫過於九月中在河西發生的一個案件。

一群關中商賈在河西買賣皮毛，結果用劣等貨物進行交換，當地的羌人自然不肯答應，於是雙方發生了嚴重衝突。關中商賈死傷數人，以至於驚動了官府。那些羌人部落隨即緊張萬分，擔心受到官府的報復，立刻調集兵馬。哪知道，三日之後，那些關中豪商被罰沒了貨物，更被罰作三個月，充當苦役；而同時，官府派人將那些被關中豪商騙走的貨物歸還羌人，並給予了豐厚補償……

所有人以為事情就此結束，但三天後，羌人自動把殺人的羌人押解到了官府。經過詢問，官府判羌人雖有殺人之過，但事出有因，所以判罰那十幾名羌人輸作紅沙崗，刑期三年，令羌人拜服……

河西，真正做到了對羌胡和漢人的一視同仁。

這也使得涼州各地異族，對曹朋產生了強烈的好感。

這是一個好官！

如果到了河西，去詢問那些羌胡的話，他們會毫不猶豫告訴你，曹朋是個好人。

也正是這一案件，令曹朋的名望在河西更加響亮。包括武威在內的西羌，也開始將名冊遞到官府，表示願意融入官府的治下……

燒當老王明顯是看到了這一點，所以在狄道戰事結束不久，立刻派人前來拜訪。只可惜，此時曹朋尚在狄道。燒當小王柯吾並未能見到曹朋，只是受到了龐統和徐庶的接見。

徐庶表示：金城郡願意接納燒當羌，但前提是，燒當羌必須要納入官府的治下。待名冊戶籍登錄完畢之後，朝廷將會在龍耆城開設集市，以方便河湟諸羌和關中的聯繫。當然了，開設集市之後，必須要遵循律法。不過徐庶保證，朝廷會對河湟諸羌一視同仁，絕不會搞什麼差別對待。不但如此，一旦設立集市，官府將逐步對河湟開放食鹽管制，並且歡迎河湟羌人到金城郡定居、落戶……

如此條件，對於柯吾而言，並不算嚴苛。

河湟的生活條件艱苦，物資相對匱乏，糧食、食鹽等生活必需品，很大程度上受金城郡的影響。如果能夠開放集市，那麼對於河湟諸羌而言，無疑是巨大福音。

至於名冊……

徐庶也說了，並不想過多參與羌人的事務當中。

羌人治羌，這是一個極其新鮮的名詞，據說是出自曹朋之後。柯吾可以明顯的感受到這其中的巨大利益：一旦得到了官府的支持，燒當將獲得極大的利益！

所以，柯吾當下決定，願意歸附。

為了使柯吾更加放心，徐庶決定送柯吾前去狄道，面見曹朋。柯吾自然感激萬分……

似燒當老王這樣的聰明人，不在少數。

與此同時，狄道大捷的消息，也迅速傳到了武都和關中。

馬休得知消息後，放聲大哭，下令三軍披麻戴孝，誓要找曹朋報仇雪恨。可是，楊昂卻縮了！他代表張魯，堅決反對馬休出兵的決意。

「今曹軍勢大，而西涼軍士氣低落，這個時候出兵，絕非上上之策。再說了，曹洪已兵出大散關，屯紮西縣。以西涼軍目前的狀況，想要攻破西縣，只怕是很困難。我家主公的意思，是請二公子先冷靜下來，在武都整備兵馬，休養生息，所需要的一應輜重，我家主公會予以提供。公子當儘快振作起來，挽回軍中士氣。待兵強馬壯時，我家主公自會配合公子出兵。到時候，公子橫掃涼州，為父報仇，絕非一句空話……請公子三思。」

言下之意，張魯不同意馬休現在用兵。如果馬休一意孤行，那麼張魯會斷了馬休的輜重供應。

馬休心裡清楚，隨著馬騰戰死，金城、隴西兩郡丟失，馬家與張魯之前對等的關係已經隨之告破。他們，將成為張魯的馬前卒、守門犬……雙方從平等的地位，在悄然不經意間變成了附庸的關係。馬家附庸張魯，已經無可改變！

馬休雖然不情願，卻也不得不低頭，畢竟馬家在武都並沒有太多根基……而馬騰一死，西涼軍精銳折了六、七成，早已大不如從前，如果他這時候和張魯反目，弄不好張魯會勾結曹操，夾擊馬家。

「既然如此，馬休願從漢中王之命。」

說出這一番話的時候，馬休心裡感受到了無比的屈辱。

而楊昂則得意洋洋，返回故道。

楊昂走後，馬休氣得砸壞了新備置的家具。不過，他很快便轉怒為喜，因為他得到了馬超的消息。

馬超在允吾遭遇伏擊後身受重傷，被胡遵救走，逃往河關。結果沒等馬超身體康復，就傳來了馬騰的死訊。馬超氣怒攻心，當時就要找曹朋報仇，卻被胡遵攔住。

胡遵說：「如今曹朋勢大，不可觸其鋒芒。老將軍大仇，當然要報，可最重要的，還是要保全自身……河關不足以為屏障，必須儘快撤離，趕往武都郡，和二公子會合！」

馬超聽從了胡遵的建議，將當初馬騰留在河關的八百西涼兵集合起來，連夜撤離。他們取道石城，經大小榆谷，進入河湟。而後，馬超迅速與湟中參狼羌首領王屠取得聯繫，並透過參狼羌，抵達羌道……次年三月，馬超率殘部橫穿河湟，抵達武都。

曹洪得知狄道大捷後，喜出望外。

當晚，他喝得酩酊大醉，拉著羅德的手，笑罵道：「我早就知道那小子不是吃虧的主兒。友學用兵，若羚羊掛角，捕捉痕跡。馬壽成，莽夫耳！焉能與我曹氏為敵？」

羅德，昔日陳郡司馬，如今官拜司法參軍。其職位近似後世的廳局級幹部，主張京兆地區的法度，是曹洪的親信。

羅德點頭道：「將軍為京兆尹，不可以再冒進。既然曹公子平定了馬騰之亂，將軍當退守大散關，而後呈報許都。想來主公也等得焦慮，如今年關將至，將這喜訊傳遞許都，必然能使主公開懷，也能為許都增添許多喜氣，如何？」

曹洪連連點頭，「正當如此！」

可是，連曹洪自己都沒有想到，正是因為他退回關中，才使得曹朋釀成了大禍。此為後話，暫且不提！

殺死馬騰之後，積鬱已久的曹朋，心情頓時開朗許多。

他帶著馬騰的屍體，在第二天返回狄道，與眾將會合。閻行雖然沒能手刃馬騰，為丈人韓遂報仇雪恨，可是看到馬騰的屍體後，他的心裡面也感覺舒服了很多……

曹朋倒是沒有忘記他對閻行的保證。在返回狄道之後，他下令在狄道城外的洮水河畔豎起高杆，將馬騰屍首懸掛杆上十五日，以震懾宵小。這是三國時代極為常見的事情，梟首示眾、懸屍示眾，也算不得什麼大事。

閻行非常開心的得到了將馬騰屍首懸掛高杆的任務。他親自動手，將繩索套在了馬騰的屍體上，而後掛在那根高達五丈的高杆之上。也就是這麼一掛，使得閻行心裡的鬱悶消減了許多。

待十五日後，曹朋自會將馬騰屍體收好，派人送往武都，也算是了卻一樁前世夙願。

至於馬家人是否感恩戴德？與曹朋無干……

同時曹朋下令，將馬超妻子楊氏和馬氏家族成員從姑臧押解來狄道，到時候連同馬騰的屍體，一併送往武都郡。這樣的安排，也算是還了龐德一樁夙願。不過，曹朋卻沒有想到在押解的途中，馬文鷺將兩名守衛殺死，逃匿無蹤。而到了後來，這馬文鷺更給曹朋製造了許多麻煩，使得曹朋頗為頭疼。

此時，曹朋並不知道這些日後要發生的事情。

他回到狄道，處理了戰後事宜之後，龐德來報：「石韜在門外，負荊請罪。」

「廣元無恙？」

曹朋在大廳外，拉著石韜的手，感到驚喜萬分。詢問之下他才知道，原來石韜出兵救援王猛時，遭遇馬騰伏擊，帶著殘兵敗將狼狽而逃。王猛死後，石韜一直想要為王猛報仇，卻在這時正好遇到前來隴西郡準備救援王猛的龐德一行人。兩人相見後便合兵一處，藏於白石山，準備襲擊馬騰。可馬騰兵力強盛，守禦森嚴，令二人沒有找到合適的機會。

石韜赤著膀子，撲通一聲跪在地上，「公子，王都尉本不至於死，奈何那韋端老賊遲遲不肯出兵救援。乃至於王都尉最終被困白石城，慘遭馬賊所害……馬騰固然該殺，可是那韋端……我曾多次懇求，但是那韋端始終不肯出兵援救！」

章四

大丈夫當快意恩仇

一夜豪雪，將許都籠罩在銀裝素裹之中。

臨沂侯府內，劉光披著一件厚厚的棉袍，站在門廊上，一動不動。乍一看，他似乎是在欣賞花園中的雪景。可僕人卻知道，從昨天到現在，臨沂侯一直都是如此。

「侯爺，國丈來了！」

「有請！」

劉光驀地清醒過來，道了聲『有請』，便向書房行去。

距離出使南匈奴，眨眼間已近兩載。

從表面上看，他那次出使似乎毫無用處，以失敗告終。可實際上，隨著呼廚泉被殺，左賢王劉豹迅速崛起，劉光的成績不可否定，只是這成績一時間還無法看出端倪。因為劉豹雖然自立南匈奴單于，坐擁單于庭，但去卑猶未臣服。南匈奴所控制的面積不過原來的五分之三，而且去卑在年初和一支從河西走出來的鮮卑部落聯手，隱隱有掌控漠北的趨勢。大河以外的地區，盡歸此二人之手。

劉光有理由相信，那支鮮卑部落是出自曹朋的手臂。

他們來自河西，明裡說是遭遇漢軍打擊，不得不退出河西。但是從南匈奴傳來的消息看，這支鮮卑部落裝備精良，輜重豐厚，實力不可小覷。最可怕的，莫過於他們擁有極為精良的武器，據說那些武器大都是被曹軍淘汰下來的器械，使得這支鮮卑的戰鬥力極強。同時，他們還源源不斷向去卑輸送輜重。

原本，隨著劉豹占據單于庭，去卑已處於下風。可是在獲得了大批輜重後，去卑迅速恢復了勢力，並且有意識的收縮兵力，屯紮於彈汗山和受降城一線。

而去卑原先占據的申屠澤，則被那支鮮卑部落掌控。

如此一來，劉豹就不得不兩面受敵：正北面，是去卑十萬控弦；而西面，則有鮮卑近五萬兵馬，虎視眈眈。

從占據了絕對的優勢，到如今持平……劉豹如今的狀況算不得太好，甚至隱隱處於下風，也幸虧是河北戰事告一段落，高幹雖然在河東失利，卻並未受到太大的打擊。相反，高幹在袁熙的協助下，趁機吞併了柯最的烏丸部落，一下子壯大起來。

與袁熙聯手後，高幹又主動和劉豹結盟，並提供了大批輜重，幫助劉豹站穩腳跟。

如此一來，南匈奴的局勢漸漸穩定下來，至少在和去卑的對抗中，劉豹挽回了劣勢。可是，要等到劉豹完全掌控局勢，形成助力，還需要時間。

劉光有一種莫名的危機感，他不知道自己還能堅持多久，或者說漢室還能堅持多久……特別是涼州大捷傳來後，劉光這種危機感就越發強烈，甚至隱隱感到了恐懼！

為何我漢室宗親之中，沒有曹朋這等人物？

劉光拿起書，卻無心翻閱。

馬騰一死，衣帶詔中署名者，只剩下劉備一人。可劉備現在仍自身難保，連個安身之處都沒有，只能寄人籬下。雖說劉備在新野，和曹軍數次交鋒，也頗有勝績，但總體而言，他那些勝利都是小打小鬧。

相比曹朋這次涼州大捷，劉備的成績也就顯得微不足道。

曹朋殺了馬騰，曹操的西北之患也將隨之消滅。接下來，只看曹操如何迅速奪取涼州，把涼州完全掌控。

「臨沂侯！」

劉光驀地警醒過來，抬頭看去，伏完已走進了房間。他身著一身黑色長袍，大袖飄飄，將殘缺的手臂藏於大袖之中。

走進屋子，伏完朝劉光一禮，「臨沂侯，先前呼喚良久，卻不見回答，莫非有什麼心事嗎？」

伏完的精神挺好，看上去紅光滿面，比以前胖了不少。在經歷了那斷手之難後，伏完漸漸從朝堂上淡出眾人視線，變得清心寡欲，每日在家中誦《道德經》，顯得非常自在。可劉光卻知道，伏完一直沒有停止動作，在他那副風輕雲淡之下，卻藏著一顆熾烈的心……

伏均，死了！

這讓伏完對曹氏的恨意，越發強烈。

他表面上退出了政治舞臺，可是私下裡，仍在努力的為漢帝拉攏人才。這一點，從伏完家中激增的門客便能看出端倪。過往一年，伏完門下食客逾千人，大都是一些不得志的清流書生，每日高談闊論，抨擊時政，指點江山，已成為許都一道風景。而這些人所造成的結果，就是令許都街頭巷尾多出許多流言蜚語。

比如，曹操要謀朝篡位啊！屯田之法，過於苛刻啊！抑或有人直接說，曹操如今所推行的律法，頗有暴秦味道，必然禍亂江山。

不過，這只是流言蜚語，也無法巡查出源頭。

劉光一擺手，「國丈，請坐。」

哪知道伏完眉頭一蹙，看著廳堂裡擺放的那些家具，沉聲道：「臨沂侯乃當朝太僕，又是皇親國戚，當謹守禮制才是，何故也仿效他人，置辦這些奇淫巧計？」

伏完所說的奇淫巧計，是指劉光書房裡的圈椅、書案……

劉光一笑，「國丈，禮在心中，何必拘泥。」

祖宗的禮法，藏在我心裡面，我不需要告訴別人。

一句話，讓伏完頓時露出笑容。

伏完道：「我欲派人前往關中。」

「呃？」

「馬騰無能，被那小賊所殺。如今涼州局勢，已朝著曹老兒靠攏，不可以坐視。關中素有豪門望族，且利益糾葛，牽連甚深。我準備藉關中之力，助韋端坐穩涼州，使曹老兒空歡喜一場，如何？」

劉光一怔，手指輕輕敲擊書案——這是曹朋的習慣，卻不知為何被劉光學會。

伏完的意思非常清楚，就是堅決不讓曹操完全控制住涼州地區。

關中有豪門世族，在涼州的利益極為深厚。比如韋端，就藉助涼州通路，向羌氐販賣違禁品，以牟取驚人利益。這只是冰山一角，事實上關中的豪族絲毫不比中原少，比如平陵竇氏、京兆韋氏，還有弘農楊氏……諸如此類的家族甚多。

雖然如今的關中豪門，遠比不上中原世族那麼強勢，但其底蘊猶存，是一支不可小覷的力量。最重要的是，關中豪門多忠於漢室。比如弘農楊氏、臨涇皇甫等家族，對漢室忠心耿耿。

劉光不禁輕輕點頭，這恐怕是伏完牽制曹操的最後一招……

「那韋端，可願意配合？」

「我已命人前去和韋端聯絡，同時我準備在許都放出謠言，替韋端製造聲勢，助他取得涼州兵權。」

言下之意，他想要讓韋端做涼州牧。

韋端雖然是涼州刺史，但相較而言，還是遜色於州牧的職位。

劉光想了想，「國丈既有此意，還要妥善安排。為韋端製造聲勢，還需要謹慎一些，以免被曹操覺察。我這邊，會盡量為國丈清除障礙，令陛下提出朝議。」

「如此，伏完告辭！」

伏完如今做事，雷厲風行。一旦商議完畢，就立刻告辭離去。

對於他這種行事作風，劉光倒是非常滿意。至少比之那斷手之前，做事總是猶豫不決、蛇鼠兩端的輔國將軍，強上百倍。

曹友學，咱們的博弈，還沒結束……

「主公此次返回狄道，還須與曹太守多些友善。今曹太守連取三郡，聲勢正大，到時候難免會有些言語得罪。少年得志，大多如此……主公若想儘快將隴西收回，還是放低一些，想來他也不會為難。」

韋端耳邊，迴響著楊阜的囑託。

隨著隴西戰事平息，他返回狄道，收復隴西的事務已變得迫在眉睫。

隴西，必須要儘快拿回來，還有金城郡，也要從速取回。

韋端非常清楚隴西和金城的重要性，只有將這兩郡掌控在手裡，才算是高枕無憂。可問題是，曹朋會心甘情願的交還給他嗎？

車輪轉動，發出嘎吱嘎吱的聲音。迸碎的冰屑向兩邊飛濺出去，散落一地。

對於楊阜這位老部下，韋端是非常信任。可他心裡面卻感覺到很不安穩，同時也有些不太舒服。

馬騰，奪走了隴西，把他韋端從隴西趕到了漢陽；而曹朋，卻在短短時間內奪回了隴西，甚至還把金城郡一同搶走。這分明是說他韋端無能，好響亮的一記耳光，打得韋端心裡難受。要知道，他當初可是聽信了馬騰的話，才丟了隴西。

用力搓揉了一下面龐，韋端突然掀起車簾，喚道：「元將！」

「父親……」韋康聽到韋端的呼喚聲，連忙策馬上前，「父親，怎麼了？」

「到哪裡了？」

「已過白石山。」

韋端猶豫了一下，輕聲道：「傳令下去，今夜駐紮白石山，待天亮之後再啟程。」

「啊？」

「我心裡，不太安穩。」韋端輕聲解釋，又好像是自言自語。

韋康是個孝子，既然老爹這麼說了，他也不好拒絕，便點頭應下。

於是，車隊便駐留在白石山下。

這白石山，在安故縣和首陽縣之間。原本這裡是馬騰的地盤，由大將成宜和梁興二人駐守，不過馬騰死後，安故和首陽也就變得岌岌可危。

這兩人原本是韓遂手下八部將，但由於韓遂死了，兩人便歸順了馬騰，算不得馬騰的親信，卻又屬於貳臣，多少有一些尷尬。

自歸順曹朋以來，除了在奪取狄道時立下些許功勳的馬玩，便主動向曹朋提出願意來說降成宜、梁興二人。狄道大戰，馬玩寸功未立，基本上是站在城裡看熱鬧，如今這大戰將歇，馬上就要論功行賞，馬玩自然希望為自己增添一筆功勞。

他和成宜、梁興，原本同屬八部將，關係一直不差，所以自告奮勇來到安故，與成宜、梁興一說，兩人立刻順水推舟，表示願意臣服。

所以，安故和首陽，如今為曹朋所占領。

本來韋端是想要讓他的兩個部將，襄武孔信還有漳縣王靈出手，奪取安故、首陽兩縣。畢竟，如果兩縣被他拿下，多多少少能挽回一點當初被馬騰趕走的尷尬。

可沒想到曹朋根本不給他喝湯的機會，直接拿下了兩縣，同時又命閻行駐守首陽，馬玩鎮守安故。

馬玩還好說一些，可閻行卻是一員悍將。王靈、孔信二人雖說也善戰驍勇，卻不敢去碰觸閻行的鋒芒，更不要說狄道還坐著一個曹朋，手下精兵悍將無數。而臨洮又被甘寧、郝昭拿下，這兩人，一個出自曹朋門下，如今自立門戶，另一個還在曹朋帳下效力，非同等閒。再加上大散關的曹洪，以及西縣的陳群……孔信、王靈就算有天大的膽子，也不敢招惹曹朋，弄不好，就會被曹朋連根拔起！

天，已經暗了。烏雲翻滾……

韋端心神不寧，在大帳裡徘徊，顯得格外焦躁。

「父親，您這是……」

「元將，你說那曹友學，真的會把隴西交還過來嗎？」

韋康搔搔頭，不知道該如何回答。

事實上，這個問題真的說不清楚。

在韋康看來，如果換作是他，費盡心思奪取了隴西之後，絕不可能輕易交出去。但這些話，他又如何與韋端說明呢？

「他應該會交還。父親畢竟是涼州刺史，曹朋不過河西太守而已。如今他占據了武威郡，已經是名不正言不順，如果再霸占隴西，恐怕會招人是非。依我看，他肯定會交出來，只是父親到時候，難免會付出一些代價。曹友學不是傻子，他以一下郡太守身分霸占整個涼州，莫說別的，只怕楊義山他們都不會答應，更不要說關中的那些家族了……父親放心，他會交出來隴西，但要費些周折。」

「嗯！」韋端不由得精神一振。

沒錯，我才是涼州刺史，他曹朋不過是一個下郡的太守。義山說的不錯，他年少得志，到時候我只要把姿態放低一些，自然能討要回來。等我穩定了隴西，哼哼……

可他心裡，又有一層顧慮：當初王猛被馬騰圍攻，我見死不救，造成王猛之死。若是被曹朋知曉，會如何？

好在，這件事知曉的人並不多，除了他父子之外，也只有石韜清楚。

當時石韜曾到狄道，懇請韋端出兵相助，但是被韋端拒絕……好在，石韜如今下落不明，多半是在救援王猛的時候，被馬騰殺了。嗯，死得好！石韜若還活著，那必然又是一樁麻煩。他如今死了，想來曹朋也不太可能知曉其中真相……

韋端突然有些後悔！

他後悔當初為何要聽信馬騰的謊言，坐視王猛戰死白石。

雖說王猛這個人耿直，不懂得變通，可整體而言，對他韋端還是保持著一定程度的尊重。

如果王猛沒死的話，說不定這次回去，還能為自己美言幾句，少許多麻煩……可再一想，如果王猛沒死，他未必會丟失隴西，被馬騰打得好像喪家之犬一樣。

「父親，父親？」

韋康的呼喚聲，把韋端從沉思中喚醒。

「啊？」韋端猛然醒悟過，強作笑容道：「元將莫擔心，為父沒事。只是這一路奔波，有些乏了……你也辛苦了，早點休息。明日一早，還要趕路。」

韋康點點頭，告辭離去。

和兒子聊了這麼一會兒，韋端的心裡舒服了很多。他坐下來，捧起一卷書冊，在燈光下翻閱。

章四 大丈夫當快意恩仇

書，是蔡邕當年所著的《東觀漢記》。蔡邕死後，這本書也隨之丟失，好在蔡邕之女蔡琰讀過此書，所以默記出來。後韋端派人拓印一卷，時常捧讀。

以前，他每逢心亂，一讀書便會平靜下來。可今天卻不知怎地，一直無法平靜……

忽然間，風捲帳簾，拂動燈火搖曳，忽暗忽明。韋端心煩意亂，於是披衣而起，邁步走出了帳篷，卻見漆黑如墨的蒼穹，風雲色變。

大風起，呼嘯肆虐，營中的幾座小帳被狂風吹倒，軍卒們狼狽跑出。

一杆大纛，轟隆倒地，使得韋端心裡不由得一顫……

鵝毛大的雪花，呈六角星的形狀，紛紛揚揚飄落。一眨眼的工夫，天地變成了一片雪白，令人心中頓生一種莫名的寂寥感慨……

好大的雪！

韋端負手而立，心道：這，恐怕是入冬以來，最大的一場雪吧……

翌日，風止。

雪仍在下，地上厚厚的積雪足以沒過腳踝。

車仗再次啟程，碾壓著積雪，發出嘎吱嘎吱的聲響。由於雪勢很大，道路也變得極為難行，原本從白石山到狄道只需要半天的時間，韋端一行人卻足足走了快一天。

當天色將晚，大雪停息的時候，終於看到了狄道城牆的輪廓。

落日下，巍峨的狄道城牆，在洮水河畔，透著古老雄渾的氣息……

韋端長出了一口氣，心神也變得平靜下來。瞇著眼，眺望狄道，他生出一種從未有過的親切感。我，終於又回來了！

「傳令下去，命車隊加快速度。」

韋端吩咐罷，剛準備放下車簾，卻見韋康縱馬而來，在車前停下，翻身下馬。

「父親，河西太守曹朋，率狄道大小官吏，已至十里亭相迎。」

「啊？」韋端心裡一顫，臉上頓時流露出一抹喜色。

曹朋親自出城相迎，說明他把自己當成了上司。換而言之，曹朋定會交出隴西郡。

既然曹朋表現出了足夠的尊重，出身望族的韋端，自然也不能失禮。他從車上走下來，整了整衣衫，而後下令道：「打出旗號，元將隨我一同前往。」

雪，停了。但風卻未止……

風不大，從雪原上掠過，捲起一道道雪渦旋流，旋即又消散無蹤。

曹朋負手站在十里亭，神色顯得安詳寧靜。至少從他的臉上，看不出半點喜怒哀樂，一切都是那麼的平和。只有那不斷閃動的眸光，顯示出他內心中的激盪。

風掠過，揚起他身上的黑袍，獵獵而動。

曹朋一言不發，靜靜的站在那裡，看似恭敬，可卻讓人感受到一種洶湧的氣勢。

龐統站在他身後，輕輕嘆息一聲。

友學，似乎已經下定決心了！

龐統是在狄道之戰結束的第四天，匆匆趕來。

原本他和徐庶打算讓曹朋堅持十日，待兵馬整頓之後，再往狄道援救。畢竟，曹軍自西涼一路打過來，雖然沒有經歷什麼慘烈戰鬥，卻也是馬不停蹄，晝夜兼程，當大軍抵達允吾的時候，軍卒們已筋疲力盡。這種疲乏不僅僅是肉體上的，還有精神上的……

哪怕明知道已經獲勝，但是在沒有確認之前，誰又敢放鬆警戒？近十天的路程，只用了不到五天便打過來，是何等的疲乏。

可沒想到，曹朋居然勝了！而且是勝得乾淨俐落，勝得極為漂亮。以數千人之眾，大勝三萬西涼兵，堪稱奇蹟。

徐庶得知消息後，也是大吃一驚。他原本也想要過來，可是允吾的事務太多，太過繁雜，根本容不得徐庶抽身。

費沃非常聰明，在得知狄道大勝後，便徹底放手，將允吾交給了徐庶。他如今就在家坐等，等待前往張掖赴任的命令。同時，他又把費龍從洛都谷召回，千叮嚀萬囑咐。

徐庶抽不出身來，只能讓龐統一人前來。畢竟在處理政務上，龐統也頗有才學，足以令曹朋輕鬆下來。只是，龐統卻沒有想到……

數日前的一場爭執，也是龐統和曹朋相識以來，最激烈的一場爭執。

當曹朋得知，王猛之死另有原因的時候，頓時暴跳如雷。也就是這時候，從臨洮傳來了消息，甘寧已經收復了臨洮縣，而王買並未死去，令曹朋多少冷靜下來。

「友學，衝動不得啊！」龐統勸說曹朋道：「如今你好不容易創立下了大好基業，若這時候衝動，只怕會前功盡棄。一旦你不在涼州，誰可承擔偌大場面？你做的那些計畫，你做的各種準備，誰又能妥善執行？友學，切不可為了一時衝動，而丟掉了大好機會。」

燈光下，曹朋在鋼刀上撲了些刀粉，而後認真的擦拭。

半晌後他抬起頭來，沉聲問道：「士元，你說我所做的這一切，是為了什麼？」

「啊？」

「為榮華富貴嗎？」

曹朋一笑，露出不屑之色，「我今之情形，何止榮華富貴？過往幾年，我在海西的收益，達數億金。若只是為了榮華富貴，我又何必把那些錢財丟去河西？我待在家裡，坐享其成。單靠銀樓，每個月就能有十萬錢收益，又何苦在河西受兩載苦寒，嘔心瀝血？」

說著話，他站起身來，將鋼刀入鞘。

「我曾以為，我為天地立心，為生民立命，為往聖繼絕學，為萬世開太平……我想要儘快結束這個亂世，可卻發現自己的力量實在太微薄。如果我告訴你，這場戰亂會持續很久，甚至百年。到時候中原十不存一，而異族長驅直入，會是什麼樣子？有時候，我不敢想……我們算計來算計去，其實到頭來算計的是自己。我們自以為很聰明，可實際上呢？最愚蠢的人，就是我們這些人……」

龐統懵了！他有點聽不太明白曹朋的意思。

曹朋回身坐下，沉聲道：「要想儘快平定這亂世，就要儘快解決那些個國賊。這不是你坐擁一城一地便能夠成功。當今天下大勢，業已分明。自董卓以來，豪傑並起，跨州連郡者不可勝數。曹公之於袁紹，名微眾寡，然曹公遂能克紹，此天時人和。今曹公坐擁河之南，攻取河之北，屯兵關中，攫取涼州，一統北方之勢，已無人可以阻止……曹公奉天子以令不臣，居大義之名，無人可與之爭鋒。」

「孫權居於江東，三世之澤，有大江天塹，又有賢能為之所用，可徐徐圖之……然，終究偏安一隅，早晚被滅，難以成事。待曹公平定北方，必馬踏荊襄。若曹公得荊襄之地，北據漢水沔水之利，得南海之利；東臨吳會，西通巴蜀，可一舉平定江山。此天下雄主，必成就大業。劉璋張魯，坐擁天府之地，民殷國富，卻不足以守成。」

「我有一策，可令天府之地哀鴻遍野，必早晚歸降。唯一變數，便是那寄居荊州的劉備，此人亦梟雄也，只可惜金麟豈是池中物，未遇風雲難成龍……」

「我，才謀不若曹公，堅忍不比劉備，恩澤不似孫權。若強為諸侯，其結果……我所願者，便是能早日結束這中原大戰，為這天下留一分元氣；我願永駐北疆，為我中原屏障。大丈夫當揚威域外，建立功勳。我實不願繼續消耗九州元氣。」

龐統目瞪口呆。

這也是曹朋第一次敞開胸懷，將他的理想告訴外人。

龐統有一些失落，卻又有一些震驚，不為別的，只為曹朋這一番言語……

一直以來，龐統都希望輔佐曹朋建立功業，但究竟是建立怎樣的功業，連他自己也說不清楚。

為天地立心，為生民立命，為往聖繼絕學，為萬世開太平。這聽上去好像很美，但只是一句空洞的言語。

事實上，國人最喜歡的，不正是如此？

一句句空洞的口號，令多少熱血青年為之喪命。直到有一天，有一個偉人說出了『槍桿子裡出政權』的真理，才指出了一條明路。

什麼是萬世功業？

如何為天地立心？如何為生民立命？如何為往聖繼絕學？如何為萬世開太平？

龐統此時，似乎有了一些明悟。

曹朋對他自己的定位非常清楚，他不是一個雄主的料！他願意做的，是為這九州大地存留一分元氣……仔細想來，曹朋出仕後功勞卓絕，可是真正參與征戰，又有多少？他更多的心思是放在推廣屯田，開設商路，令百姓安居樂業；說他才學過人，可時到今日，他並沒有留下太多經典。

曹朋所做的幾篇文章，不過是展現自己的風骨氣節罷了，而他稱得上經典的幾部著作，不論是《八百字文》還是《三字經》……曹三篇之名固然響亮，可仔細思想，就會發現他所作的文章都是在如何開啟民智、教育人才上面，而非是為了名留青史，著書立說。

曹朋不願意爭取天下，固然令人失望，但也就是在這一剎那間，龐統突然有一種莫名的輕鬆感受。至少，曹朋是個腳踏實地，認真在做事的人，而不是那種滿口道德文章，誇誇其談之輩。雖不能輔佐一位雄主，卻可以為生平知己。

人常說，得一知己，死而無憾。龐統覺得，他找到了一個可以託付他一生所學的知己。明明可以篡取天下，卻為蒼生慮，而放棄了這皇圖霸業，是何等氣魄，何等胸懷？

良久，龐統站起身來，一揖到地，「我得友學為友，既喜亦悲。不過，友學不願讓這九州元氣喪盡，固然美好，但還請友學為身後謀，多做準備。龐統不才，願與賢弟一起，揚威域外，建立不世功業。但不管友學是否贊同，涼州始終乃友學基業，河西、武威尤為重要。賢弟若決意如此，龐統請為河西太守，舉子山武威太守，為賢弟守住這西北大好基業……」

曹朋愕然看著龐統，他甚至已經做出了龐統聽完他這番話之後，撒手離去的準備。

可是，龐統卻留下來。

一直以來，龐統跟隨曹朋，從來無欲無求。他沒有向曹朋求取過一官半職，身上的職位大都是曹朋主動給予。而現在，他卻主動求官，其意下已非常清楚，就是絕不能讓河西和武威兩郡落入其他人之手。

以龐統之才能，為一郡太守並不困難。而河西郡，只是一個下郡，其地理位置和面積，註定了河西郡的地位不會太高。龐統願意留下來，已顯示出他足夠的真誠……

曹朋不禁喜出望外，當天便寫下奏摺，命人六百里加急送往許都，報備尚書府。

基本上，曹朋舉薦的人，大都會被荀彧認同。

龐統出身名門，在許都時便與荀彧頗有交往，故而困難並不太大。而步騭更簡單，他擔當過海陵尉，又出任過海西令，主持過海西屯田，政績卓著；本來，曹操是要把他調過來擔當司空辭曹，那也是一個極為顯赫的職務，可是步騭卻來到了河西。

讓他出任武威太守，曹操那邊也不會有太多的意見。

不管結果如何，這兩人都能夠很好的延續曹朋的規劃，絕對是最佳的人選……

「公子，韋端來了！」

龐德的聲音，將曹朋從沉思中喚醒。

他抬起頭，舉目向遠處眺望，眼中閃過一抹森寒，突然道：「走，隨我去迎接韋涼州。」

韋涼州？

也許在曹朋心裡，韋端就是一個偽涼州。拋開私人恩怨不說，這個為牟取私利，將禁運物資販賣兩羌，製造河湟衝突，使得涼州混亂的涼州刺史，根本就不配做涼州刺史。當敵人大軍兵臨城下，率先逃離，丟掉自己的根基，算得什麼韋涼州？

說句心裡話，韋端自興平年間出任涼州刺史，至今已有十年，可在這十年當中，他為涼州做出的貢獻甚至比不上韓遂和馬騰。至少在韓遂、馬騰的治理下，武威和金城兩郡基本上保證了平靖局面。人口雖說沒有大幅度的增長，可是卻能安居樂業，與異族的相處也頗為妥當，沒有出現大的暴動。

相反，韋端治下的隴西郡，卻一年不如一年。

中平年間，董卓出任涼州刺史時，隴西十一縣總人口近四十萬，其中河關、大夏、袍罕三地人口超過十萬人。而到了建安九年，隴西總人口不足二十萬，河關、大夏、袍罕三地總人口加起來不足三萬，比之董卓時期足足減少了三分之二。

這麼一個涼州刺史，如何能讓人心服口服？

如果韋端不是出身關中豪門，如果他手下不是聚集了一幫子能臣，涼州早已糜爛不堪。也真幸虧了韋端還算聰明，留住了楊阜、趙衢等人，使得漢陽保持穩定。

事實上，曹朋並不知道他挖走了韋端多少手下。

如今在他手下效力的尹奉、梁寬、姜敘、趙昂，都是韋端之子韋康的部曲。

歷史上，韋康被馬超殺死後，正是尹奉、梁寬、姜敘、趙昂四人，聯手楊阜，外加王靈、孔信、趙衢等人，將馬超打得大敗而逃。其中，趙昂更在馬超第二次反撲涼州時，九策退敵，建立了偌大功勳。

不過，不管怎樣，這都無法令曹朋消滅他對韋端父子的仇視。

但在表面上，曹朋還是遵從禮數。他表現的非常恭敬，帶領眾人走出十里亭，迎接韋端父子。

見曹朋如此模樣，韋端心裡的不安多多少少也消滅了許多，言語間更不經意的流露出那種世家子弟倨傲之色，儼然是一副上級對下級的嘴臉，令許多人心生不滿。

龐德強壓著怒氣，心中不住冷笑。龐統面帶笑容，站在一旁不言不語……

而曹朋呢，似乎全無覺察，依舊是一副恭敬之色。

韋康心裡突然生出一絲不祥的預兆。他覺得父親有些過分了！可是曹朋等人的反應卻太過於平靜。

曹朋是什麼人？

也許韋端沒有關注，但韋康卻留意過。

作為曹操安插在涼州的一顆釘子，同時又是享譽中原的名士，韋康豈能夠小覷？

根據他對曹朋的瞭解，這也是個性情中人！骨子裡透著一股傲氣，絕不是那種能忍氣吞聲的主兒。

當初在許都時，曹朋身為越騎校尉、中旁門司馬，而且在延津斬顏良、誅文醜，俘虜高覽張郃，掩護酸棗百姓撤退，保護曹操性命，復又大敗袁紹……一連串的功勳，為曹操在官渡進行周全安排，做出了偌大貢獻，可謂前程似錦。

偏偏為了伏均縱馬撞傷了曹楠一事，此人拚著不要前程，闖進輔國將軍府邸，斬殺數人，還砍了伏完的手，令其變成殘疾，無法在朝中任職。這樣一個人，又怎可能忍氣吞聲？他如今越是表現的平靜，韋康就越是感覺提心吊膽……

他有心想要提醒父親，卻又被龐德、龐明二人在不經意間把他和韋端分隔開。

按道理，韋康應該緊跟著韋端。可現在呢，卻是韋端走在最前面，曹朋落後半個身子。

龐明、龐德兄弟作為曹朋的牙將，跟在曹朋身後，兩人都是那種身材魁梧、體格壯碩的大漢，把韋康擋得嚴嚴實實。韋康並沒有注意到，當他隨著韋端入城後，他的那些隨從已經被曹軍悄然圍住。實際上，他父子二人已經成了孤家寡人。

韓德率人，悄然把韋端父子的扈從隔開。

韋端毫無覺察，隨著曹朋入了狄道城門，一路直奔州廨。

沿途，只見狄道井然有序，絲毫沒有大戰之後的混亂……不過，長街兩邊的商戶，大都房門緊閉。韋端倒也可以釋然，畢竟大戰方止，要正常營業還需要一段時間，所以他也沒有在意。但韋康卻留意到，路上太過於冷清，除了巡兵嚴陣以待，基本上看不到一個行人，這哪裡是迎接的場面，更像是如臨大敵一般。

眼看著韋端已到了州廨，準備進去，韋康再也忍不住，快走兩步想要呼喚，提醒韋端注意。哪知道不等他開口，就感到從身後襲來一股金風，砰的一下，腦後遭到了重擊，一隻大手旋即捂住了他的嘴巴，韋康眼前一黑，頓時昏迷不醒。姜冏一擺手，兩個白駝兵上前，便架住了韋康。

與此同時，韓德朝著兩邊曹軍一揮手，曹軍呼啦啦一擁而上，便將那些扈從團困中間。有幾名扈從想要反抗，卻被曹軍上前亂刃分屍。淒厲的慘叫聲驚動了韋端，令他不由得一驚……

一隻腳已經邁進了門檻，他剛要收回來，回身觀望。哪知曹朋一探手，蓬的一下子攫住了韋端的手臂，「韋涼州，已經到家了，何故過門不入？」

「你……」

韋端大驚失色，剛要呵斥曹朋，卻感到一股巨力，拉著他的身子向前一扯。

韋端登登登腳步踉蹌著，就跌進了州廨大門，腳下一個踩空，撲通就趴在地上，摔了一個狗啃屎。頭上的進賢冠，滴溜溜在地上滾動，衣服也撕扯開了一道口子，鼻子正好撞在一塊石頭上，疼得韋端眼淚橫流，鼻子裡流出鮮血。

他慘叫一聲，捂著臉爬起來，想要開口對曹朋喝罵。可當他看清楚院中的景色時，那到了嘴邊的話語，又硬生生的嚥了回去。

只見這州廨前堂，籠罩在一種莊嚴和沉肅的氣氛當中。

庭院兩邊栽種的樹木上，掛著一條條白綾，在風中飄飛。兩廡中，三步一崗，五步一哨，所有的軍卒全都披麻戴孝。而正對著大門的前堂大廳門框上，也掛著兩道白綾。站在州廨門口，可以看到前堂的擺設，一張香案，燃著香炷，擺放著一個黑色靈牌。

匡當！一聲巨響，州廨大門關閉。

「王公祭祀，典禮開始。」

「曹朋，你幹什麼？」

韋端話音未落，就見從一旁衝出一個青年，二話不說，一腳踹在他的身上，把他踹翻在地。兩名白駝兵上前，一巴掌就打亂了韋端的髮髻。剛才還耀武揚威的涼州刺史，此刻竟變得披頭散髮，看上去狼狽得好像一頭喪家之犬般。

龐明上前，將曹朋身上的黑袍脫下，露出一身孝衣。一名牙兵手持白綾，走過來，纏在曹朋的額頭，而後為其披上一件白麻衣。

曹朋沒有理睬韋端，而是大步上前。

兩名白駝兵立刻退到旁邊，不等韋端站起來，曹朋探手，蓬的一把抓住了韋端的頭髮，在手裡挽了

大丈夫當快意恩仇

一圈之後，扯著韋端大步流星向靈堂走去。

「有客祭祀，孝子行禮。」

前堂上，擺放著一個火盆。王買正跪在火盆旁邊……

當曹朋扯著鬼哭狼嚎的韋端走進大堂時，王買伏地一禮。

「猛伯，姪兒來給你報仇了！」

「曹友學，欲反乎？」

曹朋鬆開韋端的頭髮，反手就是一記耳光。

這一巴掌，打得極為響亮，韋端踉蹌幾步，一屁股坐在地上，耳根子邊上嗡嗡直響，連腦袋都在發暈。半張臉，頓時腫成了饅頭狀，後槽牙也被打得脫落。韋端吐出一口血水，披頭散髮的坐在地上，抬頭向那靈牌上掃了一眼。

王公猛之位。

王猛？

韋端激靈靈打了個寒顫，抬起頭駭然看著曹朋。

「你，現在明白了？」曹朋面透殺機，咬牙切齒道。

「韋端，虧你也妄稱涼州刺史。我伯父為你鎮守大門，你卻為一己之私，置國家而不顧，見死不救……若非石韜倖存，我險些放過了你。今日，我就要在我伯父靈前，將你碎屍萬段，為國家，為我伯父，報仇雪恨。」

「曹公子，你休要自誤！」

這時候，韋康甦醒過來。

他被白駝兵扔在大堂上，抬頭看到那靈牌，頓時就清楚了。他大聲喊道：「家父乃朝廷欽封涼州刺史，乃萬石大員……你若殺了我父，也必會受到牽連。不如這樣，饒我父子一命，我們可以退出涼州，從此隱世？」

「呸！而休要汙了隱世二字。你父子這等人，方是真正國賊。國家養你，賜你高官厚祿，爾等不思報效國家，卻勾結羌賊，殘害忠良。隱世者，賢良也！似我恩師孔明先生，居廟堂之高憂其民，處江湖之遠憂其君，此方為真正隱世。而你父子，沽名釣譽，國賊耳！」

曹朋說罷，厲聲喝道：「取刀來。」

姜冏二話不說，捧一口牛耳尖刀大步上前。曹朋伸手接過刀，一把攫住了韋端的衣領子……

韋端這時候也驚慌失措，再也沒有半點刺史風範，大聲叫喊道：「曹朋，爾若殺我，必有大禍！」

曹朋哈哈大笑，「大丈夫若不能快意恩仇，枉來世上一遭。今日我殺你，只為我伯父報仇……若朝廷降罪，我自一力擔之，死又有何憾！」

說著，曹朋抬手，舉起尖刀！

「阿福，讓我來！」

就在曹朋手中尖刀要落下的時候，王買突然衝上來，一把就抓住了曹朋的胳膊。

「我要親手殺了這害死我父親的混蛋！」

王買的要求，合情合理。

不知是什麼原因，當王買衝上來的時候，龐統和石韜下意識的鬆了一口氣。王猛是王買的生父，而韋端坐視王猛被殺，拒不發兵救援，是害死王猛的仇人。所以，王買殺韋端，天經地義，任何人都說不得過錯。

但是，王買想要奪下曹朋的尖刀，卻被曹朋手腕一翻，身體隨之一動，手臂發力，硬生生震開了王買的手，而後一把勾住了王買的脖子，頭抵著王買的頭，惡狠狠的說道：「虎頭，我們是不是兄弟？」

「當然是！」

「我父子兩代人，承伯父之恩義太多。我生病的時候，是伯父上山狩獵，為我獵來肉食補身，我至今仍不能忘記。你我從小一起長大，雖非親兄弟，卻勝似手足。伯父是你父，亦為我父，你可有異議？」

王買面頰一抽搐，搖了搖頭。

曹朋輕聲道：「虎頭，這靈堂之上，除了我之外，誰也不能殺了這老賊。你可知道原因？因為這老賊身後，尚有關中望族支持，你若殺他，必受他的牽累……伯父被這老賊害死，我不能讓這老賊死了還要連累你，還累伯父斷了血脈。」

「我則不同！我若殺他，雖會受到牽累，卻不會送命。了不起過個幾年，我還能起來……可是你卻不一樣，你若是沉淪，再無機會。」

韋端父子眼中陡然一黯。在王買衝過來的時候，他二人心裡還有一絲慶幸，可是當曹朋這一番話出口，卻讓他們頓感絕望……

曹朋說的沒錯，如果是王買殺了韋端父子，以韋氏在關中的力量，殺死王買就如同撚死一隻螞蟻那麼簡單。可如果換成了曹朋，還真就不太好說。韋端身後雖然代表著關中世族利益集團，可是曹朋的身後也有中原清流名士撐腰，他的老師胡昭，那是中原清流的代表人物；而曹朋本身因三篇蒙學文章，也得到了不少世族的支持……

曹朋殺了他父子二人，正如曹朋所言，罪不至死。可如果是王買，乃至於這靈堂上的每一個人，包括龐統在內，都會讓事情變得嚴重。

王買愣住了！

「虎頭，你一世人，兩兄弟。你父親就是我父親，我殺了這老賊，就是你殺了這老賊。我已向朝廷薦你為西部都尉，如果我離開涼州的話，我要你好好待在那裡，為我牢牢把持住金城商路。如此，就權作是我代你出手的代價……」

王買身子劇烈的顫動。半晌後，他突然退後一步，俯伏在曹朋跟前，道：「阿福，我代父親，給你磕頭了！」

「曹朋，你休得自誤！」事到如今，韋端真的怕了，扯著嗓子呼喊道。

可不等他話說完，曹朋一把掐住了韋端的脖子，反手一刀，狠狠的扎在了韋端胸口。

韋端瞪大了眼睛，嗓子裡發出呵呵的聲音，說不出一句話來。

「恁聒噪的畜生！曹某頂天立地，焉能懼你？」說著，曹朋猛然拔出尖刀。

一蓬溫熱的心血噴濺在曹朋的臉上、身上……白麻衣頓時染成了紅色，在靈堂一片素白中，透出一抹鮮豔的詭譎。

韋端倒在血泊中，身體抽搐一陣，便氣絕身亡。鮮血從他身下汩汩流出，瞬間染紅了地面。

曹朋一刀下去，只覺積鬱已久的心情一下子豁然開朗起來……

說實話，重生東漢末年，除了當年在中陽山殺死成紀之外，還真沒有特別想殺某一個人。黃射也許算一個，鄧才也是……但這兩個人，在如今曹朋的眼中不過無名小卒，並不值一提。

他一直謹小慎微，如履薄冰的行進著。雖然偶有大出風頭的狀況，但在大多數時候，曹朋基本上保持了一種沉默和低調。

因為，他不想做英雄。

前世做英雄的結果，至今仍無法忘懷。

這世上最醜陋的，就是人心……雖說《三字經》裡有『人之初，性本善』的說法，但更多時候，人性本惡似乎更符合事實。曹朋一直忍耐著，一直在觀察……斬顏良、誅文醜，並非他本願，那是各為其主，也算不得是逞英雄的行為。

就似他和龐統說的那樣：重生以來，他算計來算計去，到頭來也不知道諸般算計究竟是為了一個甚？直到他殺了馬騰之後，突然有一種明悟！

重生近十載，他已經融入了這個時代。他本就不是一個有太大野心的人，也算不得英明神武、虎軀一震能令天下人臣服的雄主。

他來這世上，所為的就是活得精采。

靠山？

他已經有了！背靠曹操，還有什麼靠山比這個更大？

曹丕死了，司馬懿下落不明……而曹彰和曹沖，都是他門下弟子，即便是曹操死了，也可以求得一個平安富貴。父親，官拜城門校尉，坐享兩千石俸祿；姐夫如今是東郡太守，如果早個十年，那就是一方諸侯的角色。他還有什麼可擔心？

活著，已無須再去為那些基本需求而努力。

河西二十載免稅，等於是在未來二十年裡，把河西交給了曹朋。

未來二十年，河西郡將會創造出何等驚人的財富？曹操他們或許還不清楚，但曹朋卻很清楚。坐擁一郡財富，他還需要為那些瑣事而去算計，而去費心？

既然這些事情都不再需要費心，他所求的，就是一個精采……

當一個鼎鼎大名，在歷史上留下名號的梟雄人物死在他手裡時，曹朋感到很開懷。

這本就是一個英雄輩出的時代！

這本就是一個叱吒風雲的年月！

鐵馬金戈，指點江山，方為男兒本色。

他本無所求，那為什麼還要去戰戰兢兢？

那些牛人們，也並不是如想像中那麼強大。他們也是人，他們也有七情六欲，他們也有喜怒哀樂，和他曹朋並無分別。

曾幾何時，他仰慕諸葛亮。可是當他手刃馬騰時，卻感覺著諸葛亮似乎並沒什麼可怕。

他曹朋可以改變歷史，而諸葛亮卻不可以！

那穿越眾與生俱來的優勢，兩千年文化沉澱凝聚成的底蘊，他為什麼要去害怕呢？

既然不需要怕，那索性就轟轟烈烈的大幹一場。

和那些牛人們交鋒，不也是一場快事？

至少，這樣的經歷不是什麼人都可以擁有。即便是無法再掌控住歷史的脈搏，又有何妨？

而當他把尖刀插在韋端胸口的時候，這種感覺，就越發強烈……

目光，向韋康掃去。

而此時的韋康，卻冷靜下來。他不似他父親那般，喜歡各種算計。相對而言，韋康是個心思很單純的人。

在歷史上，韋康的人望可不低！接掌涼州以後，以寬仁而著稱。這也是後來馬超詐取歷城，殺死韋康後，楊阜和趙昂這些人為什麼會費盡心思抵禦馬超的主要原因。因為這個人，在涼州任上做得不壞。

韋康原本還有些恐懼，可是當韋端被殺的一剎那，他的心突然平靜下來。

「今日果，卻是當日因。如果當初父親拋棄那諸般算計，出兵救援王都尉的話，想必也不會有今日這般下場。」

他說的下場，並不是韋端被殺，而是指丟失了隴西、丟去了狄道……

隴西是韋氏根本，他丟了隴西，也就代表他失去了根本。如果隴西郡沒有丟失，如果韋端當時沒有棄狄道而逃，又怎可能落得這般結果？

章四
大丈夫當快意恩仇

韋康平靜的看著曹朋，突然笑了。

「曹公子，你今日為曹公，立下了好大功勳。」

「嗯？」

「我父子占據涼州，即便是馬、韓斃命，你占領了武威和金城，曹公想要接掌西北，仍有許多困難。可我父子一死，曹公接掌涼州，再也不會有任何阻礙。你以一人之得失，而為曹公取一州之地，豈不是好大功勳？好算計，果然是好算計。」

曹朋愣住了！

他可以對天發誓，他這一次真沒有算計……

他不讓王買動手，是出自於對王買的關照。至於殺了韋端父子，會產生什麼結果？曹朋還真沒有考慮過。韋康這一說，卻讓曹朋一下子了然，他確實是立下了功勞。

「如此說來，我更不會死了？」

「當然不會……而且我敢保證，公子再次出山時，必然飛黃騰達，無人可以阻擋。只是，今日公子殺我父子，康無怨言。當初我曾反對父親的決定，只是……如今說這些話，似乎已沒有用處。康唯有一個請求，懇請公子賜康不流血之死。不知公子，可否答應康這最後一個請求？」

曹朋看著平靜的韋康，心裡陡然生出感慨。

這也是一個了不得的人物……只可惜，他並沒有任何印象。

「可！」

曹朋探手，扯下了一根白綾。

他大步上前，將白綾套在韋康的脖子上，卻聽韋康低聲道：「湟中兩羌貪得無厭，反覆無常。若他日公子欲取武都郡，可以從兩羌著手，定能夠馬到功成。」

手上一頓，曹朋驚訝的看了一眼韋康。

片刻後，他低聲道了一句：「不出十載，兩羌必亡……大公子，該上路了！」

說罷，曹朋手上一用力，只聽喀吧一聲輕響，韋康便倒在了靈堂上……

章五

曹操問策

年關將至，許都城裡一派繁華景象。

官渡之戰後，曹操的地位越發穩固。而隨著袁紹病死，曹操奪取冀州，在朝堂上的權柄也隨之增強。雖然依舊有人對曹操心懷不滿，卻沒有人敢當面頂撞。即便是那些個老牌漢臣，也都紛紛息聲。

而後，朝會也變得越來越少，漢帝在有意無意間被遮罩起來，很少出現人前。

曹操也越發得意……

司空府中，鼓樂齊鳴，歌舞繽紛。

曹操面帶微笑，端坐堂上，笑咪咪的看著堂下那曼妙身姿，隨鼓樂而舞動……

歌舞之人，身材高䠷，姿容出眾。

此女名叫來鶯兒，原本是雒陽有名的歌姬，聲名響亮，自從來到許都，很快就闖下了偌大名聲。即便是曹操，對此女也讚不絕口，非常欣賞。今日，他在家中擺酒，邀請臣工前來，並特意命人，把來鶯兒找來。

人常言，飽暖思淫欲！

曹操本就喜好漁色，倒也不是什麼稀奇事。當初他奪取宛城，就把張繡的嬸子給拉到營帳裡嘿咻，結果卻令曹昂喪命。

之前他忙於軍務，忙於征伐之事，倒也無甚心情。而今，冀州經過一年治理，漸漸穩定下來，也使得曹操的心情隨之變得大好。

程昱在冀州，以雷霆手段震懾河北世族豪門，那些傾向袁家的望族非降即亡，再也不敢挑動是非；而早先流竄於冀州地區的馬賊盜匪，也遭遇了程昱凶狠的打擊。隨著大批物資源源不斷流入冀州，早先的人心惶惶也漸漸消失，至少從表面上看，冀州如今的形勢一片大好。

曹操已決意，在開春後，向高幹用兵。

只是高幹和袁熙勾結一處，並且向鮮卑烏丸大肆借兵。東鮮卑大人燕荔游派出三萬鮮卑軍卒，而遼東公孫康更借給了袁熙兩萬兵馬。同時，袁熙在過去一段時間頻繁的和高句麗接觸，他以讓出樂浪為代價，換取高句麗三萬兵馬助陣……

僅幽州地區，袁熙就屯兵十萬，要與曹操決一死戰。

高幹，還是袁熙？

二者之間，該選擇誰做下手的目標？

經過一番爭執，曹操最後決定對高幹動手。

原因嘛，很簡單……相比起袁熙，高幹的實力較差。特別是在他殺了柯最、屯兵河北烏丸之後，引起了塞外異族的不滿。而此前曹仁、衛覬率部越過通天山，打進並州，也給高幹造成了巨大的損失。相比之下，高幹根本比不上袁熙那強大的實力。

但問題是，如何牽制住袁熙？

這同樣是一樁麻煩事！

袁熙在遼東根深蒂固，與烏丸鮮卑關係密切。想要牽制袁熙，著實要費一番手腳……

同時，攻打高幹，還有另外一個原因。

高幹和南匈奴勾結，坐擁朔方，是心腹之患。南匈奴劉豹，似乎傾向於漢帝；而劉豹的敵人去卑，卻早已經向曹操臣服。孰近孰遠，也就一目了然。去卑在去年和檀柘鮮卑聯手，漸漸穩定了局勢，可還是不夠。曹操認為，必須要進一步打壓劉豹，才可以穩定河套地區的局勢。同時，透過打壓劉豹，也能夠削弱高幹的力量。

戰爭並不全是鐵馬金戈。在戰場外的各種算計、各種決策，似乎更加重要……

建安九年十二月，曹操命少府劉曄為特使，出使中鮮卑，與軻比能聯手。只要能夠與軻比能聯合，就可以形成對東鮮卑的壓制，到時候，燕荔游無力再去支援兵馬，那麼袁熙就只能堅守。畢竟，東鮮卑三萬兵馬，還是有著極強的實力。

但這需要一個過程！

在劉曄沒有返回，並確認和中部鮮卑的聯盟之前，曹操只能對並州施以威逼，而不可以輕啟戰端。外交上的勝利，有時候猶甚於戰場之上。

不過在這個時候，曹操很放鬆，只是津津有味的欣賞著來鶯兒的歌舞。

就在這時，荀彧從外面走來……

「文若，何故來的這般遲？當罰酒三爵。」曹操笑呵呵的向荀彧招手，言語中透著幾分輕鬆。

最近一年，荀彧表現的非常好。從他的態度上，似乎越來越傾向於曹操，而非是漢帝。

為何會出現這樣的變化？

曹操也說不清楚！不過，這總是一樁好事。

荀彧的才學自然無須懷疑。他越是肯幫自己，曹操自然越是高興，態度上也變得越來越親切。可是荀彧的臉上卻沒有露出笑容。他逕自走進大堂，來到了曹操的身邊，「主公，出大事了！」

「啊？」曹操一怔，看向荀彧。

「涼州！」

又是涼州……

過去這一年來，涼州的動盪，已經超出了曹操的預計。

先是馬騰造反，殺了韓遂，奪取金城郡，而後是曹朋占領了武威郡，令西北之危隨之緩解。但隨後，張魯出兵。馬騰又攻占了隴西郡，與張魯聯手。好不容易等到了隴西平定，馬騰被殺，曹操本以為涼州的事情就這樣結束了，哪知道朝堂上突然傳出，關中豪門懇請韋端為涼州牧，令曹操大為惱火。

涼州牧？

那乾脆不如把涼州交給韋端，讓他成西北王來得痛快。

可這是關中豪門的要求，而且態度極為強硬。作為關東世族，素來與關中豪門往來密切，在這種時候，自然不好發表意見，所以令曹操感到非常的惱火……

曹操和世族間的矛盾，幾乎擺在了明面上。

官渡之戰時，就有大批世族子弟向袁紹表示投誠，遞交降書。只不過由於人數太多，曹操也不好處置，所以只好一把火將那些降書焚毀……

可世族的蛇鼠兩端，卻讓曹操惱怒至極。

此次涼州發生的暴動，若說沒有關中世族從中搗鬼，曹操打死都不會相信。

韓遂死的時候，沒有一個人開口。但馬騰丟失了武威，卻有許多人跳出來，說曹朋輕啟戰端，應該退回河西才是。

也幸虧曹朋在中原士林中有名望，所以關中世族雖然跳出來，卻沒有產生太大的波瀾，直接被曹操無視掉了……

而現在，支持韋端為涼州牧者，卻是大多數。

曹操很清楚，所謂涼州牧，是關中門閥的利益。他們當然希望韋端出任這個職務，如此一來，自然能獲取更多利益。特別是曹朋在河西，著手開始重啟絲綢之路，令許多人感到心動。絲綢之路一旦重啟，必然會帶來越來越大的利益。

曹操有心反對，但無奈關中世族這一次態度非常堅決，令他頗有些頭疼。

「又發生何事？」

「韋端，死了！」

「啊？」曹操頓時愣住了……「韋端死了？」

荀彧低聲道：「是友學所殺。」

曹操頓時倒吸一口涼氣。堂下，來鶯兒的歌舞正到好時，那迴旋轉動，衣袂飄飄，恍若乘風仙女，令人怦然心動。可是曹操卻沒有心情再看下去，站起身來，叫上了郭嘉、荀攸、董昭等人，拉著荀彧就往後堂走……

曹朋，居然殺死了韋端？

這絕不是一樁小事！

曹操心裡不禁暗自苦笑：這友學還真是個不肯停歇的主兒。在涼州掀起偌大的風浪也就罷了，如今竟殺紅了眼，連韋端也一起幹掉……韋端，可不是馬騰、韓遂之流，那是京兆豪門！他身後所代表的，恰恰是關中世族利益。你把韋端殺了，豈不是要斷了關中世族在涼州的利益？他們不鬧起來才怪。

「主公，究竟發生了什麼事？」郭嘉剛才正看得津津有味，卻被曹操叫到了書房。

曹操苦笑一聲，「還是讓文若來說吧。」

郭嘉和董昭，隨之將目光轉向了荀彧。

荀彧也是一臉苦笑，看了一眼眾人，而後沉聲道：「六天前，曹朋在狄道，殺了韋端父子。」

「什麼？」郭嘉詫異問道：「友學好端端的，何故要殺韋端父子？」

「這話說起來可就長了……奉孝可知南部都尉王猛？」

郭嘉道：「我當然知道！他與奉車侯關係甚好，友學對他也極為尊重。他……」話到一半，他突然閉上了嘴巴，似乎有所了然。

荀彧點頭道：「此前，王南部被馬騰所殺，本可以避免。卻因為韋端坐視不理，見死不救，拒不發兵，造成王南部戰死白石縣。原本此事並不為人知，哪曉得臨洮令石韜竟然沒有死。他很清楚這其中的緣由，並且曾多次懇求韋端出兵，但都被韋端拒絕。王南部被困白石縣的時候，石韜眼見韋端不肯發兵，便率部救援，不想在救援途中，遭遇馬騰伏擊……一直到曹朋收取狄道，才又出現。」

「韋端父子從漢陽返回狄道後，就被曹朋拿下，並且在王南部靈堂上，親手取了韋端父子性命……此事，在關中引起很大的動盪。漢陽郡太守楊阜領趙衢等人，要來許都喊冤，幸好被子廉攔住，留在長安。子廉命人六百里加急送報過來，我今日之所以遲到，也正是因為這樁事情……」

說罷，荀彧扭頭向曹操看去，沉聲道：「主公，此事若不得妥善解決，只怕關中會再起事端。」

曹操閉目沉思不語，臉上寫滿了凝重之色。

半晌後，他抬起頭來，目光掃過眾人，最後落在郭嘉身上，問道：「奉孝以為，此事何如？」

荀彧、荀攸叔姪二人，恍然大悟。

曹操的真實用意，隨著他這一句詢問，也就顯露無疑——曹操的內心裡，並不想處置曹朋。

也難怪，曹朋殺了韋端，等於解決了曹操一樁心腹大患。此前他還在為關中世族力挺韋端為涼州牧而感到頭疼，現在韋端死了，那麼關中世族的提議也就自然而然煙消雲散。曹朋這是立功了！曹操又怎可能處置？

雖說隨著曹朋不斷的壯大，西北捷報頻傳，曹操對曹朋多多少少有了些許提防，但總體而言，曹操內心裡還是非常欣賞曹朋，所以一直沒有什麼舉措。如果因為這提防，而認為曹操就是猜忌，那可就大錯特錯。曹操對本家弟子的信任，無可比擬，他之所以提防曹朋，是因為下一代的緣故——曹朋和曹沖走得太近，讓曹操有些擔心，曹沖受曹朋影響太大……

可實際上，曹操對曹朋的信任，從未有過消減。

他之所以向郭嘉發問，原因非常簡單。郭嘉和曹朋一家的關係密切，是許都城中人所共知的事情。郭嘉之子郭奕，拜曹楠，也就是曹朋的姐姐為假母（乾娘），可見兩家的關係是何等密切。

問郭嘉的意見，那擺明了就是不想處置曹朋。

荀彧眉頭微微一蹙，想要開口，但話到了嘴邊，又嚥了回去。

郭嘉沉吟片刻道：「韋端，乃朝廷冊封涼州刺史，俸祿萬石。曹朋，雖戰功赫赫，但終究是韋端之下。以下犯上，本就觸犯了朝綱法紀，更不要說為一己私仇而殺朝廷大員，罪無可恕。若不與懲罰，只怕會亂了朝綱，壞了朝廷法度。」

荀彧眼中閃過一抹讚賞之色。

曹操似乎也不奇怪，只是點點頭，「接著說！」

「曹朋，必須懲罰，絕無推脫道理。以我之見，可免去他河西太守、北中郎將之職，著人前往涼州將其緝拿回來。按照律法，他殺韋端乃死罪……不過他此前奪武威，平馬騰之亂，穩定涼州局勢，也算的是功勞卓絕。功過相抵，死罪可免，活罪不饒，應判其鬼薪三歲。」

鬼薪三歲？

曹操眸光一閃，有些猶豫。

毫無疑問，他覺得鬼薪三歲似乎有些過了。

所謂鬼薪，就是秦漢時期的一種徒刑。最初因為宗廟采薪而得名。鬼薪之意就是從事官府雜役、手工業生產勞動，以及各種重體力勞動。鬼薪三歲，也就是懲罰三年，從事重體力工作。這在漢代刑罰之中，屬於中等程度的刑罰。依照律法，這種類似於後世勞動改造的懲罰分為五等，分別是罰作一歲、司寇二歲、鬼薪三歲、完城旦舂四歲和髡鉗城旦舂五歲五種。當然了，除此之外還有各種死刑處罰，不一一列舉。

曹朋擅殺朝廷大員，而且是萬石大員，按律當斬！可漢代又有贖罪的說法，更何況曹朋在涼州建立了偌大功勳。郭嘉也說了，功過相抵。

那究竟是如何相抵？完全是看主政者個人的心思來決定……

本來，曹朋建立的功勳就很大，功過相抵的話，不罰不賞也能說得過去。只是他這次捅的簍子太大，如果只是簡單的功過相抵，很可能會激怒整個關中世族。所以，罷官去職，也在情理之中。

依照曹操想法，功過相抵，罷官去職足夠了。可沒想到郭嘉竟然又加了一個鬼薪三歲，等於是勞動改造三年，這可就有點超出了曹操的底線，讓他心裡隱隱生出一絲不快之意：我讓你發表意見，是讓你想辦法減免曹朋的懲罰。你倒好，功過相抵不說，罷官去職之後，還要鬼薪三歲？

曹操看郭嘉的目光，頓時有些不善，心裡隱隱有一絲怒氣……

郭嘉怎能猜不出曹操的心思？

可他卻沒有改變主意，大聲道：「主公，若友學殺的是旁人，功過相抵足矣。但問題是，他殺的是一個配享萬石的朝廷大員，而這個朝廷大員的背後，尚關聯到整個關中世族的利益。主公若不狠狠懲罰，且不說關中世族是否會答應，恐怕於日後法紀也會有極大影響。所以，主公要麼不處罰友學，要處罰，就必須從重處罰，以儆效尤，否則日後必有禍事……」

這是殺雞儆猴！不僅僅是為了平息關中世族的憤怒，更是要警告那些驕兵悍將。

事實上，隨著曹操攻取冀州，驕兵悍將的情況越發嚴重。這一點，曹操或許沒有覺察到，可郭嘉卻敏銳的發現了。曹軍將領的驕縱情緒越來越嚴重，絕非一件好事，但由於找不到一個合適的切入點，郭嘉也沒辦法開口，更不好警告那些將領。

恰在此時，曹朋殺了韋端。

郭嘉和曹家的關係，那不必贅言。也正是因為這個原因，郭嘉覺得，必須要藉此機會警告那些曹軍將領……

曹朋，是曹操的族姪，同時又是享譽中原的名士，有著極大名望；而且他戰功顯赫，以前的事情就不說了，單只是他在河西這兩年時間，平定河西、設立郡縣、奪取武威、攻占金城、斬馬騰穩定涼州局勢……一樁樁，一件件，拿出來那都是天大的功勞。

連這麼一個人犯了錯，都會受到嚴厲懲罰。想必於曹軍將領而言，必然是一種變相的警告……

郭嘉雖和曹家友好，但他首先是曹操的謀主，他要考慮的事情自然以曹操的利益為主。

曹操陷入了沉思！

荀彧等人也輕輕點頭，心道一聲：果然不愧郭奉孝。

見曹操不說話，荀彧開口問道：「那當罰友學何處鬼薪？」

「滎陽！」

「嗯？」

郭嘉笑道：「主公莫忘記了，曹雋石曾言，友學在奇淫巧計方面無人可比擬。當初他創雙液淬火法，以及風箱等各種工具，皆出自友學之手。而河一工坊監令，是雋石昔日之家臣，同時還是友學妾室郭寰之父。讓友學去河一工坊，正可人盡其才。再說了，有他丈人維護，他在那裡也不會太過吃苦。主公不是說，希望友學靜下心來，好生做一番學問？到了河一工坊，無人可以打攪，他有大把時間來做學問，主公又何必太過擔心？」

「這個……」

「若主公還不放心，就使妙才為河南尹。」

曹操有點心動了！

夏侯淵，那也是曹朋的丈人。

河一工坊在河南尹治下，兩個老丈人一起維護曹朋的話，還有誰能夠為難曹朋？

荀彧又道：「韋端被殺，涼州刺史空缺，當派何人前往？」

董昭連忙起身，道：「主公，司空掾鄭渾，素有清名，才華卓絕，可為涼州刺史。」

鄭渾，又是一個在《三國演義》中未曾出現的人物。

後世對鄭渾，有諸多說法。而其中最為可笑的，莫過於是說鄭渾出身貧苦，是一個鐵匠……而事實上呢？鄭渾是漢代著名學者鄭眾的曾孫，而他的哥哥，也是東漢末年的一位名儒，名叫鄭泰，曾官拜揚州刺史。論出身，論德行，論名望，鄭渾的確是首屈一指。

在歷史上，他曾為京兆尹，又做過各地太守，政績卓絕。加之他是鄭泰的兄弟，而鄭泰在關中世族當中又有極大的聲望……

董昭推薦的這個人才，的確不差。

曹操點點頭，卻意外的發現，荀彧、荀彧，還有郭嘉都輕輕搖頭，表示不太贊同。

「文若，你不贊同？」

荀彧說：「文公的才學和德行，我甚為敬佩。若換作其他地方，他都可以勝任……但是涼州，我卻以為文公怕難以擔當……」說著，荀彧朝董昭一拱手，「公仁，我並非貶低文公，還請見諒。」

董昭連忙道：「願聞其詳。」

「涼州，自永元羌人暴動以來便戰亂不止，各方勢力盤根錯節，羌氐等族人錯居一起。這些異族皆虎狼之輩，好勇鬥狠，桀驁不馴。文公雖有才學，卻強硬不足。似涼州那等苦寒之地，民風剽悍，若無強力之人，焉能震懾他們？」

荀彧說罷，停頓了一下，又道：「而今涼州看似平靖，但卻是友學一手打出來的平靜。那些羌人敬服的是友學勇武善戰，而非他才學過人。更何況，派文公前往，那些隨友學征戰的驕兵悍將，可能夠服他？說句不好聽的話，友學鬼薪三歲，而文公卻在這時候前往涼州，分明是把他推進火坑裡，必然會遭受那些驕兵悍將的敵視。到時候，文公若強硬起來，那些驕兵悍將又怎可能服他？」

「這個……」

「所以，這涼州刺史人選，必須要符合幾個條件。」

曹操道：「文若請講。」

「首先，此人必須能令涼州那幫驕兵悍將服貼。這本身就是一樁麻煩事……王買、鄧範、潘璋、夏侯蘭，還有閻行、成公英，包括步騭那些人，是曹朋一手帶出來的人，一般人又怎可能制服他們？這個人，必須要與友學有極為親密的關係。」

「這其二，友學在河西、武威推廣屯田，積極恢復西域商路，一切都已經進入軌道之中。新任涼州刺史不能私心過重，擅自廢去友學的此前種種努力，這也是一個麻煩。而其三……」

荀彧林林總總，說出了一大堆的問題。

曹操聽得有些發懵，「文若，你可有合適人選？」

荀彧看了一眼郭嘉，卻見郭嘉面帶笑容，似乎已經猜到了他的心思。他輕嘆一聲：奉孝，真鬼才也！

「我確實有一個人選，但卻不知道是否合適。」

「但說無妨。」

荀彧深吸一口氣，看著曹操，大聲說道：「不知主公以為，那城門校尉、武庫令、奉車侯曹雋石，如何？」

章六

美人捲珠簾

武威，姑臧——

殺了韋端父子之後，曹朋似乎沒有任何負擔。

漢陽郡楊阜等人得到消息後，無比憤怒。漳縣王靈、襄武孔信更是氣憤填膺，要出兵為韋端報仇雪恨。曹朋在得到消息後，一不做二不休，立刻下令，命首陽閻行、臨洮甘寧夾擊兩縣，同時又下令郝昭從臨洮出兵，攻取落門聚。

落門聚，是漢陽門戶，一旦丟失，就等於向隴西敞開了大門。

而王靈、孔信兩人雖然了得，但終究不是閻行和甘寧的對手。只一戰，王靈便丟失了漳縣，而後和孔信合兵一處，迅速撤離襄武，退守漢陽。

曹朋無與倫比的強勢，讓楊阜無可奈何。他是謀士，是內政高手，卻不是帥才。出謀劃策、分析局勢，楊阜毫無疑問無人可比，但行軍布陣、搏殺疆場，十個楊阜可能比不上一個甘寧，或是閻行。

好在陳群得知消息後，連夜從西縣趕赴狄道，把曹朋勸住。否則以曹朋如今的心態，說不得會長驅直入，直接把楊阜幹掉，而後占領漢陽。

陳群畢竟是世族，雖非關中豪強，卻有著千絲萬縷的聯繫。他在安撫了曹朋之後，又前往漢陽勸說楊阜，把韋端做的事情詳細解說了一遍。

楊阜雖然不滿，也不得不承認，這件事韋端做錯了！但問題是，韋端代表了關中世族，而楊阜雖說是涼州人，卻屬於關中世族的一員。就這麼善罷甘休？楊阜肯定不會答應。就算他願意，也不代表關中那些豪強們會偃旗息鼓……

所以，楊阜帶著韋端次子韋誕，要往許都告狀。好在衛覬和曹洪再次勸說，讓楊阜留在長安，並六百里加急，通知許都的曹操。

楊阜也不想回漢陽了！

如今的局勢，已經非常清楚。曹操接掌涼州已是大勢，無人可以阻擋。以前他們還可以把韋端抬出來，再加上朝堂上的推波助瀾，足以讓他們成功，可現在韋端死了，該怎麼辦？涼州已經從關中世族手裡脫離，無法再繼續掌控。

同時，一些豪強從曹朋此前的種種作為裡看出了巨大利益，那就是河西走廊，西域商路。

豪強們為什麼要把持涼州？

說穿了，就是利益。

而今有更大的利益擺在他們的面前，他們又如何不心動？

誰不知道，中原的絲綢、陶器、鐵器在西域極受歡迎？而西域豐富的物產，以及勾連波斯灣的便利條件，使得關中豪強垂涎三尺。如果西域商路開通，絕對是一個好現象。關中豪強坐擁地利之方便，遠非中原世族可以相提並論……如果能獲得西域商路的通行權利，還有河西的貿易利益，又何樂而不為呢？

反應最為迅速的，便是平陵竇氏。

雖說平陵竇氏今不如昔，已非當年可比，但其深厚的根基，還是占據了一定的話語權。

從河西返回平陵的竇蘭，一下子受到了平陵竇氏家族的重視。竇蘭離開竇氏多年，早已不算是嫡支血脈。可由於竇蘭與河西密切的關係，竇氏家族迅速提拔竇蘭，請他前往河西，設法打通環節。

而此時，楊阜等人正在長安，信誓旦旦，要為韋端討回公道。

千里之堤潰於蟻穴，平陵竇氏，也正是關中豪強的蟻穴……

曹朋站在庭院門口，徘徊踱步。他剛從金城返回，就得到了一個讓他感到萬分震驚的消息！甄宓懷孕了……而且已經有兩個月的身子。

曹朋頓時懵了！

本來甄宓懷孕，和他看似沒有關聯，可是蔡琰卻告訴他：「小宓肚子裡的孩子，是你的！」

「我的？」

蔡琰眉毛一挑，厲聲道：「曹友學，何故如此模樣？」

曹朋嚥了口唾沫，連連擺手，皺眉道：「蔡姐姐，非是我不願意認，可我和甄小姐並無關係，妳是不是弄錯了？」

「到此時，你還不認嗎？」

「我糊塗了！」曹朋哭笑不得。

一旁，步鸞抱著一個嬰兒，和郭寰偷笑不止。

那男嬰名叫曹允，小名十斤，正是曹朋和步鸞之子。步鸞在年初懷上了孩子，卻逢曹朋征戰。待來到姑臧之後，身子一天大似一天，而曹朋卻因為馬騰之亂離開了武威。就在曹朋拿下金城郡，準備奪取狄道的時候，步鸞誕下男嬰。

生下來，這孩兒就很壯碩，足足十斤重，故取名十斤。又因為當時曹朋在允吾，所以便取名曹允。

這也是曹家的第二個男丁！

在曹朋正在涼州的時候，郭寰也傳來了喜訊，她有了四個月的身子，算算時間，正好是曹朋返回河西，迎接步鸞到武威的時候。

有道是好事成雙！

曹朋威震涼州，返回姑臧，先得一子，而後又知道郭寰懷孕，自然萬分高興。

可這好事太多了，也不太好。這不，甄宓懷了身子，據說這罪魁禍首就是曹朋。

甄家對此事自然萬分開心，如此一來，甄家在西北的地位必然變得更加穩固。

可問題是，曹朋是真不清楚，甄宓的肚子怎麼和他扯上了關係？

蔡琰勃然大怒，「曹友學，你幹的好事！你算算時間，小宓懷了兩個月的身子，而兩個月前，你又在何處？」

「兩個月前啊……我在鸞鳥……」曹朋驀地一下子清醒過來，張大嘴巴，看著蔡琰，半晌說不出一句話來。說到鸞鳥，他有點印象了。

「鸞鳥那次，莫非不是姐姐？」他脫口而出，可話一出口，頓時覺察到了不對。

步鸞和郭寰噗嗤笑出聲來，而蔡琰羞得粉靨通紅，那雙嫵媚的眼睛閃爍著一抹惱怒之色。

合算著，那天我不是和蔡文姬，而是和甄宓！怪不得……怪不得後來我總覺得有些古怪，不管是甄宓還是蔡琰的反應，很是奇妙。

當時曹朋忙於準備戰事，所以也沒有想那麼多。如今想來，第二天早晨他和蔡琰在花園裡相遇，當時蔡琰的那些話，也就一下子明白了……

「原來，夫君是念著蔡姐姐。」郭寰咯咯的笑不停。

曹朋也感到萬分尷尬，惡狠狠的瞪了郭寰一眼，那意思是說：妳別在這裡添亂。

章六

美人捲珠簾

而蔡琰，雖然羞怒無比，但這心裡面卻又有一些莫名的快意。

對於曹朋，她的感情也很複雜。

蔡琰感激曹朋把她母子三人從南匈奴解救出來，又收下了蔡迪為弟子，可稱得上是恩重如山。在亂世中，女人擇偶的條件與治世大不一樣。太平盛世，女人選擇配偶，自然是那種才學過人、儒雅風範的才子，比如當初的衛仲道……可在亂世，女人需要的是一個強有力的臂膀。

而曹朋不但有才學，更有一雙強有力的臂膀。只有那種強者，才能保護女人周全。

蔡琰對曹朋，有好感。但她有自知之明。

蔡琰如今已是貳婦，也就是嫁過兩次人。雖說在這個年代，女人並不需要做守節那等事情，可也要看對象。曹朋，中原名士，一代大儒胡昭弟子。論輩分，他和蔡琰倒是相差不大。但他同時又是曹操的族姪，能征慣戰，是未來的棟梁。

如此一來，蔡琰自然不敢往那邊多想。

在河西的生活雖好，可偶爾夢中醒來，也會感到寂寞空虛……

哪知道，被曹朋這麼當著面說出來，蔡琰怎能不羞怒。只是這羞怒旋即無蹤，她畢竟是經歷豐富的女人，有著小女兒沒有的冷靜。她今天，是要為甄宓討回公道。

「友學，你休要胡言亂語。我只問你，要如何對待小宓？當初，不管是不是因為你的緣故，反正小宓被你牽連，來到了河西。而今，她又懷了你的身子，不管怎樣，你至少要給她一個名分。小宓善良，是個好女人，你若是辜負了她，我哪怕是告到孟德跟前，也不與你善罷甘休。」

「我……」

「你自己考慮清楚，小宓如今就在府中居住，你若是想明白了，就去和她說吧。」

蔡琰鼓足了勇氣，將話說完，而後逃難似的離開。只留下曹朋和步鸞、郭寰二女在屋中，三人相視，不知如何是好……

「小鸞、小寰，這件事……」

步鸞輕聲道：「夫君，事情緣由，我們已經知曉。這件事怨不得你，可也怨不得小宓。她本是看你醉得不成樣子，想要幫你，哪知道卻被你……如今事情既然已經發生，該如何決斷，就要看你的意思。想來月英姐姐和真姐姐那邊，也不會怪罪你。但妾身還是希望夫君能妥善安排。小宓性情溫婉，非常可人，而且知書達理，若能有個好歸宿，才是正理。」

曹朋苦笑道：「這道理，我明白。我也沒說不負責任……只是這件事太過於突然，讓我沒有半點準備。而且，我現在的情況也不是太好。我在狄道殺了韋端父子，主公必然會追究我的過錯。那韋端，畢竟是涼州刺史，又有關中世族支持，這一次搞不好又會和幾年前在許都一樣。甄小姐是個美人，可我卻是待罪之身。」

步鸞和郭寰相視一眼，也不由得沉默了！

曹朋一回來，便把他將要面臨的困境告訴了她們。她們又如何不清楚，這時候對曹朋而言，正是一個艱難時刻……性命之虞，斷然不會有。可問題是，曹朋弄個不好會罷官去職，甄家是否還願意繼續聯姻呢？

「夫君，不管是什麼理由，妾身覺得，你總歸要和甄小姐說清楚。她願意嫁你，那自然皆大歡喜；若是不願嫁，也不必煩惱。待她誕下孩子，讓她走便是。不管是什麼結果，你都要去見一見甄小姐，聽一聽她的意見才是。」

洛神，洛神啊！

站在庭院外，曹朋腦海中突然浮現出曹子建那篇《洛神賦》。

翩若驚鴻，婉若游龍，榮耀秋菊，華茂春松。彷彿兮若輕雲之蔽月，飄飄兮若流風之回雪……

章六
美人捲珠簾

曹朋深吸一口氣，鼓足了勇氣，邁步走進庭院！

夜了！

正是年關。建安九年在不知不覺中，已走到了最後一天。

也許是為了歡送，也許是因為要迎接。窗外下起了淅淅瀝瀝的冰雨，水濛濛，籠罩上一層霧氣，顯得格外朦朧。庭院中，還透著幾分寂寥。幾枝藏在角落，即便是在隆冬時節仍傲然綻放的紅梅，不知是什麼時候掉落，花瓣殘落積雪之上。

屋內，點著燈。

蔡琰坐在窗邊，出神的看著窗外的凋零，心裡有些空落。

「那晚，我還以為是蔡姐姐！」

「蔡大家若是不棄，就請隨我一起走吧……我們這一走，妳一個人冷冷清清，倒不如隨我們一起去姑臧。」

「好吧，那我就收下蔡迪了！」

「蔡姐姐，我也正要找人作伴，乾脆妳就搬到兵營裡去吧……」

「……」

不知為什麼，耳邊不斷迴響起曹朋的聲音。

從中屠澤初次相遇，轉眼間已經兩年。兩年來，曹朋若兄弟一般的敬她、尊重她，從未有失禮之處。可前日那一句話，卻不經意的撥動了蔡琰心中的那根弦。

說真的，她此前從未往那方面想過。可不知為什麼，如今卻顯得有些茫然。

甄宓嫁給了曹朋！

雖然只是以妾室身分嫁給曹朋，可至少有了一個名分。

不管怎麼說，她有了曹朋的孩子，日後也算是有了一個著落。哪怕是妾室，也好過似自己這般，孤苦伶仃。雖然有一個妹妹，卻已經多年未曾聯絡，也不知她如今身在何方……

蔡琰怔怔的坐在那裡。她也說不清楚，當甄宓告訴她，曹朋要娶她的那一刻，她究竟是怎樣一種感覺。有酸楚，有淒涼，還有些失落。

日間，看著甄宓那如花笑靨，還有一臉的滿足時，蔡琰有些嫉妒。

曾幾何時，她也有過這樣的歡樂。只是命運多桀，令她早已經變得麻木……甄宓雖然也是貳婦，可比起她來，卻幸福得太多了！至少，曹朋是個很懂得女子心思的男子。這並不是說曹朋風流，而是說他知道體貼，渾不似那些魯男子般不解風情，沒有半點的情趣。

若真嫁給他，倒也是一樁幸事。

「阿娘，妳不舒服嗎？」阿眉拐怯生生的開口，輕聲問道。

蔡琰猛然驚醒，扭頭看去，強笑道：「阿眉拐為何這麼說呢？」

「阿娘，妳的臉，很紅，有點發燙！」

「是嗎？」蔡琰心裡一動，這才覺察到自己的臉確實在發燙。不過，那並不是生病所致，而是……

她伸出手，將阿眉拐摟在懷裡，輕輕嘆息一聲：「阿娘沒事，阿眉拐莫擔心。天已經不早了，妳早點睡，明天早起，去探望妳甄嬸嬸……嘻嘻，妳甄嬸嬸，要做新娘子了。」

「是和曹叔父嗎？」

不知為什麼，蔡琰心裡一痛。

「是啊……好了好了，趕快睡覺，不然就不乖了！」

阿眉拐很乖巧的點點頭，又縮回了暖和的被窩。只是她並沒有立刻閉上眼睛，而是偷偷的觀察著蔡琰。卻見母親坐在炕上，從窗戶的縫隙裡，怔怔的看著外面。

這是一座土炕。考慮到西北苦寒，曹朋特地設計出來。

阿眉拐極喜歡這土炕的感覺，睡著非常舒服。只是，她可以看得出母親有心事……阿眉拐已經九歲，也漸漸的開始懂事。她隱隱約約可以猜得出來，阿娘的心事必然和下午甄嬸嬸過來，有莫大關係。

曹叔父娶新娘子了，以後還會像從前那樣，陪阿眉拐玩耍嗎？他還會像從前那樣，讓阿眉拐騎在他的脖子上，在庭院中奔跑，和她一起戲耍嗎？

不知不覺，阿眉拐的心裡也有些發沉。

「公子現在也面臨著麻煩。」

蔡琰的耳邊，迴響起甄宓下午時的話語。

「聽小鸞和小寰說，公子在隴西惹了大禍事，把涼州刺史殺了，估計會有麻煩。我大姐有點不太同意我嫁給公子……可我覺得，公子做的沒錯！那個涼州刺史，明明可以救下王都尉，偏偏為私心而不肯出兵，這比之國賊更加可恨……」

畢竟出身大家，甄宓的見識卻是有的。她早年曾加入袁家，對這朝堂上的事情多多少少有些瞭解。殺了韋端？

他膽子可真大！

蔡琰輕輕嘆了口氣，看了一眼已經睡著的阿眉拐，伸出手為她掖了掖被子，而後闔上窗戶，也躺在了炕上。身下，暖烘烘的，令人的心情也隨之舒爽許多……

房門，突然開了。

曹朋邁步從屋外走進來。蔡琰驚訝的問道：「友學，你何故在這裡？今天是你大喜的日子，不在家中好好陪伴小宓，跑我這裡作甚？」

「見姐姐今日有些低落，故而前來探望。」

曹朋二話不說，坐在炕上。蔡琰心裡一顫，向曹朋仔細看去，卻見他的眸光中閃動著一絲異樣的光彩。她想要起身，卻想起來自己只穿著一件小衣……心裡頓時大羞，嗔怒道：「友學恁無禮，還不出去，這般模樣，成什麼體統？」

哪知，曹朋笑嘻嘻的卻不理睬，伸出手，輕撫蔡琰的面頰。

「你幹什麼？」

未等蔡琰推拒，曹朋的大手已順著她的頸子滑入被褥裡，撫摸著她的身體。而後，就見他伏下身子，吻住蔡琰。那探進她懷中的大手，用力的搓揉著她胸前的豐腴。一種久違的快感陡然湧出，令蔡琰欲拒還迎，渾身無力，癱在了榻上。抹胸不知在何時被取下，曹朋已壓在了她的身上。那沉重的呼吸聲，還有那種男人身上特有的味道，都讓蔡琰感到了莫名的慌亂，同時更……

「阿娘，阿娘！」

耳邊，響起了阿眉拐的聲音。蔡琰激靈靈一個寒顫，猛然睜開眼，就見阿眉拐坐在她身邊看著她，眼中充滿了擔憂之色。

曹朋，卻不見了蹤影！

原來是南柯一夢……

蔡琰如釋重負般，鬆了一口氣。可當她想要起身，卻發現了身體的異樣。涼颼颼的，難道是……

蔡琰臉騰地一下子又紅了，同時心裡面又有一種莫名的空虛。哪個女人醒來時，不是希望自己躺在愛人懷中？從前沒有這種心思也就罷了，可這心思一旦升起就再也無法壓制。那種空虛，那種寂寞，那種說不清、道不明的複雜心情……

「阿眉拐，阿娘沒事兒。」

章六 美人捲珠簾

天已經亮了！

建安十年的第一天，陽光明媚。

阿眉拐歡快的說：「阿娘，那我去找甄嬸嬸戲耍。」

「不要煩了妳嬸嬸才是。」

「嗯。」

阿眉拐蹦蹦跳跳的走了，蔡琰則發了一會兒的呆，才起身穿好衣服。身子總有些不太舒服，於是她喚來果果，讓她去廚房燒些水來，準備一會兒清洗一下。

她坐在炕上，秀氣的眉毛扭成了一團。猶豫了片刻後，將被褥抽出來，準備一併清洗。

卻在這時，房門敲響。

蔡琰扭頭看去，不由得一怔：「友學，你何故來這裡？」

話一出口，蔡琰的臉騰地一下子紅了。這句話，不正是她夢中見到曹朋時，說出的言語嗎？

曹朋看蔡琰這般反應，也是一怔，旋即道：「蔡姐姐，我是來和妳道別。」

「道別？」

「嗯……我要走一趟日勒，估計三五日才能回來。我這次去日勒，是要和西域的幾位使者見面。所以我打算帶上小迪，讓他也去增添些見識。」

「那……你和小宓的事情？」

「唔，我回來之後，就娶她過門。」

雖然早已經知道了這件事，可是聽曹朋親口承認，蔡琰心裡面還是有些酸酸的感受。

「你帶小迪，自帶好了，何必與我知？」

言語中，突然多出了些許怨氣。只是才一出口，蔡琰就感覺到有些不太對勁，連忙轉過頭。

曹朋愕然！

他站在門外，恰好看到蔡琰那動人的側影。雖未施粉黛，而且也沒有梳洗，可是卻透出了一種極為慵懶而勾人的美麗。

一時間，曹朋竟呆住了！

陽光，從窗戶投進房間，照映在炕上，也照映在蔡琰的身上。單薄的身子，似有一層淡淡的光芒跳動，更增添了幾分神秘和朦朧。

在曹朋的心裡，對蔡琰始終懷著些美妙的幻想，只是他不善言辭，也不知該如何去表達。

前次蔡琰質問她，他脫口失言，此後便再也沒有見過蔡琰……一來，是他公務繁忙，確實沒有時間；二來，蔡琰也在有意無意的躲避著他，所以即便住在一座府邸中，也未曾見到。私下裡，郭寰倒是勸說過他，若真的喜歡蔡琰，那不妨就和她明言，娶過來就是。

哪怕蔡琰出身名門，可有句俗話說得好：落難的鳳凰不如雞。

蔡琰先後兩次為人婦，再加上蔡邕已死去十餘年，雖名氣猶存，卻今不如昔。

而今，中原人提起名士，大都是談鄭玄、談胡昭、談鍾繇、談司馬徽……

蔡邕，已經成為了過去式！

以曹朋現在的身分，娶蔡琰倒是輕而易舉，算不得難事，而且也不會有人在一旁指責什麼。更重要的是，如果娶了蔡琰，對曹朋的聲名極有利。畢竟蔡邕雖然是過去式了，可名聲猶在，他生前門生無數，朋友也有不少，尤其是在關中，更頗有地位。當年王允要殺死蔡邕，說穿了，也正是妒忌蔡邕的才學和名聲。

曹朋娶了蔡琰，能緩解他和關中豪門的關係，至少，不至於被關中世族步步緊逼……

郭寰是一番好意，想要幫助曹朋把這危機消滅到最低的程度。

可曹朋卻不願意！

他的確是喜歡蔡琰，卻不代表他要利用蔡琰。那本就是一個歷經無數坎坷的悲情才女，若再去利用，豈不是太沒有人情味了？再說了，他很清楚自己的狀況，殺了韋端，正如韋康死前所說，他為曹操立下了一件大功勞，曹操絕不可能殺他，了不起罷官去職，回家待個兩年，等風頭過去了再重新復起……

這種事，他又不是沒有經歷過，所以也沒有太多的恐懼。

如今手上的事情很多！一旦曹操治罪，他肯定要返回許都。不管是誰來接替他的職務，他都要做出妥善安排。

首先，他舉薦了趙昂為隴西太守。一方面趙昂是天水人，在當地頗有名望，且與楊阜等人交往密切，是最合適的人選；另一方面，趙昂的才能，也足以擔當太守之職。

趙昂和曹朋在很多方面有著共同的話語。特別是對開啟西域商路，增強西域和關中的聯繫，兩人的意見幾乎一致。在關中和西域這條商路上，隴西占據著極為重要的地位，它勾連金城，同時又與漢中西川相鄰，是西域商路必經之地。同時，趙昂也算是曹朋一手提拔，可以算是自己人！

曹朋又舉薦成公英為金城郡太守，舉薦閻行為南部都尉，駐紮臨洮。這兩個人選，也頗為關鍵。成公英在武威郡做得很好，也表現出了足夠的誠意。他在金城郡有偌大名聲，讓他來出鎮金城郡，可以迅速被金城郡人所接受和擁戴。

至於閻行，能征慣戰，是一員驍將。他和馬氏之間的仇恨頗大，所以也不需要擔心他會反覆。有趙昂牽制他，又有曹洪在長安監視，閻行就算有天大能耐，也折騰不出花樣。

隨後，曹朋又上奏朝廷，以石韜為張掖郡太守。張掖郡是個下郡，所轄八縣多為羌漢錯居，極為複雜，若沒個明白人駐守，很容易造成混亂。而石韜曾任臨洮令，政績卓絕。平馬之戰中，又立下了功勳，也不會有人反對。他在許都待過很長時間，有足夠的資歷，而且又是潁川人，出身水鏡山莊，所以在尚書府那邊不會受到刁難。對此，曹朋也很有信心。

孟建，會離開河西，出任石韜副手，擔任張掖郡丞。

此二人一粗一細，又是同窗，配合起來會非常輕鬆。

曹朋這次前往日勒，就是要帶石韜、孟建二人過去，和蘇則相商。畢竟，日後與蘇則打交道的就是他們兩個，必須要做好準備。

總體而言，曹朋已經把涼州的構架搭建完畢。這樣即便是他離開涼州，也可以保證涼州龐大的國家機器能夠自行運轉；即便新任涼州刺史心懷不軌，也不可能觸動曹朋在涼州的利益，改變他對涼州的規劃和設計。

「呆傻傻站在那裡，又是作甚？」

「啊？」曹朋猛然醒悟過來，尷尬一笑，搔了搔頭。

「你且先坐，我去洗漱……這一大早的跑過來，來了又在這裡發呆，真不知你在想些什麼。」

蔡琰的話語中，帶著一絲絲嗔怪。但聽起來，卻好像是小女兒的嬌嗔……

曹朋又是一呆，邁步走進屋內。而蔡琰則抱著被褥往外走，和他錯身而過。

「蔡姐姐，我幫妳！」

「休要添亂，女人家的東西，豈能讓你這臭男人亂來。」

蔡琰剛平復的心情，驀地又亂了。臉通紅，她惡狠狠的道了一句，腳步有些踉蹌的跑了出去。

正月初一，正是新年的第一天。

庭院中，一夜間透出了一抹嫩芽綠色，煥發勃勃生機。

陽光很溫暖，照在身上感覺很舒服，暖洋洋的……蔡琰閉上眼睛，沐浴在晨光裡，深深的吸了一口新鮮的空氣，心情突然間變得好轉許多，臉上閃過一抹淡淡的笑意。

其實，家裡有個男人的感覺，真好！

她來到了井邊，打了些井水，把被褥浸泡在水中……而後，又去浴室裡清洗了一下身子，心情頓時大好，通體舒暢。

在果果的服侍下，她對著銅鏡精心打扮了一番後，換上一身新衣服，回到了屋內。

卻見屋子裡空蕩蕩的，曹朋並不在房間。

「曹公子呢？」她向一個正在打掃房間的婢女問道。

「曹將軍在這裡坐了一會兒，不過剛才有人來找他，所以就匆匆忙忙的走了。」

走了？

蔡琰心裡一怔，旋即露出一抹失落之色。

她走上去，看到婢女正在整理書案上的紙張。大眼一掃，她發現那紙張上似乎留有字跡，不由得一怔，連忙喚住了婢女：「這是什麼？」

「剛才曹將軍在這裡書寫，走得匆忙，所以也沒有收拾。」

婢女知道蔡琰是很注意這些物品。一般而言，除非她同意，不許人使用紙筆胡亂書寫。即便是阿眉拐，如今也是以沙盤來充作紙張，練習寫字。所以當蔡琰問起，婢女也有些害怕，神情緊張的回答，可她也沒辦法，總不能阻止曹朋吧……

蔡琰並沒有追究，而是拿了過來，邊看邊輕聲自語：「美人卷珠簾，深坐蹙蛾眉。但見淚痕濕，不知心恨誰。」

心裡，陡然升起一種奇妙的情緒。蔡琰笑著，眼睛卻不由得朦朧了，淚水悄然滑落。

這傢伙……

她深吸一口氣，沉吟片刻後，突然喚道：「果果。」

「奴婢在。」

「收拾一下，咱們準備出趟遠門。」

「啊？」果果疑惑的問道：「夫人，咱們要去哪兒？」

「先去朝那，而後去長安，去弘農！」

朝那，位於安定郡，在後世的寧夏固原縣東南。

這原本是一個聲名不顯的縣城，卻因為一個家族，在關中享有極大名聲。那就是都鄉侯，驃騎大將軍皇甫嵩的故里。皇甫嵩雖已故去十載，但依舊有著極大的影響力。其子皇甫堅壽，曾拜侍中。天子東歸之後，皇甫堅壽因病未隨行，如今在家中休養。曹操曾多次征辟，皇甫堅壽卻沒有前往，而是留在了老家……

不知心恨誰？

其實，我早已不恨……

章七

大丈夫當如斯

費沃一家，滿門七十六口人，除費龍之外，在途經張掖縣時，遭遇河湟羌人襲擊，無一倖免。

費氏所帶財物，也被羌賊洗掠一空。對此，河西郡太守曹朋向河湟諸羌發表了嚴厲的警告：必須要儘快交出凶手，否則朝廷大軍，必兵臨河湟，馬踏諸羌。

一時間，河湟地區，風雲變幻。

假西部都尉王買，率部兵臨龍耆城，虎視眈眈。

而燒當老羌王更信誓旦旦，言若有人膽敢隱瞞不報，窩藏凶徒，絕不輕饒……

這是建安十年剛過正月，涼州發生的最大事件。

曹軍摩拳擦掌，屯兵張掖縣。河湟諸羌，特別是那些對曹軍有所抵觸的羌族部落，立刻撤離河湟，逃奔湟中。天曉得曹軍會不會藉此機會，和他們秋後算帳？

反倒是如燒當羌這些部族絲毫不懼。他們已歸附了朝廷，並獻上了名冊，算是正經的漢家子民。

其中，燒當羌小王，也就是老羌王之子柯吾，更是野雞變鳳凰，一下子成為朝廷命官，如今在西部都尉治所，也就是龍耆城，出任軍司馬之職。軍司馬，不過統領一部，了不起八百人而已。但是對燒當羌而言，這是正經的軍職，可以配享俸祿。燒當羌被馬騰壓制了近二十年，如今總算是有人堂堂正正的成了軍官。

燒當老王為此還專門帶著厚禮，前往姑臧拜謝曹朋。因為他非常清楚，柯吾這個軍司馬的職務雖說不顯赫，卻代表著漢家對羌人的認可。

以後，羌人的日子，必然能好過許多！

「曹汲為涼州刺史？」

伏完氣得一腳就踹翻了桌案，暴跳如雷。

他的確有足夠的理由發火！

原本，他設計聯絡關中豪門，想要把韋端推到涼州牧的位子上。當河北袁氏即將覆沒，荊州劉表無法依持，而南匈奴更遠水救不了近火的時候，漢室的希望就唯有寄託在關中豪門的身上。比之當年，關中豪強的確是衰落許多……

自劉秀定都雒陽後，便註定了關東世族的崛起。

而關中豪強歷經兩百載，雖說也得到了一定程度的壯大，卻遠遠比不得關東世族的成長。董卓之亂，對於關中豪強而言，原本是一個極好的機會，可沒想到王允斬殺了董卓，造成關中大亂。李傕、郭汜在關中肆虐，更令關中豪強元氣大傷。

可即便如此，關中世族仍是一支不可小覷的力量。特別是在漢帝東歸，定都許縣之後，有大量關中士子前去投奔。雖說他們並未獲得太大的權力，可是在朝堂上，還是隱隱形成了一股潛在力量。

伏完希望藉此機會，向關中豪強們示好。哪知道他才出招，就傳來了韋端被殺的消息……

從頭到尾，他就好像一個跳梁小丑似的，上竄下跳。看似是得了希望，可一眨眼，人家曹操那邊抬了抬手，就把他苦心策劃的計謀破壞了個一乾二淨……

尼瑪，人生悲催，莫過於此！

明明看到的希望，到頭來卻是竹籃打水。

「曹雋石，鄙夫耳！有何德能，出任涼州刺史？」

屋中，劉光雙眸緊閉，手指輕輕敲擊桌案。

在劉光下首，一個老者咳嗽不止，顯得有氣無力。此人，滿頭華髮，看上去年紀很大。好不容易停止了咳嗽，他抬起頭，看著伏完，眼中閃過了一絲不屑。

「以國丈之見，誰才合適？」

「這個……」

「要我說，孟德任曹汲為涼州刺史，是目前而言最為合適的人選。關中如今不穩，涼州方定，更需要一個穩定環境。曹汲這個人才學雖說不怎地，可是勝在沒有野心，不會指手畫腳。曹友學此前在涼州所為，我也曾留意過，開啟西域商路、推廣屯田，包括對羌氐匈奴鮮卑所推行的策略，確是妙著……若換一個人，說不得會把曹朋此前的努力全部推翻，偏偏曹汲不會這樣做，因為曹朋是他的兒子！推翻曹朋，就等於推翻他自己……所以，我看曹汲，非常合適。」

伏完滿臉通紅，瞪著那老者，似要噴火。

可他偏偏又發不得火！

因為眼前這老者，是漢室碩果僅存的一位大賢。

老者名叫趙岐，字邠卿，京兆長陵人氏，如今已有九十八歲高齡。此人少有才學，是東漢末年有名的經學家，論資歷甚至遠勝鄭玄。他的妻子，正是東漢末年大儒馬融的姪女，卻因為馬融為外戚豪家，遂與馬融斷絕來往。其性情廉直，嫉惡如仇，為世人所忌憚。

他歷經桓、靈二帝，屢遭迫害，卻從不肯低頭。曾出任並州刺史，又因黨錮而被罷官。黃巾兵起，復為議郎，遷太僕、太常。觀其一生，著作宏富，有《孟子章句》和《三輔決錄》為代表作，號稱關中士人的代表人物。

歷史上，趙岐死於建安六年。可如今由於曹朋的關係，吸引來了張機、華佗等當世名醫，所以趙岐的身體雖然一直不太好，卻活到了現今。連曹操見到趙岐，也必須恭恭敬敬，尊一聲老大人。

不論是年紀還是資歷，包括學識、名望，伏完在他跟前根本就算不得什麼。不過，趙岐屬於保皇黨，對於漢帝的忠心，自然無須贅言。

只是，這古人都有鄉土情懷。

趙岐雖離開了關中，但是卻一直希望關中能夠恢復當年的盛況。而關中能否復興，就決定於涼州是否穩定……他已經過了爭強鬥狠的年月。漢室從興盛到衰頹，趙岐可說是從頭到尾看得清清楚楚。他現在不爭什麼、不搶什麼，所以看得更加清楚。從內心而言，他當然希望漢室能中興，可他也看得清楚，這漢室的衰頹從桓、靈二帝開始便已經註定，歷經甲子，已無可挽回。

所以，他現在只希望家鄉父老能過得好，同時他也必須要去考慮自己的子孫後代……

伏完，無官無職，手無兵權，才疏學淺；劉光雖然聰慧，才學過人，但畢竟年輕，沒有半點權力。如此情況下，憑著他們手裡那些只會動嘴皮子的人，如何能挽回局面？再看曹操，雄才大略，手握兵馬，麾下更有各種各樣的人才相助。

趙岐笑了笑，站起身來，「國丈，老朽身體不適，就先告辭了。」

也不管伏完是什麼表情，趙岐慢悠悠的離開。

劉光起身，恭送趙岐出門。

「臨沂侯，你看，你看這老兒……」

「國丈，莫要再怪罪誰了。韋端已死，關中之局面已無可挽回。你我如今，當隱忍再隱忍，尋找其他機會。這件事，就當沒有發生過。關中豪強之爭，和你我沒有任何關係。」

「難道，就這麼算了？」

伏完呆立半晌，突然間放聲大哭，「陛下一心想要中興漢室，可如今……是老臣無能，老臣無能，愧對陛下啊！」

「國丈，你這是幹什麼？」劉光眉頭一蹙，厲聲喝道：「哭哭啼啼，成何體統？今天下仍是漢室之天下，那曹友學在河西，不也是以漢民而自居？而今朝堂為奸人把持，你我自當盡心竭力，為陛下分憂。動輒哭哭啼啼，算什麼樣子？莫非，你能哭出一個中興天下？若可以，我陪你一起哭！」

伏完哭聲戛然而止。

「臨沂侯，那你說怎麼辦？」

「我不是說過，隱忍，再隱忍……看過毒蛇捕殺獵物嗎？每次出擊，牠總會先盤起，而後蓄力出擊。你我現在，就須學那毒蛇，先把身子盤起來，立於不敗之地。」

「可是，那曹友學……」

「曹朋之事，莫再起風波。」劉光苦笑一聲，「你沒發現，這幾日朝堂上的風氣已發生變化？關中那幫人，叫囂的也不甚響亮，似乎沒了底氣。曹操這一次，也算是下了狠心，功過相抵，罷官去職，而且鬼薪三歲……若非死的是韋端，恐怕曹操也不會下次決斷。他已經給足了關中人面子……這時候再去生事，弄不好會發生意外，反而不美。」

「那……」

「這件事，你休要再插手，我自會處理。倒是荊州劉景升那邊，你要加強聯繫……還有，我已準備了一批輜重，你尋個機會送去新野，交給劉備。如今，我們所能依持的人不多，所以更要珍惜。」

伏完眼中閃過一絲欣慰。

劉光長大了！他已經從當年的『漢家犬』，成長為漢家的一頭惡狼。從南匈奴返回，他發生了很大的變化。從前，劉光不願意參與朝政，而今，他已經在朝堂上獲得了不小的話語權。即便他現在還很弱小，卻是漢室中興的希望。

想到這裡，伏完心裡樂開了花。

曹朋從日勒返回，已過了元宵節。

他回來才得知，蔡琰帶著阿眉拐離開武威，不知去了何處。不過，不用擔心她的安全。步騭讓韓德率領一部八百軍卒，隨行保護，在關中之地絕無危險。

只是，她究竟去幹什麼？

步騭也不清楚……

「朝那？」曹朋疑惑不解。

沒聽說蔡琰在朝那有什麼親戚，這好端端的，跑去朝那做什麼？

「可曾通知了張太守？」

「回公子，已通知過了。」

「那就好！」曹朋搔搔頭，依舊是滿腹疑問。

不過，有韓德帶著八百人保護，又有張既在安定照顧，想來是不會有什麼事情。

曹朋自身還有許多事情要處理。比如，他和甄宓的婚事。

甄家人對是否把甄宓嫁給曹朋，頗有分歧。比如甄宓的大姐甄姜，就有些反對。

甄家畢竟是官宦出身，對於這局勢，有著敏銳的直覺，否則當初也不可能果斷拋棄中山基業，跑到河西投奔曹朋。如今，中山甄氏已經滅亡，先是遭遇黑山賊襲掠，而後又受到了袁氏牽連，被殺了個乾乾淨淨。反倒是當初跑到河西的這些甄氏族人，站穩了腳跟。

靠著曹朋這棵大樹，甄家在武威迅速崛起。甄堯如今官拜武威郡主簿一職，同時掌控著對河西郡商會的監察大權。至少從目前來看，甄家的復興，只在早晚。

可沒想到，曹朋竟殺了韋端。

他雖說是北中郎將、河西太守，但擅殺上官的罪名……

甄姜覺得，這件事很可能會影響到曹朋。如果甄家和曹朋扯上關係，說不得也會遇到麻煩。

但甄宓的小妹妹甄榮，卻不太同意。她很支持二姐嫁給曹朋，並說做人不能如此勢利。且不說甄宓已經懷了曹朋的孩子，就算沒有，也不能就這樣忘恩負義。

忘了說一句！年僅十四歲的甄榮，和曹彰走得很近！

最後，還是老夫人一句話：「既然當初我們決定投奔曹公子，那麼不管曹公子如何，我們都沒有其他選擇。因為在甄氏的外殼上，有著濃重的曹朋烙印。所以，甄宓必須要嫁給曹朋……不管曹朋是興還是衰，甄家必須緊緊跟隨曹朋腳步。」

在這一點上，甄家比不得蘇家。至少蘇雙到現在，始終堅定不移的支持曹朋。

如果甄家朝秦暮楚，將徹底失去復興希望……

曹朋和甄宓的婚事，並沒有大肆興辦。畢竟甄宓是貳婦，而且是以妾室身分進入曹家，自然不可能太過隆重。

但為了補償，曹朋設下家宴，將河西太守龐統、金城太守成公英，以及南部都尉閻行、武功中郎將甘寧、征羌校尉鄧範、護羌都尉潘璋、陳倉校尉郝昭等人紛紛請來。除此之外，尚有還未得到任命的步騭、石韜、夏侯蘭等人，算是除了闞澤之外，曹朋所有的班底都來了，給足了甄氏顏面。這也讓甄堯感到無比開心。

婚後第三天，朝廷傳來了消息，任步騭為武威郡太守，石韜為張掖郡太守。而鄧範則遷為征羌中郎將，駐守武威縣。夏侯蘭任河西統兵校尉，出鎮靈武谷……此外，曹操准許曹朋在河西、武威、張掖三郡，推行府兵制度。

曹朋總算是放下了心事！

建安十年，二月二，龍抬頭。

曹朋親自主持了武威郡屯田祭禮，而後返回城中。

剛坐下來，還沒等他喝一口水，卻見龐德急匆匆跑進來，「公子，大事不好！」

曹朋不由得一怔，愕然問道：「何事驚慌？」

「偉章派人傳信，朝廷命裨將軍張郃，前來緝拿公子，不日將出大散關，抵達涼州。」

該來的，終究要來！

曹朋早已做好了心理準備，所以並沒有感到吃驚，反而在內心裡有一種輕鬆感受。

要回家了嗎？

「偉章可有說明，司空欲治我何罪？」

曹朋的措辭，和龐德的有很大不同。龐德口中是『朝廷』派人，而曹朋言語裡則是『司空』治罪。兩者聽上去沒有太大的區別，然則卻有著巨大的不同。曹朋的意思分明就是說：如果是漢帝要治我的罪，老子堅決不認；但如果是曹操下令，我便可以聽從曹操的命令。

只是，這種措辭上的區分，龐德聽不明白。

「這個，偉章倒是沒有說明。」

章七 大丈夫當如斯

「呃！」曹朋一笑，擺了擺手，「我知道了！令明，過兩日西域會再送來兩百匹白駝，你讓姜冏和龐明去接收一下。白駝兵和飛駝兵該補充的補充、該休整的休整，過些時候我們就要回去了……還有，這件事不要傳出去，等朝廷使節到來後再說。」

「喏！」

曹朋的風輕雲淡，讓龐德的心情安撫了許多。他躬身行禮，而後轉身大步離去。

曹朋正準備清洗一下，抬頭卻看到步鸞三人那滿是憂慮的面容。

「妳們都聽到了？」

「嗯！」

步鸞和甄宓的眼睛裡閃動著淚光。在她們看來，曹朋這一回去，少不得有一番磨難。倒是郭寰看上去堅強許多，但也是咬著嘴唇，輕聲道：「夫君，司空如此，於夫君不公！」

「胡說！」曹朋一聲厲喝，「婦道人家，懂得什麼？我擅殺朝廷大員，一州刺史，本就是死罪。司空讓我回去，我也心甘情願，爾等豈能妄自評論？好了，休要再胡亂說，回去收拾一下，也許不出半月，咱們就要返回許都了……呵呵，小鸞、小寰，妳們不是一直在說西北太過苦寒？」

「可是……」步鸞還想再說，卻見曹朋眼睛一瞪，到了嘴邊的話語又硬生生的嚥了回去。

要回家了！

雖然她們一直期盼著回家，可是以這樣一種方式回去，終究不是她們所希望的結果。

雖然曹朋竭力隱瞞消息，可這天底下沒有不透風的牆。也不知是誰走漏了風聲，朝廷派人緝拿曹朋的消息，很快就傳遍了涼州大地……

步騭第一個跑來詢問，不過卻被曹朋嚴厲的呵斥回去。

「如今春耕方始，你不去關注民生，跑來聒噪甚？須知，一年之計在於春，這春耕關係百姓的希望，更是他們生存的根本。武威歷經戰火，頹敗不堪，再也禁不起折騰。你當下之任務，是好生發展民生，儘快和蘇則、石韜、龐統拿出一個章程，恢復西域商路，繁榮西北……其他事情，休要插手。」

「可是……」

曹朋一擺手，打斷了步騭的言語。他讓甄宓取來一本小冊子，遞給了步騭。

「這是我早先想出的一些章程，原本想等涼州穩定之後，在河西和武威加以推廣。但現在看來，恐怕是不可能了！不管新任涼州刺史是誰，我要你和士元儘快著手，在來年開始推廣實施。我之前已派人聯繫德潤，讓他透過徐州行會，設法從東部收購一些桑樹和果樹……你們要提前準備，一旦準備妥當，即可全面推廣，莫辜負了我的希望才是。」

那小冊子上，寫著『塘基栽植』四個字。

步騭接過來後，粗略翻看了一眼，不由得眼睛一亮。

曹朋這本《塘基栽植》裡的內容，其實就是後世桑基魚塘、果基魚塘的方法。這原本是鑑於後世珠江三角洲地勢低窪，而創造出來的一種耕植形式。如今放在河西武威，倒也算不得出奇。

東漢時期的河西、武威地區，和後世的寧夏、甘肅並不一樣。藉河水之便，河西、武威的水量充沛，河流縱橫交錯，土地極為肥沃。後世有塞上江南，就是指這個地區。

桑基魚塘、果基魚塘，是把低窪的土地深挖為塘，而後堆土成基，填高地勢。相對降低地下水位來種植桑樹果樹，兼養蠶桑，增加西北物產，擴展涼州的生產管道。從單一的農耕畜牧，向多元化轉變，同時還可以對西北的環境產生巨大的促進作用。蠶沙餵魚，塘泥肥桑，栽桑、養蠶、養魚三者有機結合，形成桑、蠶、魚、泥相互依存、循環促進的效果，避免窪地水澇之患，營造出一個良好的生態環境。

曹朋不知道，西北的環境究竟是在什麼時代遭到破壞，不過未雨綢繆，提前做出準備，加強西北的

章七 大丈夫當如斯

環保意識，至少在他這一代不會遭受破壞。對曹朋而言，這就足夠了！同時，蠶桑、漁業的出現，也能增加西北的經濟效益，特別是蠶桑的移植，可以對西域商路產生巨大的推進作用……

早在建安九年初，曹朋已經開始著手計畫，只是由於馬騰之亂，造成他這個計畫最終未能執行。

而今，他將要離去，但大西北的戰略構想卻不能就此而亡。他想盡各種辦法，舉薦龐統、步騭、石韜出任三郡太守，也正是為了他這個大西北的戰略構想而做準備。一旦河西蠶桑漁業興起，便可以進一步刺激金城、隴西、漢陽，乃至安定地區，到時候，張掖郡作為一個貿易集散地，將著重於畜牧業和商業，而整個涼州就會變成西域商路的基地，從而產生巨大效益。

如果按照這個構思推進，不出十年，涼州必成魚米之鄉，真正的塞上江南！

當然，這還需要一個持續而穩定的發展規劃。

曹朋已經把這個藍圖勾勒出來，接下來，就看步騭、石韜他們的手段……相信，以他們的才學和能力，必然能讓曹朋這個藍圖實現。

把這份冊子交出去，曹朋只覺一陣輕鬆：「子山，西北就交付與你們，我也可以鬆一口氣，回許都享清福去了。不管朝廷此次如何處置我，都不會危及我性命，所以大可不必為我擔心。我現在唯一擔心的，就是這涼州刺史最終會花落誰家！不過，不論誰為涼州刺史，你們若是遇到了麻煩，可派人前去通知我姐夫，透過他，向朝廷呈報，請求支持。」

步騭心潮澎湃。看罷了曹朋這份計畫書，他才知道在曹朋心裡有一個何等巨大的藍圖構架。這在他看來，幾乎是不可想像。

改變西北的生產模式，營造大西北構想……整個涼州、雍州、西域，乃至河湟，甚至包括關中！一旦實施成功，都將納入這個大西北構想的藍圖之內。

人常言，得關中者得天下。八百里秦川即便是再富庶，也禁不起連年的消耗。

而今，曹朋為關中設計出了一個循環系統，將會大大加強西北的地位，令關中變得更加富庶……最重要的是，一旦大西北戰略實施成功，西北豪門力量會遭遇到強力的打擊，甚至有可能會迅速的衰頹。

「公子放心，子山縱死，也會令公子計畫成功。」

「哈……」曹朋大笑，「不過是推行一個計畫而已，哪至於到『死』的地步。你可不能死，不但是你，士元、廣元、公威，都要好好保重身體。到時候我會設法讓太常御醫派人前來，為你們診治身體。我要你們活著，把這大西北經營成為人間天堂。」

步騭俯伏地上，涕淚橫流！

送走了步騭，曹朋再次忙碌起來。

他甚至沒有時間和曹允玩耍，享受天倫之樂。最多也就是半個月，他便要離開西北。留給他的時間已經不多，他必須要做好各種安排，制定好各種的章程。

首先，他命人找來鄧範，詳細的交代了一些關於對羌、氐、匈奴、鮮卑的事宜。武威河西，各族混居，錯綜複雜，雖說曹朋已經有了一個良好的開端，令各族開始歸化，但融合歸化的道路漫長，期間會出現各種各樣複雜的狀況。更何況，這是一個以『我』為主的融合過程，自然少不得血腥的鎮壓和屠殺。這是『民族大融合』不可避免的過程。

曹朋不希望日後被動的融合，那只有主動尋求融合。

征羌中郎將，就擔負著這樣的任務。他不僅僅負責軍事，同時還擔當調節民族矛盾的責任，意義極其重大。

鄧範遇事沉穩，曹朋倒不太擔心。只是，他少了些許靈活，也是鄧範目前最大的問題。

「我會讓退之留下幫你，出任祭酒之職。他對西北事務了然，同時智謀過人。大熊你驍勇善戰，但少了些機變。你二人合作，可謂奇正相合，相得益彰。所以，我把西北之安危，就交付你二人之手。」

鄧範正色點頭。

曹朋在狄道斬殺了韋端父子，令鄧範感激萬分。有這樣一個兄弟，他焉能不去效死？感同身受，如果是事情放在鄧範自己的身上，曹朋也一定會拔刀相助。他和王買、曹朋，一同從棘陽走出，自建安二年至今，已八年之久。雖說曹朋是小八義裡的老么，可在鄧範心裡，曹朋是真正大哥，不管將來怎樣，這結拜情義永世不忘。

鄧範說：「阿福你放心，只要我一息尚存，定使西北無虞。」

接下來，曹朋又分別聯絡了王買、夏侯蘭等人，一一進行了叮囑。

時間，一天天的過去。

曹朋每天從早忙到了晚，總覺得時間不夠用。

這一天，他正在家中編寫一部關係西北歸化的細則，忽聽屋外傳來了一陣喧譁騷亂。

「公子，朝廷使節到了！」

曹朋聽聞，放下手中的筆，顯得非常平靜。他站起身來，邁步走出房間，就見庭院裡，他的家臣們一個個義憤填膺，手持兵器。

「幹什麼，要造反不成？」曹朋厲聲喝道：「全都給我滾回去，該做什麼做什麼，休得在這裡給我丟人現眼。」

姜冏眼睛一紅，「公子！」

「姜冏，欲逆我乎？」

「卑職不敢。」姜冏心不甘、情不願的將兵器放下，帶著人讓開了路。

曹朋整了整衣衫，扭頭看去，但見長廊盡頭，步鸞抱著曹允，郭寰和甄宓相互攙扶，淚汪汪的正看著他。曹朋微微一笑，朝她們點了點頭，便昂首挺胸，向大門走去。

正堂上，一隊軍卒緊張萬分。

張郃的臉色有些難看，心裡叫苦不迭。他和曹朋並無太多的交情，說起來，他當初被俘，還是拜曹朋之賜，敗於甘寧之手。後來，官渡之戰時，張郃奉命假越騎校尉，也正是接曹朋的職務……

此次前來涼州，還沒有離開許都，他就得到了許多人的關照。

「見到友學，莫要為難他，須給他足夠體面。」

這是典韋派人給他的傳話。

「友學功勞卓絕，為小人所害。斬韋端，乃大丈夫所為……儁乂當謹慎言行。」

這是途經管城時，河南尹夏侯淵在酒宴上的囑咐。

此外，還有許褚、張遼、曹仁等人的交代，更有曹真、典滿、許儀等人的拜託……

郭嘉親自登門，要他小心行事。荀彧派人私下裡告之，不要委屈了曹朋。此外，諸如孔融等清流名士也託人叮囑張郃，說曹朋乃名士，不可以照等閒人的規矩去做，以免辱沒了斯文。這讓張郃還沒出發，就感受到了巨大的壓力。

途經長安，曹洪又叮囑了一番。

最讓張郃吃驚的，莫過於司隸校尉衛覬，以河東衛氏的聲名告之張郃：「曹友學揚威域外，威懾涼州，此乃有功於社稷的棟梁之才，儁乂此去，當不可怠慢。」

如果說，此前種種叮囑是曹朋的人脈，那麼衛覬的叮囑，則明顯帶有別樣的意味……

衛覬，河東大族，隸屬於關中豪強序列。他的叮嚀，無疑是代表著關中豪強對曹朋的敵意正在慢慢減弱。同時，也標示著曹朋的名望達到了一個高度。

一入涼州，張郃便感受到了一種濃濃的敵意，不論是在隴西，還是在金城……特別是在進入武威郡之後，那種敵意就越發強烈。沿途見到的武威百姓，似乎對他們存有極大的敵視。這也讓張郃感到憂慮。

曹友學，究竟何等人？

張郃在一路上，都在思索這個的問題。

有一點可以肯定，曹操也不想為難曹朋，只是迫於無奈，才下令將曹朋緝拿……

原以為是一趟輕鬆的旅程，卻不想會承受這麼巨大的壓力。早知道就學高覽那般，詐病拒絕！

相比之下，高覽對曹朋的認識，遠比張郃清晰。畢竟，高覽是被曹朋親手俘獲。

「曹將軍！」張郃見到曹朋，拱手苦笑。

「好了，我知儁乂來意。」曹朋笑呵呵說道：「我已準備妥當，不過這時候最好莫要離開，待天黑後再走。你看如何？」

「就依將軍之意。」

看看人家這氣度！張郃不由得為之心折。對方似乎全不在意，已經做好了準備。

而且，這時候離開，的確有些麻煩。入城以來，張郃感受到的那份敵意越發明顯。如果這時候把曹朋帶走，弄不好會激發姑臧百姓的怒火，發生不必要的衝突。

短短一年！

曹朋才占領姑臧一年，就得到了姑臧人，乃至武威人的愛戴。

也難怪，馬騰占領武威的時候，依靠強大的武力震懾，窮兵黷武，令百姓承受巨大的壓力；而曹朋掌控武威以來，減免賦稅傜役，甚至嚴苛限定了徵兵的範疇，令百姓獲得了喘息之機。同時，曹朋大力推行屯田，扶助農桑，也令武威百姓感受到從未有過的希望和活力。現在，曹朋要走了，武威的希望在何處？

「儁乂，到了涼州之後，切不可態度驕橫。曹友學雖犯下了滔天大罪，可是卻有功於社稷，有功於蒼生，有功於司空。你在他面前，要盡量給予恭敬，這與你而言，既是考驗，也是一個偌大的機會。」

這番話，出自許攸之口。

歷史上這個時候，許攸被許褚所殺。但是在這個時空裡，許攸卻意外的活了下來……

官渡之戰以後，他甚至沒有再出任任何官職，而是閒賦在家，過隱士一樣的生活。

同為河北降臣，張郃自然和許攸走得比較親近。再加上許攸在河北本就有一定的聲名，也使得張郃自然而然喜歡向許攸求教。

考驗？我已經感受到了！

可是機遇，我尚未發現。

張郃暗自慶幸，他聽了許攸的叮囑，在進入涼州以後，保持了低調行事。否則的話，能否活著抵達武威，恐怕都是一遭難事……

曹朋命人安排了住處。隨行八百軍卒，被安置在城外的校場中。

曹朋並沒有招待張郃，而是回房繼續書寫細則要目，準備留給步騭和龐統等人。

他相信步騭和龐統的能力。但有些事情，過於超前……如果不做出一些詳細的規則，必然會產生巨大的反作用。當然了，他也可以讓龐統他們摸著石頭過河，可如果能少走一些彎路，又何樂而不為呢？為此，曹朋這些日子可是煞費苦心，耗費了不少的腦細胞。

入夜，姑臧縣城，漸漸的冷清下來。

曹朋換上了一身樸素的衣裝，邁步走到了前堂。

白駝兵和飛駝兵，已奉命駐紮城外。步鸞三女在曹朋的命令下，在天黑前就悄悄出城，在城外等候。

曹朋看了一眼在堂下，一身灰衣打扮的龐德。

「令明，你大可不必隨我走。留在這裡，有很多機會讓你施展才華。」

龐德的眼睛一下子紅了，「公子休再勸我，若不讓德隨行，德即刻自刎在堂下。」

「你這傢伙……算了，隨你去吧。」

龐德親自牽馬，一手是曹朋的獅虎獸大黃，另一隻手上，則是曹朋贈給他的踏雪烏騅馬。這踏雪烏騅，原本是馬超的坐騎，在允吾被獅虎獸所鎮壓，便成了曹朋的戰利品。後來，曹朋又把這踏雪烏騅轉贈給了龐德，成為龐德的坐騎。

算起來，曹朋手裡曾有過四匹好馬。除了獅虎獸之外，當初夏侯淵贈他的照夜白，如今成了夏侯蘭的坐騎；從張飛手裡繳獲來的烏騅馬，贈給了甘寧；而今，這匹踏雪烏騅，又成了龐德的愛馬。

看著獅虎獸和踏雪烏騅，張郃不由得一陣眼紅。突然間，他似乎明白了許攸所說的『機會』是什麼意思——曹朋，倒是一個值得跟隨的人！

「公子，該上路了！」

曹朋深吸一口氣，站在府門口，看了一眼身後的府邸。

「子山，若是蔡姐姐回來，把這府邸交給她。以後還請你多多照拂她母女……蔡姐姐一生孤苦，卻也應該過一些好日子才是。」

前來送行的步騭，躬身行禮：「子山遵命。」

「走吧。」

曹朋邁步走下臺階，登上了張郃準備的車仗。

張郃原本想要上馬，可是看周圍的人，竟無一人有上馬之意。馬車緩緩行駛，眾人或牽馬相隨，或垂手跟進，一個個面露悲戚之色，默默無聲。

「為官若斯，雖死無憾！」

張郃心裡，陡然生出這樣一個念頭。

這位曹友學曹公子，並不是那種徒有虛名的清談之輩。只看他這些手下的恭敬，便知道他是何等的手段。即便曹公，也莫過於如此吧……

馬車行到城門口時，原本漆黑的城樓上，陡然間傳來一陣嗚咽的號角聲。

剎那間，城頭上燈火通明。軍卒們一個個盔明甲亮，站在城頭上。

「我等，恭送公子還家！」

吶喊聲整齊如一，猶如巨雷般在夜空中迴盪。

張郃下意識的抓緊了手中兵器，抬頭看去，卻看到那些軍卒一個個手持火把，列隊吶喊。

城門，緩緩的開啟！

張郃看到了一幕令他永生難忘的景象……

姑臧城外的原野上，火光星星點點，猶若天上璀璨星辰。

有上萬人吧！

姑臧的百姓們，在城外扶老攜幼，列成一排排、一行行的隊伍。當城門開啟的一剎那，人們突然發出了大聲的叫喊聲：「曹公子，莫走……曹公子，請留下！」

曹朋聽到了喊聲，詫異的從車上走出來。看到眼前這一幕，他鼻子一酸，不由得熱淚盈眶。

此回中原，不知何時能夠再次返還。

他站在車上，朝著那武威百姓，搭手一揖到地。

剎那間，人群沸騰了！

呼喊聲越來越響亮，那漫山遍野的火把，與夜幕閃閃的星辰交相輝映，構成了一幅壯觀畫卷。

張郃心潮澎湃。他向曹朋看去，但見那雄魁身姿在夜色中卓然而立，夜風拂動衣袂，更顯卓爾不群！

曹賊

章七 大丈夫當如斯

武威已遠……

蒼松的城牆，也已經看不見輪廓。

從武威進入金城，張郃感受到了一種與來時所見，截然不同的感受。武威，處處充滿生機，活力澎湃；相比之下，金城郡則顯得有些荒涼；至於隴西，初入境內，便可以感受到一種大戰過後的荒冷和慘敗。從隴西一路到武威，是一種越來越繁華，越來越熱鬧的感覺，而踏上歸途，感受到的卻是一種越發的破敗。

也難怪，武威自曹朋攻取，至今已有一年。經過了一年的休養生息，武威正漸漸的恢復活力。特別今年開始，武威開始推行屯田之法，各種扶助農桑的政策出臺，也讓武威郡增添了更多激情。

金城郡去歲，並未經歷太多的戰事，不過前期為了支持馬騰，金城郡耗費了大量的錢糧，使得元氣大傷。如今成公英接掌金城郡，也無法大規模推行屯田之法。他至少需要一年的時間，來進行準備和休養生息。

至於隴西郡，則更加不堪。

不論能力還是人望，趙昂無疑比成公英更強幾分。但整個建安九年的下半年，隴西郡都被戰火所籠罩。先是馬騰攻打隴西，而後襄武和漳縣的焦灼，臨洮一番惡戰，狄道大捷……乃至於後期，曹朋和涼州韋系人馬的衝突，造成了隴西郡的徹底破敗。

按照曹朋估計，隴西若想要恢復元氣，沒有兩年難以成功。

原因嘛……非常簡單！就是人口……

接連的戰事，令隴西郡人口銳減。韋端時期的隴西郡，人口約三十餘萬，至隴西大戰結束，短短幾個月的時間，人口已銳減到二十餘萬，其人口數量甚至連河西郡都不如。如此情況，想要恢復過來，的確是麻煩。

這也是為什麼張郃會產生荒涼破敗感受的原因……

張郃漸漸的從離開姑臧時的震撼中走出。但是，他仍有些緊張。從姑臧一路行來，經蒼松等縣，時常會出現舉城迎送的場面，令他感到莫名緊張。

不過在緊張的同時，還有一些熱血澎湃。

大丈夫，當如是！

對於曹朋的認識，似乎也隨著這一路下來，深刻了許多。

以前，哪怕是被甘寧俘虜之後，張郃一直覺得曹朋徒有虛名，他能闖下偌大名聲，還是他那曹操族姪的身分所致。若沒有曹操那個光環籠罩，估計也就是普通。可現在，張郃發現自己似乎錯了！曹朋能在短短時間裡令大半個涼州臣服，絕非因為他是曹操的族姪。這是他的本事，也是他的能力，並非他的出身。

事實上，在長安時，張郃也覺察到了！

即便是反曹朋最為激烈的楊阜、趙衢等人，也只是惱怒曹朋殺了韋端父子而已。

甚至在離開長安時，楊阜快馬追趕，攔住張郃，道：「俊乂見到曹將軍，不可以無禮。」

當時張郃還覺得有趣。

你楊義山不是恨不得曹朋死嗎？何故又假惺惺的跑來，為曹朋說這些好話呢？

現在，他似乎明白了！

楊阜彈劾曹朋，要追究曹朋的罪名，是私誼。畢竟他跟隨韋端已久，算得上是韋端的心腹，而且韋端代表著關中世族的利益，楊阜恰恰是關中世族的一員。

但是，從公理而言，楊阜未必就贊成韋端。事實上曹朋占領武威、扼守河西，對涼州絕對是一件大好事，他令涼州再無西北之患，可以平穩發展。而且，對於曹朋在西北推行的政策，楊阜也很贊成。於公義而言，楊阜和曹朋並無深仇大恨。甚至在某些方面，他們的目標一致，都是為了關中的未來而著想。

曹朋，你究竟是怎樣的人物？

一個能讓你的敵人都讚不絕口的人物，又是怎樣的一種人呢？

看著前方的車仗，張郃陷入了沉思……

曹朋依舊是乘坐馬車，只是在離開姑臧後，白駝兵和飛駝兵便自動形成了保護。張郃的部曲，根本無法靠近曹朋的車仗。

特別是那支白駝兵，清一色的白駱駝，軍卒白衣飄飄，透出一種別樣的韻味。而駱駝的身上，有一種獨特的氣味，會使戰馬焦躁不安。即便是飛駝兵，也很少和白駝兵駐紮一處。飛駝在前，而白駝護佑，行進間極有章法，令張郃讚嘆不已。

曹朋並沒有因為自己罷官，而忽視了對牙兵的訓練。

相反，這一路上曹朋不斷操演兵馬，讓張郃大開眼界……

行軍時，龐德率二百飛駝在前，充當斥候，探路偵查。而白駝兵則以雁行陣而走，護佑車仗，緩緩推進。一俟出現警兆（曹朋所設計出來的假想敵），飛駝兵便立刻收回，白駝兵組成方陣突前。飛駝在白駝兵兩側蓄勢，待曹朋指令發出，立刻分為兩隊，同時出擊。先以騎射，而後施以大刀長矛，展現出無與倫比的威力。

張郃只看得是心曠神怡，到後來，乾脆跑到曹朋跟前懇請，讓他的部曲充當假想敵。

如此一來，枯燥乏味的旅途變得生動起來。

此時的張郃，並非那個被諸葛亮忌憚無比的魏國上將。他的兵法還顯得有些稚嫩，甚至有些天真，不論是行軍打仗，還是列陣迎敵，都帶著明顯的雕琢痕跡。在一次次被擊潰之後，張郃的兵法也隨之變得靈活起來，他不再拘泥於兵書上的那些戰法，而是逐漸透露出他的風格。

當車隊抵達湟水時，張郃已嶄露出一種沉穩氣概，令曹朋也不由得為之感慨萬千。

真牛人啊！

果然不愧是諸葛亮晚年最為忌憚的魏國大將！他的進步非常明顯，隱隱透出了大將之風。

當然了，龐德的進步也非常大，從最初的猛追猛打，到後期的靈活多變，其兵法特徵逐漸突顯出來，令人眼前一亮。

每次交鋒過後，曹朋都會予以點評。

而張郃就好像一個好學的學生一樣，聆聽曹朋的教誨。

「今日儁乂，略有些慎重了！戰場之上，千變萬化，絕不會拘泥於兵書上的教條。《司馬法》、《孫武十三篇》、《尉繚子》，的確是前人先賢的智慧結晶。但如果你一味遵循兵法，也就落入下乘。」

「孫子說：『兵者，詭道也！』何為詭呢？說穿了，就是一個變化。天地造化，都存有一個變數……孫武子寫十三篇的時候，尚是車戰爭鋒之時；而到了《尉繚子》，秦國已大規模實行騎戰，創出了三錐陣法。時代在發展，兵法也在演變。有道是，萬變不離其宗，你們要抓住的是其根本，而不是按照兵書上所言的那些教條……」

「相比之下，今日令明的表現很是驚豔。雖然你和安平一直處於分兵狀態，可是當白駝兵推進困難時，你集中了騎軍之力，發起衝擊，令儁乂所部側翼潰敗，造成了今日之勝，確實是一著妙手。」

萬變不離其宗？天地造化，存有變數？

兩個完全不同的概念，卻被融合在一起，讓張郃與龐德看到了一個全新的世界。

大丈夫當如斯

湟水，滔滔！

正值春汛時，河水激湧。

車隊分成了三隊，白駝兵護著車仗，自成一營，飛駝兵懸於外，警戒周圍。而張郃的部曲則組成一個圓陣，把白駝兵護在中央。

張郃站在篝火旁邊，遠遠眺望。

曹朋懷抱著曹允，圍著車仗奔跑，逗得曹允咯咯直笑。而步鸞則在車旁，小心翼翼的烹煮食物，郭寰和甄宓笑靨如花，看著曹朋父子，不時發出銀鈴般的笑聲。

而白駝兵，忠心耿耿的護在周圍，形容警戒。

此時的曹朋，哪裡是一個征伐天下、威震涼州的曹三篇，分明就好像小孩子一樣，毫無半點形象。公子，究竟哪一個你，才是真實的你呢？

別人被抓，莫不是愁眉苦臉。偏偏你好像沒事人一樣，逍遙自在……

反正若放在自己身上，張郃一定會覺得委屈，甚至會產生不平之想。但是看曹朋……

忽然，從遠方傳來急促的馬蹄聲。

一聲響亮的口哨，飛駝兵立刻上馬，做好了迎敵準備。而白駝兵則圍成一圈，將曹朋一家人保護其中。反倒是張郃的八百部曲，顯得有些慌亂。

張郃搓揉面頰，苦笑著搖頭：這，又會是哪一路神仙？

從武威過來，這一路上張郃已經經歷了太多這種狀況。

三天前，他們遇到了一支羌騎攔住了去路，為首的竟然是河湟燒當老羌的小王柯吾。據說，這柯吾是得燒當老王的叮囑，希望能留曹朋在涼州。

雙方差一點發生衝突，若非曹朋出面，把柯吾好一頓破口大罵，罵得柯吾連個屁都不敢放，乖乖的讓路通行。不過，柯吾還是留下了很多禮物，足足有三輛大車。

離開姑臧時，曹朋一行一共也就是三輛車仗。可到了湟水，這車仗已經增加到了十餘輛……

「休要驚慌，看清楚再說。」

看著沉穩的曹朋牙兵，張郃好一陣的羞愧。自己這些部曲，可都是許都精銳，但比起人家的私兵，簡直就不是同一個檔次。不只是裝備上的差別，其他方面更遠不如他們。

張郃突然生出一種奇怪的衝動，他不想再去當勞什子校尉，在曹朋手下當一名家將，想來感覺應該不差。

「休要誤會，我是曹彰，特來拜見老師。」

遠來的那支騎軍，大約有三百人左右。為首的是兩個少年，魁梧而壯碩。當先一騎，胯下馬，一襲長衣，在馬上大聲呼喊。

「飛駝，弓向下。」龐德一聲沉喝，飛駝兵立刻止住了行進。

曹朋懷抱曹允，詫異的抬頭向外眺望，「子文怎麼跑來了？他不是鎮守張掖，何故來此？」他把曹允交給了步鸞，而後帶著蔡迪，邁步前行。

白駝兵自動分開了一條通路，與此同時，張郃也反應過來，連忙讓部曲讓開路。

曹彰，那是曹操的長子！

曹昂曹丕死後，稱曹彰長子，絲毫不為過。

但見曹彰在距離圓陣尚有十餘步的時候，甩蹬下馬。在他身後，是牛剛緊緊隨行。

曹彰根本就沒有理睬張郃的見禮，更沒有搭理那些部曲。他快步跑上前來，撲通一下子便跪在了曹朋跟前，「老師還家，何故不與彰知曉，莫非老師不當彰為弟子？」

章七 大丈夫當如斯

曹彰這舉動，讓張郃嚇了一跳。

他知道，曹彰和曹沖都曾在曹朋門下啟蒙。說起來，曹朋和曹彰算是同輩人，一直以來，也沒有人真的認為他們是師徒，可現在看來……

張郃突然鬆了一口氣。

「將軍，何故如此？」

「我在慶幸。」

「慶幸？」

張郃苦笑道：「我慶幸這一路過來，我沒有半點失禮之處。否則我回到許都，只怕生不如死。」

那親隨聽罷，頓時恍然大悟。他看了一眼遠處曹朋，也不由得暗自感慨。

尼瑪，做囚犯做到曹朋這樣的程度，可謂前無古人了……

曹朋一把將曹彰拽起來，「子文，你和牛剛不在張掖，跑來這裡幹什麼？」

「先生今還中原，身邊豈能無弟子相隨？我和老牛商量了一下，決定和先生一起回去。我已經告知王買將軍，他已命柯吾出鎮張掖縣城。我和牛剛來的時候，還上書許都，估計這時候已經過了雒陽。呵呵，我和老牛決定了，先生去哪裡，我們就去那裡！」

「胡鬧！」曹朋勃然大怒。「子文，你為張掖統兵校尉，怎可擅離職守？兵者，國之大事。你說不幹就不幹，當這是小孩子的遊戲嗎？簡直就是胡鬧！」

曹朋的怒喝聲傳到了張郃耳中，卻讓張郃一咧嘴……

那可是曹操的兒子！

論輩分，你就是曹彰的族兄，居然訓斥起來好像罵孫子一樣，絲毫不留情面。

偏偏曹彰毫不生氣。

「我不管，反正我已經來了。先生要趕我走，那絕對不成……我覺得，隨先生還能學到很多東西，難不成先生要把那些學問都教授給倉舒嗎？先生不能這般偏心，反正我跟定先生了……」

「你……」曹朋的心裡陡然間湧起一股暖流。

曹彰話是這麼說，卻讓他感受到了一種濃濃的關切之意。

相反，從他殺死韋端到現在，環夫人那邊沒有半點問候傳來。按道理說，環夫人哪怕是改變不了曹操的決意，但至少也該派人慰問一下，告之曹操的處理意見……可是，卻連一點動靜都沒有！這也讓曹朋心裡略有些不滿。

反倒是曹彰，聽說自己要被拿回去問罪，捨了一身功名，從張掖千里迢迢追趕過來。看著他那一身風塵僕僕，曹朋要說不感動，那純粹是謊話。

曹彰，有一顆赤子之心，這種赤誠，是用任何財富都無法換來的。

曹朋看著他，忍不住笑了！

「算了，你既然這麼決定，我也不阻攔你。不過，你真捨得離開你那千嬌百媚的小美人？而且回去之後，少不得被主公逼著完婚，到時候你可莫要向我抱怨。這件事，我可是一點都幫不得你。」

「那……我就待在滎陽。」

曹朋啞然失笑，「算你狠！」說著，他拉著曹彰的胳膊，又叫上了牛剛。

「正好，小鸞烹好晚飯，正好填飽肚子……今日早些歇息，明日咱們還要趕路。」

章八 父憑子貴

天亮了！

當車隊再次啟程，人員又增加了三百零二人。

曹朋倒也沒有矯情，直接把曹彰、牛剛丟到了張郃的佇列當中，在淩晨時分上演了一齣渡口之爭的戲碼。張郃主防，曹彰和牛剛協助，而龐德則要保護車隊安全渡過湟水。這無疑給龐德增加了難度，同時對白駝兵而言，也是一場嚴峻的考驗。

張郃以步軍為主，在之前的演練中，機動力明顯不足，但是增加了曹彰三百騎軍之後，頓時增強了實力。演習從淩晨持續到正午，最終以龐德失敗而告終。這也是從武威啟程以來，白駝兵的第一次慘烈失敗。

眾人在馬車上，聽著曹朋的點評，相互檢討缺失，都覺得大有收穫。

曹朋點評的並不算太多，畢竟不是搞軍事出身，偶爾為之還成，如果讓他專業點評，則力有不逮。所以在大多數時候，他會聆聽，靜靜的聆聽眾人的討論，對於他而言，同樣是一種巨大的收穫。

當晚，車隊抵達允吾縣城，成公英出城十里，在路旁恭候！

在允吾休整了一天，曹朋再次動身。

不過這一次，他的心情相比之從武威出來，就顯得有些沉重。

成公英告訴他，剛得到消息，關於新任涼州刺史的人選已經決定下來，但目前尚未得到通知究竟是誰來出任。不過，聽說新任涼州刺史已經動身離開許都，不日將抵達隴西。關於這位神秘的涼州刺史身分，成公英也頗有猜測。

曹朋同樣疑惑！

涼州刺史人選，遲遲未定。就連張郃這個從許都來的使者，也不清楚最終的人選。

據說，在最初聲望最高的人選是夏侯淵。可不知為何，夏侯淵後來成了河南尹，也就自然而然淡出人們的視線。

從內心而言，曹朋並不希望是夏侯淵來接掌涼州。他和夏侯淵雖然頗有關係，不僅是夏侯真的叔父，早年還贈馬與他，感情應該算是不差。而且，夏侯淵這個人有真才實學，擔任過地方主官，也出任過軍職，戰功顯赫，威名遠揚，似乎的確合適，至少涼州那幫子驕兵悍將不會正面和夏侯淵對抗。

但問題在於，夏侯淵性子驕傲而剛烈。

他有才華，願意做一個傀儡嗎？

曹朋在涼州烙下的印記，夏侯淵是否心甘情願的視而不見？

在曹朋看來，夏侯淵不會！

他會設法抹消曹朋的印記，哪怕他們有親戚關係。原因非常簡單，以夏侯淵那種性情高傲的人物，怎可能心甘情願生活在曹朋的陰影之下？這無關矛盾，而在於一個顏面和自尊。一旦夏侯淵要抹去曹朋的印記，那麼曹朋對涼州的規劃，必然將受到衝擊。

這絕不是曹朋希望看到的結果，想必曹操也能看出端倪。所以，夏侯淵出鎮河南尹。

既然不是夏侯淵，那麼又會是誰？

曹朋這一路上，一直在思忖著這個問題，卻遲遲得不到答案。

不知不覺，車馬已經駛離金城郡，進入隴西郡治下。雖是當春，可隴西郡依舊一派殘破景象。大戰後留下的印記，絕非短短兩、三個月能夠消除。趙昂即便是才能卓絕，想要一下子恢復隴西郡的生機，也似乎不太可能。

昔日良田，大部分荒蕪，行走百里，不見人煙……路旁不時會出現殘骸，更顯幾分蕭瑟和荒冷。倒是原野上，那青青野草透出綠色，顯出生機。

曹朋走下車來，站在路旁，看著荒冷原野，不由得心生感慨……

「峰巒如聚，波濤如怒。山河表裡關中路。望西都，意踟躕，傷心秦時經行處，宮闕萬間都做了土。興，百姓苦；亡，百姓苦。」

這一曲山坡羊，恰到好處的描繪了隴西如今的景象。

作為當年強秦崛起之所，而今一片殘破凋零。想當年，道『得關中者得天下』，恐怕說出這句話的人，看到如今的景象，必然不會贊同。

曹朋負手而立，任風捲衣袂飄飄。他一聲感嘆，卻讓身後的曹彰心有所感，暗自點了點頭……

就在這時，從車隊裡傳來了淒涼琴聲。寄調胡笳十八拍，緊跟著有動人歌聲傳來，唱的正是曹朋剛才所做的這曲山坡羊。歌聲悲愴，曲調淒苦，令人不由得黯然淚下。

胡笳十八拍，是蔡琰自朔方返還後，歷經一年光陰，整理而成。她採用了塞外胡笳之音，並融合了軍中的橫吹之聲，以古琴演奏，形成了一種獨特的曲風。

將山坡羊和胡笳十八拍融合一起，倒也相得益彰。

只是在歌唱時，中間的停頓換氣需要極高的技巧。若不是知道蔡琰不在，曹朋肯定會認為，這是蔡文姬所唱。不過聽聲音，他還是能聽出，那是洛神甄宓的歌聲。

「小宓，莫唱了！」

他忍不住開口打斷，卻讓張郃等人一個勁兒的翻白眼。

甄宓歌喉甚美，卻不是一般人可以聽到。加之她容貌美豔動人，風姿卓絕，連張郃都暗自羨慕曹朋的桃花運。如今好不容易聽到甄宓歌唱，雖說曲調悲苦，但也是一種享受，哪知道卻被曹朋打斷。

「夫君，莫非小宓唱的不好？」

車簾挑開，露出甄宓動人的面容，透著疑惑之色。

曹朋哈哈大笑，「非是不好，只是不合時宜……我作山坡羊，不過是見眼前凋零，心有所感。可妳這一唱，卻又多了幾分淒苦，讓軍士們如何能打得起精神？」

甄宓偷眼向外一看，就見軍卒們，一個個面帶淒然。

「此頹音耳，還是少唱為妙。不過，小宓能這麼快寄調成歌，的確是不一般。依我看，恐怕也只有蔡姐姐能勝妳一籌……這樣，我考考妳，剛才我見荒原野草叢生，忽有感悟，得詩一首。小宓不妨試著為歌，如何？」

甄宓，同樣是一個才華橫溢的女子。或許她不似蔡琰那般妖孽，能默記五百餘冊書籍，但其才華卻不容否認……

歷史上曹植做《洛神賦》，用辭之間可以看出，除了感嘆甄宓美貌之外，更讚嘆她的風姿。風姿這東西，可不是隨隨便便就能擁有，那是需要特殊環境的孕育。

比如後世金大俠的《神鵰俠侶》，小龍女那種脫俗超凡，卻源自於她深居古墓，不問世事；而黃蓉的精靈古怪，卻必須有黃藥師那般人物的薰陶。

章八
父憑子貴

甄宓的風姿，不僅僅在於她的美豔，更在於她才華橫溢而孕育出來的獨特氣質。

曹朋雖然娶了甄宓，但對她瞭解並不多。此時閒來無事，他突然生出了玩笑之心。想當初，他曹友學會因為剽竊一句詩詞而面紅耳赤，可如今，他已經能做到不動聲色，揮灑自如。

張郃雖是武人，卻也讀過詩書。龐德在歷史上以勇武而著稱，但一直以來，也未曾放下學問。至於曹彰，更是如此，他被曹朋逼著，能把《三字經》、《八百字文》以及《詩》、《論》倒背如流。

隔壁馬車上，車簾一挑，就見一個青年美婦也探出頭來。在她懷中，坐著一個粉雕玉琢的小童子，大概有三歲左右，瞪著烏溜溜的大眼睛，好奇的向這邊看來。

那婦人，便是姜冏之妻，而那小孩子，就是姜冏之子，名叫姜維。

曹朋到現在也沒有弄明，此姜維是否就是歷史上那個姜大膽。不過這小傢伙倒是不認生，平日裡無事，也喜歡圍著曹朋打轉。本著寧可錯殺、不可放過的原則，曹朋這次返還許都，姜冏也要跟隨，他索性讓姜冏帶著妻兒一同前往……

從身分上而言，姜冏是曹朋的家臣，所以他帶著妻兒過去，倒也算不得什麼大事。

曹朋想了想，突然開口吟道：「離離原上草，一歲一枯榮。野火燒不盡，春風吹又生……遠芳侵古道，晴翠接荒城。又將朝天子，萋萋滿別情。」

這是一首類似於詠物詩的賦得體。

按照科舉的規定，凡指定的試題，或者題目前，須加上賦得二字。

相傳，白居易十六歲從江南到長安，帶此篇詩文拜見當時的名士顧況。哪知那顧況看了白居易的名字之後，戲言道：長安米貴，居大不易。可是當他看到『野火燒不盡，春風吹又生』的時候，忍不住拍案叫絕，稱：「有才如此，居亦何難？」

可以說，這首詩，是白居易的代表作之一。

首句『離離原上草』，正和眼前古原野草相合。疊字『離離』描寫春草茂盛，又扣住了當下時節。第二句『一歲一枯榮』，寫出了古原野草秋枯春榮，歲歲循環，生生不息的規律。『野火燒不盡，春風吹又生』，不正是如今隴西郡的寫照？

曹朋，即將別離涼州，返還許都。面對著這個他曾經戰鬥過的地方，滿懷離別之情……不但應景，更蘊含深意。

甄宓不由得眼睛一亮，忍不住輕呼一聲：「好詩！」

她用纖細修長，如羊脂白玉般的手指輕輕拂過琴弦，片刻後琴聲悠揚，她輕啟檀口，悠然而歌。那歌聲，令人心曠神怡。曹彰忍不住撫掌稱讚，連聲叫好。

先前沉悶的氣氛，也隨之煙消雲散。

對於曹朋的詩才，知道的人並不是太多。比如步鸞和郭寰，曾在東陵亭江畔見過曹朋七步成詩。只是後來曹朋以《陋室銘》和《愛蓮說》顯名，又作三篇蒙文，掩蓋了他作詩的『才學』，所以除了極個別的人知道，其他人大都不太清楚。甄宓久聞曹朋的才學，但很少見他顯露。也難怪，曹朋自到了涼州，忙於政務，征戰不斷，哪有心情剽竊？

而今將返還許都，他倒是輕鬆不少……

長途跋涉，難免枯燥乏味，偶爾剽竊兩首詩詞，卻也可以調劑生活。

當眾人再次上路的時候，心情就顯得愉悅很多，不再復早先那般的那種單調！

就這樣，一路走走停停，不知不覺便過了狄道。

在通過狄道的時候，趙昂率部迎接。曹朋並沒有在狄道停留，而是直接離開。

分別時，趙昂提醒道：「公子，據說新任涼州刺史，已抵達臨洮。」

「是誰？」

「尚不知曉。不過元直已奔赴臨洮迎接，我本來也應前往，可由於這春耕已經開始，事情繁忙，所以就拜託了元直前去。」

那言下之意就是：我沒有得到你的允許，是不會輕易拜見涼州刺史。

趙昂跟隨曹朋的時間不長，卻親眼看到了曹朋在武威、在河西推行的政策，甚為贊同。他也擔心，新來的涼州刺史會推翻曹朋之前的努力，所以他決定站在曹朋這一邊，詢問過曹朋的意見再做決定……

曹朋心下暗自欣喜，他想了想，道：「偉章公務繁忙，情有可原。但涼州刺史，畢竟是朝廷委派，偉章於情於理，即便是再忙，也該前去拜會，否則就失了禮數。」

你尊敬我，我很高興。但是，你還是應該去看一看，哪怕是探探風聲也成。若因此而落人口實，反而不美……

趙昂心領神會，躬身一揖道：「若非公子提醒，偉章險些釀成大錯。待處理完手中之事，偉章即刻前往臨洮。」

「如此，甚好！」

當下，曹朋也不再逗留，在張郃等人的『押解』下，渡過洮水，直奔臨洮而去。

這一路上，他都在思考涼州刺史的身分。

第三天，車隊進入臨洮治下。

曹朋和曹彰等人正在車上閒聊，忽聞探馬來報：「公子，涼州刺史率臨洮官員，在洮水對岸渡口，迎接公子到來。」

「啊？」曹朋一怔！

涼州刺史迎接我？

若是臨洮的官員來迎接他，曹朋倒是可以接受，畢竟不管閻行也好，郝昭也罷，都是他的部曲和門下。可涼州刺史……這動靜未免太大了些吧？

既然涼州刺史這麼給面子，曹朋自然也不能失禮。於是連忙下了車，徒步到渡口之後，登上了早已經準備好的渡船，向洮水對岸行去。

岸邊，人頭攢動。當先一個彪形大漢，身穿青直裾衣，頭戴綸巾，負手而立。

風從河面拂過，捲起曹朋的衣袂飄飛。他遠遠的就看清楚了那彪形大漢的模樣，不由得目瞪口呆。

老爹？

曹朋懵了！

老爹怎麼會在這裡？而且看那眾星捧月的架式，似乎是領頭人。難道說……

曹朋腦海中，突然閃現過了一個在他看來無比荒誕的念頭：老爹，是涼州刺史？

之所以說荒誕，並不為過。

曹汲是什麼狀況，曹朋心裡最清楚。

他剛重生時，曹汲大字不識一個，而且性格裡，有一種隨遇而安的閒散秉性。那時候的曹汲，不喜歡和人爭鬥，也不喜歡招惹是非，守著中陽鎮的小鋪子，也沒什麼大理想。可以說，如果不是當時成紀欺凌母親張氏，曹朋一怒之下潛入成府、殺了成紀的話，曹汲說不定也不會離開中陽山，很可能一輩子就守在中陽鎮裡到老……

後來輾轉到了許都。曹汲借勢而起，憑藉馬中三寶，出任河一工坊監令，從而踏上仕途。

但真正令他成名的，還是那三十六支天罡刀，也正因此，他得了隱墨鉅子的名號。雖然連曹汲自己都不願承認，可大家信了！此後隨著他造刀技藝的提升，聲名也越來越大。而入曹操法眼，則是因曹公犁和曹公車，從而得了奉車侯爵位。

當然了，曹汲那個爵位，很大程度上是源自於鄧稷和曹朋在海西做出來的政績。

由此，曹汲一飛沖天。

只不過，曹汲的學識一直為人所詬病，於是便有了曹朋望父成龍，作八百字奇文的舉動。曹汲也就是從那時候開始求學，並且與劉曄相熟，結識了不少名士。如果說，在《八百字文》未曾出現之前，曹汲是靠著曹朋發家，那麼在《八百字文》出現之後，曹汲也逐漸有了自己的人脈。

建安八年，曹汲出任城門校尉。但熟知內情的人知道，曹汲能為城門校尉，是源自於曹朋答應讓出海西的利益。

這是一個交換！

兩年來，曹汲在城門校尉的位置上，無功無過，大部分事情交由曹遵打理，文有曹彬等人協助，武有牛金、牛銀兄弟，所以安安穩穩。

如果按照這種形式，曹汲到最後，最多也就是做到九卿的位子上。

將作大匠，是最有希望的選擇。

但是，誰也沒有想到，曹汲竟然能出任涼州刺史。這可是萬石俸祿的朝廷大員，曹汲，真的適合嗎？

可如果換一個角度，就會發現，曹汲還真就是目前涼州刺史最最合適的人選。

首先，他是曹朋的老爹，是曹朋的父親。

從這一個關係來說，涼州的驕兵悍將們絕不會刁難。特別是西北三鎮，張掖、武威、河西三郡，都認得曹汲，甚至要尊一聲伯父，交情深厚。石韜和龐統，在許都待了三年，就住在曹家，每天和曹汲見面，這關係也就自然不用再談。

而步騭呢？他堂妹是曹朋的妾室，曹汲也算得上是他長輩。而且他跟隨曹朋時間最長，所以也不可能和曹汲對著幹……

至於王買，那就更會俯首聽命。王買早在中陽鎮，便稱曹汲為叔父，可以說是通家之好。就如同曹朋視王猛為義父，王買同樣視曹汲為義父。他母親早年亡故，得張氏照顧頗深，與曹家感情深厚。

而鄧範，是鄧稷族弟，其父母一直在曹府做事，自建安二年結識至今，那也是深厚友誼。

也就是說，西北三郡當中，掌控兵權最重的兩個將軍，都會信服曹汲。

一個西部都尉，督掌河湟；一個征羌中郎將，提點西羌。再加上夏侯蘭，也曾和曹汲一起出生入死。想當初宛城之敗以後，他保護著曹朋一家，從南陽殺回汝南，這關係甚至不比鄧範等人的淺薄。三鎮鼎力支持，又是何等的力量？也就是說，曹汲只要到了涼州，就有一半以上的權力被他掌控在手裡。

不要忘了，在隴西還有一個郝昭，也是尊曹汲為長輩。

而長安的曹洪，得曹汲好處頗多。從建安二年，曹洪從曹汲手裡至少得寶刀二十支，每一支都獲得了巨大利潤。

有這種關係在，曹汲怎會怕刁難？

至於隴西趙昂、臨洮閻行、金城成公英……不管他們是否信服曹汲，可看在曹朋的面子上，也不會為難。如此一來，涼州八成的權力，也就等於進入曹汲之手。

這是連韋端都無法做到的事情！

事實上，曹汲為涼州刺史，最大的阻力是在關中世族和朝堂之上。

不過論資歷，曹汲從兩千石大員的城門校尉，到涼州刺史，好像也不算太過分。

他在朝堂八年，也立下許多功勞。比如在建安四年時，豫州大旱，正是曹汲造曹公車，令豫州緩解了旱情。

當然，這曹公車是出自誰之手？如今已經沒有人去在意。不管是曹朋還是黃月英，人家願意把這功勞給曹汲，誰能說出個不是？所以，想要用資歷來拒絕，基本上不太可能。保皇黨偃旗息鼓，而其中堅力量的臨沂侯劉光，也在私下裡承認，曹汲是目前最為合適的人選。

保皇黨頂不住了，就只剩下關中世族。

本來，關中世族還想要去爭取一下涼州刺史的人選。

可不知為什麼，就在前些時候，朝那的皇甫堅壽，以及司隸校尉、代表著河東衛氏家族的衛覬，竟突然發表意見，表示這涼州刺史的人選，曹汲最為合適。

而弘農楊氏，旋即也表示了贊成。

這使得關中世族一下子分崩離析，不再堅持……

這其中，有多少利益糾葛，有多少交易？曹朋並不清楚。

據曹汲自己說，連他都沒想到，他會成為涼州刺史！甚至在郭嘉跑去告訴他這消息的時候，他還以為郭嘉是在開玩笑。哪知道，這件事居然是真的！

自己有多少本事，自己清楚。

曹汲一開始，也是惶恐不安。說穿了，他就是個匠人。哪怕如今讀書識字，最多也就是披著一身文人衣服的匠人。這怎麼一下子，就成為執掌一州的諸侯？

後來，郭嘉對他說：「世父可知，涼州之重要？」

「不知。」

「那世父可明白，友學在涼州投下的心血？」

「這個……」

「據我所知，友學幾乎是傾其所有，打下了河西的基業，而後才有今日涼州之變……如果換一個人去，只怕友學的心血都將要付之東流。世父今去涼州，不是沾友學的光，而是為他守住在涼州的那一番心血啊。」

你要說升官發財，揚名立萬？

曹汲不願意去！他會覺得，他是踩著兒子當上了涼州刺史。

可如果說他當這涼州刺史，是為兒子保住心血，那他肯定願意。

這兩者看上去區別不大，但對曹汲而言，意義卻不一樣。這也是一個梟雄，和一個普通人的區別。曹汲眼界不高，也不是那種有大志向的人，能力甚至不如王猛。可他是曹朋的老爹，他就算拚著性命，也要守住兒子所付出的各種努力。

這就是一個普通人的想法……

「爹，你怎會在這裡？」

「我來，是為你守住你的心血。」

在臨洮府衙中，曹氏父子相聚一處。

一別，已有兩載。

阿福瘦了，但看上去很精神。

「你這次闖下大禍，幸得奉孝相助。司空罰你鬼薪三歲，你可莫有怨言，這是為了你好……你娘已經在滎陽置辦了產業，你丈人還有你妻兒，都已經搬去那邊。到了滎陽之後，切莫再張揚了……你知不知道，你娘聽說你惹了禍事之後，一連幾日都睡不著，還得你阿姐從東郡趕回來，日夜陪伴……不過，你做的好！不愧老王以前那麼疼你，想來他在天之靈，也會感到開心。」

「總之，這邊的事情你不用擔心，爹會為你看護好。誰要是敢破壞你的心血，爹就算拚了性命，也不會與他們善罷甘休……」

直到此時，曹朋那懸著的心，才算是落回了肚子裡。

涼州有曹汲在，他此前的種種規劃，也就不會付之東流了！

不得不說，曹操這個安排，的確是巧妙無比。只是，曹朋有點想不明白，讓曹汲出任涼州刺史，關中世族為什麼會突然答應？他自認和衛覬以及皇甫家族沒有任何交情，作為關中世族的代表人物，他們不落井下石已經算好的，為何要替老爹說話呢？

「爹，你在長安，可見過衛校尉？」

「沒有。」

曹汲好像突然想起了什麼，正色道：「對了，說起長安，我還有一樁事情要問你。」

「什麼事？」

「你可認得一個姓蔡的女子？」

曹朋一怔，本能的點點頭，「爹說的可是蔡姐姐？」

「姐姐？」

曹汲撓撓頭，突然一笑，「嗯，看她年紀，確實比你大不少。我是聽子廉後來說的，那位蔡姑娘可是幫了不少忙。本來，我能否當上涼州刺史，還是未知。是這位蔡姑娘託了關係，找人說項，才算是通過這個任命……阿福，那蔡姑娘究竟是什麼人？聽子廉說，她挺有顏面的！可惜就是年紀大了些，還有孩子，要不然的話……」

「爹，你胡說什麼！」曹朋臉通紅，「蔡姐姐是名士蔡伯喈之女，乃當今才女。」

「蔡伯喈？」

蔡邕在士林有著偌大名聲，但畢竟已經死了。對曹汲這種草根出身的人來說，一點影響力都沒有……

曹汲正色道：「我不管她爹是誰，總之我要告訴你，第一，不許辜負了月英和小真，她們這兩年在家中侍奉你娘親，都是好女子；第二，這位蔡姑娘，你也要好好感謝才是。哦，如果她願意的話，你也可以娶她過門，只是當不得正室。」

老爹，你可真敢說啊！

曹朋看著曹汲，有點哭笑不得。

那可是蔡邕的閨女，我要是納她為妾，豈不是要被那些讀書人噴死？

不過，內心中突然湧出無盡的感激之情，他終於知道蔡琰之前帶著女兒不告而別究竟是為了何事。

一時間，曹朋沉默了！

這奇女子的這份心意，讓他感受到無比的沉重！只是……

曹朋的精神，不由得一陣恍惚。

章九

團聚

許都，環府——

隨著環夫人的地位提升，琅琊環氏在許都漸漸站穩了腳跟。環夫人偶爾也會來這裡散心，和家人商議一些不足以為外人道的事情。

花園中，桃紅杏白，爭相鬥豔。而那明媚的陽光，灑在人身上，也讓人感覺到無比舒暢。

「曹朋，已過了函谷嗎？」

環夫人站在涼亭中，看著花園中的美景，臉色卻有些不太好看。

「是，若依著行程，這會兒應該快到雒陽了。」

青年垂手而立，神色極為恭敬。只是，當他提到曹朋的時候，眼中不由得閃過一抹恨意。

他叫環芳，同樣是環夫人的族人。而他的兄長，也正是那個神秘失蹤的環平。環平突然失蹤，環家上下皆閉口不言，彷彿從沒有這麼一個人似的。不過，環夫人身邊總歸要有自己人，於是便找來了環平的兄弟，環芳。

對環夫人，環芳萬分尊敬，不敢有半點的恨意……

可是，兄長莫名失蹤，其含義不言而喻。

環芳隱隱約約知道，環平在失蹤前，曾去了一趟涼州。他是個聰明人，一下子猜出了其中的端倪。他不能、也不敢去怨恨環夫人，自然就把心中的怨恨轉移到了曹朋身上。他深信，環平的死，和曹朋有莫大干係。

環夫人嘆息一聲，露出複雜神色。彷彿是自言自語，她輕聲道：「卻是失算了！」

當她得知曹朋殺了韋端的消息後，便知道曹朋要有禍事，特別是從曹操那邊得知曹朋被罷官去職，環夫人心裡也是格外的惱怒。按照她的構想，曹朋應該在西北領軍，慢慢積蓄力量。待曹沖再大一些，到時候她會設法讓曹朋獲得一個將軍號，而後為曹沖臂助，去爭取世子地位。可是，曹朋殺了韋端，也就等於壞了她之前的種種安排……這讓環夫人心中，又怎可能不感到惱怒？

所以，在曹朋這件事上，環夫人保持了沉默，更將王雙從曹沖身邊逐走，趕回曹府。

她相信曹朋一定可以復起。但是她要警告一下曹朋！否則，這傢伙到處惹禍，實在不是一件好事。

如果不是曹朋的名聲擺在那裡，如果不是在出事之後各方做出的反應，環夫人甚至想把曹朋踢開，從此不管不問。可沒想到，曹汲竟然成為涼州刺史。

最初，她也聽到過這種風聲。但說心裡話，她只當成一個玩笑而已……

曹汲，三十多歲才開始識字，在朝堂上也沒有什麼地位，憑什麼出任涼州刺史？

好吧，你說曹汲是城門校尉！可明白人都能看得出來，曹汲這個城門校尉名不符實，真正的權力掌控在司空府裡，在曹操的手中。而曹汲只是一個傀儡，基本上對城門校尉的事務不理不問。

但是，最終的結果，卻讓環夫人大吃一驚。曹汲真的出任了涼州刺史一職，甚至連關中世族也對這個任命保持了沉默……

環夫人很聰明，卻終究是一個女人。

自開天闢地，華夏五千年，女人主政，必有災禍。可以說，除了那位千古第一女帝武曌武則天之外，幾乎很少有成功的典範。

環夫人是一個女人，聰明伶俐，才學也不差，更懂得揣摩人心。

可女人先天的局限性，令環夫人在某些事情上更注重眼前的利益。當曹朋失去了兵權，被罷官去職以後，環夫人感到了恐慌。同時，曹朋所表現出來的那種性情，也令她有些控制不住的感覺，所以在事情發生的時候，環夫人竟做出了袖手旁觀的決定。與其說她想要教訓一下曹朋，倒不如說她對曹朋感到失望。

沒想到一眨眼的工夫，局勢就發生了變化。這讓環夫人有些措手不及，更產生出一種莫名的悔意……

「倉舒那邊，情況怎樣？」

「世子這段時間倒也平靜。不過，荊州使者到來後，世子似乎和劉先的外甥走得很近。最近一段時間，經常一起唱和。今天一大早，他和荀俁一同去了驛站。」

「劉先的外甥……你是說那個荊州神童，周不疑？」

「正是！」

環夫人眼中閃過一抹喜色。

倉舒，終於開始經營他的勢力了！

自從司馬朗擔當了曹植的幕僚之後，環夫人就感受到了巨大的壓力。此前的司馬懿，如今的司馬朗……卞夫人似乎打定了主意，要拉攏世族豪強。

相比之下，曹沖雖得曹操喜愛，可由於年齡的關係，註定他會被世族豪強忽略。

荊州世族！雖說這遠水救不了近火，可畢竟也算是一方豪強。

而那劉先，為荊州別駕，是劉表幕僚。只不過劉先似乎更傾向於曹操，曾多次勸說劉表歸附曹操，卻被劉表拒絕。此次劉先之所以來許都，是奉劉表之命前來，原因嘛……非常簡單！

曹操奪取了冀州，而涼州大定，令劉表感到惶恐。他之前和曹操多有摩擦，而今曹操勢力越發強大，統一北方之趨勢越發顯著，劉表有些害怕，所以派遣劉先來許都，與曹操結好……

這劉先，好黃老之術，精通漢家典章，是零陵豪族，在荊州頗有威望，甚得劉表所器重。他此次前來，還帶了他的外甥一同出使。

劉先的外甥，名叫周不疑，表字元直，年十四歲。周不疑少有異才，聰明捷達，有神童之名。此次來到許都，曹操對其極為賞識，曾欲將長女曹憲許配周不疑，但被周不疑拒絕。

原因？說不清楚！

天才的想法，總是讓人無法猜度。

只是，這周不疑和曹沖倒是極為相稱。兩人年紀相差五歲，但都是那種天資卓絕，聰慧迅達的人物。所以相見之後，頗為親近，一來二去竟成了親密的朋友。

環夫人也樂得出現這樣的結果，不問不理。

建安十年初，曹操任劉先為武陵太守，卻把周不疑留在了許都。本來，曹操想讓周不疑住在司空府，可是卻被周不疑拒絕，一直在官驛中居留。

環夫人道：「倉舒年紀不小了，難得有個知心朋友。周不疑居住官驛，終究不是個常事……這樣，你費點心思，給他找個住處，也方便那些孩子們走動。省得倉舒出入，總是要受某些人的監視……」

某些人，自然是指卞夫人。

環芳躬身領命，「我這就去安排。」

不過，環夫人隨即一蹙眉頭，「為何鄧艾沒去？」

「這個嘛……小人倒是聽說了一些端倪。似乎是上次世子和周不疑相見時，周不疑抨擊了曹朋，鄧艾那小子和周不疑爭執起來，世子好像幫著周不疑說了兩句，結果鄧艾和世子就吵了起來。在那之後，鄧艾和世子就很少再有走動。」

「夫人，小人心裡有一句話，也不知當說不當說。我知道夫人很看重曹朋，可是……鄧艾不過是個小吏之子，就敢和世子擺臉色，甚至差一點還動了手，實在是不成體統。要我說，就應該好好懲治那小子才是。」

環夫人心裡一動，眸光一閃，掃了環芳一眼。

「子闌，有些話該你說，有些話不該你說，你要自己清楚。」

「是、是、是！」環芳嚇得一哆嗦，但他猶豫了一下，還是大著膽子道：「小人失言，罪該萬死……不過，我還聽說了一件事，此次曹朋返回，黃鬚兒一路相隨。」

環夫人柔荑握緊欄杆，關節陡然發白。

她沉默了片刻，輕聲道：「我知道了……你還是先把周不疑的住處安置妥當。」

「喏！」環芳不敢再說什麼，躬身退下。

而環夫人獨自站在涼亭裡，卻是久久不動。

曹朋，你究竟打的什麼主意？

「阿嚏！」

曹朋在馬上，突然打了一個噴嚏。他揉了揉鼻子，下意識緊了緊身上的衣袍。

「老師，你沒事兒吧？」

曹朋看了一眼曹彰，笑呵呵一擺手，聲音有些嘶啞的說道：「沒事兒，想來是有人罵我了。」

「這又從何說起？」

「子文，這你就孤陋寡聞了。我老家有一個說法，打一個噴嚏，是有人罵你；打兩個噴嚏，就是有人掛念你。」

「那打三個噴嚏呢？」

曹朋臉色一正，「去看先生。」

曹彰聽聞，不由得哈哈大笑。笑罷，他正色道：「若我知何人敢罵先生，必不與他善罷甘休。」

曹朋也笑了！

他勒住馬，舉目眺望。

再往前，就是那雒陽八關之一的旋門關了。

離開涼州之後，他再也沒有耽擱，直奔長安。哪知道，到了長安他才曉得，蔡琰竟在三天前回姑臧去了！兩人擦身而過，未能遇到，這也讓曹朋多多少少感到了幾分失落。蔡琰回姑臧，似乎也是在向他表明她內心的想法。

她，是不會跟著曹朋返回中原的。

曹朋有些難過……

父親曹汲的那些話，當不得真。

以蔡琰的出身，哪怕她嫁給一個普通人為正室，也不會給他做妾室，這是顏面的問題。蔡邕雖說死了，但聲名猶在。蔡琰即便是貳婦，可她作為蔡邕之女，怎可能嫁人為妾？曹朋無奈，只得讓人帶了封書信回去，感謝蔡琰對他的幫助。

而後，他在長安逗留一日，便東出函谷，直奔雒陽。

過了旋門關，就是虎牢，再向東，便是滎陽……

曹朋忽生出一種莫名的感慨，在馬上回身而望，但見官道上軍卒成一條長龍，浩浩蕩蕩。

近三十輛馬車，沿途一字排開。三百頭白駝，陣容壯觀，兩隊飛駝，護持兩翼。前方是三百騎軍開路，隊伍的後面則有八百曹軍壓陣……

這哪裡是押送犯人？分明是大軍開拔！

曹朋忍不住笑了，扭頭道：「子文，你可曾見過，如此龐大的押解犯人？」

曹彰一怔，也不由得啞然失笑！

滎陽，兩京襟帶，三秦咽喉。

楚漢時，劉邦項羽以滎陽的鴻溝分天下，劃出楚河漢界。兩漢時期，滎陽更是和長安、雒陽平級，號稱『富冠海內』、『天下名都』。不過黃巾之後，滎陽的軍事地位，漸漸大過於其經濟和政治地位。作為許都北方門戶，滎陽至關重要。

自曹操重開河一工坊，昔日的滎陽冶鐵高爐重開，再次煥發生機。

建安十年三月初，春雨綿綿，桃杏凋落。曹朋一行人抵達滎陽城外，頓時引得滎陽熱鬧起來……

滎陽太守王植，親自出城相迎。以一郡太守之位來迎接一個囚徒，卻是從未發生過的事情。

除王植之外，少府諸冶監監令郭永也前來迎接。另外，還有虎豹騎副都督曹真、虎賁軍校尉典滿、虎衛軍校尉許儀、許都城門司馬曹遵也紛紛齊聚滎陽，來迎接曹朋……

作為滎陽兩大宗族的鄭氏和潘氏，也派來了代表；孔融更使其族子，代表清流前來迎接。

浩浩蕩蕩，竟有近百餘人，在城外十里亭中等候。

看那架式，哪裡是什麼迎接囚徒，分明是在迎接一位凱旋回來的將軍！

曹真四人還好說，小八義嘛！他們來迎接自家的兄弟，在情理之中。

但是王植等人，則顯得過於隆重。以至於曹朋來到十里亭的時候，也不禁感到惶恐，忙下車步行，與眾人相見。曹真等人與曹朋熱情的擁抱，好一番寒暄。

孔秀則代表著孔融過來行禮，「家叔因公務，無法前來，還請公子見諒。」

此人，乃是雒陽八關之一，軒轅關的守將。

《三國演義》裡，他曾是關羽千里走單騎，過五關斬六將的刀下亡魂。只不過，關羽如今並沒有獲得千里走單騎的機會，而孔秀則安安全全，繼續當他的校尉。

這傢伙，是孔融的族子？

這倒是出乎曹朋的意料……說實話，他沒聽說過孔秀這個人，只是在《三國演義》裡有一點印象。孔融有這麼一個族子，的確是讓曹朋感到吃驚，但基本上，他還是保持了足夠的鎮靜。

曹朋雖然是囚徒，來滎陽是被鬼薪三歲，服刑而來。可他畢竟在涼州立下了偌大功勳，奪武威，平隴西，鎮金城，令西北異族不敢輕舉妄動；重開西域商路，更是有著莫大的功勳；而河西郡的出現，也讓人看到了巨大的利益……

曹朋雖然罷官去職，但是他在西北的影響力，依舊不可忽視。且不說他老子出任涼州刺史，如今是一方大員，單只是他在涼州盤根錯節的關係網，也讓人不敢小覷。

曹朋雖是囚犯，卻有著所有人都不敢輕視的影響力。

似滎陽太守王植，是得了夏侯淵的吩咐；而鄭氏和潘氏兩個宗族，則希望透過曹朋這一層關係，能夠獲取一些西北利益。總之，大家各懷心思。

「友學，夫人和少夫人已遷至滎陽，如今正在家中等候……待辦完了交接手續之後，你可以先回家去看看，然後再說。」

那言下之意就是告訴曹朋：別太當真！你這鬼薪三歲，願意來就來，不想來說一聲就是，我這邊會為你遮掩。

曹朋點點頭，表示明白，與眾人寒暄過後，一起到了滎陽。

而郭永呢，則領著郭寰、步鸞等人，直奔滎陽住所。

張氏在滎陽買下了一塊面積達兩百畝的田莊，就位於河一工坊旁邊。曹朋作為囚犯，雖然大家並不這麼認為，可是這必要的程序還是得走上一遭才是。

張郃陪著曹朋，在滎陽縣府辦完了手續，而後依依不捨，返回許都。

王植原本是打算在府中設宴接待，但被曹朋婉拒。他已經有兩年沒有回過家，沒有見過母親，沒有見過妻兒，如今家人來到了滎陽，也使得他歸心似箭……對此，王植等人倒也能夠理解。

鄭家和潘家的代表，與曹朋說好了時間，等曹朋穩定下來後，再前去曹家拜訪。

一應寒暄結束，曹朋在曹真等人的陪同下，來到了滎陽的住所。

正值暮春，一場小雨過後，空氣中瀰漫著一股淡淡的桃杏甜味兒……

田莊的農田，綠油油，透著一抹生機，令人陡然心情愉悅。

張氏帶著黃月英和夏侯真，已經見過了步鸞三人。特別是甄宓，在弄清楚情況之後，黃月英二女倒也沒有為難她，而是寬容的接納了她的存在。不過，當曹朋抵達之時，二女並沒有出現。並不是她們怪罪曹朋，而是這廳堂上，客人著實不少……

雖然都是自己人，但她們還是要嚴格的遵循禮法，曹朋畢竟不是等閒人物！

以前在西北，或許沒有人會在意，但這裡是中原，滎陽距離許都又不遠。曹朋此次惹了偌大的禍事返還中原，一舉一動勢必會被人關注。所以，也只是由張氏出面，來招待客人的到來。

「爹爹！」

一個稚嫩的聲音，在曹朋耳邊響起。

心口，好像被重錘擊打，生出一種怪異的情緒。

曹朋看著那臺階上，粉雕玉琢的曹綰，牽著有些站立不穩的曹陽呼喚他時，眼睛頓時紅了。

曹綰，已經快四歲了，她已經能清晰的呼喚『爹爹』。

曹陽呢，雖然說話時還顯得含糊不清，可是那種父子間、父女間骨肉相連的親情，讓曹朋還是忍不住掉下了眼淚。兩個孩子，特別是曹陽，幾乎對曹朋沒有半點印象。曹綰可能還好一些，但那記憶卻也是非常模糊，甚是不太清晰。

兩人躲在張氏的身後，一開始怯生生，不敢露頭。但是在張氏的開導下，隨著曹綰那一聲稚嫩的『爹爹』呼喚出口，似乎一下子拉近了距離。

曹朋三步併作兩步，上前將兩個孩子抱在懷中。而後，曹陽很是沒心沒肺的，撒了一泡尿，把曹朋淋了一個透心涼……

眾人不由得哈哈大笑！

曹彰站在最後面，鼻子也不禁有些發酸。

「子文，我這次過來，主公和夫人反覆交代，讓你回去一趟。」

「我……」

曹真一把摟住了曹彰，輕聲道：「我知你擔心什麼，可不管怎麼說，你離家近兩載，可知夫人是何等思念？我時常見她拿著你用過的物品，默默流淚！有些事情我不好說。可為人子者，豈能如此作為？你常說友學是你老師，可這百行孝為先，你豈能一直躲著？這若是傳出去，豈不是讓你老師面上無光？」

曹彰沉默了！

「回去吧！我臨行前，夫人說過，你喜歡做什麼，就去做什麼吧，她絕不會再逼你。還有，你在西北不是認識了一個女子？夫人也吩咐了，只要你喜歡，那娶過來就是。」

曹彰眼圈一紅，忍不住落下了眼淚，「那等先生安定下來，我就回去。」

曹真如釋重負般，長出了一口氣。

好一番見禮！

張氏抱著曹朋，又是一番哭訴，傾訴對兒子的思念之情。還有曹楠，牽著鄧艾在一旁，含淚而笑。

丈夫常年在外，弟弟又跑去了西北。這兩年來，曹楠一邊為女兒，一邊做妻子，還要當母親，更要為姐姐，可算是操碎了心。特別是曹朋殺了韋端，消息傳到許都之後，張氏擔驚受怕，更令曹楠無比操勞。她表面上要做出一副鎮定模樣，安撫母親；可是在睡夢中，卻時常夢到曹朋遭遇殺身之禍，渾身是血的出現在她跟前，每每令她驚醒，夜不能寐。

現在好了！總算是可以安下心來。弟弟毫髮無損的回來，這個家，又煥發出勃勃生機。

有時候，曹楠心裡也暗自吃味，覺得父母太過於溺愛曹朋，甚至忽略了她這個女兒。可是當曹朋出現在她面前時，曹楠心裡的千般委屈，一下子消失殆盡。

她笑盈盈的看著曹朋，直到曹朋走上前來，一把摟住她，在她耳邊輕聲道：「姐姐，這兩年，辛苦妳了！」

一剎那，心裡的委屈再也不見。

「舅舅！」鄧艾扯著曹朋的衣襟，大聲呼喚。

曹朋忍不住笑了，蹲下身子，將鄧艾抱起來，「小艾，卻長高了！」

一時間，曹府上下，歡聲笑語。

張氏命人擺下了酒宴，招待賓客，而後又讓曹朋先去洗漱，更換衣服，祛除晦氣。

直到這個時候，曹朋才算是得空，見到了黃月英和夏侯真兩人。兩年不見，二女看上去清瘦了許多。

當她們看到曹朋的一剎那，也忍不住哭出聲，撲過來。

將二女摟在懷裡，曹朋心中湧現出無盡的愧疚。

「這兩年，卻是苦了妳們！」

他輕聲說著，卻使得二女哭得越發厲害……

洗澡水，早已經燒好。

黃月英和夏侯真親自服侍著曹朋，為他清洗身子。而步鸞、郭寰還有甄宓，雖然剛到家，卻也不能閒著，燒水的燒水，準備衣衫的準備衣衫，忙成了一團。

曹朋的身子泡在浴桶裡，全身毛孔都一下子張開。四隻嬌嫩的小手輕輕為他搓背，那感覺，更是格外的愉悅……

回家，可真好！

曹朋突然想起了一件事，睜開眼睛問道：「對了，小艾不是在就學，何故在此？」

章十　且隨她去！

狂歡一夜，曹朋酩酊大醉。

不過長久以來養成的良好習慣，讓他還是在第二天一早便睜開了眼睛……

他看著懷中兩個千嬌百媚的美人，心情頓時愉悅起來。

成就啊！

絕對的成就感！

他終於讓兩個平日裡端莊的女子，和他大被同眠，玩了一場雙飛的遊戲。黃月英和夏侯真骨子裡，都是那種很保守的女人，單對單倒是能接受，但如果玩雙飛，在她們眼中可就透著荒淫之意。所以，曹朋也從沒有過這樣的機會。

別看他老婆兩個、妾室三個，但都是那種相對傳統的女人。郭寰還算開放一些，有時候會和曹朋玩些遊戲，但其餘四女就顯得有些呆板。

本來黃月英和夏侯真是堅決不肯玩雙飛，但是曹朋藉著酒勁，硬生生把她二人拉到了一起。一夜顛鸞倒鳳，被翻紅浪，令二女很疲乏。以至於當曹朋起身時，兩人卻沒有動靜，依舊沉沉的昏睡。

為二女蓋好了被子，曹朋光著膀子，穿著一條手工製成的平角褲頭，走出了房間。

天還沒有亮，灰濛濛的。庭院裡很安靜，不時會有一兩聲蟬蟲鳴叫響起。隱隱約約，有雞鳴聲響。

曹朋走到井邊，打了一桶水，而後高舉起來，嘩啦一下子來了一個痛快。

有些昏沉的大腦，頓時清醒了許多。他沖洗了身子之後，又換上一身乾爽的衣物，邁步走出跨院……

整個曹府，被寂靜所籠罩。

三月的滎陽，不冷不熱，正是好季節。

汜水，繞田莊而過，靜靜流淌。

曹朋走出莊園，沿著河堤而行，腦海中卻浮現出昨日的情形。

他詢問黃月英，鄧艾為何會在滎陽。

按道理說，鄧艾如今正是求學的時候，怎可能有空閒跑來？而且從曹楠的言語中，曹朋聽出鄧艾似乎並不想返回許都，準備長期在滎陽逗留下去。這也讓曹朋更加奇怪！在他的印象裡，鄧艾是個極為好學的孩子，讀書也非常刻苦，怎麼好端端的要放棄學業呢？

可昨日事情太多，以至於他也沒機會詢問。只是看黃月英和夏侯真兩人吞吞吐吐的樣子，似乎知道一些真相，但又不好說……

是什麼狀況？

曹朋搔了搔頭，百思不得其解！

回到家，天已經亮了。

即便是郭永為河一工坊監令，也說過曹朋不必遵循規矩，但曹朋還是換了衣服，準備前去報到。

不過，在出門之前，曹彰卻找過來。

章十
且隨她去！

「先生，我準備回許都一趟。」

「回許都好啊！」曹朋連連點頭，表示贊成：「你離家兩載，想來主公和夫人多有牽掛。如今既然回來了，若不回家看看，勢必會落人口舌，絕非善事……」

「對了，既然要回家，別忘了帶些禮物，權作一番孝心。我之前獵來了那幾張白狼皮，你帶回去送給司空；還有一些西北特產也記得帶上，作為給夫人的禮物……子文這次回去，可不要再和你母親較真。兒行千里母擔憂，你現在或許還不懂，可等你長大了，自然就會明白父母對你的牽掛。」

曹彰恭恭敬敬的行禮，「彰謹記先生教誨。」

「好了好了，莫要如此拘謹。」

「先生，彰尚有一事，想要請求先生。」

曹朋一怔，點點頭，沉聲道：「你說！」

「彰少時不懂事，只知好勇鬥狠，而忽視學業。這兩年來，彰讀《史記·項羽本紀》，忽感悔恨，恨少年時未曾讀書。此次返家後，彰欲與父母相告，拜在先生門下就學。到時候，彰希望能來滎陽，陪伴先生左右，也可以早晚聆聽教誨之言。」

曹朋頓時愣住了！

他詫異的看著曹彰，想從那雙誠摯的眼中，看出曹彰的內心。

曹彰是真要拜師，抑或是想拉攏？

曹朋至今仍記得，在弱水畔，曹彰的那一句詢問：若我與倉舒相爭，先生幫誰？

這說明，曹彰並不是沒有野心，只是他不懂得掩飾，也不會去隱瞞。

如果換作曹丕，絕不會這麼赤裸裸的問出來，而是用各種方法來進行試探。偏偏，曹彰這麼問了！

曹朋卻不覺得有什麼問題，反而以為他那是赤子之心……

若非早就做好了選擇，曹朋一定會幫助曹彰。但現在……

曹朋從曹彰的眼中，看出了他發自內心的真誠。

他猶豫了一下，旋即笑道：「子文既然願意就學，那是好事……你想來滎陽，我也不阻攔。只是這拜師一說，莫再談及。我與你同輩，怎能為人師？當初你隨我習武，我沒有拒絕。可若說拜師……我自己還沒有出師，如何教授得學生？不過，你願意來這裡，那就來吧。我們可以一同就學，相互討論，取長補短，倒也是一樁快事。」

本來曹彰眼中閃過一抹失落，他覺得曹朋是在推脫，可後面那一句頓時讓他高興起來，連連點頭。

曹朋笑了笑，拍了拍他的肩膀，「我還要去工坊做事，便不送你了……回到許都，代我向主公和夫人問好。記住，切莫再使小孩子脾氣，有什麼話，和夫人好好商量。」

「彰，記下了！」

曹彰高高興興的走了。但對曹朋而言，卻絲毫沒有感到輕鬆。

這傢伙是個直性子，很爽快……

歷史上那個曹彰，當曹操在位時，曾立下汗馬功勞。曹操病重，使驛馬招曹彰返還，可惜未等曹彰抵達，曹操便死了……曹丕繼位後，曹彰沒有反對，可是曹丕最終卻收回了曹彰手中的兵權！

曹丕說，曹彰受命北伐，平定北方，功業茂盛，拜萬戶侯。在黃初二年時，又進爵為公。黃初三年，曹彰拜任城王，但從此再也沒有率領兵馬，南征北討。黃初四年，曹彰進京朝覲，卻突然得了疾病，暴斃於府中，年僅三十三歲！

曹氏諸子當中，曹彰也許是最沒有野心，也沒有去結黨立派。以他的身體素質，三十三歲暴斃，未免太過於離奇。

看著曹彰的背影，曹朋不由得眉頭緊蹙。他在門口呆立片刻，而後上馬直奔工坊。

不是他心裡陰暗，而是這三國時代，本就是一個陰鷙詭譎、陰謀迭出的時代，他豈能不多有猜測？

章十
且隨她去！

河一工坊，瀕汜水而建。

曹朋前世曾來這裡參觀過，不過當時汜水已乾，河一工坊早已成了一堆廢墟。滎陽縣政府雖然試圖重建這座歷史上最早的高爐冶鐵作坊，可是由於種種原因而未能成功，只是往古滎的路上，設立了幾塊牌子，提醒人們這裡曾有的輝煌。然而，又有多少人留意過呢？

郭永身體很強壯，一身青色深衣官服，在工地上巡視。

曹朋來到後，郭永也沒有與他贅言，而是帶著他在工坊中參觀了一下。

河一工坊自曹汲重建之後，越發繁榮。如今，已經隱隱成為中原地區的一處冶煉中心。這裡，聚集了大批的能工巧匠，並大規模採用了風箱技術。曹朋抵達時，工坊已經開工，熱火朝天的景象令人不由得熱血沸騰。郭永陪著曹朋，一邊走一邊介紹。

「這裡是專門用以打造曹公矢……這裡是負責打造刀盾……這裡是打造農具……」

整個工坊，劃分了十幾個區域。曹朋粗略計算了一下，河一工坊的匠人大約在三百人左右，而各種雜役則多達千人。

走了一圈之後，曹朋發現了一個問題。

那就是效率！

工匠們各司其職，是一件好事。但是相對而言，卻又顯得有些重複，以至於效率低下。比如，曹公矢的打造，從鍛打鑄模等各個工藝，完全是由一人負責，這也使得許多人工被平白重複浪費。

郭永道：「友學此來，我就能輕鬆許多了！我準備讓你負責記錄，處理一些公文。平時也不是特別繁忙，你也不用天天過來。」

看得出，郭永還是很照顧曹朋。

曹朋也沒有客套……說到底，他和郭永是一家人。郭永的大女兒郭昱，如今是鄧稷的妾室，而小女兒郭寰，也快要為人母。就憑這層關係在，郭永豈能虧待曹朋？更不要說，郭永長子郭浮、次子郭都，現隨曹汲，在涼州出任隨從。

假以時日，郭家必會發展壯大。所以，郭永對曹朋也就顯得非常客氣。

曹朋參觀了一圈之後，已快到正午。

「丈人，我有一事相求，不知可否？」

「但說無妨。」

「我想請丈人為我造一私爐，我有些構想，希望能親手完成，還請丈人成全。」

郭永當然不會拒絕！

他知道，曹朋曾隨曹汲學過造刀。他要私爐，那就造給他唄……反正是在他職權範圍之內，郭永也不需要費太多手腳。

而後，曹朋便告辭離開。不過也沒有人會記他的考勤，在這裡，和在自家真沒有太大的分別。

回到家之後，曹朋把一些工坊的資料放在了書房。

曹彰隨著曹真等人，已離開了田莊。曹真他們畢竟身負官職，不可能久離，所以曹朋也沒有追問太多。和母親張氏以及姐姐曹楠聊了一會兒後，他便吩咐下人：「去，把王雙和小艾找來。」

「莫使人了，月英說你回來肯定會找他們兩個，已經叫去花廳了。」張氏笑呵呵的說道：「他們正在花廳，你有什麼事情，只管過去詢問就是……」

曹朋聽聞，心裡又是一咯登：看起來，果然有點不太正常！

第十章 且隨她去！

「說吧，究竟是怎麼回事？」

曹朋走進花廳的時候，就看到鄧艾和王雙都老老實實的坐在那裡。

黃月英安慰了鄧艾兩句之後，瞪了曹朋一眼，而後便離開，只剩下他們三人。

「王雙，你先說！」曹朋看著王雙，沉聲問道。

王雙連忙站起身來，有些惶恐道：「非是雙不從公子吩咐，實在是……雙奉公子之命，回到許都後，便跟隨五公子左右。可公子在隴西怒殺韋端，令夫人很不高興。正月時，夫人言五公子身邊人手足夠，便讓我返回家中，不再跟隨……」

「是環夫人之命？」

「正是！」王雙顯得滿腹委屈。

他的確是有足夠的理由委屈。當初，曹朋把他從武威打發回許都，其實王雙的心裡並不情願，只是曹朋命令在身，他也無法拒絕，於是便乖乖的回到了許都，跟隨曹沖，負責保護……

如今，那些留在西北的人都已建立了功業，哪怕是後來追隨曹朋的蘇由和耿林兄弟，最差也當上了軍司馬。更不說蘇由、耿林二人如今已經是一縣之長。而王雙呢？依舊是兩手空空，沒有任何的收穫。

看著王雙，曹朋也有些不好意思。

看起來，王雙之所以來滎陽，是被環夫人逐走。

他眉頭微微一蹙，陷入了沉思。環夫人的這個態度，讓他感到非常不滿。

妳想用我時，低聲下氣，不惜把小真許配給我；而今，我失勢了！妳就擺出另一副嘴臉。

特別是驅逐王雙的行為，簡直就是赤裸裸的打臉，而且打得生疼。再加上之前環夫人的沉默，也使得曹朋心裡開始有些抵觸，甚至於惱火。

妳覺得，自己羽翼豐滿了嗎？

曹朋突然一聲冷笑，擺手示意王雙坐下，「這件事，的確是怪不得你……王雙，你追隨我已久，也算得上是我身邊之人。我知道，有些委屈了你……」

「公子……」

「你聽我說完！」曹朋擺手打斷了王雙的話語，沉聲道：「我如今回來了，一時間也無法帶你立功。不過，好在父親出任涼州刺史，而西北表面平靖，事實上仍有許多麻煩。河西毗鄰漠北，有匈奴和鮮卑之禍；武威和金城，仍有羌人作亂。更不要說隴西毗鄰武都，我與馬家已是水火不容，早晚必有一戰。」

「我現在給你三個選擇：其一，去河西，到子幽那邊；其二，去龍耆城，王買可保你一個前程；其三，到隴西，在我父親帳下效力，也可以獲得大把的機會。」

「雙，願留在滎陽。」

「扯淡！」曹朋一聲厲喝，「我現在不過一刑徒，要許多人作甚？王雙，你年紀也不小了，而且和令明他們的情況又不一樣。若繼續留在我身邊，只怕越來越耽誤你。如今家父在涼州，百廢待興，正是用人之時。你莫要以為我對你有什麼不滿，之所以這麼安排，也是真心希望你能建立功業。」

「這樣吧，我為你決定。去隴西……你到我門下也有幾年，家父現在手裡也沒有太多可用之人。你過去之後，就負責保護家父周全。你過去的時候，從老家帶三百護兵過去，作為父親親兵。」

王雙一怔，頓時大喜，躬身應命。

曹朋這麼安排，也是有他的道理。

王雙，不是個為帥之人。他是當將的材料，搏殺疆場是一把好手，可是行軍打仗……

隴西那邊相對還是有些危險。馬超在武都站穩了腳跟，背靠張魯，早晚會成為禍害。

雖說有郝昭駐守陳倉，閻行駐守臨洮，但曹汲把州府設立在了臨洮縣，畢竟距離武都太近，若沒有一個貼心的人保護，曹朋始終不太放心。王雙在曹家已經有好多年了，跟隨曹朋也有些日子，忠心耿耿，是個可以託付的人……

最重要的，曹汲對王雙熟悉。雖說郭浮和郭都也都是自己人，但相比之下，還是王雙更加可靠一些。

讓王雙過去隴西，曹朋也能放心。再者，王雙的年紀也不小了，是時候該建立功業了。這對曹汲、對王雙而言，都是最好的選擇！

讓王雙下去之後，曹朋向鄧艾看去。

別看鄧艾並沒有和曹朋一起生活太久，但是對自己這位舅舅，鄧艾卻是由衷的敬重，同時也是由衷的畏懼。當曹朋的目光掃到他身上的時候，鄧艾不由得一個激靈。他低下頭，不敢和曹朋的目光相接觸，坐在那裡，嘴裡嘟嘟囔囔……

「反正，我不要回去。」

「你大聲點，嘀嘀咕咕，娘兒們嗎？」

曹朋一聲厲喝，嚇得鄧艾連忙站起身來。

半晌後，他抬起頭道：「舅舅，我和倉舒吵架了，所以我不要再回去許都。」

「和倉舒吵架？」

曹朋盯著他，半晌後沉聲道：「究竟怎麼回事?你老老實實和我說清楚，不許有半點隱瞞……你和倉舒，關係不是挺好嗎?怎麼突然間吵架，還鬧得如此厲害?」

鄧艾沉默良久後，說出了一番緣由。

原來，鄧艾和曹沖、荀俁一直在一起就學，而且關係很好。前不久，曹沖認識了一個叫做周不疑的人。那周不疑也是個才學不俗、天資聰慧的主兒，和曹沖一樣，能舉一反三，思路敏捷。兩個神童一下子就擦出了火花，彼此惺惺相惜，極為青睞。

鄧艾一開始沒在意，甚至對周不疑的才智也格外欽佩。他和曹沖的矛盾發生於不久之前，也就是在曹朋殺了韋端之後，消息傳到了許都。曹沖在一次偶然的機會下和周不疑提起這件事，那周不疑口出不遜，大罵曹朋目無君父，擅殺朝廷大臣，罪不容赦，何當問罪。

鄧艾最崇敬的便是曹朋，其崇敬的程度，尤甚於他老爹鄧稷。

他聽聞頓時就怒了，與周不疑爭執起來。

鄧艾認為，韋端身為朝廷大臣，累受皇恩，自當報效國家。可是呢，這韋端藉由職權謀取私利，勾結兩羌，造成涼州局勢混亂；他身為涼州刺史，卻無治理涼州之能，以至於馬騰、韓遂坐大，使得涼州民不聊生。最可恨的，就是這韋端在王猛被圍困的時候，明明可以出兵相救，偏偏為私怨而坐視不理，害死朝廷大將……更不要說，馬騰兵臨狄道，韋端不戰而逃，乃是國賊。

周不疑則說，就算韋端有錯，也不是曹朋可以處置。曹朋不過是下郡太守，而韋端則是一州刺史，曹朋殺韋端，就是目無法紀。而他之所以敢這樣做，就是因為他仗著功勞大，仗著曹操的信任，這叫恃寵而驕，同時也是恃功自傲……

末了，周不疑還說了一句：「王猛，庶民乎？韋端，累世官宦，有功於朝廷。為庶民而無視上官，殺高士，乃大逆不道之舉。」

鄧艾聽聞，更怒不可遏。

周不疑言語中，不僅僅是在說王猛，更影射了鄧稷出身不高，鄧艾也不過是一個庶民，不足以和高士同席。

本來，這種爭執是鄧艾和周不疑之間的爭吵，和曹沖並無太大的關係。可偏偏，曹沖這時候冒出來了一句話：「先生為私怨而殺上官，這件事做的確實不對。」

也正是因為這句話，鄧艾出離憤怒。

他和曹沖爭執，周不疑在一旁煽風點火，兩人差一點就拳腳相向。幸虧荀俁出面阻攔，總算是勸住了兩人。可從那之後，鄧艾就再也不肯理睬曹沖。

而曹沖呢，也不知道是餘怒未消，還是抹不下顏面，也沒有來找鄧艾，反倒是經常和周不疑一起，看上去極為友善。這也使得鄧艾越發惱怒，一怒之下便離開了許都。

「那你，還要回去嗎？」

「不回去！」鄧艾梗著脖子，臉通紅，大聲回道。

曹朋看著他，半晌後，輕輕嘆了口氣：「那你不回去，又要如何？」

「我留在這裡！」

「你留在這裡，能有什麼出息？」

鄧艾咬著嘴唇，半晌後回答道：「反正學堂裡也沒甚意思，先生講的枯燥乏味，我甚是不喜。還不如舅舅當初教我時有趣……我覺得，在學堂上也學不來東西。舅舅的三十六計，連司空也讚不絕口。所以，我想隨舅舅身邊學習……還有，還有……我想從牙兵，加入舅舅的飛駝百騎。」

鄧艾要跟隨曹朋學習，這個曹朋已經有些許準備。

可是，他竟然要加入飛駝？

曹朋不由得笑了，「小艾，你才不過九歲，怎能入得飛駝？」

「可是，我就是想要加入。」

「那你可知道，飛駝的訓練非常艱苦。令明他們每天要一早起身，開始訓練，若不合格，連飯都吃不上，你還要加入？」

「嗯！」

看著眼前這個倔強的小傢伙，曹朋感到非常無奈。

不答應？

曹朋可以肯定，這小傢伙搞不好就會鬧出什麼亂子。

沉吟良久，他看著鄧艾說：「飛駝，我不會讓你加入。你年紀還小，正長身體，飛駝那麼大的訓練量，對你的身體並無益處。不過，我可以讓你先進入白駝。但是有一點，你必須要聽從命令……小艾，舅舅不希望你成為一個四肢發達、頭腦簡單的莽夫，我要你到了飛駝之後，好好的學習兵法，看看姜冏他們如何治軍。至於你的訓練，我會為你專門打造一個計畫，你到時候照著練就是。」

「還有，你晌午去白駝練兵，午後在家隨你舅母讀書。等再過幾年，我若是有機會復起，你和小迪便隨我一起做書佐；若沒機會復起，我會送你去涼州，在姥爺身邊歷練。你不想回許都，我也不強求你，但你既然要留在滎陽，一切就必須按照我的安排。若是不同意，我就送你會許都就學。」

曹朋一番話出口，鄧艾頓時歡呼起來。

「謝、謝謝舅舅！」

「慢著！」曹朋突然喝道。

他瞪著鄧艾，上上下下的打量半晌，突然問道：「小艾，你怎麼說話有口吃？」

「沒啊。」

「可我剛才明明聽見你……」

鄧艾猶豫了一下，輕聲道：「其實也不算口吃。只是一高興，或者一激動，就有些……」

「把這毛病給我改了！」

「可是……」

「不聽話就送你回許都。」

曹朋聲色俱厲，但心裡面卻樂開了花。

章十
且隨她去！

口吃，鄧艾竟然有口吃的毛病！

也許你會問，自家外甥有口吃，難道還是一樁好事嗎？其實不然。

曹朋一直在疑惑，他這個外甥會不會就是歷史上那個奇襲陰平、滅亡蜀漢的鄧艾鄧士載。可惜，曹朋對鄧艾的記憶有點模糊，實在是想不起來他的來歷。但有一點他倒是記得清楚，歷史上的那個鄧艾也是個口吃，應該比此時的鄧艾嚴重一些，後來靠口含石頭，硬生生改掉了毛病。

期期艾艾，這個成語就有鄧艾的元素在裡面。其中，期期二字，源自於漢初劉邦手下大臣周昌；而艾艾，就是因為鄧艾口吃，常言『臣艾……艾艾……』而得名，才有了期期艾艾這個成語。

此鄧艾，八成就是彼鄧艾。

好在此時的鄧艾，口吃還不嚴重，所以可以糾正過來。

當晚，曹朋看完了從工坊帶來的公文，已經將近戌時。

天完全黑了！

他走出書房，站在門廊上伸了一個懶腰，而後手扶廊柱，看著跨院裡的花圃，呆呆發愣。

「夫君，可是為姨娘之事而難過？」夏侯真悄然來到了他的身後，輕聲道：「其實，只是些誤會。若夫君願意，我可以前去說項。」

曹朋回頭，不由得笑了。他輕舒猿臂，將夏侯真攬在懷中。

「說項個甚……夫人自有她的打算，她的主張與我何干？我現在不過是一介刑徒，又何必貼過去呢？隨她去！忙了兩年，好不容易清閒下來，我可不希望再和上次那樣，整日裡忙個不停。正好趁此機會，好生休養。」

曹朋說著，抬頭遠望。那深邃的目光，似是要穿透圍牆，跨越時空……

周不疑？
轟轟烈烈的大三國，即將拉開序幕！
這場戲，似乎也變得越來越精采……

章十一 新的起點

殘陽，如血。

慰禮城下，屍橫遍地，戰火瀰漫。

殘破的城頭上，百濟肖古王面色慘白，雙手握緊了拳頭，身子不住的顫抖。身為百濟國第五代君主，肖古王並不是膽小怕事的人。事實上，他身經百戰，而且每每衝鋒在前，曾是一員悍將。

在他父親蓋婁王當政的時候，因接納了新羅叛將，而使得百濟和新羅之間征戰不斷。更有一次，肖古王親自斷後，率領數百人，與新羅大軍鏖戰。雖然最終丟了腰車城等兩座城市，但肖古王善戰驍勇之名，也隨之在三韓城邦中顯赫。

蓋婁王最終選擇由肖古王接掌百濟，在很大程度上，也正是因為肖古王的善戰和驍勇。只是，肖古王從沒有想到會有這麼一天，曾被他打得沒有還手之力的馬韓竟然重新崛起，攻無不克。

不過，此馬韓，非彼馬韓。

如今的馬韓，應該被稱之為呂氏漢國。

顧名思義，這漢國之主姓呂。只是，這位國主卻是一個巾幗不讓鬚眉之輩，令肖古王感到羞慚萬分。

建安十年仲夏，百濟慰禮城下，發生了一場慘烈的攻防戰。

斜陽中，一面面黑色大纛，在風中獵獵。站在慰禮城城頭，舉目向遠處眺望，可見一座聳立山丘上，一面大紅色描金大纛在如血殘陽的照映下，透出一股濃濃的肅殺之氣，令人心驚膽戰。

呂氏女虎！

那面大纛上，掐金邊走銀線，飛舞四個古拙篆字。

大纛下，一匹赤紅馬傲然雄立。這匹赤紅色的戰馬，又叫做汗血寶馬，比之朝鮮半島上特產的馬匹明顯要高出一頭，顯得格外雄駿。馬頸上，生著雪白色的鬃毛，紅白相襯，耀眼奪目。這匹馬，又有一個俗稱，叫做玉頸嘶風獸。

馬背上端坐一員將領，身披唐猊寶鎧，腰繫獅蠻玉帶，百花戰袍，外罩大紅色披風。往臉上看，頭頂三叉束髮紫金冠，稚雞翎在風中搖擺。只是面覆黑色面具，看不清楚那人長相。

掌中一桿畫桿戟，在斜陽之中，散發血色寒芒。

雖然距離遙遠，但肖古王卻一眼認出，那人正是傳說中的呂氏女虎。

呂氏女虎的崛起，充滿了傳奇色彩。

據說，她們原本是中原漢國一位諸侯的家眷。那位諸侯，最終被如今的漢國掌權者所消滅。只是，這位諸侯曾有恩一個將軍，於是那位將軍冒著殺身之禍，偷偷將他的家眷放走，並送到了馬韓。

呂氏女虎抵達馬韓時，身邊甚至不足八百人。除了兩位能征慣戰的家臣之外，其他人都是女兒之身……但她們攜帶了大批的輜重和軍械，在登陸之後，迅速占領了馬韓的一座城池。

那時候的馬韓，已經不再是當年那個曾坐擁五十二座城池，橫跨漢江兩岸的強大馬韓。

事實上，朝鮮三韓，屬於城邦制國家。而馬韓實力最為強盛，包括百濟在內，都曾經是馬韓的附庸。不過現在，百濟崛起，馬韓已經衰弱不堪。相比之當初，呂氏女虎登陸馬韓時，馬韓只剩下二十餘城。

曹賊

章十一
新的起點

呂氏女虎立足之後，曾經歷了最為艱苦的兩年。

馬韓雖然不如往昔，可畢竟坐擁二十餘城。在呂氏女虎抵達後，馬韓數次出兵征伐，試圖將呂氏女虎擊敗。可沒想到，這呂氏女虎憑藉著兩個家臣，一個姓高，一個姓曹，率領數百健卒，屢次擊潰馬韓。同時，他們憑藉著從中原源源不斷輸入的輜重和軍械，以及大肆販賣戰俘，聚攏了驚人財富。

在抵達朝鮮兩年後，呂氏女虎開始主動出擊，透過財富和武力，收攏鎮壓了七、八座馬韓城邦。與此同時，呂氏女虎主動向百濟低頭，並且用重金賄賂，得到了百濟支持。

一晃，近十載。

馬韓在三年前，被呂氏女虎消滅。旋即，辰韓歸附，呂氏女虎又迅速和新羅結盟，開始聯手向百濟發動攻擊……經過兩年苦戰，百濟附庸四十餘城，如今只剩下十餘座城池。而東部新羅的凶猛攻擊，也使得百濟無法抽調兵力。呂氏女虎幾乎是以摧枯拉朽之勢連奪九城，兵臨百濟國都慰禮城下。

看著城下，密密麻麻的數千呂氏兵卒，肖古王後悔不已！

三年前，他還曾想要娶那呂氏女虎為妃子，可不想三年之後，呂氏女虎卻領大軍，兵臨城下！

三日苦戰，死傷慘重。

慰禮城已再難支撐，而呂氏女虎雖然也死傷無數兵馬，可肖古王知道，她們還有一支最為精銳的陷陣營未曾出動。這支陷陣營，人數不多，統共也就八百人而已，但每一個兵卒都是百裡挑一，乃至千裡挑一，臨陣悍不畏死，驍勇異常。而主將，更是被三韓尊為『戰狼』。

曾有多少人，甚至包括新羅國主，都試圖招攬此人，卻被他一一拒絕。

而今，呂氏軍中雖未看到陷陣營的影子，但呂氏女虎既然出現，那頭戰狼必然也隨行抵達。

肖古王一想到陷陣營那可怕的戰鬥力，頓感一陣恐懼。

之前，他曾親率六千人，與呂氏女虎決戰彌鄒忽。不成想那呂氏女虎只派出陷陣營，硬生生將百濟大軍打得潰不成軍。陷陣營悍不畏死的攻擊，張弛有度的布陣，給肖古王留下深刻印象。

即便是再讓他與陷陣交鋒，他也已失去了勇氣……

就在這時，忽聞城外，鼓聲隆隆。

呂氏軍陣突然向兩邊一分，讓出了一條通路。

玉頸嘶風獸的咆哮聲在空中迴盪，但見那土丘之上，呂氏女虎縱馬疾馳。在她身後，跟隨一隊女卒，大約在百人左右，一個個雖是女兒身，但奔行中卻透出一股無可阻擋的磅礡氣勢。

戰馬衝到了陣前，呂氏女虎突然勒馬，身後親隨立刻隨之止步。而在呂氏軍中，卻響起了震天價響的呼喊之聲。

呂氏軍，多為三韓土著。他們用土著語高聲呼喊『女虎』之名，令城上百濟軍卒面無血色。

與此同時，從呂氏軍中推出一輛輛戰車，並且迅速在陣前組合。只片刻光景，二十餘架霹靂車就現出了雛形……

呂氏女虎單人獨騎，縱馬來到慰禮城下。在距離慰禮城城牆尚有數十步的時候，她勒住戰馬。

「肖古王，這是最後一次警告。一個時辰之後，若慰禮城依舊負隅頑抗，那休怪本王下令強攻。記住，一個時辰，過時不候。」

聲音悅耳，中氣十足。雖然面覆黑色面具，看上去極為猙獰，但是肖古王依舊為那聲音所陶醉。他見過呂氏女虎，那是一個何等千嬌百媚的女子……可這樣一個女子，怎如此大的殺性？

據說，這女虎兇殘無比，而且武藝高強，有萬夫不當之勇。自登陸三韓，死在這女子畫桿戟下的三韓名將，沒有一百，也差不多有七、八十人。

中原，果然能人輩出！

一個女人就有如此能耐，著實令肖古王震驚。

曹賊

章十一 新的起點

就在肖古王茫然不知所措之時，從呂氏女虎身後，縱馬衝出一名女將。但見那女將粉面朱唇，好不動人……一身甲冑在身，令她看上去英姿勃發，透著英武氣概。

女將在城下走馬盤旋，取下一枚鐵胎弓，彎弓搭箭，照準城頭就是一箭。那枝利箭破空而去，發出刺耳銳嘯，咻的一聲，正中城頭大纛。

繪有肖古王名號的大纛頓時落下，引得城上軍卒一陣恐慌。

「是青狐，呂氏青狐！」

有軍卒大聲呼喊，又令得城頭百濟軍卒一陣騷亂。

青狐，是呂氏女虎手下的另一個恐怖人物。呂氏女虎帳下，一狐二狼，二狼凶猛，青狐狡詐。此女號稱是呂氏女虎身邊第一智囊，同時武藝之高強，絲毫不遜色於呂氏女虎，而且尤甚一籌。此女好用奇謀，箭術超群，有百步穿楊之能。百濟軍折在這青狐之手的將領，更不計其數。

據說，女虎凶殘，但青狐更加詭譎。每戰之後，所得俘虜要麼被販賣，要麼就成為奴隸，被她百般折磨。曾有一名百濟將領在被俘虜之後，被那青狐吊在城下，花了三天三夜，生生折磨至死。而那座城池裡的百姓，也因此被嚇得不敢再抵抗，乖乖的開城投降……

當青狐出現的一剎那，連肖古王都感到了幾分恐懼！

漢國，你們究竟放出的是一群怎樣的女人？

呂氏女虎率部，緩緩退回本陣。而呂氏軍中的吶喊聲，變得越發響亮……

在中軍帳外，呂氏女虎下馬，大步走進了軍帳。百名親隨迅速將軍帳保護起來，一個個持槍挎刀，警戒萬分。

青狐隨著女虎一起進入軍帳。

「祈兒姐姐，高叔父和曹叔父，已準備好了嗎？」

「都已準備妥當，一個時辰之後，若那肖古不識抬舉，必破他慰禮城……小姐，只管敬候佳音。」

青狐，也就是那名叫祈兒的女子，上前為女虎卸下了身上的甲冑。

女虎緩緩取下臉上的黑鐵面具，頓時露出了一張千嬌百媚的嬌靨。她年紀看上去並不大，也就是二十二、三的模樣，身材高䠷，體態婀娜。她靠在榻上，透著一抹慵懶，令人禁不住心生憐惜。

如果曹朋在這裡，一定會萬分驚訝。

大名鼎鼎的呂氏女虎，赫然正是當年虓虎呂布之女，呂藍……

而那青狐的身分，也就呼之欲出——是當年追隨呂藍左右，拜呂布為義父的貼身女婢，祈兒。不過，她現在名叫呂祈，是呂氏漢國的王宮女官。

「這一戰過後，想必可以休息些時日了。」

「嗯，大夫人和小夫人都是這個意思，咱們擴張太快，馬韓二十三城尚未消化，如今又得了百濟十九城，至少需要一年的時間……對了，新羅國主好像又派人過來，為他兒子求親。」

呂藍臉色一沉，透出一抹怒色：「如果那蠻夷貨再不知好歹，我就馬踏他新羅國！」

祈兒聽聞，不由得笑了。

「確實，新羅國主忒不識趣，也不看看他那兒子的德行，居然敢來求親？上次，他兒子跑來海東，我差點把那小子廢掉。」

呂藍嗔怪道：「那妳為何不廢了他，省得如今聒噪。」

祈兒咯咯的笑了，卻沒有搭話。

之前，如果不是小夫人及時派人前來阻止，說不定她真就下手，廢了那位新羅王子。

跟隨呂藍多年，祈兒自然很清楚呂藍心中的小女兒心思。她猶豫了一下，走上前輕輕揉著呂藍肩頭。

「小姐，轉眼妳也二十出頭了，總是要有個歸宿才是……大夫人也私下裡和我說了好多次，咱們一群女人，支撐到現在，那是不得已而為之。夫人也知道妳的心思。可妳想想看，咱們還能回去嗎？就算可以回去，他……還會記得妳嗎？」

「祈兒姐姐！」呂藍聽聞，頓時大怒。

「好吧、好吧，我不說了……就知道這不是一個好差事。我其實也就是轉大夫人的話而已，聽不聽在妳。不過，有些事還是要想清楚，如果妳真的忘不了他，最好還是能讓他知道。妳也清楚，他的身分擺在那裡，終究是個麻煩。」

「小夫人前些時候和我聊天，倒也提起過那人。小夫人說，如果妳真的忘不了他，也不是不成……不過有一個條件，將來若有了孩子，必須姓呂。妳覺得，那人會答應這個條件嗎？」

呂藍粉靨羞紅，忍不住輕聲罵道：「祈兒姐姐，妳休要拿我說事。妳要是想嫁人，只管說就是了……何必拿我來打趣？他，也不知道，是否還記得我這個人呢？」

眼中，淚光閃動。呂藍嬌靨，透著幾分淒然。

祈兒看著她那嬌柔的模樣，也不由得心生憐惜。她走上前，輕輕摟住呂藍，低聲道：「小姐若是真的還念著他，等回了海東，派人過去打聽一下吧。只是而今海西似乎已不復他所掌控，咱們要派人過去，還是小心一些……最好還是先和郁洲山的周校尉聯繫一下。這兩年忙於征戰，卻是對中原的消息閉塞了，總要先探探路才是。」

就在這時候，軍帳外傳來一個女聲。

「王上，高將軍派人來說，一個時辰就要到了，是否開始攻擊？」

呂藍立刻起身，「傳令，攻擊！」

天，已經黑了。大帳中燃起燭火。

呂藍拋開了雜念，正要穿戴盔甲，卻被祈兒攔住。

「小姐，慰禮城已不堪一擊，此戰高將軍和曹將軍聯手，必勝無疑。妳連日辛勞，就別再去督戰了……好好歇息一下，我代妳前往，一旦獲勝，立刻來告知。」

「那，煩勞祈兒姐姐。」

祈兒笑了笑，而後拱手退出大帳。她隨即吩咐親隨，為呂藍準備好晚飯，然後跨上馬，打馬揚鞭衝出轅門。

中軍大帳裡面，寂靜無聲。

呂藍走到那一人高的銅鏡跟前，看著鏡中那個嬌柔的美人，突然間淚水一下子奪眶而出……

「大壞蛋，你是不是真的已忘記了我呢？」呂藍自言自語，沒有去擦拭臉上的淚水。

她呆立片刻，而後深吸一口氣，朝著鏡中的美人露出燦爛笑容。而鏡中的美人，笑容格外燦爛！

司空府中，卞夫人端坐樓閣中，身披一件薄薄輕衣，手裡拿著一卷書冊，正在用心的閱讀。

堂下，一個婢女恭敬而立。

「子文，已經走了嗎？」

「世子已經出城了。」

「嗯，那妳先下去吧……」卞夫人說罷，突然又抬起頭，輕聲問道：「那邊可有什麼動靜？」

作為卞夫人的貼身婢女，當然能明白夫人言語中的『那邊』所指何人。

環夫人！

表面上看去，環夫人和卞夫人極為和諧。但暗地裡，許多人都清楚兩人已是水火不容。

曹丕死後，卞夫人一直很努力的為曹植培養班底。在她看來，曹彰已經指望不上，只希望他能建立軍功，掌握兵權，能夠在將來給予曹植一定的支援。這也是卞夫人為什麼不再抵觸曹彰留在西北。她非常清楚，曹丕的死，和曹朋沒有半點關係，她沒必要去遷怒曹朋……如果曹彰真的能得到曹朋的幫助，那麼在將來，也就能為曹植再爭取一些利益。

可誰料想，曹朋竟殺了韋端！

曹操把曹朋抓回滎陽，曹彰居然也跟著回來了……

卞夫人沒有責備曹彰，相反曹彰這次回來，給她帶來了巨大的驚喜。甚至連曹操也感到萬分驚訝：那個從來不愛讀書，拿起書就會感到頭疼的黃鬚兒，竟然要讀書了！

用曹彰的話說：讀《史記‧項羽本紀》，而幡然悔悟。

並且，曹彰變得懂事了很多。他回家後，主動向卞夫人道歉，更讓卞夫人喜得落淚。這黃鬚兒倔強得很，而且非常叛逆，沒想到從西北回來，居然知道向她這個母親道歉。卞夫人怎能不喜？

婢女輕聲道：「卻沒什麼動作。」

「呃？」

「倒是五公子最近和那荊州神童出入太學，為許多人所稱讚。司空也很高興，說五公子學問大漲，頗有風範……還下令讓那周不疑，做了五公子的書伴。」

卞夫人眼眉兒一挑，閃過了一抹冷意。

不過，她旋即露出喜色，「世子去滎陽就學，是一樁大事，不可以失了禮數。妳去準備些禮物，以我的名義，送去滎陽，就說是謝禮……煩勞友學多年，如今他落了難，卻不能怠慢。然後再派人持我令牌，去告訴王植，就說曹朋在滎陽，要煩他多多照拂。」

天色漸漸暗淡，曹沖興沖沖的從車上下來，三步併作兩步，跳上了門階。

「公子，夫人找您。」一個老家臣突然上前，攔住了曹沖。

「母親找我？」曹沖一怔。

環夫人找他，並不算什麼稀奇事。娘找兒子，正常的不能再正常。可問題是，派這麼一個老家臣守在門口專門等他，可就有些不太正常了。曹沖敏銳的覺察到，一定是發生了大事。

「母親現在何處？」

「在公子書房。」

曹沖點點頭，不敢再猶豫，連忙向書房走去。

片刻後，他來到書房跨院門口，就看見房間裡燃著燈，環夫人的身形在窗內影影幢幢。曹沖走到門口，抬手輕輕叩擊門扉，而後拉開門，邁步走進房間。燈光下，卻見環夫人背對著他，正坐在書案旁邊，不曉得在看什麼東西，甚至連他進來，環夫人也沒有回頭詢問。

「母親……」

環夫人瘦削肩頭一顫，回過身來。

「倉舒，回來了？」

「是啊。」

「又去找那周元直了？」

環夫人的聲音聽上去非常平靜，感覺不出半點喜怒。

曹沖猶豫了一下，點點頭，輕聲道：「是。」

「都做了些什麼？」

曹沖小聲道：「今天元直在毓秀樓上，與仲豫先生辯論。仲豫先生此前做《申鑒》五篇，元直大不以為然，故而與仲豫先生爭論……母親，元直果有雄辯之才，竟使得仲豫先生最後無以回答。孩兒今日在一旁聆聽，收穫甚大。元直雖有詭辯之嫌，但的確是一個了不得的人物。」

曹沖越說越興奮，卻不見環夫人眉頭漸漸擰成了一團。

仲豫先生，亦即荀悅。是荀彧的堂兄，同時也是當今極為著名的一位名士學者。官拜侍中，曾為漢帝經筵講解，更在建安三年到建安五年裡，編撰《漢紀》，可算得上是德高望重的人物。

編撰《漢紀》之後，荀悅以年邁而請求致仕，不再擔任任何官職。之後，他在家中潛心修《史》，在建安八年，連出《申鑒》五篇，抨擊所謂的祥瑞讖緯之說，其矛頭甚至直指董仲舒天人合一論調。

為此，常有人與荀悅進行爭論，倒也成了許都難得的一樁盛事。

只是，周不疑年方十四，來到許都之後，透著咄咄逼人，鋒芒畢露……

之前他曾與孔融有過爭論，後來還在一次聚會中，話語直指臥龍谷胡昭，險些引發一場動盪。

而今，他更與荀悅發生了辯論，讓環夫人感覺不太舒服。

看著曹沖興奮的模樣，環夫人心裡突然感覺一陣後悔：讓倉舒和這種全然不知掩飾鋒芒的小子混在一起，是不是一個錯誤的決定呢？

所謂近朱者赤、近墨者黑，倉舒和周不疑待得久了，不免要沾染那狂士的習氣。

於士林而言，狂士或許是一種風骨，可以獲得許多人的稱讚。其中最為人知的例子，便是那禰衡。可禰衡最後是什麼下場？

而且，為人主者，沾染狂士習氣，絕非什麼好事。

之前，環夫人希望透過周不疑的關係，與荊襄世族取得關係；可是現在，她覺得這周不疑少不更事，有點不知道輕重。

那荀悅是何等人物？清流代表！你竟然指責這樣一個士林大家，哪怕荀悅不會動氣，可在士林中的影響又當是何等巨大？這實在不是一樁好事……

至於這讖緯符瑞之說，見仁見智。荀悅看不慣，自有他的道理，輪不到你一個只有十四歲的孩子來指手畫腳。

可是，環夫人又不知道該如何評價這件事。雖然她讀書多，但這讖緯符瑞之說，卻不是她可以評價是非。看著一臉興奮之色的曹沖，環夫人眉頭緊蹙。

片刻後，她輕輕嘆了口氣，沉聲問道：「倉舒，你曹家哥哥從西北返回，在滎陽至今已近半載。我問你，你可曾去探望過他？」

「這個……」曹沖一怔，不知道該如何回答。

曹家哥哥，就是曹朋。

曹沖一直稱呼曹朋為先生，以至於環夫人說起『曹家哥哥』時，他一下子也未能反應過來。

不過，從環夫人的言語中，他還是聽出了一些端倪。那就是環夫人似乎在有意無意間，淡化原來的那種師生之誼，把兩人擺在了平輩的位子上。

這麼做，倒也沒什麼錯誤。曹朋和曹沖，本來就是平輩。

曹沖猶豫了一下，搖搖頭，「未曾去過。」

「小艾，也有很久未曾來過了。」

「嗯！」

「聽說你們吵架了？」

曹沖頓時激動起來，大聲道：「母親，這件事非我過錯，是小艾太過於小氣！只不過是幾句口舌之爭，他就不再理我。」

「那究竟是怎樣的口舌之爭？」

「這個……」

章十一 新的起點

環夫人嘆了口氣，看著曹沖，不由得輕輕搖搖頭。

「倉舒，你和周不疑都是聰慧之人，我讓你和他接近，是學他的長處，而不是學他的狂生之氣。周不疑抨擊你曹家哥哥，不管有沒有道理，你不該捲入其中。要知道，曹家哥哥畢竟曾為你蒙學，算得是半師之誼。你即便是贊同周不疑，卻也不能表現出你內心裡的看法。」

「周不疑和小艾之間的衝突，是他二人的事情。你當時應該緩和兩人矛盾，而不是站在一邊說話，徒令這衝突加劇……」

「可是，元直並沒有說錯嘛！」曹沖有點不樂意了，「《易》言，萬物萬事皆有陰陽，人自有高下卑賤。先生……曹家哥哥以下官而斬上官，本就不對。君臣、父子、夫妻，綱常自有天定。若是人人都如曹家哥哥這般，那麼綱常還有何用？再者說了，韋端乃名士，而王猛不過庶民，怎可以相提並論呢？」

環夫人一時啞然，不知該如何反駁。

自董仲舒定下這三綱五常的禮法以來，君臣父子，是天定……從道理上而言，似乎曹沖並沒有過錯，可是環夫人卻隱隱有一種不好的感受。

她閉上眼睛，不再和曹沖爭執，而是沉吟不語。

環夫人這一沉默，曹沖也隨之沉默下來。他靜靜的站在一旁，也沒有開口，等待著環夫人的指點。

「倉舒，你三哥今日，已離開了許都。」

「啊？」曹沖一怔，詫異問道：「三哥去了哪裡？」

對於曹彰，曹沖倒是沒什麼惡感，只不過這一次曹彰回來，還是和曹沖鬧出了一些小矛盾。

曹彰返回許都的第二天，就帶著家將，直接堵了周不疑的大門。若不是當時曹沖正好也在周不疑的住處，死死拖住了曹彰，弄不好周不疑就要被曹彰一刀砍了。

因為這件事，曹沖對曹彰非常不滿。可畢竟是兄弟，且曹彰對曹沖一直不差，所以乍聽曹彰離開，曹沖心裡面還是有一些失落。

他曾與曹彰，同在曹朋門下就學。不過，他是向曹朋求蒙學，而曹彰則是隨曹朋習武。

環夫人道：「你三哥去了滎陽，說是要在那邊就學。你父親非常高興，還誇他有情義，大有長進……甚至，連他要娶一西北商賈之女的請求，也一併答應，還同意立為平妻。倉舒，你長大了，有些事情你知道的比我更加清楚。子文此去滎陽，說是就學，其實是陪你曹家哥哥；你當年也曾隨你曹家哥哥就學，怎可以不去拜見？」

曹沖心裡莫名一顫。

不知為什麼，他有些不願見曹朋。或許是因為愧疚，或許是其他的原因……總之，他一直不肯去滎陽，確實是不知該如何與曹朋見面。

或者說，他內心裡，隱隱對曹朋有些畏懼。

可母親既然說出口來，曹沖知道，他無法躲得過去。猶豫了一下，曹沖輕聲道：「這兩日元直要和臥龍谷門人辯論，孩兒想聽過之後，再去滎陽。」

「臥龍谷門人？」

「嗯！」

環夫人心裡更有些不喜。

臥龍谷，那不就是曹朋的恩師胡昭住所？想來此前周不疑口出狂言，抨擊胡昭的事情被胡昭的弟子知曉，所以才有人要過來和他辯論。可這一來，豈不是更要和曹朋站在對立面？

周不疑若是輸了，還好說一些；可如果他贏了，勢必會進一步激怒曹朋，絕非一樁好事。

「不行，你必須立刻動身，前往滎陽。」

「可是……」

曹賊

章十一 新的起點

「倉舒，三天之內，你必須離開許都。」環夫人鳳目圓睜，聲色俱厲。

曹沖從沒有看過母親如此聲色俱厲的訓斥，竟嚇得心裡一顫，不敢再有半句反駁。只是這內心深處，隱隱有點不太舒服。

他這個年紀本就是叛逆的時候，再加上自幼得父母關愛，天資聰慧，走到哪兒都是眾星捧月，不敢有人和他爭論，也使得曹沖在不知不覺中，養成了一種傲慢習性。母親如此斥責，讓曹沖覺得委屈，同時更有一種莫名的憤恨……

憤恨誰？

他也說不清楚。但是，他就是感覺不滿。

「孩兒，遵命！」

「下去吧，早些歇息。你去滎陽的事情，我自會派人與你父親知曉。」

「喏！」

曹操如今不在許都，而是前往鄴城。

依照著曹操之前的計畫，入秋後將會向並州發動攻擊，準備在年末時解決高幹，收復並州。軻比能已經同意，出兵攻打東部鮮卑。如此一來，燕荔游必然會調回他支援袁熙的三萬騎軍，也就使曹操對並州之戰有了七成勝算。

鄴城自去年一場血戰，幾乎成了廢墟，但又因為其特殊的地理位置，曹操在年初下令重建鄴城，並從各地遷一萬三千戶定居鄴城。如今，鄴城已經修建完畢，移民也紛紛抵達。

曹操此去鄴城，正是為穩定民心，著手向並州用兵……

建安十年暮夏，酷熱難耐。

繁華的毓秀街突然響起陣陣鑼鼓聲，引得無數人的注目。

毓秀街，是許都最為繁華的一條街道，就有些類似於後世的步行街。它位於毓秀門外，周圍居住的都是高士名流、王公貴族。所以，在這條街上販賣的，大都是極為奢華名貴的商品。

一座高足有三層的閣樓，披紅掛彩。黑色牌匾上，橫書『福紙』二字。

福紙，是什麼？

沒有人知道。可是卻有人發現，那牌匾的下方赫然有孔融題名。也就是說，這兩個字是孔融所題，頓時引起了許多人的興趣。

閣樓裡，清一色身著水藍色襌衣，一副學子打扮的女婢。

這些女人，很明顯是經過專門的培訓，舉手投足間都透著學子的氣度，頗有氣質。更重要的是，這些女子個個貌美，有書卷之氣。進出閣樓，使許多人產生了濃厚興趣，不由得駐足觀瞧。

「這福紙樓，究竟是做什麼的？」

一眾剛從太學中下學的學子，面露疑惑之色。

「進去看看，不就清楚了？」

「沒錯，進去看看！」

眾人邁步走進閣樓，卻見一樓大廳中，正中央是一個櫃檯，周圍擺放著一座又一座的書架。書架上，全都是一刀刀的紙張，散發出淡淡香韻。

一個貌美女侍上前，極為恭敬的道：「各位先生，今日小店開張，先生們乃首批客人，可以得八折優惠，請隨便參觀，若有什麼疑問，只管詢問小婢。小婢編號零捌號，希望能使先生們獲得一次愉快的購物。」

一個太學生愕然道：「妳們這裡，究竟是賣什麼物品？」

章十一 新的起點

「先生，小店名為福紙樓，賣的自然是福紙。」

「福紙？」太學生更加奇怪，連忙又開口詢問。

「請先生隨我來。」

那女婢恭敬的引領眾太學生，走到一座書架跟前，只見上面擺放著各式各樣、大小不一的紙張。有常見的左伯紙、麻紙和桑皮紙，還有很多太學生們未曾見過的紙張。

「這是……」

「此我家主人專門設計，製作出來的新紙。又因家主人之名，而得福紙二字。先生請看，這是我家主人採用孟門桑皮紙的原始工藝，經過改良之後而成的桑皮福紙。紙質堅韌，且具有保溫性，可長期存放，用於契約文書，最為合適。」

「孟門桑皮，每一百斤可分為四百刀，每刀二十五張。而家主人的桑皮福紙，每一百斤可以分為八百刀，每刀五十張。也就是說，同等重量的桑皮紙，我們可以多出四倍的分量，但紙質更好。同時在價格上，比孟門桑皮要便宜五倍。」

孟門桑皮紙，起源於秦漢時期。在東漢末年，與麻紙和左伯紙齊名，主要集中於並州離石地區。由於其工藝複雜，而且製作費用昂貴，很少為人所用。在市面上，一刀孟門桑皮價值五貫，堪稱昂貴至極。許多人只聞孟門桑皮之名，而不得其用，就是因為這昂貴價格令人望而卻步。

東漢初，孟門桑皮一度成為供品，尤勝左伯紙。左伯紙每刀一百張，價值八貫；可孟門桑皮的價格，比左伯紙高出兩倍有餘……

太學生們初聞是賣紙，都有些喪氣。妳說妳販賣紙張就販賣，搞出這麼多的動靜又是何意？可聽罷那零捌號女侍極為專業的講解，不由得興趣大增。

要知道，自蔡倫造紙後，紙張的成本雖然較原來有所降低，可依然不是普通人能夠購買。

一名太學生從女侍手中接過一張桑皮福紙，頓覺手感不同。

「好紙！」他輕聲讚了一句。

想來，此人家中富裕，所以毫不猶豫便定下了十刀桑皮福紙。

「姑娘，妳們這裡還有其他的介紹嗎？這種桑皮福紙，與文書契約倒是合適，可我等學子用這種紙……」另一個學子忍不住開口問道。

卻見女侍笑靨如花，連連點頭：「先生們，請隨我來。」

這福紙樓內的紙張種類繁多，看得人眼花繚亂。若沒有人一旁解說，走進來足以讓人頭昏腦脹。

按照女侍的講解，福紙樓內，共分有契約文書、書畫、記帳等十個大類，每個大類又分有無數個小類別。比如這箋紙，就有十數個類別。可以根據不同的需求，使用不同的紙張。比如，對那種社會地位不高的人，可以用染黃麻紙，與平輩兒，可以用冷光箋，對地位較高的人，又有宣紙可用。對女子，有彩箋，對男子，有素箋……等等，種類五花八門，只聽得一眾太學生頭暈腦脹。

在女侍溫婉悅耳的解說聲中，不少太學生鬼使神差般，定下了各種紙張。從幾十錢到幾貫乃至幾十貫一刀的紙張，堆積了一摞。

到結帳時，太學生們看著這許多的紙張，不由得瞠目結舌。

「這麼多，我怎麼拿回去？」

「先生們不用擔心，小店設有送貨上門的服務，店內配有車仗，可以幫助先生們送貨到家。」

「那，可要額外費用？」

女侍微笑，「不用，這是小店的本分。」

當一干太學生滿意離去時，另一批客人走進樓內。

從那服侍上可以看出，這些客人的身分不同於那些太學生。

章十一
新的起點

於是，立刻有女侍走上前去，「幾位大人氣度非凡，一看就知道不比常人。小店裡有各種紙張供大人們選擇，拾壹號女侍為您服務。」

幾位客人一怔，旋即露出了讚賞之色……

轉眼間，來到滎陽已近半載。

暮春時抵達，而今已入了仲秋，天氣漸漸轉涼。

總體而言，建安十年算不上風調雨順，特別是青州，在年初時出現了旱情，入夏後又有局部地區發生了疫情，使得青州在入秋後，險些出現大規模的流民暴亂。幸好曹操早有準備，命徐州刺史徐璆，緊急從海西調撥大批物資，穩定了青州局勢。雖然說不得是一個好年景，可畢竟沒有發生災荒，也算得是一樁好事。

海西，發展越來越快。其輻射區域已橫跨兩淮，漸漸演變成為一塊繁華富庶之地。

曹操在年初時，下令重修沭水、沮水和游水等兩淮三大河流，也進一步推動了兩淮地區發展。在仲夏時，曹操又下令，在沮水和泗水之間開鑿河渠，連通兩河；同時命豫州刺史滿寵，著手設計在泗水和鴻溝之間開鑿河渠，並使梁郡太守鄭渾參與設計，負責督造……

鄭渾，雖未成為涼州刺史，但由於他的出身和才華，最終令曹操下決心，委任一郡太守。

梁郡，也是泗水和鴻溝水之間的必經之地，地形相對複雜，所以這任務也就顯得格外繁重。

按照曹操的規劃，兩條河渠到最後，必然要連通一處，到時候，兩淮所產生的財富將會透過這新建造而成的河渠，源源不斷輸入中原，進一步抑制中原物價，有助於恢復民生。不過，河渠建造並非一蹴而就。根據荀彧等人的計算，如此浩大工程，幾乎貫穿三州之地，需要耗費大量的財力、物力和人力……但若建成，效果也顯而易見。所以，從一開始的抵觸，到後來同意……荀彧規劃，要十年方能竣工。

這分明就是大運河的雛形啊！

當曹朋聽到這個消息的時候，忍不住發出了一聲感慨。

兩淮的發展，已超出了曹朋的預料……而今兩淮的財富急劇增加，已成為曹操一大物資基地。當年偶然為之，卻發生了如此巨大的變化。

歷史上，兩淮的發展，至少要到東西兩晉、南北對峙時期，可沒想到竟提前發生。徐州地形複雜，若不修建大運河，勢必會影響到日後發展。可以想像，隨著運河開鑿，徐州將與中原進一步聯繫在一起，所產生出的影響也會隨時間之推移，日益增大！

曹操，不愧是雄才大略之人！

而且他不是歷史上那個開鑿運河的楊廣，所以在實施計畫的時候，也極為謹慎，不會出現勞民傷財的結果。

根據荀彧的規劃，運河開鑿，於每年暮秋開始，持續整個冬季。而這個階段，也正是大量人力閒置的時期，更不會影響到來年的春耕……每年四到五個月的時間，逐漸推進。十年之後，一條連接東西部的經濟命脈，也將隨之出現。

若真如此，那未來又將會變成怎樣的一個局面？

曹朋不由得心生感慨！

但也僅僅是感慨而已……

海西，和他的關係已經不大。

闞澤正式從海西令的位置上卸任，轉而為涼州從事。在一個月前，他已趕往涼州赴任，協助曹汲。

也正是從闞澤卸任的那一刻起，曹朋在海西留下的烙印被徹底抹消。除了郁洲山屯紮的水師與曹朋尚有些關聯之外，整個海西地區，曹朋的控制力等同於零。

不過，曹朋並不覺得可惜。

因為他能看出，海西在未來二十年裡，無法獲得太大的發展。畢竟，江東尚在孫權的掌控中，兩淮的影響力如果不能向東南擴展，必然將止步於長江以北地區。

同理，受科技的限制，尚無法從陸地走向海洋。

大航海的時代還很遙遠，那麼海西的影響力將隨著時間的推移，受到越來越多的限制。除非，有先進的航海技術出現；除非，有先進的造船技術出現；除非，曹操能收復了江東地區……

然則這三點，最簡單的恐怕就是收復江東。

相對於這第三點，前兩個條件，還需要充足的時間……

曹朋畢竟不是百事通，並不清楚這造船和航海的技術。事實上，對於周倉屯駐郁洲山、組建水軍的決定，至今在朝堂上仍有諸多的異議。周倉為水軍校尉，可手中所控制的船隻並不算太多。對此，曹朋也無能為力！他只能盡可能的，為周倉爭取到更多的船隻以增強力量。

「沒想到，這文化產業，還真是一個暴利行業！」

曹朋坐在書房裡，看著從許都送來的財務報表，不由得連連搖頭，發出一聲感慨。

沒錯，許都福紙樓，正是曹朋所建。

歷經六載，黃月英在黃承彥的幫助下，依照著曹朋之前所提到過的種種設想，最終造出了各種不同的紙張。比之原來的紙張，福紙的成本更加低廉，更有利於向民間推廣。

在曹朋返回滎陽，得知黃月英造紙成功的消息之後，便立刻在腦中產生出一個奇妙的想法……

賣紙！

他要設法加大紙張的推廣力度，增強紙張的普及性。

這可是一個至關重要的事情，在歷史文明的傳承中，紙張的推廣和普及，無疑是極為關鍵的一步。

此前，由於造紙成本昂貴，在歷經了兩晉南北朝三百年時間後，紙張才算是完全普及開來。而今，他要做的是加快這個普及的進程，才好進一步推動他的下一個計畫。

只是曹朋沒有想到，這福紙樓，竟然產生了他無法想像的巨額利潤。

由於身分的原因，曹朋並沒有出面，而是委託了濮陽闓來負責在許都開設福紙樓。而對於這樁生意，曹朋一如往常，先和曹洪等人聯繫。可明顯，曹洪等人最終沒有產生興趣。

而後，曹朋和陳群以及荀衍取得聯絡，並透過荀衍的關係，與正在家中將養身體的潁川名士鍾繇，達成合作關係。

經過一個月的試推廣，福紙樓的構思，得到了意想不到的收穫。

在福紙樓正式開始營業十天後，濮陽闓透過他在太學院的關係，向福紙樓下達了一個大額訂單，以供應太學院紙張。旋即，尚書府也向福紙樓下單，訂購了大批的桑皮福紙以及各種箋紙，用於公務處理。而就在三天前，豫州地區最大的書院，也就是那潁川書院向福紙樓下單，同樣是訂購紙張。

這些地區和機構的訂單，各不相同。

比如尚書府的訂單，以箋紙和桑皮紙為主，箋紙用於公務交流，而桑皮紙則是用於契約公文等用，價格相對昂貴；為方便學生使用，太學院訂購的大都是價格中等的染黃紙和硬黃紙，還有少量的魚子箋和冷光箋；至於潁川書院，作為具有濃郁區域性和私立性的書院，則是以桑麻紙為主，價格相對低廉，但勝在潁川書院所需求的量大，故而也是一筆好買賣。

陳群已派人前來，和曹朋商議在長安設立福紙樓的事宜。

據說，曹洪懊惱萬分，錯失如此巨大的利益，讓他頓足捶胸。

曹朋已經開始計畫，來年開春之後，會在雒陽等地開張三家福紙樓，到時候必然會產生更大的利潤。而造紙工坊，也已經完全竣工，可以投入生產。

曹賊

章十一 新的起點

工坊位於河一工坊以西，瀕臨虢亭。造紙工坊的興建，將吸納近千流民，以緩解滎陽本地土地緊張的局面。於滎陽太守王植而言，這間造紙工坊的出現不但可以增加滎陽郡稅賦，還能夠降低滎陽人口密集、土地相對稀少的窘境，著實是一樁了不得的政績，自然也拍手歡迎。

文化暴利，這就是赤裸裸的文化暴利！

曹朋預計，工坊在全力開工後，將會給他帶來每月逾千貫的收益。而且這還只是初期，隨著福紙樓未來在各地的設立，工坊進一步的擴大，所產生的利潤一定會格外的驚人……

濮陽逸和陸瑁兩人坐在一旁，看完了這份報表之後，也忍不住發出感慨。

這曹朋，莫非有點石成金的本領？

曹朋站起身，舒展了一下身子，突然問道：「子璋，江東那邊，如今形勢如何？」

「前些日子兄長來信，說周都督在柴桑調兵遣將。但具體的目標，目前尚不是特別清楚。」

周瑜，果有動作！

曹朋啞然一笑……

河北蕩平在即，而這天下格局，似乎變得越發微妙。

曹朋知道，孫權和周瑜絕不會坐視曹操統一北方，他們會想出各種方法來拖延北方統一的時間，以爭取更多的準備。天下大勢，合久必分，分久必合，這誰也無法阻擋。自從黃巾之亂以後，諸侯割據，至今已有二十年時間，隨著曹操統一北方，局勢越發的清晰起來。

只是，不知道曹操究竟何時才能結束北方之戰？

曹朋突然想到了一件事，臉色微微一變。

「小逸，你什麼時候回去？」

濮陽逸說：「最遲後日，我就要返回許都。」

「如此，你幫我帶一封書信給張機先生。請他得空，為奉孝診治一下身體，看看他的情況。」

濮陽逸一怔，「郭祭酒身體不好嗎？」

「呵呵，也不是，不過是檢查一二。」

郭嘉早年，曾過量服用五石散而造成身體虛弱，雖然被董曉及時發現，並停止了他服用五石散的行為，但終究是曾有過一些病狀出現。如今，曹操即將再次興兵。曹朋隱隱約約記得，郭嘉就是在征伐北方的時候，因病而亡故，令曹操痛惜不已。

不管是出於前世對郭嘉的喜愛，還是今生郭嘉和曹家的親密關係，曹朋都覺得有必要關注一下才行。畢竟，他已記不清楚郭嘉究竟是在哪一年病故。雖然依稀有印象郭嘉是在北征柳城時病故，而現在曹操還在圖謀高幹，可病症這東西不可能一日就形成，必然有一個積累的過程。郭嘉是在征伐柳城時病故，說不定這病根子，早已在之前便出現端倪。

有備無患！

曹朋可不想郭嘉重複那歷史的命運……

「對了，有件事也不知當不當講。」

「什麼事？」

陸瑁猶豫了一下，輕聲道：「公子可知道周不疑其人？」

「當然。」

「此人近來在許都極為活躍。他年紀雖小，但是卻有雄辯之能。此前已接連和文舉公、仲豫公等人爭論，聲名極為響亮。這段時間，他似乎隱隱有針對公子之意，特別是前些時候，他公開抨擊胡公，引起不小的反應。此子，好像是對公子含有敵意……而且他背後，似有五公子撐腰，言談極為囂張，引起許多人的不滿。據說，胡公門下周奇，不日將抵達許都，要與這周不疑爭辯。此前周不疑已勝了一次，若再勝，只怕會對胡公產生不利。」

曹朋聽聞，眼睛不由得一瞇。

對於周不疑的作為，他也有所耳聞。畢竟，滎陽距離許都不過一、兩日的路程，有什麼消息，他都可以在第一時間獲得……

對於周不疑的種種挑釁，胡昭也不是不知道，他甚至派人來滎陽，嚴禁曹朋參與其中。在胡昭和曹朋這個層次而言，周不疑的作為，分明是想踩著他們的肩膀，來獲取更大的名聲而已。若胡昭出手，或曹朋出手，即便是勝了，也勝之不武，弄不好還會被人說是以大欺小。

此前孔融接受了周不疑的挑戰，已經出現過這樣的情況。

胡昭在給曹朋的書信裡言：童言無忌，且隨他去！

而胡昭的這個態度，恰恰也符合曹朋的心思。

周不疑？荊州神童才華卓絕……

呸！

在曹朋眼中，他的行為簡直就和那跳梁小丑沒有區別。

這就是一塊膏藥，沾上了就得要脫一層皮。雖然還不清楚這小傢伙究竟是什麼用心，但曹朋能感覺得出來，他的用心頗為險惡，絕不似表面上所謂的學術交流那麼簡單，而是別有用意。

不過，胡昭可以無視周不疑，但他的學生卻未必能夠容忍……特別是之前輸了一次後，臥龍谷門人怎能善罷甘休？

周奇，是胡昭的弟子，入門比曹朋要早，可是若論地位，他還要尊曹朋一聲師兄。

當年曹朋在臥龍谷就學的時候，和周奇關係不錯，不過那時候的周奇還只是書院弟子，未入胡昭門下。而今，隨著曹朋崛起，周奇也漸漸得到了士林的關注。此次他要來許都和周不疑辯論，怕就是要為胡昭爭一口氣。

曹朋沉吟片刻，問道：「周奇今在何處？」

「據說，尚在潁川書院盤桓。」

曹朋立刻走出房間，沉聲喝道：「姜冏。」

「末將在。」

「立刻帶人，馬上前往潁川書院，找一個名叫周奇的人，不管用什麼手段，定要請他前來。」

章十二

初論江東

周不疑，一個來路不明的人物。他只有十四歲，卻才華橫溢，能雄辯滔滔。

曹朋對這麼一個人，可說是沒有半點印象。至少在《三國演義》中，這個人並沒有登場出現。

他是荊州神童，突然跋涉前來，在許都定居。

他絲毫不做掩飾，從一開始，就表現出了對曹朋明顯的敵意。

據說，周不疑是世族子弟，其舅父劉先享譽荊襄。可問題是，按照東漢時的規矩，單字名為貴，雙字名為賤。周不疑不是他的表字，他表字元直，也就是說，周不疑是他的本名。

一個擁有賤名的世族子弟，一個來歷極為不明的少年。

曹朋百思不得其解，這周不疑究竟是何許人也？

送走了陸瑁和濮陽逸之後，曹朋獨自坐在書房裡沉思，越想就越覺得周不疑來歷可疑，但他的身世偏偏又清清楚楚，沒有任何疑點。

輕輕搓揉面頰，曹朋起身，才發現不知何時天已經暗下來。點燃油燈，他邁步走出了書房，站在門廊之上，看著院中秋菊盛開，嘬了嘬嘴，轉身沿著長廊離去。

早在他第一次聽到周不疑這個人的時候，便開始留意打聽。據黃月英說，劉先的名號她倒是知道，但對於周不疑，卻不是特別清楚。也難怪，黃月英離開江夏的時候，周不疑應該不過五、六歲而已，她自然不可能有太多的印象，所以，能給曹朋的幫助也不太多。

曹朋又派人前往潁陰，請教黃承彥。同時更著人向徐庶、龐統等人打聽，想要從他們口中得到一些資訊……

從黃承彥那裡，曹朋再次確認了周不疑的存在。

黃承彥是在建安五年離開荊州，當時周不疑八歲，以聰慧而著稱，在零陵小有名氣。不過，由於江夏和零陵相距甚遠，而且周不疑當時還小，雖然有名氣，卻並不為黃承彥熟悉。畢竟，兩者間的差距很大，以黃承彥當時的身分和地位，又怎可能會特別留意一個八歲的小孩子？哪怕那孩子是一個極其聰慧之人。

不過，黃承彥說，會設法為他打聽留意。

可那也不是一下子就能打聽出來的事情，畢竟黃祖已死，而黃承彥遠離……江夏黃氏已大不如從前，想要打聽消息，並非一樁易事。同時，龐德公在建安七年深入鹿門山隱世，已極少露面。如果能找到龐德公，可能會比較清楚一些，可惜沒人知道他躲在什麼地方。

龐統和徐庶也派人回信，知道有這麼一個零陵神童的存在。但和黃承彥的情況差不太多，他們對周不疑的情況也不是非常清楚。倒是孟建說出了一個情況，引起曹朋的注意：周不疑，曾隨劉先一同前往水鏡山莊拜訪司馬徽，當時司馬徽對周不疑極為讚賞，稱讚他是一個神童。

那是發生在建安六年的事情，孟建還在水鏡山莊學習，所以曾和周不疑有過兩次不算太親密的接觸。據孟建說，周不疑那時年方十一，但是舉止狂傲，言語不羈，給人感覺很不舒服。不過，他和諸葛亮倒是能談到一起，而且看上去會有所收斂。當時崔鈞對周不疑極為不滿，曾在一次閒聊時說到周不疑，諸

二十章
初論江東

葛亮還為周不疑爭辯了幾句，後來便不了了之……

諸葛亮，周不疑，劉先，曹沖！

對於這幾個名字，曹朋有一種說不清楚的感覺。

諸葛亮如今在輔佐劉備，並透過他的關係，使劉備掌新野安眾，坐擁樊城，在荊州站穩了腳跟。

不過，不知為何，劉備和劉琦走得很近。而諸葛亮又是蔡家的女婿，使得兩邊關係複雜。劉先，是劉表的別駕，似乎傾向於曹操。

曹朋在這幾個看似毫無聯繫的人員中，發現了一個問題。

據曹彰回來說，曹沖一直在家讀書，很少與外人接觸，可不知怎地就和周不疑成了朋友。

周不疑是如何與曹沖成為朋友的？

這是一個疑問！

曹操雖然欣賞周不疑，並曾動意將長女曹憲許配給周不疑，但沒想到卻被周不疑拒絕……

以曹操的脾氣，斷然不會介紹家人與周不疑。這不是小氣，而是曹操想要招攬周不疑，卻被周不疑拒絕？

為什麼！

周不疑的心思，未必是向著曹操；或者說，周不疑對曹操有所抵觸。那麼，他為何要抵觸曹操？

有些事情，真是不能往複雜裡去想，否則，越想就越是複雜。

曹朋不知不覺來到臥房，就見黃月英正在屋中看書。他輕手輕腳來到黃月英的身後，伸手抱住了黃月英。黃月英先是一驚，但旋即就聞到了那熟悉的體味，便停止了掙扎。

「阿福，幹什麼，一驚一乍？」

「在看什麼？」

「你寫的三十六計。」黃月英放下書，回頭溫婉一笑，「正看到敗戰計一篇，剛要看那美人計，你卻來了……夫君，美人計可是由那《孫武十三篇》的用間一篇，而衍生出來？勾踐以西施取悅夫差，利用禦寇，順相保也。」

準確的說，美人計出自於《六韜．文伐》一篇。

其原文內容是：養其亂臣以迷之，進美女淫聲以惑之。

其意思是：對於用軍事行動難以征服的敵手，就要使用糖衣炮彈。投其所好，而從思想意志上擊敗對方。這個美人計，不僅僅包括用美色迷惑，關鍵是在於投其所好，瓦解對方意志。

總體而言，說它是《孫武十三篇》的演進版，倒也不算為過。

可是，曹朋的心裡卻沒來由的突然一震。

「月英，妳剛才說什麼？」

「我是說，這美人計，可是由《孫武十三篇》用間而衍生……夫君，你怎麼了？妾身可說的不對？」

黃月英是個女人，興趣雖然廣泛，但說實話，對兵法並無瞭解。她只不過閒來無聊時，曾翻看過幾部兵法，所以言語間也透著不太自信。可是在曹朋耳中，卻似乎炸響了一聲驚雷。原本有些昏沉的大腦好像閃過了一道光，令他頓時變得清晰起來。

用間？

他不由得瞇起了眼睛。

難道，這周不疑是一個死間？這好像也不是不可能的事情，關鍵是在於，周不疑是何方死間。

劉表的？不太像……劉先可是贊成歸附曹操。但周不疑雖說是劉先的外甥，未必就會贊同劉先的主張。如果他和劉先並非同一個派系，那他又會是隸屬何方？

孟建似乎說過，周不疑好像和諸葛亮有些親密。

那麼，周不疑會不會是劉備的人？

這個念頭一升起來，曹朋越想，就越覺得很有可能……

如果是這樣的話，那麼周不疑和曹沖的相遇，就帶有極為明顯的陰謀氣息。

「夫君，夫君？」

「啊？」曹朋猛然清醒過來，卻看到黃月英一臉擔憂的模樣。他連忙笑道：「別擔心，我沒事兒。剛才只是想到了一些事情，所以有些出神。對了月英，我之前讓妳幫我寫的那篇工坊規程，妳可寫好了？我看一下，明日拿去給丈人。」

「呃，就是你說的那個甚流水線，對吧？」

黃月英笑著點點頭，說已經寫好了。她站起身，從炕頭的小櫃子裡取出一本薄薄的冊子，遞給了曹朋。曹朋接過來後，迅速翻了兩頁，而後收在懷中。

「月英，妳先睡吧，我今晚有些事情想要考慮清楚，就莫要再等我了。」

「好！」

黃月英答應一聲，送曹朋走出房間，後又補了一句：「對了，明天記得派人去許都，請肖先生來一趟，可不要忘記了。」

「妳是說，那回春堂的肖坤？」

「正是。」

曹朋答應了一聲，表示記在心裡。

郭寰的產期快要到了，而甄宓的產期也就在這一、兩個月。

雖說滎陽什麼都有，如果需要，曹朋找人和王植說一聲便可以辦妥。但內心裡，不管是曹朋，還是他的家人，似乎更信任那位東漢非著名婦科大夫，許都回春堂的肖坤肖先生。畢竟，肖坤曾接生過曹綰、曹陽，還包括鄧艾……穩婆之類的，可以在本地尋找，可這醫生，還是請熟人更加放心。

曹朋返回書房後，把那本流水線的章程取出，在書桌上放好。

這也是他在觀察了河一工坊一段時間後，根據河一工坊的現狀，結合後世的流水線作業，設計出來的一套章程。即把每一個工序分開，由專人負責，這樣做的好處就是可以提高效率，同時能保證一些秘密。特別是曹朋經過這幾個月，還原出另一種造刀工藝，更要小心才好。

不過，他並沒有急於去看那本章程，而是推開了窗子，站在窗邊，向外觀瞧。

剛才被黃月英一打斷，思路有些連結不上。靜下心，沉思片刻，曹朋又繼續剛才的那一番猜想。

按照曹彰的說法，曹沖是在一次極為偶然的機會下，遇到了周不疑。兩人一見如故，很快就熟悉，並成為朋友……

說實話，這快三年了，曹朋對曹沖的變化並不是特別清楚。只知道他先是在學堂裡就學，後來得了曹操的允許，在家中讀書。他究竟讀的是什麼書？學到了什麼？曹朋一點都不瞭解。

可是，從鄧艾透露出的言語中，曹朋能夠覺察到，曹沖似乎正在偏離自己早先為他規劃的路線。

特別是曹沖如今，似乎有一種優越感。而正是這種優越感，令他開始產生出了一些其他的想法，比如尊卑，比如貴賤……最可怕的是，曹沖似乎正在把這種尊卑貴賤，歸結於天。也就是說，天命如此！老天爺讓你生在富貴家庭，註定了你這輩子就高人一等；而如果你生在平民之家，也是上天早已經註定。

曹朋不知道曹沖這種想法是從何而來，但讓曹朋看來，曹沖這種念頭更像是他前世遇到的那些所謂的『二代』。

一個被寵壞了的孩子！

他聰明，他能舉一反三。

之前曹朋看重曹沖，是因為他的可塑性；但現在看來，也正是這可塑性，很可能令他功虧一簣。要知道，曹沖出師，才七歲而已。而後他接觸的人、看過的書，都會對他造成深遠的影響。

天人感應！

根據曹沖目前的狀況，無疑是受到天人感應說的影響。這也使得曹沖必然對出身、對尊卑極為看重。周不疑是不是真的贊同曹沖的觀點且不去說，可他至少迎合了曹沖的觀點。也許正是這個原因，令周不疑很快就得到了曹沖的信任。但是，他又如何知道曹沖的喜好？

也就是說，在許都一定有一個極為瞭解曹沖，甚至觀察許久的人存在。若不是這樣的話，周不疑又怎可能如此準確的把住曹沖的喜好？

從周不疑入許都以來的種種作為和表現來看，他好像一直在刻意強調著曹沖這種觀念的正確性。為此，他和荀悅爭辯，和孔融爭辯，甚至把矛頭直指胡昭。因為胡昭無疑是『有教無類』的代表人物，他收取門人弟子，不論出身年紀，只要是有心求學，胡昭就會接納。這正好和天命尊卑有所抵觸。

誰？

是誰在觀察曹沖？

或者說，是誰在暗中引導著曹沖？

曹朋感覺，冥冥之中似乎有一隻黑手存在，正在操縱著這一切發生的事情……

諸葛亮？

有可能……但是他好像沒有機會接觸曹沖，甚至可能根本就不瞭解曹沖。那麼，又會是誰呢？

曹沖有今日之變化，環夫人肯定是有責任。

環夫人原本就是世家出身，雖說已經沒落，但畢竟是世家子弟。

此前，曹丕占據很大的優勢，不論是從年齡，還是從他的能力而言，都令環夫人產生了巨大的壓力。

於是，在無奈之下，環夫人藉助曹朋之手，希望由曹朋扶持曹沖，與曹丕相爭。但曹丕一死，令環夫人鬆懈下來。那世家女的驕傲……

錯了錯了，現在不是要追究環夫人的責任，而是要找到那隻黑手。

曹朋輕輕的拍打著額頭，腦海中突然間閃過了一張熟悉的面孔……會不會是他呢？如果這件事，整體就是由他一手策劃出來，倒似乎也可以說得過去。

該死，我怎能把他給忘掉呢？

劉光！

那個當年贈他雪獒、送他犬奴的『漢家犬』，一心想要和他做朋友的臨沂侯，而今已和他分屬兩個陣營，甚至不死不休。每每思及，曹朋就會感到遺憾。但時也命也，也許從一開始，他們便註定了會成為敵人。

玉皇山頂，恐怕是曹朋和劉光第一次，也是最後一次交談。那時候曹朋曾幻想，讓劉光抽身而出，不再插手漢家事宜。但他也知道，那只是一個幻想。漢室宗親的身分，註定了劉光不可能袖手旁觀。

而大河之上，塞北牧原兩次刺殺，也使得曹朋和劉光之間的仇恨無法再化解。如今，劉光已不再是那個陽光少年，隨著漢室老臣的凋零，世族各懷心思，劉光逐漸成為漢室的中流砥柱。雖然他很低調，平日裡也不顯山露水，可如果忽視了這個人的存在，一定會吃大虧！

曹朋思及此，也不由得緊蹙起了眉頭……

周不疑和劉光之間，是否會有聯絡呢？

直到此時，曹朋才發現了他最大的一個短處：資訊不通暢！

雖說許都和滎陽相隔不遠，但是他對許都的狀況，或者說對劉光的情況，沒有絲毫的瞭解。這也使得他在返回中原之後，大多數時間只能依靠猜測，而無法獲得準確的資訊。

也許，應該加強一下對許都的資訊掌控？

曹朋返回書案，低頭看了一眼桌子上的那本冊子，突然間苦澀一笑……

自己現在還是個囚徒，考慮這麼多做什麼？曹操麾下，奇人異士無數，想必早已胸有成竹。

至於曹沖，管他作甚？

自己來到滎陽這麼久，不求曹沖似曹彰那樣在滎陽相伴，但來探望一下，總歸不是一樁麻煩。可是，一直到現在，曹沖也沒有出現，倒是之前聽說曹沖近來生了一場大病，所以很少出門。不過是否真的生病？曹朋也不清楚。姑且權作他生病了吧，也不知道是否已經康復？

不管怎麼說，曹沖曾經尊他一聲『先生』，而曹朋也曾經對他投注了心血……弟子的背叛……或者不能用背叛來形容曹沖，說他『轉變』，或許更為合適一些。弟子的轉變，令曹朋心裡還是有一些不舒服。別看他表面上風輕雲淡，可是內心深處，卻頗有些難過。

周不疑無疑在這當中起了不好的作用！這個傢伙，著實有些可恨。

曹朋轉動他手上那枝自製的炭筆，眼中閃過一抹冷芒。

放棄嗎？

他咬著嘴唇，神色變幻不定。

司馬懿如今下落不明，想要再次篡魏，恐怕已非一樁易事。曹氏未來的江山，從目前來看還是撲朔迷離。漢帝仍在，曹操斷然不會篡位，那不符合他的作風。那麼曹氏，將會由什麼人來接掌？

想到這裡，曹朋忍不住又嘆息一聲。

世事變幻，實在是太過於詭譎。即便是曹朋也不敢再說，自己能夠準備的捕捉這時代的脈門。

大勢發生變革，未來究竟如何？

窗外，傳來蟬蟲鳴叫，卻平添了曹朋心中幾分憂愁……

建安十年暮秋，冀州豐收。

作為素以錢糧廣盛而著稱的冀州，一場豐收過後，元氣似乎已經恢復。在經過了為時一年的休整之後，冀州總算是甦緩過來。不過想要恢復到當年的鼎盛，恐怕還需要一些時日才行。

不過，對於曹操而言，冀州豐收，也代表著對並州用兵的時機已經成熟。

雖說自他推行屯田以來，已無須再為錢糧而費心，可是向並州用兵，仍是謹慎異常，小心翼翼。

並州苦寒，民風剽悍。兼之胡漢混居，頗有些複雜。

說穿了，建安十年，曹操還沒有做好負責並州數十萬民眾溫飽的準備。

大戰一旦開啟，必然是田園荒蕪，流民四起。冀州、青州，已經讓曹操感受到了巨大的壓力，若再加上並州，難免會感到吃力。更何況，建安十年之初，曹操必須要去考慮北疆異族的問題。占領了並州，也就代表著他將要直面北疆異族，勢必會令他的負擔變得更加沉重。

而今，冀州豐收。雖無法達到當年的鼎盛，但至少可以自給自足，無須從其他地區輸送資源。

要知道，曹操的壓力可不僅僅是在河北，西北同樣要承擔巨大的壓力……這一年來，透過河洛，向關中輸送的資源可以以億計。也幸虧涼州暫時穩定，西北商路初露雛形，緩解了一部分壓力，否則單只是一個涼州，恐怕就要花費掉豫州一年的收益，又何等驚人？

如今，曹操治下，只剩青州一地尚未恢復元氣。

不過由於青州毗鄰徐州，而海西創造出來的財富，足以支撐青州度過一個災荒的年月，所以，總算是緩過了那一口氣。

接下來，便是並州了！

建安十年仲夏，軻比能終於對燕荔游發動了攻擊。

而且，河西郡在這一年，加大了對漠北的輸出，不僅在糧草上提供了充足的保障，更包括大批的軍械物資，透過各種途徑和方式輸出漠北，令檀柘和去卑兩人實力大增。劉豹藉大河之天塹，兼之與高幹的聯合，總算是穩住了陣腳。可如此一來，南匈奴能夠提供給高幹的支援，也就變得微乎其微。曹操認為，幹掉高幹的時機已經成熟，可以著手出擊……

但沒想到，就在曹操準備出擊的時候，東吳孫權突然發兵。

孫權以廬江太守太史慈、中郎將魯肅兵分兩路，太史慈自桐鄉出兵，攻占六安，魯肅則跨江而擊，奪取襄安，兵臨巢湖。同時，水軍大都督周瑜也率部順江而下，直撲濡須口。

九江太守李典，領兵出擊，不成想就在李典出擊之時，廬江人梅成突然造反。

這梅成，是廬江豪商，家境殷實。他勾結陳蘭，聚眾萬人，在氐起兵，迅速攻占六縣，令城池破敗，百姓流離。李典旋即率部馳援，卻遭遇到魯肅伏擊，損兵折將，退守九江。一時間，淮南風雲突起，書信往來不絕。

荀彧得到消息之後，立刻飛騎稟報曹操。

而曹操聽聞，大驚失色。若九江郡丟失，也就等於他失去了在淮南的橋頭堡。到時候孫權坐擁江東六郡，憑藉廬江和九江兩郡，可以隨時突擊淮北，令局勢變得糜爛。

相比之下，高幹和袁熙反倒變得不再重要。

若江淮糜爛，曹操苦心經營多年的局面，必將功虧一簣。

於是，曹操立刻下令停止對高幹的用兵。他命張遼和張燕繼續封鎖袁熙，同時命曹休和辛毗駐守下辨，防備高幹偷襲。而後，他立刻調派兵馬，使于禁和臧霸迅速向九江增援，又命徐州刺史徐璆發兵增援，而後使豫州李通、牛蓋，兵臨下蔡，隨時準備渡淮水出擊。

好在，李典在經歷了連番慘敗後，總算是穩住了腳跟。他死守合肥，保住了濡須口不失……當曹軍源源不斷的從淮北渡淮水而來後，太史慈和魯肅也不得不改攻為守，與李典在濡須口對峙。

虎牢關，屬成皋縣，為滎陽所治。

《三國演義》中，虎牢關三英戰呂布……呵呵，純屬胡說八道。而所謂的溫酒斬華雄，更不知所以然。蓋因這汜水關，其實就是虎牢關。西元五九八年，也就是隋朝的開皇十八年，隋文帝改成皋為汜水縣，入唐之後，為避李淵祖父李虎的名諱，虎牢關改為武牢關，而後又稱之為汜水關。

《三國演義》中，二十二路諸侯討伐董卓是有的，可是溫酒斬華雄和三英戰呂布，卻並不真實。事實上，斬華雄的人不是關羽，而是孫堅。

虎牢關南連嵩岳，北瀕黃河，山嶺交錯，自成天險，有一夫當關，萬夫莫開之勢。為古都雒陽之東部門戶，也是歷代兵家必爭之地。

曹操從冀州撤兵，經河內而抵達成皋。

立足跑馬嶺上，曹操回首眺望遠處大河滔滔，猶如玉帶環繞，景色極為壯觀。心中，突然生出一種莫名的感慨，他忍不住發出了一聲嘆息。

「若無江東碧眼兒，想來我已屯兵通天山。」

言語間，悵然若失，透著一股恨意。

倒是一旁的郭嘉顯得非常輕鬆，微微一笑，「主公何必憂慮？想那高幹，今日不取，早晚必取，不必急於一時。嘉今之憂慮，乃江東孫仲謀。碧眼兒已經成勢，終究會是心腹大患。」

「是啊！」曹操也不禁暗自感慨。同時，心裡面又有一絲悲傷。

若子脩尚在，或若是子桓沒有戰死，說不得已能獨當一面。

而今，他膝下子嗣眾多，卻無能擔當重任者。曹彰如今在求學，曹植整日吟風弄月，而曹沖年幼。

這三人中，曹操也說不清楚誰才算合適，他們各有長處，但各自的缺點也非常明顯。

「對了，此地距滎陽有多遠？」曹操突然回頭，向郭嘉詢問。

其實，他怎可能不知道虎牢關到滎陽的路程？

想當年酸棗會盟，二十二路諸侯討伐董卓，曹操可是曾經率兵攻打過滎陽。

「滎陽？」郭嘉一怔，旋即反應過來，「也就是半日路程。對了，我記得阿福如今不是在滎陽鬼薪嗎？算起來，主公也有三載未曾和阿福相見了吧。既然來到這裡，何不前去滎陽，順便散散心？主公若有意，嘉願隨行。可命子和率部，直奔京縣，到時候咱們從滎陽改道，去京縣會合便是……聽說這半年來，滎陽治下不差。阿福好像又和人一起，在許都建起了一座福紙樓，據說聲名可是響亮得緊。」

福紙樓的建立，曹操如何能不知？

事實上，在福紙樓開業的當天，荀彧便派人送信到鄴城，與曹操知曉。

紙張降價了！

福紙樓推出的紙張種類，令曹操也是瞠目結舌。

以前，至少也要五貫一刀的左伯紙，如今在福紙樓幾乎無人問津。許多人轉移了興趣，有的喜歡冷金箋，有的愛好彩箋和雲紋箋，其中最受歡迎的莫過於最新推出的白鹿紙……

曹操還沒有見過白鹿紙，但是卻久聞其名！

據說，這種紙張的製造工藝極其繁瑣，而且難度甚大，卻是一種極為難得的書畫紙張。紙質一改東漢末年染黃紙和素箋的特點，潔白而瑩潤如玉，纖維長而厚重，使得韌性十足。面滑若蠶絲，手感柔和。又因其紙張紋路猶若鹿紋，故而得名白鹿紙，或者叫做鹿紋箋。這種白鹿紙，已成為市面上價格最高的一種紙張。

每張白鹿紙，有固定尺寸，一丈二尺，所以又叫做丈二箋。

一刀只有十張，價值三十八貫。一般人只能望而卻步，但偏偏銷量極好，須提前訂製才能獲得。

據說，許都上流社會，文人雅士相聚，莫不以白鹿紙吟詩作畫而自豪。其中尤以陸渾山胡昭、潁川鍾繇等人，對這白鹿紙讚不絕口，而變得白鹿紙貴，有價無市。

曹植曾寫信給曹操，專門提到了白鹿紙，希望曹操能夠想辦法為他弄來一些。原因無他……這白鹿紙太貴了！貴得連曹植都不敢奢用，格外小心。

由此可見，這白鹿紙是何等珍貴。

曹操忍不住苦笑，「我讓阿福去滎陽修身養性，磨練性情，沒想到這小子到哪兒都不安生。這才半年，他就搞出來這麼一樁事情。子建之前還來信哀求，讓我找阿福討要一些白鹿紙。我直接給他回信，你尚知白鹿紙可用，我卻未得一見，如何討要？」

郭嘉聽聞，忍不住哈哈大笑：「我亦對這鹿紋箋聞名已久，卻不得一用。之前長文來信，專門用這白鹿紙為箋，好生得意……不過我也問過叔孫，那傢伙也只得十刀存貨，任我哀求，死活不肯送我。這次到了滎陽，定要找那阿福好生的責問一番才是。」

曹操聽聞，不禁莞爾。他知道郭嘉和曹家內外的關係。郭嘉越是這般坦白，就越是說明他心底無私。聽聞這一番話後，曹操笑道：「你這傢伙……恐怕阿福，又要肉痛一番了！」

一旁，羊衜好奇不已，忍不住輕聲問道：「主公，你們所說的阿福，可就是那曹三篇嗎？」

四周都是親信，曹操也無須隱瞞。

曹操點頭道：「正是。」

「那福紙，是曹公子所創？」

郭嘉笑道：「進之有所不知，友學乳名阿福，這福紙的『福』，就是以他小名而來。對了，說起來進之和阿福，好像還有些關聯呢。」

羊衜一怔，「關聯？」

「進之可知昭姬？」

羊衜說：「當然知道，那是內子的姐姐……不過，她好像和曹公子沒甚關係吧？我只是聽說，她曾為曹公子所救，今定居武威。這關聯二字，又從何說起？」

曹操忍不住嘿嘿笑了！

他指點郭嘉，「奉孝，你怎可以把這道聽塗說之言，與進之知？」

「雖是道聽塗說，可這無風不起浪，我覺得還是有些道理。」

曹操連連搖頭，見羊衜一臉迷茫之色，便開口解釋道：「進之有所不知，當初我聽說昭姬流落塞外，便趁著阿福出使塞北之時，讓他設法接回昭姬。可沒想到，這小子居然直接聯合黑水鮮卑，打了劉豹的老營，將昭姬母子三人劫持回來……昭姬返還後，不知是何緣由，便在河西定居。後來，又隨阿福一同去了姑臧。至於奉孝所言的關聯……算了，還是他說吧。」

每一個男人，心裡都沸騰著八卦之血。即便是曹操也不例外。

不過，當著下屬的面，談論對方大姨子的緋聞，終究有點不太妥當，非人主所為。所以，曹操裝模作樣的負手離開，看似渾不在意，但是那兩隻直稜起來的耳朵，卻出賣了他的心思。

郭嘉說：「進之可知友學殺韋端之事？」

羊衜點頭，「當然知曉。」

「那進之想必也知道，當初友學殺了韋端之後，關中世族義憤填膺，誓要將友學誅殺報仇？」

「這個，也知一二。」

「可進之是否知道，關中世族後來為何突然偃旗息鼓？」

羊衜迷茫搖頭，「這個卻不太清楚。只是聽說，朝那皇甫堅壽、河東衛覬突然開口，而後這聲音便逐漸止息，無人再提起了。」

郭嘉道：「可我卻聽人說，在關中那些人鬧得最凶時，蔡小姐帶著女兒，輕車而行，逐一拜訪了皇甫堅壽、衛覬，還有弘農楊文先等人，苦苦為阿福求情，三人才算是答應出面說項。」

「啊？」羊衜著實吃了一驚。

弘農楊文先，便是那位太尉楊彪，可謂曹操政敵。只是之前被滿寵整治了一番後，心灰意冷，回弘農老家養老。

郭嘉說：「當年董卓把持朝政時，皇甫義真和楊文先先後遭到了猜忌，險些送命。也幸虧你那丈人出面說情，才算是緩解了狀況，更把皇甫義真從刀口下救出。蔡小姐就是憑著這層關係，說服了他二人出面。至於衛覬，本是衛仲道族叔，蔡小姐也是苦苦哀求，才算點頭。若非……」

郭嘉擠眉弄眼，一副『你懂的』模樣，卻讓羊衜心裡掀起了滔天波瀾。

難道說，大姐和曹公子，真有些不清不楚嗎？

就在他思忖的時候，卻聽到曹操開口道：「走，我們回去收拾一下，然後前往滎陽，且看看那混帳小子如今在做些什麼。進之，你去通知子和，讓他前往京縣等待，而後咱們一同出發。」

東漢時，理學未興。對於女子的束縛，也不似明清時那般嚴苛。總體而言，兩漢的儒學尚在一個雛形的階段，還沒有大成。所以，這個年代的女子相對而言比較自由，對於婚姻等各方面，可以有自己的主張。

雖比較自由，但也只是相對。女子的地位低下，是這個時代，乃至日後千年無法改變的事實。特別是在班昭之後，對於女子的約束力，比之東漢初年乃至更早時期，增強許多。

班昭，何人？

此女字惠班，扶風安陵人，是班彪之女，班固和班超的妹妹。

班固著《漢書》八表，以及《天文志》遺稿，未竟而卒。正是班昭繼承其志，獨立完成了漢書第七表《百官公卿表》以及第六志《天文志》。而後，《漢書》才得以成書，流傳於後世……

班昭曾為皇后貴人師，號曹大家。（注：家，讀作「姑」）

在東漢時節，班昭無疑是女性的代表人物之一，為世人所稱道。之所以稱之為『曹大家』，則是因其嫁給了曹壽。班昭早年守寡，作《女誡》，也是當時女子的行為守則。

所以，一個貳婦，能為一個男子奔波，不惜拋頭露面，其情何真？

蔡琰早年和衛家曾經反目，而今為了曹朋，甚至自取其辱，向衛覬求情，又豈是一般情感？

羊衜並不是沒有聽說過這些流言蜚語，但說實話，他不太相信。蓋因曹朋和蔡琰的年歲相差甚多，曹朋身邊又不缺女人，怎可能和蔡琰走在一起？可話從郭嘉口中說出，其意味就顯得不同。

是啊，蔡琰能為了一個男人，和早已經反目的婆家哀求，若只是普通友情，怎可能做到？而且，看曹操的態度，對這件事好像不僅不反對，甚至樂見其成。這裡面的文章可就多了去……

羊衜久聞曹朋之名，但並未見過曹朋。

此次，曹操輕衣簡裝，沒有通知滎陽郡太守，更沒有知會河南尹夏侯淵，只帶著郭嘉和羊衜兩人，並親隨牙兵數十人，悄然離開大隊人馬，往滎陽而去。這說明，他不想被太多人知曉。

羊衜雖說是曹操親隨，但並非心腹。

這次曹操對他毫不避諱，似乎也說明了一些問題。那就是曹操也認為，羊衜和曹朋之間似乎也有些關係，所以才沒有去特意讓羊衜迴避。

看起來這件事，要與父親知曉才行。

羊衜在路上，暗自拿定了主意。

他的父親名叫羊續，曾在靈帝時，出任過南陽太守一職，後因為朝綱混亂，於是致仕還家。

羊續，曾在蔡邕最艱苦時，幫助過蔡邕。也正是因為這種友情，蔡邕後來把次女蔡貞姬許配給了羊續之子，羊衜……

慢著慢著，父親曾做過南陽太守。據說曹朋一家，曾累世居住中陽山。這豈不是說，當年曹家和自家，還有一些關聯嗎？

羊衜心裡盤算著這其中的種種，不知不覺，陪伴著曹操一行，已進入滎陽縣境內。

此時，距離已結束的官渡之戰，並不遙遠。作為當時整個大戰的主戰場之一，滎陽也遭受到戰火波及。在沒有進入滎陽之前，到處都還可以看到戰火的痕跡，可是入滎陽縣境內之後，卻感受到了明顯的不同。

暮秋時節，陰雨靡靡。大道兩邊的田地中已經收割完畢，不時看到百姓趁著暮秋時節的雨水，在翻整田地。

這是農耕的一道必要程序。土地在經過了收割之後，進行翻整，而後再透過一個冬天的休養，待來年進行播種耕種。這就像人在勞累之後，喘口氣，休息一樣。翻整田地，就是喘那口氣，而入冬以後，大地就將休眠。

「沒想到這滎陽縣，治理得倒也不差。」郭嘉忍不住發出一句感慨。

也難怪，一路下來，隨處可見戰火硝煙，反倒是這滎陽，猶如一方淨土。那些忙碌的百姓們看上去很是逍遙，透著幾分愉悅之情。想必今年滎陽縣的收成，不會太差。

曹操不是第一次來參觀河一工坊，所以輕車熟路。他們也知道，曹朋一家就住在河一工坊旁邊，所以並不需要去打聽。

行至汜水河畔，忽聽一陣嘶喊聲。

章十二 初論江東

羊衜心裡一驚，連忙擺手，示意護衛上前。哪知，曹操卻讓他們散開，與郭嘉催馬上了一座山丘，舉目向遠處眺望，只見不遠處一座河灘上，有幾隊人馬正在訓練。

那些人，看穿著並非官軍，而是私兵裝束。沒有攜帶兵器，只是在河灘上行進、跑步，做出各種各樣的動作。有幾個人騎在馬上，身著單衣，厲聲呵斥，但見那些軍卒卻毫無怨言，遵照著騎馬之人的吩咐，不斷進行操演。

郭嘉突然手指遠處，就看到有一個赤面漢子，正在操練一隊軍卒。人數不多，也就是十人左右。他們赤膊走上前，隨著一聲喝令，軍卒立刻列隊在河灘上，將那十個人圈在中間。

隨後，就見那十個人開始和軍卒交手，從一開始的一對一，到後來一對十，打得極為慘烈……是鄉間群毆嗎？似乎不是！

但是羊衜從未見過這樣的練兵之法。那十名軍卒明顯是精銳，透過不斷的搏鬥，直到最後被對手所制。那酷烈的景象，令羊衜暗自吃驚。

就在這時候，羊衜忽然聽郭嘉輕聲道：「主公，快看……那是不是三公子？」

曹操愕然，順著郭嘉手指方向看去。

就見一員小將，領著一隊人馬出現在河灘上。

「安平，先生吩咐，讓你明天帶白駝兵，入山訓練。」

「啊？」

「嘿嘿，這任務嘛……」小將勒住馬，朝著那赤面漢子看去，「祝先生，你們今晚動身入山，明日安平會令白駝兵進山，圍剿你們。這個訓練將會持續十天……十天之內，不會有任何支援。只要堅持過十天，你手下還能保存三成人手，就算勝利。安平，如果你輸了的話……先生可吩咐了，到時候少不得來一場特訓。對了，我和令明將為裁判，你們到時候小心。」

不管是赤面漢子，還是那騎馬的彪形大漢，頓時苦了臉。

曹彰得意大笑，目光無意間閃過，一下子就發現了遠處山丘上的曹操等人，只是距離有點遠，看不清楚是誰。曹彰眉頭一蹙，二話不說，催馬便朝著土丘方向衝過來。

「主公……」

曹操不由得啞然失笑。

「算了，別藏了，被人看到了，再躲藏，恐怕會惹出事端。奉孝，咱們過去看看，順便打聽一下這些人究竟在搞什麼鬼，阿福又在玩什麼花樣。」

「喏！」郭嘉當下應道。

曹操一馬當下，衝下了山丘。

而這時候，曹彰也看清楚了曹操，不由得大吃一驚。他剛要喊出聲，卻見曹操作勢，把手指放在唇邊，示意他別亂叫喊。

曹彰策馬來到曹操跟前，甩蹬離鞍，快走幾步，單膝跪地道：「父親，你什麼時候來的滎陽？」

「剛到。」

曹操抬起頭，見遠處虎視眈眈、一臉警戒之色的軍卒，於是伸手拉起曹彰，「讓他們散去吧，然後陪我去住處。」

「喏。」

曹彰連忙上馬，跑了回去向龐明和祝道交代一聲，便返回曹操身邊。

而龐明等人雖不清楚對方究竟是什麼人，但想來也是地位尊崇。這段時間，家裡不乏名流高士，所以兩人也沒有在意。自從曹朋開設福紙樓，家裡一下子變得熱鬧起來，不少人前來拜訪，希望能從曹朋這邊獲得一些名貴紙張。同時，也有人希望和曹朋聯手，一起經營福紙。

其中，就有河東衛氏的使者。

龐明也算是見怪不怪，於是拉著隊伍，返回河灘。

「子文，他們在幹什麼？」

曹彰笑道：「那騎馬的漢子，名叫龐明，是先生在西涼收的兩頭猛虎之一。那些兵卒，是先生的白駝兵，正在操練。赤臉的，叫祝道，是個遊俠兒，之前曾在河西郡商會做事。臨洮之戰時，他和王都尉潛入臨洮縣城，協助甘將軍攻取臨洮，立下了汗馬功勞。今為先生門客。」

「他手下那十個人，是先生命人從軍中選來的銳士。先生說要對他們來個特殊訓練……孩兒當時好奇，還跟著訓練了幾日，後來實在是吃不得那個苦，只得退出。」

「啊？」曹操吃驚不小！

要知道，曹彰在曹家諸子當中，屬於那種很能吃苦的主兒。習武之人，怎可能不吃苦呢？所以聽說曹彰也受不得那種訓練，他暗自吃驚，曹朋究竟是如何訓練呢？

「箭術、刀術、騎術、求生術、搏擊術……」

曹彰在馬上，掰著手指頭開始訴苦，「先生一共設定了十種訓練方法，還有隱匿之法，一個比一個奇怪。最初，先生從本地挑選，一個都沒選上。後來先生跑去找夏侯叔父，從軍中選出這些人。父親，你不知道，先生選人何等嚴苛，長得好的人不行，難看的也不行；太高的不行，太矮的也不成；能打的不成，不能打的也不成；年紀太大不成，太小也不成……差點把夏侯叔父惹怒了！」

「不過後來夏侯叔父看了一次訓練，才算是不再追究。從三千人裡，挑選十個人……我實在不曉得先生究竟是要做什麼。問他，也是神神秘秘……」

三千人裡才選出十人？

曹操也不禁暗自吃驚。

他知道，以夏侯淵和曹朋的關係，斷然不會用一些老弱殘兵去應付，絕對會給予一些精銳。從三千精卒當中，挑選出十個人？那是何等嚴苛的標準！

曹操看了郭嘉一眼，卻見郭嘉也是一臉茫然。

於是，他將話題一轉：「子文，你最近在這裡，都做些什麼？」

曹彰回道：「晨間習武，晌午讀書，午後就跟著先生的白駝兵，看他們訓練，夜間先生考核，通過了才可以休息。」

曹操聽罷，不禁眉頭一蹙。他上上下下打量曹彰，可以感覺到，昔日那個只知舞槍弄棒的黃鬚兒，如今真的是長大了。看上去瘦了一些，但很精壯，同時又增添了幾分沉穩的氣度……

「都讀了什麼書？」

「一開始是《八百字文》，而後是《三字經》。現在開始學《論》，偶爾還會讀父親送我的《孫武十三篇注釋》，有時候和小艾一起討論《三十六計》，要不然就讀《六韜》、《三略》。呃，先生還讓我讀《尚書》，說不讀《尚書》，不足以言兵事。這段時間，可真苦壞我了！」

曹操大笑不止，連連點頭。

「對了，友學的《三十六計》，已經成書了？」

「嗯！」

曹操扭頭對郭嘉笑道：「奉孝說得不錯，讓他老老實實一段時間。我等他這《三十六計》，足足兩載，如今總算是成書了！正好，讓他用鹿紋箋給我抄寫一部，待回去時，正要好生看看。」

郭嘉笑而不語。

不知不覺，一行人已進入田莊。

當得知曹操前來，把莊上眾人嚇了一跳。張氏忙帶著一家人前來拜會。

說起來，曹操也不算是外人，所以也不陌生。不過，他沒有看到曹朋，不禁感覺有些奇怪，於是開口詢問。

「阿福這兩日，一直待在工坊裡，很少在家。」張氏回道。

「他在工坊作甚？」

張氏不禁瞠目結舌，半晌後結結巴巴道：「叔叔莫非忘了？阿福如今尚在鬼薪，自然要去工坊。」

拜託，是你判他鬼薪三歲！

曹操頓時一臉尷尬，不知道該如何說才是。

我是判罰他鬼薪三歲，卻不是讓他真的去做苦力啊！可這番話，他又不好說出口，總不能對張氏說：我讓他鬼薪三歲，就是做做樣子，不必當真。那一來，豈不是平白落了臉面？

黃月英猜出了曹操心思，連忙道：「主公，其實夫君之所以去工坊，是有緣由。」

「哦？」

「夫君覺得，工坊效率不高，所以想出了一個流水線的做工方式。這幾天，新的章程剛開始推行，必須要有人盯著才可以。夫君所以才會在工坊，以方便進行整治。等這新章程為大家所熟悉之後，自然就可以抽身出來，還請主公莫要怪罪才是。」

「流水線？」曹操愕然，一臉迷茫。

羊衜也覺得新奇，這做工的章程自古就有之，需要改變什麼？

「月英，究竟什麼是流水線？」郭嘉耐不住心中好奇，於是開口詢問。

黃月英想了想，「其實，用夫君的話，六個字就可以概括：標準化、制度化！」

她開始詳細的講解了這流水線工作法，聽得曹操連連點頭。而郭嘉則陷入沉思，待黃月英說完之後，他沉聲道：「此法，似曾為暴秦所用。後暴秦滅亡，便不為人所知。友學竟然能想出這樣的辦法，的確是不簡單。看起來，他在西北兩載，的確是收穫不小，可喜可賀。」

流水線工作法，早在先秦便有之。只是，這種方法在秦朝滅亡後便少有人知，逐漸淡出。

若非郭嘉讀書駁雜，恐怕也不清楚這件事情。在他想來，曹朋能想出這流水線的工作方法，應該是源於他在西北的兩年，畢竟那裡曾經是老秦根基所在，說不定會有人能夠知曉。

曹操旋即釋然。

就在這時，曹朋回來了！他是得了曹彰的通知，才知道曹操到來的消息，於是匆匆忙忙趕回家，甚至連衣服都沒有來得及更換。

看著曹朋一身泥汙，汗流浹背的模樣，不知為何，曹操鼻子一酸，差點流淚。

這，可是為我打下了西北的功臣！卻因為韋端那國蠹，而落得如此模樣……

「阿福，近來可好？」

曹朋忙回道：「啟稟主公，罪臣尚安好。」

「好了好了，莫要說什麼罪臣，此事……我今從虎牢前來，正好途經滎陽，所以來探望你。你明日不必再去工坊，隨我走走，說說話吧。說起來，這一眨眼快三年了，咱們就未曾相見。對了，剛才路上，子文說什麼入山訓練，明日可否陪我前去一觀？」

「此姪兒之幸。」

張氏見曹朋回來，便帶著黃月英等人退下。

大廳裡，只剩下曹操、郭嘉、曹彰、羊衜和曹朋五人。

「阿福，聽說你又做父親了？」

二十章 初論江東

為什麼說『又』？只因曹朋不久之前，又添了一子一女。郭寰為曹朋生下一女，取名為曹媛，而甄宓則為曹朋生下一子，不過這名字卻頗為怪異，名叫曹叡。

叡，是聰明的意思。按照甄宓的說法，是希望他能成為一個聰明的小子。

可曹朋卻覺得萬分彆扭！

只因為這曹叡，正是歷史上的魏明帝，曹丕之子。

他有心反對，可無奈一家人都認為這個名字非常好，讓他也找不出合適的辯解理由。為此，他這心裡面可是著實彆扭了一段時間。不過隨著時間的推移，他也就漸漸的忽視過去。

反正曹丕已經掛了！

曹叡，是我兒子……

郭嘉好奇的問道：「為何不見小鸞她們？」

「呃，她們去雒陽白馬寺上香去了。」

「哦？」

「我在西北新納妾室，有些篤信浮屠，所以產子之後，想要去為孩子祈求福澤……小鸞和小寰正好也有心前往，就帶著孩子一同前去。呵呵，估計過幾日，她們就會返回滎陽吧。」

「原來如此。」郭嘉也就沒再追問。

幾人閒聊了片刻，郭嘉突然開口問道：「友學，今江東孫權，屯兵濡須口，虎視合肥，你可知曉？」

曹朋一怔，「近來忙於工坊事務，卻不清楚。」

客廳裡的氣氛，陡然間凝重起來。

羊衜不明白，郭嘉為什麼會突然提出這個問題。事實上，這種事一般非近臣心腹，絕不可能提起，更何況曹朋待罪之身，為何要向他詢問意見？他下意識向曹操看去，發現曹操濃眉微微一挑，臉色旋即變得有些陰沉。反觀曹朋，卻依舊是一副輕鬆之色，絲毫沒有壓力。

我一罪人，現在服刑，關心那麼多大事做何？

他看著曹操，顯得風輕雲淡。

片刻後，就聽曹操開口道：「今周公瑾督軍，太史慈、魯肅為兩翼，兵臨濡須口。江淮局勢萬分緊張，你卻整日裡埋首工坊，沉迷於小道，終究是成不得大氣候！阿福，你讓我很失望。」

羊衜的心，一下子緊張起來。

不過，他想不明白，曹操為什麼會跑來和曹朋說這些事情。

而曹朋呢，似乎毫無懼色，呵呵的笑起來……

「笑什麼？」曹操勃然大怒。

曹朋卻道：「所謂不在其位，不謀其政。朋如今以待罪之身，鬼薪於工坊之中，理當洗心革面，閉門思過。故而，朋至滎陽半載，甚少與人聯繫。除偶爾與父親通信，或與三五飽學鴻儒往來，再也沒有去理會外界種種糾紛。」

「至於所謂江東之禍，不過是有心人危言聳聽而已。自古以來，未有由南而北起事成功之道理。且不說江東人口稀少，雖資源豐厚，卻是個未曾開發出來的貧瘠之地。孫權得父兄兩世恩澤，堪堪站穩腳跟。若說他有意和主公為敵，我看他未必能有這等膽略。孫權出兵濡須口，與其說是窺視江淮，倒不如說意在北方，主公何懼之有？」

曹操不禁呆愣住了！

曹朋所說的由南而北起事成功，的確是沒有出現過。即便是當年的楚國，實力何等龐大，但最終還是被秦國所滅。

事實上，不僅是兩漢之前，縱觀中華五千年歷史，似乎也只有有明一代，朱元璋自江南起事，橫

第二十章 初論江東

掃六合。除此之外，再也沒有這樣的例子。

曹操聽聞，不由得頓時產生濃厚的興趣。

「那依阿福所見，江南起事，何以不得成功？」

不禁曹操好奇，包括郭嘉也露出側耳傾聽之色。

羊衜極感興趣的看著曹朋，等待著曹朋的回答。的確，對於東漢而言，曹朋的這個論調頗為新奇。

這時候，蔡迪端著一盆清水走進來，放到了曹朋身邊。

曹朋起身，洗了洗手，又擦了一把臉，拍了拍蔡迪的腦袋瓜子，示意他出去。

「那孩子是誰？看上去似不是中原人士。」

「哦，那是蔡大家之子。」

「你是說……」

曹朋笑了笑，「當初蔡大家方回河西，為子嗣將來而擔憂。」

「我見她操勞辛苦，於是便把小迪收到了門下，蔡大家才算是安心下來。那孩子原本叫阿迪拐，今喚作蔡迪。隨我已近三載，雖說資質不算聰慧，卻是個能吃苦的孩子，倒頗為懂事。」

曹朋沒有發現，郭嘉的表情有些古怪。

而羊衜呢，則是一副若有所思的模樣，慢慢低下了頭。

曹操目光複雜的看了一眼蔡迪的背影，心裡面還是輕輕嘆了一口氣。

「阿福，你接著說。」

「自有周以來，鳳鳴岐山。天下大勢，無非東西之爭。八百年混戰，不是東風壓倒西風，就是西風壓倒東風。不論春秋五霸，抑或戰國七雄，其焦點始終集中於東西之間。雖有楚國崛起，但相比之下，卻一直氣度不足。至秦掃六合，漢室興起，張子房勸都關中，垂安後世，於是有『得關中者得天下』

之說……」

「反觀江東，不過六郡之地，荒僻偏冷，有山蠻之禍，更有地理之局限，人口稀薄。孫權偏安江東，藉大江天塹，或能苟延殘喘。但若說讓他逐鹿中原，單憑藉一個江東，尚不足以維持……更何況，江南少馬，多以步卒，守成有餘，而進取不足。孫權非孫伯符，有開疆擴土之能。此人不過一守家之犬，主公又何必擔心……」

「至於合肥之害，更不足為慮。只須派一大將出鎮，輔以水軍，足以令江東兵馬退避三舍。」

曹朋說罷，凝視曹操。

他在言語中，透露出了一個資訊，那就是——水軍！

而這恰恰是曹軍目前最缺乏，甚至是最薄弱的一個環節。縱觀曹軍上下，竟無一支可征戰的水軍。

曹操，陷入了沉思。

郭嘉撫掌而笑，對曹朋這番言語極為讚賞。他沉吟片刻後，又問道：「那以阿福之見解，誰可出鎮合肥？」

曹操立刻抬起頭，向曹朋看去。

歷史上，出鎮合肥的，正是張遼。大戰逍遙津，令江東不敢正視，絕對是最為合適的人選。只是，張遼如今在渤海，正圍困袁熙，貿然更換，未免有些倉促。

而合肥守將必須要有幾個條件：能征慣戰、精通兵法、驍勇剛烈……唯有此，才能震懾住那些江東悍將。

「張遼張文遠，可鎮合肥。」曹朋用試探的口吻，提出了人選。

曹操搖頭，「張遼今在渤海，責任重大。袁熙猶在，須有智將防禦。若張遼前往合肥，誰可替代？更何況，他在渤海已一載有餘，剛穩定了狀況，若派他人前往，勢必又要有一番動盪……文遠雖強，卻不是最合適的人選。」

果然，還是被否決了！

曹朋早有心理準備，故而曹操話音剛落，他立刻道：「既然文遠不可以輕動，那我舉薦甘寧。」

「甘寧？」

曹操凝視曹朋，目光灼灼，彷彿要看透他的內心。

「阿福，何故令興霸出鎮合肥？我帳下猛將無數，難道除了與你交好之人外，再無一人可選嘛？」

這一番話，可有些誅心。

所有人都知道，曹朋和張遼交好；而甘寧，曾為曹朋家將，在官渡之戰中才出任了官職。換句話說，曹朋推薦的兩個，都是自己人。

我曹操手底下的將領有那麼多，你一個都看不上嗎？

羊衜心裡面不由得一顫，頓時緊張起來。

曹朋好像無事人一樣，笑道：「張遼、甘寧，我知之甚深。主公問我何人可鎮合肥，我自然選我瞭解之人。主公帳下，善戰者的確很多，但我知之甚少。與其推薦一個我不瞭解的人，還不如舉薦我熟悉的人。主公，三年前我推薦闞澤為海西令時，你當時也曾這樣子問過我，而今，我的回答還是和三年前一樣。」

「舉賢不避親！在我眼裡，興霸無疑是最合適的人選，其他人我不瞭解，就算你讓我推薦別人，我還是推薦張遼和甘寧兩人。原因我已經說了，我不瞭解、不熟悉的人，自然也無法推薦給主公。」

曹操問的誅心，曹朋回答得也毫不客氣。

羊衜手心裡都攥出汗，暗自感到心驚肉跳……說實話，他還沒見過有人似曹朋這樣和曹操說話。說不好聽一點，曹朋就是當面頂撞。

曹操都說了，你推薦別人吧。

結果他還是認準了張遼和甘寧，並且說出一大堆道理出來。

曹操面沉似水，凝視曹朋，久久不語。

而曹彰和郭嘉卻好像沒有聽到一樣，自顧自的品嘗著從西北送來的瓜果，毫無半點形象。

半晌後，曹操突然放聲大笑。他笑得很開心，也非常的暢快……

「阿福，你這孩子，鬼薪三歲依我看，還是不夠，當送你去北疆，讓你髡鉗城旦舂五歲才好。」

曹朋也笑了，「若主公非要我髡鉗城旦舂五歲，也不是不可以。只是我若去了北疆，還請主公把我妻兒一併送去，否則那苦寒之地，若無妻兒相伴，著實有些乏味。」

羊衜目瞪口呆。這兩人的對話，令他有些感到驚異。

曹朋那麼頂撞曹操，曹操居然不生氣，反而以髡鉗城旦舂五歲打趣；反觀曹朋，也好像絲毫不在意，居然和曹操討價還價起來。這兩人的關係，還真是有趣，絕非只是族叔和族姪那麼簡單。

羊衜畢竟才二十多歲，雖才學卓著，但終究見識不足。

曹朋似剛才那樣頂撞曹操，也是要分場合和時機。在推薦出鎮合肥主將這件事情上，曹朋的堅持，反而令曹操非常高興。為什麼？只為曹朋那一句：其他人我不熟悉，所以無法推薦。

沒錯，曹操帳下有很多武將。李典、樂進，徐晃、于禁，哪個不是善戰之人？還有其他諸如曹休、曹純、夏侯惇、曹仁……

可曹朋這一番話，也等於表明了心跡：我沒有拉幫結派，甘寧曾是我的家將，而張遼，更是我親自勸降。這兩個人，我瞭解，所以才推薦。私下裡，我沒有去接觸其他人。

「阿福，你剛才說到了水軍？」

「正是。」

郭嘉若有所思的看了曹朋一眼，突然問道：「那你認為，誰可以為水軍主將，協助興霸呢？」

「周倉！」

「你是說……」

曹朋點頭，反問道：「奉孝大哥以為，主公帳下，今有幾支水軍？」

郭嘉尷尬一笑，閉上了嘴巴。

沒錯，曹操手下目前，只有一支水軍，而且是舟船不過四、五十艘，人手不過三、四千而已。說起來，這支水軍還是曹朋一手打下的基礎。當年曹朋從海賊手中繳獲了幾艘舟船，讓周倉執掌，屯駐於郁洲山，所承擔的責任也僅僅是沿海巡查，緝私剿匪而已。後來經鄧稷、步騭乃至闞澤三人八載經營，才有如今的郁洲山靖海校尉周倉的出現。對於這支水軍，不論是朝廷還是曹操，都沒有投注太多關注。

如果說，這支水軍是曹朋的私兵，連曹操都沒得辯解。

說實在話，他除了給周倉一個靖海校尉的頭銜……而且屬於雜號，俸祿只不過比千石，連普通的檢驗校尉都不如，更不要說那些正規的統兵校尉。所以，提到郁洲山，郭嘉也不好再說什麼。畢竟老曹還坐在這裡，說得太多了，恐怕老曹的心裡面會感覺到有些不太舒服。

「周倉？」曹操點點頭，再次陷入沉思。

其實，曹朋在剛才的話語之中，還透露出了另外一個資訊。

你想要對江東用兵，沒有水軍斷然不可能！要知道，江東水道縱橫，又有大江天塹，騎軍到了江東，勢必少有可以施展拳腳的餘地。在江東，水軍才是絕對的主力。

可問題是，曹操現在哪有餘力組建水軍？

他沉吟片刻後，點頭道：「阿福所言，倒是有些道理。只是這水軍，當屯駐何處？」

曹朋想了想，招手對曹彰道：「子文，去我書房裡，取地圖來。」

片刻工夫，曹彰捧著一卷地圖來到大廳，展開來懸掛廳中。

曹朋起身道：「這是我讓周大叔繪製的一幅地圖，他常年周轉於江北沿海，所以最清楚狀況。記得在東陵亭駐守時，這裡有一座荒島，正位於大江入海口處。這座島嶼，臨近海陵，西進可威脅丹徒，南下可逼近毗陵……若沿海而行，可以至華亭登陸，直逼婁縣，虎視吳會。只是，這一帶都是孫權所掌控，又有賀齊駐紮山陰，進攻不易。」

「但這座東陵島（今如東）……哦，我給它取的名字。如今不論是主公還是孫權，都未曾留意。這裡進可入大江，退可至鹽瀆，是一個極為便利之地。主公可令周大叔駐守東陵島，足以令江東水軍忌憚。不過，要想在這裡站穩腳跟，非百萬斛，恐怕難以奏效，請主公三思。」

一支水軍建成，牽扯到方方面面的問題，絕不是一天就能有效果。

曹朋、鄧稷，用八年時間才組建了一支小型水軍。在沿海尚可，但是入江之後，還有許多問題需要解決。

曹朋也不指望曹操能立刻下定決心，只是提出了一個主張，至於曹操是否接受，就不是他所能決定的事情……關鍵在於，曹操能對水軍投注多少精力？

水軍，水軍！

這兩個字，也不斷在曹操腦海中縈繞。

他恍然明白，自己犯下了一個錯誤。自起兵以來，他一直忽視了水軍的存在……曹朋說的很有道理，江東守有餘而攻不足，但同樣的，他要想踏平江東，沒有一支強大的水軍，斷無成功的道理。可是，要組建一支水軍，並非一樁容易的事情。江東累三世經營，水軍已成氣候，而自己呢？

自古以來，北人善騎，南人擅舟。

想要征服江東，看樣子還需要費一番手腳才行……

章十二

臥龍吟

關於水軍的問題，曹朋也只能點到為止。

總不成拿著刀架在曹操脖子上，讓他現在就組建水軍？反正該說的已經說了，至於怎麼決斷，那是曹操的事情，和他關係不大。畢竟他曹友學而今還是囚徒，鬼薪三歲，方才半載。

不在其位，不謀其政。

有些事情他管不了，也沒法管，倒不如老老實實，待在滎陽過日子便是。

至於許都那邊，曹朋已決定暫時放在一邊。

周不疑風頭正盛，他一時也無法壓制。如果這時候跳出來收拾這傢伙，弄不好反而落個以大欺小的名聲，這絕不是曹朋所希望的結果。而周不疑是否是奸細？他是否和劉光有關？都還是一個猜測。曹朋現在要做的，是默默的觀察，等待周不疑露出馬腳，而後再予以致命一擊。

而今，他手頭的事情多不勝數，哪有那些精力去理睬周不疑呢？

曹操在滎陽待了兩天，便啟程趕赴京縣。

他來也匆匆，走也匆匆，沒有和任何人進行接觸，只是在郭永的陪伴下，神不知、鬼不覺的參觀了一下工坊，而後又觀摩了白駝兵和那十名曹朋口中的『銳士』在邙山之中的一場較量，便悄悄的離開了滎陽……

此處的邙山，位於滎陽附近，而非是狹義上雒陽那座生在蘇杭，葬在『北邙』的邙山。這邙山，屬於秦嶺山脈的餘脈，崤山支脈。

廣義上的邙山，自雒陽北起，沿河南岸延綿至管城（今鄭州市）北部的廣武山。

曹朋練兵的地方，就是在廣武山。從隸屬關係而言，這裡也算是邙山餘脈。故而在後世，廣武山也稱之為邙山，是鄭州的一處景觀。

曹朋為何要單獨把這十名『銳士』拉出來訓練？曹操不太清楚，而且也不想去瞭解。在他看來，十名銳士能起得什麼用處？在冷兵器時代，大軍團作戰才是正道，十個人……不過滄海一粟。

只是郭嘉，卻若有所思。

曹操到滎陽時，輕車簡裝，未帶車仗。離開滎陽時，卻帶走了大大小小八輛車仗……車子裡裝了許多紙張，從最為昂貴的鹿紋箋，到市面上極為珍貴的冷金箋、魚子箋，還有桑皮福紙等等，足足八車。郭嘉自然是笑逐顏開，而曹操也對曹朋的懂事，表示非常滿意。

唯有曹朋，在送走曹操之後，心痛了許久。

「他來這一趟，我至少要賠進去五千貫！」曹朋哭喪著臉，對黃月英訴苦。

而黃月英和夏侯真，則是咯咯笑個不停。她們當然知道曹朋不缺這五千貫。今秋河西郡的稅賦，多達十三萬貫。曹朋雖然不能立刻見到這些錢帛，可那畢竟是屬於他名下的資產。

「人常言，越是富貴，就越吝嗇，越虛偽。」

「月英，妳怎能這麼說我……」

「族叔臨行時，可是說過要給錢的……也不知是誰當時信誓旦旦，拍著胸脯要盡一份孝心。」

「就是就是，上次叔父向你討要，你還要了叔父的貨款。」夏侯真抿著嘴，咯咯直笑。

氣得曹朋勃然大怒，「爾等婦人，竟敢譏諷我？看為夫今晚，家法伺候！」

黃月英和夏侯真頓時臉羞紅，驚叫著跑出了書房……

當曹朋在家中執行家法的時候，曹操和郭嘉也正在往京縣的途中，一邊走，一邊低聲交談。

「阿福那天言語中，似是想我組建水軍？奉孝又如何看待此事……」

郭嘉道：「阿福說的不是沒有道理。欲取江東，須有水軍……可這水軍花費，必然格外驚人。」

曹操連連點頭，「我亦如此認為。今北方戰事未絕，塞外胡蠻仍虎視眈眈。如果組建水軍，只怕北方戰事會有變數。我思來想去，還是覺得應該暫放緩水軍之事。而且荊州有十數萬水軍，到時候拿下荊州，自可組建。」

「可這水軍，誰人可督？」

「這個嘛……」

曹操撚著鬍鬚，也不由得陷入沉思之中。

建安十年十月，曹操返還許都。他回到許都之後，江東兵馬立刻退走。合肥之危，隨即化解。

正如曹朋所言，孫權並無力吞併九江……他之所以出兵，說穿了就是想打亂曹操的計畫，拖住北方戰局，令他可以從容部屬。一旦高、袁被滅，曹操下一個目標，必然是向南方發兵。

這一點，不管是孫權還是劉表，都看得非常清楚。

曹操返還許都之後，孫權立刻偃旗息鼓。

但曹操並沒有因此而忽視了孫權的存在。九江郡作為他在淮南的橋頭堡，必須要妥善安排。

李典雖能獨當一面，卻不足以阻擋周瑜等人。如果曹操再次向北方用兵，孫權一定會再次出動，若沒有一個可靠的將領出鎮，終究非常事。萬一合肥丟失，相信孫權一定會占據九江郡，而後屯兵淮南，到時候，少不得又要費一番周折。所以，合肥絕不能丟！

曹操在回到許都之後，便立刻召集文武，商議這件事情。

而對於合肥的主將人選，也有各種各樣的爭議。每個人心中，都有一個合適的人選，曹操在綜合了文武大臣的意見之後，最終下定了決心。只是，他的這個決定，卻是出乎許多人的意料之外。

曹操決定，把汝南郡淮水以南的地區劃分出來，而後又把早先占領的廬江六縣從廬江郡分離，合九江郡所治區域，在淮南分設三郡，分別是弋陽郡、安豐郡和淮南郡。他招李典返還許都，雖說李典之前連敗，但畢竟最終還是擋住了江東兵馬，所以拜捕虜將軍，屯兵鄴城。而後，任甘寧為淮南郡太守，蕩寇將軍。

對於這個任命，基本上眾人沒有太大的意見，畢竟甘寧自官渡以來，屢立戰功，涼州之戰時，更率眾先登臨洮，立下赫赫功勳。所以，甘寧的任命非常輕鬆的通過，也正式成為曹朋一系當中，第一個獲得雜號將軍，並出任兩千石俸祿的太守之職。

所有人都相信，甘寧之所以能得到任用，正是因為他出自曹朋門下的緣故。之前流傳，曹操對曹朋大為不滿的謠言，也隨著這任命一下子不攻自破。看起來，曹公對曹朋一系的人，還是極為信任……

隨後，曹操命于禁為安豐郡太守，執掌淮南軍務，位在甘寧之上。

而臧霸為弋陽郡太守，為于禁側翼，同時負責平定梅成等人的暴動，也是一個顯赫的職務。

但是，第四個任命，卻令人大為疑惑。

任靖海校尉周倉為使江東中郎將，率領水軍，屯駐東陵島。所用輜重，皆由廣陵郡提供，並且在初期提供十萬斛糧草，供周倉調配。

可問題在於……這靖海校尉周倉，又是哪個？

許多人甚至不知道周倉的存在。朝堂之上，知道周倉的人並不算太多，荀彧當然算一個，而後有郭嘉、荀攸、董昭幾人。而在外，程昱和滿寵，包括鄧稷在內，不超過十人。

當初曹操任命周倉為靖海校尉，還是步騭離開海西時爭取過來的官職。

而周倉本人呢？除了在建安二年時，在許都停留了半年左右之後，便遠赴海西。此後，周倉就再也沒有回來過。所以，當曹操提起周倉的時候，很多人都露出茫然之色。

水軍？

關鍵是，朝廷在北方，有水軍嗎？

而且看曹操的安排，似乎對這個人極為看重。

使江東中郎將？這絕對是有漢以來，從未出現過的官職。有遼東中郎將，有使匈奴中郎將，但就是沒有聽說過使江東中郎將。這可是一個兩千石俸祿的實權大員。同時，十萬斛糧草……我的個天，就算是組建一軍兵馬，也要不了十萬斛吧！此人，究竟是何許人也？

眾人茫然相顧，除少數人之外，大都是面露不解。

羊衜心裡，卻是另一番滋味。

他在滎陽見過曹朋和曹操的頂撞，更瞭解到了曹操對曹朋的信賴。可他卻沒有想到，曹操對曹朋竟信任到如斯地步……兩個兩千石俸祿的大員，這可是兩個兩千石俸祿的職位。只因為曹朋那一番頂撞，卻輕而易舉被甘寧和周倉兩個人獲得。

曹朋，雖為待罪之身，又遠在滎陽，可是他卻一直在影響著曹操的決斷……

當晚，羊衜寫下一封書信，命人送往泰山郡老家。在信中，他談到了曹朋和蔡琰的關係，並且向羊續提出，能否接蔡琰從武威前往泰山郡？畢竟，蔡琰的妹妹蔡貞姬，就在泰山郡。

這件事即便是做了，也是合情合理……如果不能，就想辦法在滎陽郡置辦一些產業，贈與蔡琰。一個留在武威郡的蔡琰，並不符合泰山羊氏的利益；而一個留在中原的蔡琰，可以助羊氏迅速崛起。這是一個極好的機會，羊家手中，正掌控著許多人所不具備的優勢……

至於羊續會怎麼決定？

羊衜不清楚！

但他相信，自靈帝時期，因傾軋而返還老家的父親，絕不會放過這麼一個大好的機會。不僅是對羊家，同樣對羊衜也是一個好機會。

時間，在悄然不經中流逝。

建安十年十一月，甘寧走馬就任，為淮南郡太守，治合肥。與此同時，廣陵太守徐宣，則悄然命人休整東陵島，等待來年開春，周倉前來屯紮。

東陵島水軍的設立，於廣陵郡大有好處。

由於廣陵和丹徒是隔江相望，丹徒長呂蒙，在過去幾年中更數次出擊，跨江犯境，令徐宣不勝煩惱。沒辦法，江東有水軍之便，呂蒙得臨川郡太守朱然支援，騷擾江北地區，屢次獲得成功。

朱然，本名施然，是東吳大將朱治外甥。

朱治膝下無子，於是便將姐姐家的兒子，也就是朱然過繼膝下。他與孫權有同窗之誼，曾為余姚長。孫策死後，朱然被任山陰令，加折衝校尉，統督五縣，政績斐然。後孫權分丹陽為臨川郡，而丹陽也正是朱然的祖籍老家，於是便任他為臨川太守，並授予兩千兵卒。適逢山賊盛起，朱然出兵討伐，只用了不到一個月的時間便平定匪患，得到了孫權的極力稱讚。

第三十章
臥龍吟

廣陵缺少水軍，只能被動防守。這也使得江東兵馬可以憑藉水軍之利，沿岸襲擾，而曹軍根本無法防禦……

而今，曹操命周倉駐紮東陵島，無疑使廣陵郡得了保障。而徐宣和周倉也不算陌生，早在曹朋在海西的時候，兩人就見過面。當時徐宣還只是一個從事，祖籍海西縣，而周倉呢，則是海西縣尉，自然不可能陌生。更不要說，徐宣和曹朋早在建安二年時，便已經成了朋友。

當年的《陋室銘》，也正是從徐宣、陳矯等人口中傳出。

郁洲山水軍，雖然不多，但戰力極強。徐宣以前是苦於沒有機會，而今有曹操的命令，自然不會有半點的拖延……

反正朝堂上的人是否知道周倉，不要緊！要緊的是，徐宣和徐州刺史徐璆，都知道周倉的存在。

稀薄的雪花，在風中飄飛。與其說是雪花，倒不如用冰稜子來形容更加妥帖。

荊州在建安十年末，迎來了一場小雪。氣溫陡然降低，也是荊州十年來，最冷的一個冬天。

劉備恍惚的從屋中走出，那迎面而來的風，讓他不由得激靈靈打了一個寒顫。他站在門廊上，看著雪花紛紛揚揚，不由得露出一抹淒然笑容。

在許多人眼中，他過得似乎頗為愜意。在荊州雖說寄人籬下，卻有兵有將，自成一派。

可是，入冬以來，隨著劉表的身體越發衰弱，不管是劉表，抑或是荊襄人士，對他的敵意也越來越強烈。那種無聲的敵意壓在劉備身上，沉甸甸的，讓他有些喘不過來氣……曾令他萬分得意的皇叔身分，也因此成為一種被敵視的負擔。他如今正面臨著，一個巨大麻煩。

「主公，軍師求見。」

從院外走進一人，盔甲在身，看上去極為英武。他年在三旬左右，相貌極為俊朗。

劉備正沉思之中，聽到他的聲音，抬頭看去。

臉上露出一抹和煦笑容，劉備溫然道：「既是軍師前來，子龍……趕快請軍師，來書房議事。」

史書上記載，諸葛亮身高八尺，容貌甚偉，時人異之。

事實上，近一百九十公分的高度，總是給人一種偉岸的感受。更何況，荊州偏南，所以身材普遍不是太高。在一群一百七十公分的人當中，突然竄出來一個一百九十公分的個頭，自然能引人關注。

諸葛亮是青州琅琊人氏，建安二年，也就是在他十七歲時，因叔父諸葛玄死，舉家來到距離襄陽二十里處的隆中定居，並拜入水鏡山莊，在司馬徽門下求學。一眨眼，諸葛亮已二十四了！隨著這三年來的歷練，加之時常和荀諶這樣的人物交流，其眼界和見識也日益的增加……

而今，他已經成為劉備身邊不可或缺的臂膀。

劉備身高七尺五寸，也就是一百七十三公分的模樣。若不是站在門廊上，須仰視才能與諸葛亮交談。

「孔明辛苦了！」劉備帶著和煦的笑容，溫和說道。

由於入冬以來，劉表身體不太好，所以諸葛亮近來往返襄陽，極為頻繁。

一來，是打探消息；二來呢，蔡氏女，也就是諸葛亮這個時空的夫人，懷了身孕，需要他前去照看。蔡氏女和諸葛亮成婚三載，終於懷上了孩子，也讓諸葛亮萬分高興。不過，蔡夫人卻藉口新野條件不好，把蔡氏女接去了襄陽照看。

其實她的想法，諸葛亮也能揣摩出來，無疑是借用這種手段，來離間他和劉備之間的信任……只是，蔡夫人卻小看了劉備！能成為曹操最為忌憚的人物，當時的梟雄，劉備的胸襟又怎是蔡夫人這樣的小女子能夠揣摩和猜度的出來呢？

劉備非但沒有和諸葛亮疏遠，反而鼓勵他照顧妻子。這也令諸葛亮對劉備更加信服……

為上者，若心胸狹窄，動輒就被猜疑，或者離間，又怎可能做一番大事業？

劉備一生顛沛流離。

張飛說呂布是三姓家奴，可劉備呢，這半生投靠的人，遠比呂布多許多。只在於，呂布太過於功利，所以顯示出小家子氣。比如投靠董卓的時候，二話不說，便殺了丁原；不管丁原是如何待他，但至少有一點，呂布是憑藉著丁原才起家……而後，他又殺了董卓，雖說是大義，可在德行上已落人口實。以至於後來不管他投奔誰，都會引起其他人的猜忌。

在這一點上，劉備德行無虧！

之所以被人猜忌，更多時候是能力上的問題。

也正是這個原因，才使得諸葛亮願意輔佐劉備。如果劉備德行有虧，那結果嘛……

而且這個時代的德行，和曹朋前世的道德準則不同。如果用曹朋前世的標準來看，劉備無疑是個小人。但在這個時代，曹朋眼中的缺點很有可能為世人所稱讚；反之，曹朋認同的，卻有可能被人詆毀。

總之，劉備是一個可以令人產生信服感的主兒。

諸葛亮道：「此次返回襄陽，亮聽到了一個消息……樊城而今無人守禦，劉荊州正為此躊躇。」

「哦？」劉備眉頭一蹙。

從諸葛亮的言語之中，他聽到了一個資訊。

樊城，就在襄陽旁邊。如果以後世的地理位置來確定，那就是湖北省襄樊市中心的樊城區。此地為襄陽犄角，頗為重要。從樊城到襄陽，不須半日，便可以抵達。

劉備臉上的笑容更加柔和，「那劉荊州之意……」

「關鍵不在劉荊州之意，而在主公如何決定。」

「孔明此話怎講？」

諸葛亮猶豫了一下，輕聲道：「今劉荊州日益衰弱，奪嫡之爭，已越演越烈。公子劉琦，是劉荊州長子，隨劉荊州入荊州，甚得舊臣所重；而小公子劉琮，最為劉荊州所愛，所以一直難以做決斷。拙荊在襄陽養身子的時候，曾得夫人透露了一個消息：若主公願意支援琮公子，夫人可以將樊城讓與主公。只是如此一來，主公和大公子之間，必然要面臨決裂局面。」

輔佐劉琮，得蔡夫人所重？

這無疑是蔡夫人提出來的一個條件。

劉琮雖年幼，但身後卻有龐大的荊襄士人為基礎。而荊襄世族，恰恰是劉表立足荊州的根本。如果能得到荊襄世族的認可，無疑能令劉備的環境改善，只是……

劉備陷入沉思。

「主公，大丈夫行事，斷然不可以拘泥小節。今荊州於主公，無疑有著巨大利益。主公若能在荊州站穩，可西望巴蜀，北向中原，實基業所在。」

「曹操，今主北方，一統之局已成。一俟北方穩定，曹操必然以鯨吞天下之勢，虎視荊襄。到時候，主公也將失去這最後的立足之地。一旦荊襄有失，主公又當何去何從？難道要前往巴蜀，繼續寄人籬下，為劉璋所用？此危急存亡之時，主公當速做決斷，以迎曹賊。」

聽得出，諸葛亮是為劉備考慮。但問題是，劉備一下子也無法做出決定。

他沉吟片刻後，開口言道：「以孔明之見，我若去荊襄，可敵曹賊否？」

「單以荊襄九郡之地，恐難以阻擋曹賊。」

「既然如此，我取荊襄，又有何用？」

諸葛亮精神陡然一振，露出興奮之色，「主公莫急，且聽亮代為言之。」

他停頓了一下，朗聲道：「荊州北據漢沔，利盡南海，東連吳會，西通巴蜀。此用武之國，而其主不能守，此殆天所以資將軍，將軍豈可推拒？而益州險塞，沃野千里，天府之土，高祖因之以成帝業。

今益州牧劉璋暗弱，張魯在北，民殷國富而不知存恤，智能之士，皆思明君。將軍乃帝冑，信義無雙，總攬英雄，思賢若渴。武有關、張、趙雲這等虎狼之士，文有荀諶先生這等當世大才。若跨荊、益，保其岩阻，南撫夷越，外結孫權，則大業可期之。」

「試言，若天下有變，主公令一上將，將荊州之軍取宛、雒之地，而主公身率益州之眾，出於秦川，百姓必恭迎主公。誠如是，則主公霸業可成，漢室可興……故荊襄之地，斷不可失。」

諸葛亮目光灼灼，言語間透出雄心。

劉備則陷入了沉思，久久不語……

不錯，諸葛亮所言，正合劉備心思，他焉能不心動？

荊襄，確實是要地，物產豐厚，錢糧富庶。更重要的是，劉表治荊襄以來，以寬仁而治，故而百姓安居樂業。在短短十數年，荊襄人口激增，近百萬之眾，的確是一個可以為根基之所。

當然了，荊襄同樣也有缺陷。

若說穿了，荊州的情況，類似於當初劉備所占據的徐州，是四戰之地。

如今，曹操的經歷都在北方，所以局勢尚好，雖有小戰，但也僅僅是局限在南陽郡一地。就整個荊州而言，目前還算穩定。可曹操一旦統一北方，勢必要與荊州用兵。而荊州如今的這種平穩，還能夠持續下去嗎？若到了最後，荊州很可能會演變成與徐州相同的局面……

荊州連通漢水和沔水，直面中原，東臨大江，西通巴蜀二郡，說穿了，就是一個八方通衢，戰事不絕之地。換而言之，荊州的富庶和平穩，就好像鏡中花、水中月一樣，不足以為依持，一旦戰事綿延，荊州最終必成為第二個徐州。

劉備沉思不語，而諸葛亮也不急於催促，只是靜靜等待。

不得不說，諸葛亮此時已近大成。其三足鼎立，東連孫吳、北拒曹操的戰略思想，已有了雛形。

當然了，也不能說此時的諸葛亮就達到了歷史上的高度。他這個戰略思想，其實和建安五年孫權接掌江東之後，與魯肅的『榻上策』有許多共通之處。所不同的在於，魯肅是站在孫吳的立場來考慮，而孫權比之劉備，無疑有著巨大優勢。畢竟，孫權身負父兄之澤，基業已成；而劉備，如今要先尋容身之處……至少在目前，乃至未來一段時間，他需要寄人籬下。

不過，在魯肅的『榻上策』中，也談及荊州。

對於東吳來說，荊州有著至關重要的戰略地位。若能得荊襄，則東吳可成南北相峙之勢，與曹操劃江而治。同時西聯巴蜀，襲擾關中，以待時機。

所以，荊州的未來可以想像。不僅僅是劉備渴望得到，包括孫權、曹操，都希望控制荊襄。

「孫權，可能相助？」

諸葛亮笑了，「若主公願意，亮願往江東，仿效那蘇秦、張儀之姿，憑三寸不爛之舌，令孫權與主公結盟。」

他的確是有這個底氣。

畢竟，諸葛亮的兄長諸葛瑾，而今在孫權帳下為長史，甚得孫權所重。

劉備沒有立刻給予答覆，而是在沉思片刻後，對諸葛亮道：「孔明，此事甚大，我須三思而後行。你往來襄陽，奔波勞苦，不若先歇息一下，再做商議。」

諸葛亮也知道這個決定不好做出，畢竟這牽扯到立場的問題，劉備肯定需要三思。

反正也不急於一時，所以諸葛亮拱手告退。臨行時，他忍不住對劉備道：「主公，當速斷速決。亮聞曹賊，在淮南設立三郡，令于禁、臧霸和甘寧三人出鎮淮南，其野心已昭然若揭。于禁、臧霸，皆人傑也。那甘寧……倒是不太清楚，不過據說是那老賊族姪曹家小兒之門客……小賊以文章傳世，更在涼州打下了赫赫威名。若非他殺了韋端，必然成為曹賊之臂膀。」

「亮曾試讀此人，非等閒之輩。此人有大才，且思想天馬行空，若羚羊掛角，難以揣摩。老賊令甘寧出鎮淮南，也是一個信號。此子不久必將重新出仕，到時候他是會返回涼州，還是會前來南方，尚未可知。不過以亮之見，此子甚有可能是老賊對南方用兵的一把利劍。若不早決斷，必成為心腹之患。」

也許，諸葛亮並不清楚，曹朋不僅僅是他的對手，更搶走了他原先的妻子。

腦海中，不自覺的浮現出了曹朋的模樣，劉備下意識的握緊了拳頭！

徐州下邳城外，曹朋一刀斬斷轅門大纛的形象，至今記憶猶新。

而後，他雖然沒有和劉備正面衝突，但是兩人卻交手多次……當初劉備滯留於許都時，正是因曹朋的一席話，迫使劉備不得不逃離許都，顛沛流離。這曹朋，搶了張飛的坐騎，劫持過他的妻室。更不要說而今駐守湖陽的魏延，據說與曹朋關係甚好，屢次破壞了劉備的計畫。

若說曹操是劉備頭號大敵，那麼曹朋，如今也已成為劉備的心腹之患！

諸葛亮說曹朋早晚成大害……可是，在劉備心裡，曹朋早在建安四年時，已成了他的心腹之患。

諸葛亮告辭離去，而劉備卻久久無法平靜！

毫無疑問，諸葛亮的那番言語，為他打開了一扇窗戶。

荊州，原本是他棲身之地。但若真能成為他的根基，無疑會使他獲得從未有過的巨大利益。

可問題是，要投靠蔡夫人嗎？

這也是一個麻煩。

劉備當初能來荊州，說穿了是靠著劉表的老部下，才得以站穩腳跟。

伊籍等人，作為劉表山陽舊部，給予了劉備許多支持。事實上，即便劉備來荊州已有數載，卻始終被荊襄世族所排斥。而今蔡夫人透過諸葛亮的妻子，向他釋放了一個善意，表達出荊襄世族願意接受劉備的意願，這自然是一件好事！但如果劉備接受了，就等於是和山陽舊部決裂。

畢竟，這劉琦和劉琮之爭，或者說，是劉琦和荊襄世族的矛盾衝突，絕不可能調和。

劉琮是蔡夫人所出，而蔡夫人又是襄陽蔡氏之女，代表著荊襄世族在荊州的各種利益。

劉琦雖說是劉表長子，身後又有山陽舊部跟隨，可關鍵在於山陽舊部是外來人，在和荊襄世族的爭鬥之中一直處於下風……

該何去何從？

這將考驗劉備的道德準則！

是與山陽舊部決裂，轉投荊襄世族懷抱？還是繼續和山陽舊部交好，而徹底與荊襄世族決裂？若是和荊襄世族決裂，相信兩者間的矛盾，再也無調和餘地。

劉備不禁感到萬分苦惱。

他在書房裡枯坐半晌之後，邁步走出房門。

「子龍，請友若先生前來，我有些事情，欲和他商議。」

襄陽，蔡府——

雪越來越大！

鵝毛大的雪花飄飛，給這寒夜增添了幾分詭鶩的浪漫氣息。

蔡瑁半臥榻上，一隻手順著身旁美婢修長的美腿，探進了裙底。一旁，另一個美婢則從壚上取來溫酒，小心翼翼的送出。

張允趕來時，蔡瑁正在和美婢調笑，堂上燈火通明，透著一股旖旎之氣。張允見狀，不由得哈哈大笑。他抖了抖身上的雪花，將大氅脫下，隨手丟給了一個走上前來的婢女，口中調笑道：「德珪倒是好悠閒，卻累得小弟冒如此大雪前來，不知有何要事呢？」

蔡瑁翻身坐起，擺手示意美婢退下。

他讓溫酒的婢女給張允滿上一爵，而後沉聲道：「小妹那邊，已經開始行動。」

「哦？」張允收起笑容，喝了一口酒之後，看似隨意的問道：「那孔明可說了什麼？」

「孔明作的甚主張？只怕是要與劉玄德商議。」蔡瑁說：「他昨日已離開襄陽，想必現在已經抵達新野……他是個聰明人，實不知為何做出這般糊塗的選擇。當初小妹曾想讓他過來，卻被他拒絕，而今更是以劉玄德馬首是瞻，著實有些可惜。不過，若劉玄德真心投靠，未嘗不是一樁好事，如此一來，少主的地位自更加穩固。估計這一兩日，就會有消息。卻不知道，劉玄德究竟會做怎樣的抉擇。」

張允微微一笑，「這有何難？讓夫人請主公派人，招劉玄德前來試探即可。若是劉玄德依舊不肯表態，以我之見，此人不可以留，當儘快將其剷除，以免留下了後患。」

「是不是急了些？」

張允冷笑，「不急，若劉玄德還猶豫不決，恐怕很難成事。與其這樣，倒不如早些動手。難不成將來把新野放在他手中，讓少主門前養一頭猛虎嗎？」

他看了一眼溫酒的美婢，蔡瑁立刻明白。

笑了笑，蔡瑁道：「你放心，既然留她，自然可靠。」

「德珪，劉玄德，梟雄也！」張允壓低了聲音，輕聲道：「此人胸懷大志，又是皇叔，更曾簽下衣帶詔，聲名遠揚。你看他現在老實，那是咱們壓制著。可即便如此，依舊有許多人慕名相投……將來讓他輔佐少主，是否能聽從咱們吩咐？莫要養虎為患，早晚釀成大禍。」

蔡瑁點頭，沉吟不語。

半晌後，他開口言道：「劉備此人，確實是一個麻煩。然則他善戰驍勇，手下又有關、張這等猛將，連荀友若都為他出謀劃策。想要動他，恐怕很難。小妹的意思是先把他安撫住，徐徐圖之……間其部曲，削其銳氣。待他手中無兵權之後，再下手也不遲。對了，劉玄德似乎至今仍沒有子嗣，我準備許以親事，以安其心，如何？」

張允想了想，點頭表示贊同，又問道：「德珪可選好了人家？」

「宜城向朗，有女頗具姿容。那老東西素來孤傲，甚不合群，更幾次詆毀你我，我早已不耐煩他。我想讓小妹出面，將其女嫁於劉備。嘿嘿，以那老東西的秉性，焉能答應？到時候必然反對，也可以趁機難為那劉玄德。」

向朗，字巨達，官拜臨沮長。

張允不免露出可惜模樣，「向小姐花容月貌，平白便宜了劉玄德。」

蔡瑁冷笑一聲，「待劉玄德死，便宜何人，尚未可知。」

說著話，他與張允相視一眼，突然大笑。

而張允則是一副贊同之色，連連點頭……

與此同時，位於湖陽的一座大宅裡，賈詡正看著書信，冷笑不止。

「賈太中，何故發笑？」魏延撥了一下火塘子裡的炭火，疑惑看著賈詡。

而今的魏延，早已沒有了當年在九女城時的落魄。投奔曹操，算起來已有九年之久，雖算不得功勞顯赫，但也著實建立了許多功勳，因功拜騎都尉、湖陽長，加比水校尉，算得上是獨鎮一方。賈詡這一年來，一直待在湖陽，所以魏延與賈詡也顯得是非常親熱。他知道，這個傢伙是何等厲害。當年賈詡在宛城輔佐張繡的時候，就給人一種高深莫測的感受。

同時，他又是曹朋極為推崇的謀士。

魏延或許不服氣賈詡，但是對曹朋，卻是極為尊重。

不僅僅是當年曹朋和他一起投奔了曹操，也不是因為曹朋是曹操的族姪，而是因為曹朋在這些年來所做的那些事情，一樁樁、一件件，都使得魏延不得不感嘆，少年英雄。

而今，鄧稷官拜東郡太守。那個當年的獨臂節從，已成為一方大員。

更不要說曹汲，官拜涼州刺史，執掌一方。

魏延有時候會感到頗後悔的，若當年他沒有留在汝南，而是跟隨曹家人在一起，而今的地位，恐怕也不會比現在差。昔日追隨曹朋的那些人，都一個個出人頭地。甘寧，太守；步騭，太守；龐統，太守……連夏侯蘭那廝，都成了統兵校尉。

倒也不是說魏延現在過得不好，只是和甘寧那些人比起來，魏延就顯得不夠耀眼。

也正因此，魏延這幾年和曹家的往來一直不斷。哪怕是曹朋被鬼薪三歲，服刑滎陽，魏延還是派人前去探望，並且送了不少的禮物。他知道，曹朋早晚會再次崛起！這一點，從甘寧出任淮南郡太守就可以看出端倪。

和曹朋保持友好關係，對魏延無疑有巨大的好處，何樂而不為呢？

賈詡呵呵一笑，「沒什麼……用那小鬼頭的話怎麼說來著？對，等著看一齣好戲而已。」

魏延一臉迷茫之色。

事實上，賈詡一直都關注著劉備的狀況。

經過一載光陰，他透過各種管道，買通了蔡家一人。那人名叫蔡和，是蔡瑁的族弟。這蔡和在家中並不受重視，說穿了就是一個浪蕩子而已。此人生性好賭，欠了一屁股的債。賈詡命人與蔡和接近，並透過蔡和，勸說蔡夫人，令其拉攏劉備。

這，是一個死局。

劉備若是願意支持劉琮，勢必與劉琦和山陽舊部反目成仇；若劉備拒絕了蔡夫人的好意，則會令蔡夫人對他更加仇視，那樣一來，荊襄世族勢必會加大打擊劉備的力度。這是一個二選一的題目，賈詡斷然不可能留給劉備第三個選擇。現在，他就是要看，劉備如何決定。

即便劉備最終選擇了劉琮，也不用擔心……

荊襄世族，是一個極為排外的團體。劉備能否融入其中尚未可知，就算是融入進去，恐怕也要付出極大的代價。而且，荊襄世族會真心接納劉備嗎？以賈詡對那些人的瞭解，可能性不大。

他，畢竟在南陽生活多年，和劉表那幫子人打交道也不止一次。

自從來到南陽之後，賈詡很低調，並沒有立刻動手，而是默默的觀察，小心翼翼的經營著。是時候動手了！

一個好計策，勝過千軍萬馬。

劉備在如今狀況下，若不能做出一個選擇，恐怕在荊州的時間已不會太多。所以，不管劉備選擇誰，都會得罪另一撥人。荊襄世族不好對付，同樣的，那些山陽舊部也不易對付。

只是這些事情，賈詡不會與任何人知曉。他決定，繼續觀察。

諸葛亮？

賈詡倒沒有放在心上。他真正擔心的，其實還是荀諶。那個傢伙，絕對是一個大敵……他這一計能否成功，只看那荀諶如何為劉備出謀劃策。

賈詡忍不住，森然冷笑。

卻使得一旁的魏延，忍不住向後縮了縮。

阿福言，這廝是一個毒士。只看他那笑容，就知道他心裡不曉得正琢磨什麼鬼點子害人。這傢伙，不能得罪，還是以交好為主。

「對了，我過兩天，打算派和樂前往滎陽一趟。年關將至，阿福尚在滎陽受苦，每每想起，總覺淒然……我讓人在舞陰採買了一些當地特產送去，太中可要返還許都？抑或需要送書信回去？正好可以順路。不知太中有何打算？」

官渡之後，賈詡官拜太中大夫。

「文長，休要為那小傢伙費心。」賈詡冷哼一聲，「那小傢伙比誰都機靈，比誰都能折騰。你以為他在滎陽會受苦嗎？你看他折騰出來的福紙，幾乎把潁川與河洛地區的大族一網打盡。就算主公不照應他，這些大族，哪一個會讓他難做？我聽說，那小子現在快活得很呢！甚美妻妾成群，端的是逍遙快活。反倒是咱們在這裡，過得比他更艱難。」

說著，賈詡輕輕啐了一聲。

他倒不是對曹朋有意見，只是習慣了，見不得曹朋過得逍遙自在。

當年因曹朋一句話，累得曹操盯著賈詡。他想要低調，想要不惹人關注都不成，反而要奔波操勞。

南陽太守夏侯惇，是個火爆性子，頗讓賈詡吃不消；躲到了湖陽，卻要勞心勞神，絞盡腦汁的監視荊州劉備……他無法收拾劉備，但是卻極為有效的壓制了劉備的發展。即便是劉備占據了新野三縣，仍始終無法進一步成長，這其中，就有賈詡的許多心力包涵其中。若非是他，命人在荊州暗中挑撥，令劉備始終被排擠在邊緣地帶，否則以劉備那種親和力和名聲，很有可能在荊州立足，到時候必然釀成大禍。

曹操的所有精力，都集中在北方，根本無暇南顧。

賈詡要做的，就是為曹操爭取時間，壓制住劉備的成長。

魏延呵呵一笑，沒有再贅言，腦子裡卻盤算著該送什麼樣的禮物才好？是重一點呢？抑或表達心意？和樂，本名傅肜，和樂是他的字。此人與魏延同鄉，都是義陽人。

建安六年，魏延返還南陽，屯紮湖陽縣，曾回家一趟。

所謂衣錦還鄉，大致如此。

不成想，他在義陽認識了傅肜。當時傅肜的情況有點淒慘，他殺了本地一個縉紳，被打進了大牢，準備問斬。魏延看到傅肜，似乎看到了當年的自己。於是，他花錢為傅肜贖罪，並把傅肜從義陽縣帶到了湖陽……

賈詡和曹朋之間，究竟是怎樣的關係？魏延沒興趣去瞭解！

他只知道，跟著曹朋，或許能賺取到更大的前程。

章十四

並州攻略

建安十年，即將過去。滎陽縣迎來了一場大雪……

曹朋從工坊回來，就見家中張燈結綵，奴僕一個個面帶笑容。

今天，是建安十年的最後一天。家家都開始守歲，準備歡度除夕，迎接嶄新的一年來到。

這一場冬雪，也將是最後一場雪了！

過了今天，大地回春，萬物復甦，就要迎來一個好年景。

張夫人帶著郭寰巡視庭院，不時發出命令，讓人收拾和整治。門框上的門匾掛著紅色的綢緞，在皚皚白雪的映襯下，更加醒目，透著喜慶之色。大宅外，通往田莊口的小路兩邊，也繫上的紅綢，遠遠看去，紅白分明，令人賞心悅目。

黃月英和夏侯真則在屋中歇息，不是她二人偷懶，而是……兩人又懷了身子！

步鸞和甄宓陪著二女，在炕上逗弄著孩子。而鄧艾和蔡迪陪著曹綰和曹陽兩人，在門廊上看雪……

今天的晚飯，是涮鍋！

曹楠命人從許都把鄧巨業夫婦接來，以免兩人孤單。她和洪娘子在廚房裡，指揮家僕包餃子，說著話，不時的笑著，更讓曹府多了許多生氣。

「姐夫什麼時候回來？」曹朋換了一身衣服，探頭探腦的問道。

曹楠笑道：「之前派人過來，說是要在垂隆城停留一天。估計這時候已經在路上了，想必天黑之前一定能到。怎麼，肚子餓了？那就先吃點東西。」

曹朋立刻跑進來，拿起一盤滷好的牛肉，不等曹楠開口，便一溜煙的跑了。

曹楠笑罵道：「這麼大的年紀，卻還和小孩子一樣，真是不像話。」

洪娘子卻說：「阿福這是看得開，是有福氣的人！大熊和虎頭，就沒這等福分，到現在也不肯成家。不過，阿福這一回來，立刻就熱鬧了。前兩年，他不在家的時候，可真是冷清啊。」

「是啊！」曹楠眼中閃過一抹思念。

家裡有個男人的感覺，可真好。

也不知叔孫這次回來，能停留多久呢？實在不行，來年和他一起去濮陽就任。阿福現在回來了，母親也恢復了正常。到時候就讓郭昱留下來，聽說她也懷了身子，正好在家調養。

忽然間，外面傳來一陣喧譁聲。

「是叔孫回來了？」

曹楠一喜，連忙跑向大門……

算起來，也有三年沒有見過鄧稷了！

三年不見，鄧稷看上去蒼老不少，兩鬢已微微呈現出斑白之色。不過如此一來，卻讓他更顯幾分沉穩幹練氣質，一雙若星辰般璀璨的黑眸，而今卻給人一種深邃不可測的高明感受。

獨臂，青衫，臉上帶著一絲淡淡笑容。

若非親眼看到，誰又能想到眼前這個頗有大家之風範的獨臂男子，只是當年棘陽縣的一名小吏。

「阿福！」

鄧稷看到了在門階上的曹朋，頓時笑了。他走上去，伸出單臂，用力的擁抱了一下曹朋。不過，鄧稷的個頭比曹朋低，而且又有些單薄。以至於他想去擁抱曹朋，卻被曹朋攔腰抱起。

「姐夫，別來無恙。」

鄧稷笑容更盛。

看著眼前這雄魁青年，他也無法相信，十年前那個病懨懨、從中陽山逃難出來的少年，是同一個人。歲月如刀，一眨眼的工夫，當年那個隨著他從軍九女城，而後轉戰南陽，又顛簸往海西赴任，經歷了無數風波和磨難的少年，如今已成為享譽天下、戰功顯赫的『曹公子』。

雖說『公子』這個稱呼，在東漢末年已經氾濫，可春秋戰國數百年間，所賦予『公子』二字的獨特含義，依舊不是什麼人都可以得到這個稱呼。

『公子』，在戰國時，是一個尊貴的稱呼。非王公貴族，或極有地位的人，不可以獲得。

而今雖說不再如早先那般的顯赫，卻依然有著不同尋常的意義。

能被稱之為『公子』，也代表著上流社會的一種認可。故而，那些鄉紳土豪的子嗣，或許在當地可自稱『公子』，但是到了城市裡，卻立刻偃旗息鼓。不為別的，若妄自自稱『公子』，不但會被人恥笑，甚至可能會引發殺身之禍。特別是在那些社會名流跟前，更要注意細節。

曹朋，而今是響噹噹的『公子』。

兗州同樣是一個世族實力猖獗之所，當年曹操殺邊讓，就曾激起兗州士林的憤怒，險些令曹操失了根基。可即便如此，還是造成了陳宮叛逃，張邈反目。由此可見，兗州士林力量的龐大。

鄧稷在東郡，也是兗州之所之地，他當然清楚兗州士林當中，是如何看待曹朋。

公子朋！

這是東郡士人對曹朋的尊稱。在東郡士人眼中，曹朋足以當得上『公子』二字。
這，就是當年那個病懨懨的少年嗎？
鄧稷甚至感到有些恍惚。
「阿福，我來為你引介。」
在簡單的寒暄之後，鄧稷側身，讓出身後之人。
那同樣是一個青年，和鄧稷的年紀看上去相差不大。其眉宇間，透出一抹孤傲之氣，但是在曹朋面前，卻表現的頗有禮數。
上前兩步，青年搭手一揖，恭恭敬敬的向曹朋深施一禮。
「鄧伯苗見過公子。」
鄧芝？
曹朋笑了！
「伯苗兄，別來無恙否？」
鄧芝絲毫不敢怠慢，連聲道謝。
從最初投奔鄧稷，那個驕狂不羈、氣焰囂張的青年，到而今沉穩幹練，氣質內斂的東郡從事，鄧芝這幾年來可謂是幾經波折。一開始，他投奔鄧稷，內心裡其實還是有些看不起鄧稷。在他眼中，鄧稷不過是個運氣超好的傢伙，也不知怎地，就變成了一縣縣令，坐穩海西。
所以，在開始的時候，鄧芝表面輔佐，其實內懷私心。他甚至想要架空曹朋留在海西的力量，增強鄧氏的控制力，到最後可以取鄧稷而代之……也正是因此，鄧芝在最初表現的非常活躍。
當曹操試圖調鄧稷離開海西的時候，鄧芝也極力反對。可最後，卻被濮陽闓勸說，鄧稷最終選擇了離開。隨後步騭接掌海西，鄧芝想和步騭掰掰腕子，卻不想被步騭打壓得幾乎無法在海西立足，幸好這個時候，鄧稷在延津屯田，把鄧芝調走，才算是緩過了一口氣。這時候的鄧芝，已失了傲氣，但對於鄧稷，卻是發自內心的感激。

而後又出任城門司馬，讓他輔佐曹汲。

當時鄧芝又有些瞧不起曹汲，覺得這是個粗人，一個鄙夫……最後，除了他的老家臣，城門校尉衙門裡，他連一個兵卒都調動不得。曹汲看似對城門校尉衙門不理不問，但城門八部兵馬，卻牢牢掌控在他手中，令鄧芝感覺好生的頹然和喪氣……他覺得，自己多年所學，卻連一個鐵匠出身的鄙夫都不如，心裡又是何等的鬱悶和憋屈。

又是鄧稷，將他從許都調走，前往濮陽就職。

此時，曹朋已開始著手經略河西，鄧芝開始把目光投注於河西之地。他一直不服氣，曹朋憑什麼可以得如此大的名聲？然而在關注之後，他卻漸漸被曹朋折服。

說曹朋是運氣好也罷，說曹朋是有才學也成！反正，河西之地被曹朋掌控手中，而後其鋒芒顯露，使得整個涼州震盪……

翻手為雲，覆手為雨！

大致上就是這種情況。

鄧稷對鄧芝的倚重，絲毫沒有減弱，並委任他為東郡從事。

這也讓鄧芝對鄧稷越發敬重。同時，對曹氏在許都的能量，更加震驚。

不深入其中，永遠不知道曹朋的能量。

原本以為曹朋被貶，會沉默一段時間，哪知道這傢伙轉眼間就經營出偌大的事業……

福紙樓的出現，讓兗州人感到無比震驚。而那一張張瑩白如玉的紙張，更成為所有人追捧，甚至炫耀的資本。東郡郡廨，一下子變得熱鬧許多，兗州各地的豪強縉紳紛紛前來拜訪鄧稷，有的是想要從鄧稷這邊討要一些白鹿紙，有的則希望能與福紙樓合作，在兗州設立店鋪……

鄧稷的威望，似乎提高了很多。

而從頭到尾，曹朋甚至沒有露面，只用一張白鹿紙，便敲開了鄧稷苦苦經營兩年，也未曾敲開的兗州世族大門。

直到此時，鄧芝才徹底服了！

以前在海西的時候，乃至於後來跟隨鄧稷周轉，總聽人說曹朋如何如何。但說實話，畢竟沒有見到過，鄧芝不相信。可現在他信了！

曹朋總是可以準確的捕捉到大家的脈搏，甚至連一句話都不出口，便可以讓天下人瘋狂。這是一種智慧，也是一種手段！曹朋看似被貶，但是他的身分地位，乃至於影響力，並沒有因為他擅殺韋端而減弱多少，反而越發強盛。

正好，到年關了！

鄧芝父母早亡，也沒有成婚。於是鄧稷便邀請他一同前往滎陽，說是過年守歲。

鄧芝呢，也沒有拒絕，隨同鄧稷，一起來到了滎陽……

曹家，似乎很久沒有這麼熱鬧過了。

雖說曹汲不在，可是曹朋卻在。

而今在曹家，曹朋的重要性早就已經超過了曹汲，成為這一大家子的主心骨。之前近三年，他在河西征伐，未能返家，使得所有人都覺得少了些什麼。

現在，他回來了！

「要是你父親也在，要是老王哥還在，要是虎頭和大熊都在，咱們這一家子，才算是真正團圓。」

張氏流著眼淚，在酒席間嘀咕。

曹楠摟著母親輕聲勸慰：「母親，莫難過，父親雖人在涼州，可這心思卻和咱們在一起。前兩天阿福讓人把剛滷好的牛肉送往臨洮，想必父親現在正吃著肉、喝著酒，和伯道他們一起熱鬧。」

「是啊是啊……妳看我，年紀大了，就是喜歡這樣。叔孫、阿福，還有老洪嫂子、鄧老哥，咱們滿飲此杯，願來年，一切都順順利利，平平安安。」

「請夫人酒！」

「請老夫人酒！」

「請母親酒！」

曹朋等人一起舉杯，與張氏滿飲一爵……

除夕酒宴過後，老夫人喝了些酒，有些疲乏，所以回房歇息。

黃月英等人則聚在一起，交頭接耳的說著女兒家的悄悄話。而曹朋、鄧稷、鄧芝和龐德等人則又圍在一處，喝著酒，聊著天。

幾個男人天南地北的閒聊著，話題漸漸的引到了來年對並州之戰。

「姐夫，對並州之戰，有何看法？」曹朋為鄧稷滿上了一爵。

鄧稷沉吟片刻後開口：「我年後前往許都，正要和主公談論此事。並州高幹，不過跳梁小丑，欲除之，不費吹灰之力。不過，我卻以為，此時不易對高幹用兵。」

「哦？」曹朋不禁一怔，疑惑的看著鄧稷。

鄧稷一笑，看了一眼沉默的鄧芝，說道：「其實，這也是伯苗提起，我們商談過幾次，才得出的結論。我以為，目前主公當務之急，是儘快消滅袁熙，而非高幹。袁熙，國之賊也。幽州雖為苦寒之地，但不可小覷。袁紹經營北方久矣，其勢甚大。雖袁紹已死，可是卻留下諸多部曲，而這些部曲，在袁譚和袁尚被殺後，大都投奔袁熙。」

「袁熙坐擁一州之地，外聯胡虜，內納殘部，若假以時日，其勢必成。再想要消滅，必須要大費周章，反而是得不償失之舉。所以，我以為要儘快消滅袁熙，才是重中之重。此其一也。」

曹朋用驚訝的目光，看著鄧稷。

他可以百分之百肯定，在他記憶中的歷史，絕無鄧稷此人。

而看他如今指點江山的豪情，哪裡有半點當年那個小吏的頹然？

所以說，生活是磨練人的最佳夥伴；災難，更能讓人快速的成長。鄧稷失了一臂，註定他無法爬上朝堂的頂端，卻使得他能潛下心來，琢磨學問，眼界和見識比之當初要成長了許多，大局觀也隨之增強了許多。

「願聞其二。」

「這其二嘛……還是讓伯苗來說吧。」

鄧芝點點頭，正色道：「公子可知，並州有多少人口？漢民居幾多？胡虜居幾多？」

「這個……」

「並州坐擁八郡，土地廣袤，且多為平原草原……並州人口，約八十萬，若算上不在冊的人口，至少達百五十萬左右，其中漢民不過四成，而胡虜多達六成，更不要說霸占五原和朔方的南匈奴，數十萬人口之眾，控弦之士多不勝數。且連年征戰，土地貧瘠……主公滅高幹，易如反掌。但若取了並州，將面臨巨大麻煩。」

「首先，並州收攏之後，至少在三年內無法自給自足。所以主公必須要做好準備，每年向並州輸入糧草達二百萬斛之巨，方能穩定局面。」

「這其二，並州廣袤，關隘散落。主公取並州後，必須要在並州填補兵力，防止胡害。可問題是，從上黨西河，到雁門雲中，千里邊界，如何防禦？想當年，以暴秦之強，吞河南地，驅逐胡虜，卻迅速被匈奴復奪。所難之處，就在這邊界太長……若取並州，至少要屯駐二十萬兵馬，每日所需消耗，何等驚人？」

鄧芝說完，向曹朋看了一眼。

感覺得出來，鄧稷和鄧芝兩人，對並州確實是耗費了一番心力。

兵書中有說過：凡用兵之法，馳車千駟，革車千乘，帶甲十萬，千里饋糧。則內外之費，賓客之用，膠漆之材，車甲之奉，日費千金。然後，十萬之師舉矣。

這是春秋戰國時的用兵之費。若放在今時，只怕更為驚人！

二十萬大軍的消耗，鄧芝雖然沒有說，卻可以估測出一個大概。

曹朋不由得連連點頭，「可有其三？」

「其三……」鄧芝深吸一口氣，「胡虜貪鄙，不可以依持。而今，南匈奴和高幹聯手，方堪堪立足。而鮮卑看似和主公結盟，軻比能卻不可以信。南匈奴在，他們折騰不出大禍；可若是南匈奴不在，主公將直面整個鮮卑。公子以為，以主公目前之能，可否抵禦鮮卑大軍呢？」

曹朋蹙眉，半晌後搖了搖頭。

看起來，立刻收回並州，不是一件好事。

他向鄧稷看了一眼，片刻後問道：「可如果高幹襲擾，終究是一樁麻煩，當如何才能解決？」

鄧稷微微一笑，「這有何難？」

「願聞其詳。」

「主公只須遣一智將，死守壺關，則高幹數萬兵馬必不敢輕舉妄動。壺關在，則高幹折騰不出什麼風浪。並州就好像一個葫蘆，把口塞住了，葫蘆裡的水就流不出來。三千兵馬，一員智將，再加上曹太守和李將軍在，高幹就如甕中之鱉，早晚必死。」

「三年，只須三年。只待青州、兗州和冀州恢復元氣，並州不攻自破。」

章十五

海外來客

過了十五，鄧稷和鄧芝動身前往許都。

同時，曹楠也開始收拾，準備和鄧稷一同前往東郡。不過，她把鄧艾留在滎陽，繼續跟隨曹朋就學。孩子畢竟已經大了，有了自己的主見。鄧艾不願意去東郡，而選擇了留在滎陽，只因為他覺著留在滎陽可以學到更多東西。言語之間，已透出了一絲小大人的模樣……

鄧稷最終是否勸諫成功？

曹朋並不是特別清楚。不過，從許都傳來的一連串舉措來看，曹操動心了。

建安十一年二月，曹操命徐晃率部突襲，攻取了壺口關。這個舉措，也許在他人眼中看來無關緊要，但是在曹朋看來，曹操確實採納了鄧稷的意見。而接下來的一連串舉措，更進一步證實了這一點。

建安十一年三月，張遼自渤海郡跨滹沱河，進駐參戶亭。同月，樂進率部兵臨高陽，而張燕則從北平縣換防，屯駐葛城，呈三路進擊之勢，虎視幽州。

只不過，這種兵馬的調動太過於普通，在建安十年中，不知上演過多少次……

許多人仍堅持認為，曹操的目標是並州，而非幽州。原因非常簡單，徐晃屯駐壺口關，而曹仁兵進通天山，其兵勢已顯露崢嶸。就連高幹，也顯得格外緊張，向劉豹借來兩萬匈奴兵，並集結三萬烏丸突騎，再加上並州三萬兵馬，共八萬大軍，做好與曹軍決一死戰的準備。

與此同時，袁熙請遼東烏丸突騎向並州移動，隨時準備支援。

一場大戰，即將拉開序幕。隨著時間的推移，局勢已一觸即發。

鐵爐裡，一座高爐，烈焰熊熊。

火紅色的鐵汁，順著高爐的出口流出來，迅速填滿了模具。

曹朋在打鐵爐前，赤膊掄錘，叮噹之聲不絕於耳。龐德等人則在一旁幫忙，或是拉動風箱，或是在準備淬火液，鐵爐中忙成了一團。曹朋箭步而立，沉甸甸的大錘隨著他手臂的舞動，忽快忽慢，頗有節奏。身上的肌肉，隨著他每一個動作，產生各種各樣的顫抖，透出一股雄渾陽剛之美。

火焰熊熊，而打鐵爐上，一口略帶弧形的鋼刀，漸漸成型。

東漢時期，所造出的各種刀具，多以直刀為主。

而曹朋如今打造的這口刀，卻是帶有一個奇異的弧度，看上去頗有些古怪。

刀胎上，裹著一層黑乎乎，特製而成的泥土。是曹朋經過一年時間，才調製而成的覆土。露出刀刃部分，經過反覆鍛打之後，進行淬火處理。當然，淬火液，也是經過特殊的方法調製。

「水淬火，速度最快，硬度較高；油淬火，速度較慢，硬度偏低；而風淬火，速度最慢，硬度最低。關鍵是看你需要打造什麼樣的兵器，而後進行選擇。當刀胎火紅時，若沒有全部投入水中，只有局部浸水，那麼未入水的部分會因為緩慢降溫，而產生不同的硬度。這叫做局部淬火！」

曹朋小心翼翼夾起刀胎，慢慢放入水中，而後抬起頭對周圍的匠人道：「我用覆土包裹，其實就是一種局部淬火的手段。你們看，覆土部分的刀身，因覆土隔離，就如同未投入水中一樣。一把直刀，在經過局部淬火後，刃口的硬度、體積都會增加，於是就產生了刀背反向彎曲的效果，增強了刀的切割力。大家，都看明白了嗎？」

眾匠人齊刷刷點頭，也有一些人搖頭表示還不太清楚。

曹朋把鐵錘交給一個匠人，讓他繼續鍛打，而自己則從蔡迪手裡接過一塊濕巾，擦了擦臉上的汗水，笑呵呵的說：「不明白沒有關係，多試練幾次就會明白其中的道理。諸位都是這工坊的大匠，今日我將這覆土燒刃的辦法告訴大家，也是希望諸位能造出更好的兵器。這種刀，我取名為『小橫刀』，隨著各位技藝熟練，咱們再進行其他兵器的打造。但是有一點，我今日告訴大家的這些東西，不可以告知任何人，即便是工坊裡的朋友、親戚，乃至於兒子、父親，都不可以！若被我知道是誰走漏了風聲……」

曹朋冷笑一聲，「後果自負！」

「當然了，大家好好用功夫，我也不會虧待各位。郭監令已經向朝廷呈報，將會在工坊中設立等級。只要能達到要求，每個月就可以拿到額外的補貼。具體的實施辦法，大概要在年底才能出來。所以，還請諸位多多演練，待到明年開春，除了可以拿到固定糧餉，還能獲得補貼。相信不久將來，大家的日子會越來越好。」

「我等，必尊公子教誨！」

十餘個匠人，同時拱手高呼。曹朋將這等技藝公開，讓他們自然格外開心。

說起來，這些人在河一工坊，也快十年了。從曹汲開始，他們便在工坊中做工，算得上是曹氏親信。不論是之前的曹汲，還是而今的郭永，待他們都極好。至於曹朋，雖是待罪之身，卻是享譽當今的名士。一個高士，願意教授他們吃飯的技藝，匠人們怎能不感恩戴德？

曹朋軟硬兼施，警告了眾人之後，便讓他們留在鐵爐中討論和練習技藝。

他披上衣服，邁步走出了鐵爐，直奔官署公房而去。龐德等人也穿戴整齊，緊隨曹朋身後。

一進公房，就見郭永正在整理帳表，看上去格外忙碌。

「丈人，可要我幫忙？」

郭永抬起頭，笑呵呵的一擺手，「這些事情，那用得阿福你親自來做？不過是一些數目的整理，基本上已經清楚。這開春到現在，才四個月的時間，咱們就完成了去年近七個月的任務。本來單只是這三十萬枝曹公矢，就足夠頭疼。而今，卻是綽綽有餘。呵呵，多虧了阿福那流水之法，才獲得如此奇效。」

說著，郭永把算盤推開，站起來，拉著曹朋坐下。

「小彤和小林可好？」

開春以後，曹朋再獲一子一女。不過這一次，黃月英產下一女，而夏侯真則生下一子。

女兒名曹彤，取意快樂融融；而夏侯真的兒子，取名曹林，則是因他五行缺木，故而以雙木代之。同時，郭寰又懷上了身子……曹朋越來越感覺到，如果繼續留在滎陽，只怕要變成種馬。這才一年時間，就有了三個孩子。若三年期滿，豈不是兒孫滿堂？著實有些頭疼。

前世，一人只生一個好！

今生，卻是兒女成群……

雖說當時也很快樂，可一想到將來，曹朋也暗自發愁。這許多兒女，不知要操碎多少心思。曹綰方四歲，就顯得極為活潑，在家中猶如一個小公主般的受到寵愛；曹陽三歲，是曹綰的小跟屁蟲，整天跟著姐姐，倒也顯得是無憂無慮……

每次回家，都要挨個的逗弄，少了誰，都不太好。有時候這逗弄孩子，比打仗還辛苦。特別是當孩子眾多的時候，更是令曹朋頭疼。

「蔡大家，快到了吧？」郭永問道。

「嗯，據說已到了臨洮，估計很快就會抵達滎陽。」

「都收拾好了？」

「母親和洪嬸子盯著呢，想來不會有差池。」

在經過蔡貞姬一番勸說，年後更親自前往武威說項之後，蔡琰終於決定，從武威遷來滎陽。

曹朋自然很高興，而張氏等人也表示了歡迎。

說起來，蔡琰還是曹朋的救命恩人。當初曹朋殺韋端，激怒了關中世族之後，若非蔡琰挨個拜訪，請皇甫堅壽、衛覬和楊彪等人出面說項，恐怕那事情也不會那麼快便落下帷幕。

當然了，衛覬等人出面，並非沒有好處。

比如朝那皇甫，透過河西郡，走通了漠北商路。他們透過販賣陶器和絲綢，換取大量的財富。而在去年時，當聽說河西郡和武威郡準備推行桑基魚塘和果基魚塘之後，皇甫堅壽立刻派人前去商議，在經過一番討價還價之後，步騭將朝那皇甫家的田地上，也進行了推廣。

以目前的狀況來看，這桑基魚塘，成績顯著。若實施得當，皇甫家會大獲其利。

而衛覬則透過曹朋，獲取了福紙樓在長安與河東兩地的經營權。

曹洪也參了一腿，可依舊萬分後悔當初曹朋邀請他的時候，他沒有跟進……而今眼見這福紙樓的出現，利潤滾滾，不管是鍾繇還是陳群，包括孔融等人，都賺了個盆滿缽滿，眼紅至極。所以衛覬一說要在長安開設福紙樓，曹洪二話不說，硬生生從衛覬手裡挖走了三成股份。

為此，衛覬也是氣得破口大罵。好在河東的福紙樓，沒有曹洪參與的分！

這也是曹洪萬分失落的原因。他有心找曹朋，想要插上一腳，但一想到潁川鍾、陳兩家，還有孔融那老東西，曹洪也只能甘休。他已下定決心，若曹朋再要搞什麼事情，他定毫不猶豫的加入。這一年下來，他少賺了至少有萬貫家財，以至於每次派人回許都，都要到滎陽看看。

總之，是皆大歡喜。

曹朋透過福紙，化解了和關中世族的矛盾。但如果沒有之前蔡琰的調停，斷然不會有這樣的結果。

蔡貞姬受羊續之託，請蔡琰返還中原。可不成想，蔡琰開始是堅決不肯。後來沒辦法，蔡貞姬親自前往武威，勸說蔡琰改變主意。畢竟是姐妹，這親情牌一出，蔡琰也不由得心動。

只是，她不願去泰山郡。雖然說蔡貞姬在那裡，卻畢竟不是自己的家。

於是，蔡貞姬就告訴蔡琰，父親當年在滎陽，曾留有一塊田產。如果姐姐不願意去泰山郡，可以到滎陽郡定居。田產就位於鴻溝水南岸，在敖倉附近。環境很優美，也很幽靜。距離洞林寺不遠，往虢亭也不過一、兩個時辰。

蔡琰不由得心動。

圉城老家，早已經成了廢墟，特別是黃巾之後，連蔡邕都不願意回去。但滎陽嘛……聽上去好像不壞。女兒蔡眉，一天天長大，快十歲了，難不成真的一輩子待在西北受罪嗎？雖然說西北將來一定會發展的很好，卻終究遠離中原。

蔡琰有著很濃重的中原情節，內心裡也想要回轉中原。可之前考慮到兒女，她沒有回去。

而今，兒女逐漸長大。

蔡迪更隨曹朋前往滎陽。一、兩日或許還好，可一年過去，終究有些思念。

所以，蔡琰最終下定決心，回轉滎陽定居。反正是父親的田產，若空置在那裡，也是浪費。

殊不知，那田產根本不是蔡邕所置，而是羊續讓人以蔡氏之名，在滎陽置辦下來，並透過滎陽太守王植的關係，將田產歸於蔡邕名下。

這種事情辦起來也不難。首先，那田產並非屯田之地，有些荒涼；其次，羊衜在司空府做事，官拜司空曹掾。只憑這個關係，王植也不會拒絕。更何況是真金白銀的購買？

總之，一切就是這樣，神不知鬼不覺，連曹朋也不太清楚。

曹賊

章十五
海外來客

以至於曹朋聽說蔡琰要來的消息後，還專門去了一趟田莊，查看了一下周圍的狀況。包括他在內，也認為這田莊是蔡邕置辦，還連連稱讚蔡邕的眼光好，選了一塊風水寶地。

黃月英早就聽說蔡琰之名，自然歡喜。才女對才女，就好像天才之間的關係一樣，會產生惺惺相惜的感覺。更何況蔡琰救過曹朋，這救命之恩，黃月英也是萬分感激。

至於步鸞三女，和蔡琰早就認識，聽說蔡琰來，當然是非常高興。

只有夏侯真，那女孩子天生的敏感，讓她感覺到有些古怪。只是她不好說什麼，畢竟蔡琰救曹朋是事實，她又如何阻止？人家住的是老爹留下來的田產，怎好去指手畫腳？

總之，蔡琰將至的消息，讓曹府上下都忙碌起來。

郭永也是隨便問了一句，便岔開了話題，和曹朋聊了一會兒覆土燒刃的事情。曹朋見郭永公務繁忙，也不好久留，聊了一會兒之後，他起身告辭。工坊一切步入正軌，而曹朋又屬於那種特權人士，根本沒人過問，所以到中午時，他便離開的工坊，帶著人返回家中。

還沒進門，就看到門口有一隊軍卒。看裝備，似乎是虎豹騎。

他感到有些奇怪，下馬正要過去。就見姜冏從大門內匆匆走來，見到曹朋，連忙上前行禮。

「公子，許都有使者前來，請公子立刻前往許都。」

許都來使，是熟人！

也許是擔心給曹家帶來什麼壓力，所以這次曹操派來的使者是曹朋的結義兄長，曹真。

「哥哥，何故在此？」曹朋詫異不解。

他上次見曹真，是在年初，距今還不到三個月。

曹真如今已接掌了甘寧的職務，拜虎豹騎副都督，靈壽亭侯，加騎都尉。

隨著曹真逐漸的成長，虎豹騎已漸漸轉到了曹真手中。雖然名義上，依舊是曹純為虎豹騎都督，可實際上，曹純的事務越來越多，在虎豹騎的時間越來越少，已基本上不再統領虎豹騎。身為副都督的曹真，從曹純手中接過了虎豹騎的帥印，大部分時間都是由他來統帥。

曹真和曹朋擁抱了一下，而後拍了拍他的肩膀。

從他的目光中，曹朋看出了他的意思，於是擺手示意廳堂家臣退下。

「哥哥，莫非許都出事了？」

曹真笑道：「哪有什麼事？」他見四下無人，便壓低聲音道：「父親讓我來問你一聲，可聽說過呂氏漢國之名？」

曹真是曹操的養子，和親兒子一樣。他和曹丕的關係不錯，但曹丕死後，曹真一直恪守中立，從不參與曹府內部的爭鬥。也正因為這樣，曹操對他非常滿意。有外人在的時候，曹真會尊曹操為『司空』或者『主公』，但沒有外人的時候，曹操則讓曹真稱呼他為『父親』。這種習慣，也是在曹丕死後才出現。至於其中的含義？曹朋倒是能夠猜出一些端倪，恐怕也是曹操對曹丕的思念之情……

「呂氏漢國？」曹朋一臉茫然。

他和曹真分別坐下，搖搖頭道：「那在何方？」

「你不知道？」

「廢話，我怎可能知道。哥哥又不是不知道，我這些年來，除了在西北兩年當中，大部分時間都是深居簡出，如何知曉外界的事情？呂氏漢國？應該不是在西北。」

「在三韓！」

「啊？」曹朋一下子沒能反應過來，但他旋即醒悟，露出恍然之色，「你是說……」

曹真點了點頭！

曹賊

章十五 海外來客

沒想到，還真是沒想到。

曹朋這些年來，特別是在建安七年之後，就很少留意三韓之事。雖說偶爾腦海中會浮現出當年在徐州、在下邳、在溫侯府內的一場旖旎；雖說偶爾會想起貂蟬、呂藍、祈兒，還有高順和曹性……但大部分時間他忙於事務，幾乎沒有太過於關注。

他知道，呂氏一家已經在三韓站穩了腳跟，但具體的情況，從建安六年之後便少有聯絡。那時候，也正是呂氏一家人在三韓度過了最為艱難的一段時間，開始向馬韓發動攻擊的階段。從那以後，特別是曹朋決意讓出海西之後，從朝鮮半島傳來的消息便越來越少。雖然偶爾會有三韓商人在海西登陸，或販賣奴隸，或經營商品，傳遞一些消息之外，幾乎就沒有聯繫。至闞澤卸任，曹朋在海西的烙印已經基本上被抹去。

新任海西令，正是當初被鄧稷搶走了位子的梁習。只不過，如今的海西令，權力未必輸於一郡太守。梁習在經過近十年的磨礪之後，基本上也符合了這個要求。

治理海西，所兼顧的事務頗為繁雜，屯田、推商令……等等事項，都集中在海西令的手中。而今的海西令，和建安二年時的海西令，有著巨大的變化。

在這裡，就不得不提到梁習。

此人在建安二年，差一點就出任海西令。若非當時鄧稷的崛起，只怕這海西令就是梁習。那時候的海西，偏冷荒僻，混亂不堪。於他人而言，能不去海西縣，是一樁天大的喜事。可在梁習看來，卻是他輸給了一個廢人。

論聲名，鄧稷當時毫無名聲；論能力，梁習那時候已經擔任過兩縣縣令，政績卓然。更不用說，鄧稷還是個殘廢！而他梁習梁子虞，卻偏偏輸給了這麼一個人，他心裡如何能服氣？

所以，梁習從鄧稷就任的第一天開始，便盯著海西，想要看看鄧稷的本領。

然而結果，卻讓梁習大吃一驚。

鄧稷在海西三載，令海西大治。他擅自在海西推行屯田，表明了他揣摩曹操心意的本領；他迅速除掉了海西的幾大巨頭，展現了他鐵血的手段；他交好徐州世族，顯示出了高明的交際手段；而他治理海西成績斐然，更令梁習萬分敬佩。

在當時，曹朋作為鄧稷的助手，除少數人之外，並不為人所知。至少在大部分人眼中，曹朋除了在曲陽一戰顯露崢嶸外，似乎並無出奇表現。

然而，隨著時間的推移，曹朋漸漸聲名鵲起。同時，鄧稷離任之後，不論是接掌海西的步騭，還是最後的闞澤，全都是出自曹朋門下，這也就引起了梁習的注意。他開始感覺到，所謂的大海西奇蹟，其實是出自曹朋的謀劃……而這一點，在曹朋就任河西之後，更使梁習確定。

梁習出任海西令後，延續了曹朋一貫的主張。他就任後，很快就頒布了推商令，進一步推動九大行會的力量。可以說，梁習繼續了曹朋的政令，使得海西不但順利的過渡了後曹朋時代，更平穩的進入曹操時代。海西進一步擴張，在吞併了盱眙之後，其觸角已經慢慢的向淮南地區延伸出去。

只是，梁習抵達海西，也使得曹朋徹底失去了和呂氏的聯絡。

周倉為郁洲山靖海校尉，權力並不大。若不是曹操讓他在東陵島駐軍，甚至沒有多少人知道周倉的存在。

而今，曹真突然提起了呂氏漢國，令曹朋心裡一動：老曹不是要和我秋後算帳吧！

「呂氏漢國，若何？」

曹真看著曹朋一臉緊張之色，忍不住哈哈大笑：「阿福，你也有緊張的時候！」

曹朋立刻長出一口氣，破口大罵道：「曹子丹，你莫要這般嚇我！」

曹真笑聲更大……

曹賊

章十五 海外來客

後堂裡，黃月英懷抱曹彤，鬆了一口氣。

曹真帶著虎豹騎出現在家門口的時候，黃月英等人都不免提心吊膽，畢竟這麼一群人突然堵住自家大門，換誰都會感到緊張。而今聽到曹真的笑聲和曹朋的罵聲，也就說明沒什麼麻煩事情。

「都回吧。」

黃月英哭笑不得。雖然不清楚究竟發生了什麼事，可既然沒事了，也就沒必要擔心。

「告訴母親，並無大事，請她放寬心。」黃月英說罷，抱著孩子走了。

夏侯真卻留下來，側耳傾聽……

「主公，欲興兵幽州。」曹真說道。

「那又如何？」

「可是就在三天前，文遠派人傳信，說是有三韓呂氏漢國派使者渡海而來，懇請歸附。」

「啊？」

曹真頗有些玩味看著曹朋，輕聲道：「不過，他們提出請求，要見你。」

「見我？」曹朋頓時懵了！

「是啊，他們歸附的條件，便是希望能免去你鬼薪之刑。」

曹朋的心裡突然升起一絲感動。

當年，他私縱呂氏家人，其實也就是一時的衝動。可沒想到，呂氏一家竟提出了這樣的要求。雖然這樣一來，會讓他站在風口浪尖之上，可是那隱含其中的關切之情，卻使得曹朋感動不已。

服刑了一年零兩個月，還是第一次有人站出來，要為他減刑。

他猶豫了一下，苦笑道：「哥哥，這件事和我真的沒有關係……當初我私縱呂氏一家，你也是知道的。可後來，我沒有再和他們聯繫過，特別是最近幾年。他們要歸附朝廷，與我無關。至於那條件，我更是不清楚。這件事，我可真的很冤枉，還請你代為向主公陳情一二。」

「嘿嘿嘿，這個嘛……我代勞不得。」

「哥哥，你這是什麼意思？」

曹真笑道：「你別誤會，可不是我見死不救。知不知道我為何帶著虎豹騎而來？父親有命，讓我押解你前往許都！有什麼冤情，你自向父親陳述，我代勞不得。」

「讓我去許都？」

曹真點頭，「正是！呂氏漢國的使節已抵達鄴城，估計十五到二十日內，就會抵達許都。你別拉著臉，父親本也不願意讓你出面，可呂氏漢國的使節卻專門提出要在許都見到你，所以只有請你前去。」

說罷，曹真壓低聲音：「呂氏漢國承諾，若父親免去刑罰，他們可以起兵，牽制住高句麗兵馬。」

曹朋聽聞，愕然……

高句麗，又是高句麗！

這是一個極其無賴的民族，更是一個令人不齒的民族。

後世的高麗棒子，是曹朋最為討厭的一個族群。每每提起這個民族，都讓他感到非常噁心。

事實上，曹朋陷入了一個誤區。

後世的高麗棒子，和高句麗其實並無關聯。

高句麗，是西元前一世紀，生活在遼東和朝鮮地區的一個政權，與百濟、新羅，合稱朝鮮三國時代。其主體是由當地土著的穢貊人和扶餘人組成，後來又吸取了一些靺鞨人，以及古朝鮮土著遺民，組成了高句麗。而今，高麗棒子自稱高句麗是朝鮮土著，卻不知，當時的高句麗接替了衛滿朝鮮政權。而衛滿朝鮮，其實把後來的高麗棒子祖先打到了漢江以南。

衛滿，燕人！

曹朋對高句麗的印象，源自於隋煬帝三征。

也許是因為高麗棒子的原因，也使得曹朋對高句麗極為反感。

高句麗始建於西元前三十七年，扶餘王子朱蒙因與其他王子不和，而逃離扶餘國，建立了高句麗，和扶餘國長期對抗。而扶餘國因不敵高句麗，便與漢王朝聯手打壓。故而在《漢書》和《後漢書》中，經常會出現這樣的記載。

西元五十三年，高句麗進入丸都時代。

高句麗太祖王于漱，將高句麗五個部落設為五省，開始實施集權化統治。隨後，高句麗對遼東四郡發動攻擊，徹底擺脫了漢王朝的統治。但也正因為此，高句麗和漢王朝的衝突加劇，不得已而遷都丸都城，這也就是所謂的丸都時代開啟。

而今的高句麗，是由第十任國王，名為位宮的山上王所統治。此人野心極大，對遼東虎視眈眈，只是因為遼東當地豪族的壓制，令位宮不敢輕舉妄動。

不過，自袁熙對抗曹操以來，便極力拉攏位宮，希望能從高句麗借來兵馬助戰。位宮自然不會放過這種機會，於是應下了袁熙的請求，並準備發兵三萬，進駐幽州，與袁熙聯手抗曹。

曹操既然要對袁熙用兵，位宮的動作自然不可能逃過曹操法眼。

三萬高句麗兵，說麻煩也不麻煩，說不麻煩，卻也著實有些麻煩……

曹操希望能迅速解決幽州戰局，而後從根本上封鎖住對並州的合圍。他聽取了鄧稷的意見，而且也甚為贊同。只是，有這三萬高句麗兵，卻讓曹操感覺著有那麼一點點的噁心。

曹朋也覺得噁心！

還真是哪兒都會有高句麗人的存在……

「呂氏漢國之主，在去歲奪取了慰禮城，消滅了百濟國。而今與新羅、高句麗，呈鼎足之勢，相互牽制。不過，呂氏漢國相對強大，之前先與新羅聯手滅掉了百濟，而後又伏擊新羅，幹掉了新羅國主。新羅現在已無還手之力，和高句麗走得極為密切。呂氏漢國國主請求歸附，一方面是希望父親能給予支持，畢竟他們立國不久，實力薄弱。所以這一次來，他們提出了移民懇請……而另一方面，如果他們可以牽制住高句麗兵馬，則幽州之戰也能夠順利許多。父親考慮良久，決定接見呂氏漢國使節。」

曹朋點點頭，表示明白。

「那，咱們什麼時候動身？」

「自然越快越好……父親還想要和你先談一談，而後再做決定。」

「那好，我收拾一下，咱們即刻動身。」

夜了，黎陽渡口上，一隊車仗正緩緩登船。

風從河水上游吹過來，格外輕柔……

高順站在甲板上，看著車仗緩緩駛上了渡船，思緒此起彼伏。突然，他感到有一隻小手扯住自己的衣襬。他扭頭看去，卻見一雙若星辰般璀璨的黑色眼眸。

那眼眸中，透著一絲絲惶恐和茫然。

「高叔叔，你說……他還會記得我嗎？」

聲音若黃鸝般清脆悅耳，卻讓人感覺是那麼的無助！

章十六
南陽太守

再臨許都，曹朋的心情卻很平靜。

這座東漢末年的都城，從最初的殘破，到如今的繁榮，卻無法引起他半點情緒的波瀾。而今的許都，和四年前的許都又是另一番模樣。巍峨皇城，城牆似乎比四年前高了許多，面積也增加了許多。但在曹朋看來，那只不過是一個被擴大了的牢籠，其性質並沒有太多的區別。

「去年陛下言，皇城太小，氣度不足。」

曹真臉上透出鄙薄之色，冷冷道：「於是那些老東西便一個個在朝堂上請命，叫囂著要擴建都城。父親不得已，只得應下請求。可是那些老東西卻不甘休，今年又提出許多非分之想。」

曹朋知道，曹真口中的『老傢伙』，是那些東歸老臣。說他們忠於漢室，但實際上又各有打算；說他們懷有私心，可一個個堅定的站在漢帝左右。與其說是國家棟梁，倒不如說他們是一群蛀蟲。

曹朋對這些人，其實並無好感。

「文舉公，可曾鬧過？」

曹真一怔，旋即搖搖頭，「孔融這兩年倒是非常安靜，很少出面，大多數時間在家中潛心學問。年初，他和劉楨、阮瑀合著《文論》，倒是引起了不少人關注。父親也非常讚賞，還稱讚他此舉乃是功在社稷，利在千秋的偉業，並賜三百金，讓他們用於搜集失傳的珍本，加以修編撰寫。這件事也是最近一段時間裡，許都議論最多的事情。不少人受孔融等人的影響，也開始加以修學。似陳琳、王粲、徐幹等人，都時常去向孔融求教。」

一個個熟悉而又陌生的名字，在曹朋耳邊迴響。

王粲、陳琳、徐幹、劉楨……這不就是傳說中，那大名鼎鼎的『建安七子』嗎？

不過，在曹朋的記憶中，建安七子好像沒幾個能有好下場，其中最具代表性的，恐怕就是孔融了。在曹朋心裡，孔融就是一個不折不扣的書生、文士，他所要做的應該是潛心學問，而不是參與朝堂裡那些亂七八糟的事情。雖然說修身、齊家、治國、平天下，是每一個讀書人心中的抱負，但是也要因人而異。

孔融是個很純粹的文人，根本不懂得什麼朝堂上的權謀詭詐，若把他投入朝堂之中，早晚都會被撕成碎片，連骨頭渣子都不剩下。反倒是讓他潛心學問，有心情就去問兩句，沒心情就不理不睬，超然物外，方能保全其身。若孔融在歷史上真的能夠做到這般，恐怕老曹也不會下狠心，滅了他一家。

覆巢之下，焉有完卵？

曹朋開始慶幸，從一開始交好孔融，而在之後的歲月裡，更不斷把孔融從朝堂裡拉扯出來。也正因此，才會有今日的《文論》吧。

關於《文論》一書，曹朋沒什麼印象。反正記憶中，孔融應該沒寫出這本書來……

而今，一本在歷史上從未出現過的著作問世，是否也代表著一段新的歷史？

曹朋不知道，卻隱隱有些期待！

曹賊

六十章

南陽太守

「阿福，阿福？」

「啊？」曹朋從沉思中醒來，發現自己已經在一座門第高深的府邸前駐足。

典府！

「帶我來這兒幹嘛？」曹朋詫異的問道。

這裡是典府，而且是典府的側門。

如今官拜虎威將軍，加城門校尉、關內侯的典韋，已另立府邸。不過這裡距離曹府並不算太遠，和司空府是背靠背而建。原來的典府，被司空府兼併了，但作為補償，典韋獲得了一座更為豪華的府邸，而且依舊是與司空府相連。如果不知道的話，會以為這裡就是司空府的後門。

但實際上，典府和司空府也的確是緊密相連，中間只隔著一條小巷。出典府後門，就是司空府後門。

這也可以看得出來，典韋在曹操眼中的地位，沒有絲毫的降低。

「父親讓我把你暫時安排在這裡，等他見過你之後，會另行安排住所。」

「不讓我回家嗎？」

曹真臉一板，「阿福，你是刑徒，焉能隨意返家？」

曹朋不由得苦笑！

他在許都也有住所，那奉車侯府，而今仍舊空置。只是，曹朋是刑徒，這身分的限制，註定他無法輕易拋頭露面。至少在目前的情況下，他出面的話，總是會引起一幫子漢室老臣的喧囂。

典韋那廝，蠻不講理。曹操和典韋又往來密切，曹朋住在這裡，倒也不會惹人注目。

這也是曹操為什麼會派曹真，還帶著虎豹騎把曹朋接過來。曹朋此時的打扮，和虎豹騎的兵卒並無區別，黑盔黑甲，面戴猛虎黑鐵面具，混在人群之中，根本就不會引起他人關注。

曹真領著曹朋，邁步走進了典府。

典韋也得到了消息，所以一直在家中等候。

看到曹朋，典韋咧開嘴笑了，「阿福，這幾年不見，你這小子，越發雄武了。」

「拜見叔父！」

曹朋和典韋不是陌生人，但有些時候，還是要遵循禮數。

典韋哈哈大笑，上前拉住曹朋的手臂，「走走走，陪我喝酒去……子丹，沒甚事的話，你先走吧。」

曹真苦笑，和曹朋拱手道別。他還有許多事情，不可能一直陪著曹朋，這一點曹朋也可以理解。

典府中，牛剛、典弗、典存，還有典見，都在家中。見到曹朋之後，一個個興奮的叫嚷起來。全賴牛剛的宣傳，和曹彰回來後，他就不斷和眾人炫耀，他和曹彰在西北所經歷的各種事情。其中不乏有誇張之處，卻聽得典家一眾小子如醉如癡，一個個羨慕的恨不得立刻前往西北。

曹朋和典家諸子也不陌生，所以笑呵呵的一一招呼。

而後，典韋的妻子牛氏，也出來和曹朋見過，先是感謝了曹朋對牛剛的照顧，然後又慰問一番，便下去準備酒菜。

典韋帶著曹朋，在花園涼亭裡坐下。立刻有家奴端來了酒罈子，擺在涼亭裡面。

而典家諸子則嘻嘻哈哈坐在一旁，一個個看著那酒罈子，只吞口水。

一群小酒鬼！可這幫傢伙，最大的也不過十三、四歲，居然……

曹朋哭笑不得，卻發現典韋並沒有阻攔，反而讓年紀最小的典見過來倒酒，還順便遞給了典見一碗酒水。

這老子，可真是極品。

但也正常！這年月裡，可沒有可口可樂這樣的飲料，甚至連飲茶的習慣都沒有。款待客人，無非酒、湯兩種……酒，自然容易理解；湯，並非是後世所理解的高湯、老湯，而是一種經過簡單處理，烹製出來的飲料。

典韋這等人，當然不會喜歡『湯』這樣的物品，所以平日裡多用酒水來代替，家中更存著無數的美酒玉漿。

「叔父，司空不是說一會兒要過來嗎？」

這大清早的就喝酒，曹朋實在是有點受不了。

哪知道典韋一擺手，笑道：「阿福莫擔心，司空今日公務繁忙，恐日間無法前來。他昨日已經告知，會在入夜前來。你只管歇著，莫要擔心。午後圓德會回來，到時候讓他陪你就是。」

「對了，二哥和三哥……」曹朋神不知鬼不覺的推了一杯酒，疑惑問道。

圓德，就是典滿。

典韋道：「圓德和明理最近有些忙碌，正點檢兵馬，不日出征。」

「出征？」曹朋詫異道：「去河北嗎？」

典韋搖頭，「不是，去葉縣。」

「葉縣？」

「元讓，輸了……」

「啊？」曹朋一下子沒能反應過來，詫異問道：「什麼元讓輸了？」

但他旋即反應過來，元讓不就是夏侯惇嗎？

此前，夏侯惇為南陽太守，駐守宛城。

他輸了？難道說，劉備對曹操用兵了不成？

典韋突然大怒，厲聲吼道：「大耳賊恁狡詐，竟以詭計詐取宛城！元讓不察，竟被那大耳賊所乘，結果……若不是魏延和賈文和及時出兵，險些丟了性命。而今，他駐守葉縣，正是待罪之身。圓德和明理奉命將前往葉縣，魏延將接掌葉縣防務，元讓也要返還許都問罪。」

曹朋懵了！

「這是什麼時候發生的事情？」

「十天前！」典韋苦笑一聲，「想元讓一世英雄，竟然栽到了大耳賊手中，我實在是為他感到不值……不過，你說這宛城，也真他娘的邪門。當初主公兵伐宛城，結果折了子脩；若非是你，我險些死在那邊；後來張伯鸞也戰敗，死無全屍……而今，元讓也輸了，甚至連宛城一併丟失。」

典韋罵了半晌，卻也沒有說到正題上。

曹朋越聽越糊塗，依舊不知道夏侯惇是如何丟失了宛城。

還是牛剛看出了曹朋的疑惑，於是上前解釋道：「三月時，劉備在襄陽成親。當時元讓叔父以為他不在，所以也就放鬆了警戒。不成想，月初，荊州突然興兵，在涅陽集結兵馬，意圖棘陽。元讓叔父聽說棘陽危險，於是領兵前往解救，哪知被張飛在夕陽聚伏擊，損兵折將。」

「最可恨，便是那大耳賊已經悄然返回新野，並親率兵馬，趁元讓叔父救援棘陽時，詐開了宛城城門。元讓叔父返回宛城時，又險些被一個叫做趙雲的傢伙所殺，身受重傷。若非賈太中看破了大耳賊奸計，命魏文長及時救援，恐怕……」

「不過，宛城一失，卻是極為嚴重。賈太中親自出鎮舞陰縣，又令魏延出鎮葉縣，總算是穩住了陣腳。主公之所以要晚一些過來，就是因為這件事情。這兩天，許都鬧得挺厲害，不過大都被主公壓制下來，才不至於動盪。」

不知為何，曹朋腦海中突然閃過了『火燒博望』四個字。

歷史上，夏侯惇也曾被劉備所敗。沒有想到，歷史在這時候，竟然再次上演了夏侯惇的慘敗，著實令曹朋感到了幾分震驚。

原以為曹操把他找來，是為呂氏漢國之事，但如今看來，似乎並沒有這麼簡單。

曹朋不由得陷入了沉思，卻未留意到典韋突然停止了破口大罵，而是饒有深意的看著他。那雙略顯渾濁的黃睛，閃過一抹精芒。

「如此說來，宛城已失？」曹朋再次確認。

「正是。」

「那南陽郡，如今是何狀況？」曹朋問道。

不等牛剛開口，就聽典韋道：「不太安靜。」

「哦？」曹朋倒沒有注意到是誰開口，脫口又問道：「那潁川呢？」

「潁川，倒是平靜。」

曹朋猛然抬頭，向典韋看去。

「叔父，你……」

「呵呵呵，你這傢伙，還真是聰慧。」典韋突然笑了，輕輕搖頭道：「若是圓德有你十分之一的聰慧，我也就能放心了。」

在曹朋的心目中，典韋一直是一個莽直之人。

甚至連後世《三國演義》裡，許多人喜歡典韋，就是因為他那種直爽。

可如果你真的認為典韋是個四肢發達、頭腦簡單的人，可就是大錯特錯。能做到典韋這樣的位子，而且依舊甚得曹操信任，萬萬不可能只是個四肢發達、頭腦簡單的人……

典韋是曹操的護衛，同時又是曹操身邊的最後一道保障。

誰又敢說，中南海保鏢沒有腦子？

典韋充當的，就是這中南海保鏢的頭子。所以，更需要他膽大心細，並且有敏銳的直覺。

宛城之戰，他曾因貪酒誤事，險些令曹操喪命。而後，典韋很少在辦公時飲酒。能夠控制住自己喜好的典韋，變得更加可怕。這也是曹操為什麼手下那麼多猛士，偏偏看重典韋的原因，蓋因這個傢伙外表粗豪，卻有細膩的心思。

「奉孝舉薦你為南陽太守。」

「我？」

典韋點點頭，「元讓是待罪之身，就算躲過這次，恐怕也要受到責罰。加之他身受重傷，司空已命華佗前往，不日將帶他返還。如此一來，南陽郡太守出空，就成了一個問題。而今南陽郡，人心惶惶，需要有一個有手段、有膽略的人前往。奉孝向主公舉薦你來接掌，也是出於多方面的考慮。對此，主公也在猶豫，所以才讓子丹把你接回來。」

典韋給自己滿上一爵酒，呵呵笑道：「若非有奉孝舉薦，我和仲康又怎可能願意圓德和明理，在這個時候插足到那一灘渾水之中。如果是你前往南陽郡，我和仲康，都非常的放心。」

南陽郡太守？

曹朋這一次，可真的有些頭昏了……

入夜，禁時。

許都的夜禁，從亥時開始，也就是大約晚上九點左右。

整座城市都安靜下來，不復白晝的喧囂。長街上，迴盪著執金吾的馬蹄聲，更伴隨一陣陣腳步。

許都，安靜下來。

至少從表面上看，它已經安靜下來。

典府後門大開，曹操從自家後宅的小門行出，橫穿小巷，走進了典府。

章十六
南陽太守

曹朋和典韋恭敬相候，典滿、許儀、牛剛則分立兩邊。至於典存等人，則因為年齡的關係，沒有在這裡出現，早早的就被牛夫人趕去臥房歇息。典韋和曹朋緊走兩步，躬身向曹操行禮。

「恭迎主公。」

曹操一笑，「君明、阿福，莫多禮。」

他說著，微微側身，露出站在他身後的一個少年。看年紀，這少年大約十四、五的模樣，生得眉清目秀，極有靈氣。

「曹植見過典將軍、曹家哥哥。」

他，是曹植？

那個號稱天下有才一石，子建獨占八斗的曹子建嗎？

不過此時的曹植，尚未有那種極為出眾的才學，卻讓人覺得靈氣逼人。

曹朋和曹植交道不多，上次見曹植的時候，還是四、五年前。那時候曹植才十歲，卻已有幾分才學橫溢之氣。他看上去很聰靈，與曹沖的那種聰慧，頗有些不太一樣。曹植的靈氣，是在於他的才情上，但是卻讓人感覺大氣不足，略顯陰柔。

曹丕死後，曹彰遠在西北，曹操便把曹植帶在身邊，處理一些文牘雜務。但總體而言，曹操對曹植的評價，是略有輕浮……

當然了，這也和曹植的年紀有關。

今日來見曹朋，曹操本不想帶任何人過來。卻不知為何，曹植主動請求，讓曹操也無法拒絕。是想要拉攏，抑或是別有目的？曹操也說不準曹植的心思，只因這孩子有時候思想太過於兔脫，即便是曹操也難以琢磨。

曹朋微微一笑，「子建別來無恙。」

而後，他向後退了一步，側身讓出一條路，「叔父，請。」

曹操點頭，邁步向前。

曹朋和典韋分列左右，而曹植則與典滿三人並行，一邊走，一邊好奇的打量著典韋這座府邸。別看兩家離得挺近，但曹植卻沒有來過典府。他偷眼打量前方的曹朋背影，眼珠子滴溜溜打轉，也不知道在想些什麼。

一行人來到廳堂，曹操坐在中央太師椅上，而曹植則恭敬的垂手，站在曹操的身後，也不言語。倒是曹朋和典韋坐了下來。典滿三人在屋外警戒，不許任何人靠近。

曹操啜了一口綠豆湯，放下碗，對典韋笑道：「夫人這豆湯，確實是一絕。裡面好像加了蜜漿，感覺甜了些。」

典韋說：「拙荊也是聽張先生說，暮夏氣躁，當以蜜漿消解。只是把不住主公口味，所以……」

「哈哈，下次少些就是，一半即可。」

曹操和典韋說話，顯得非常隨意，大都是一些家常話。

可越是這樣，就越是顯出他與典家的不尋常關係。同為親隨護衛，相比之下，許褚就沒有這樣的待遇。不過也不難理解，典韋是個孤臣，滿朝之中，從不結黨，不似許褚身後有一大家子，所以也就在不自覺中分了親疏。倒不是曹操不信許褚，只是對典韋，好感更重。

他和典韋聊了幾句，典韋起身告辭。

臨行時，他叫上了曹植，「子建從未來過我家，不如我帶你走一走？」

這就是典韋的高明！

他不是不會察言觀色，而是清楚，在什麼時候察言觀色。

很明顯，曹操想和曹朋單獨交談，所以不論是他還是曹植，待在這裡都顯得有些不太合適。

曹操道：「也好，子建不妨去看看君明家的那株墨蘭，確是動人。」

他這麼一說，曹植也就不好繼續待在這裡，只得和典韋一同退出。出門之後，典韋隨手將房門合上。屋中，只剩下曹朋和曹操兩人。

光線不錯，照得房間裡很是通透……曹朋偷眼打量，卻見曹操兩鬢白髮斑斑，比之上次在滎陽相見時蒼老了許多。看得出來他有些疲乏，坐在太師椅上，身子不經意的蜷起來。

「叔父……」

曹朋從不記恨曹操。即便是曹操罰他鬼薪三歲，也絲毫沒有怨念。

他知道，同樣的事情若是落在別人身上，肯定早就人頭落地。蓋因曹操對他的寵信和關愛，才使得他雖為刑徒，卻可以肆意妄為。在別人看來，他在滎陽是服刑，但其實是曹操對他的一種保護。也正是因為曹操的這種態度，才使得曹朋在河一工坊之中過得逍遙快活。

「政務雖重，卻須保重身體才是。」

曹操微微一笑，閉上了眼睛。

如此近距離的接觸，次數雖不少，但很少有此時這種寧靜。

曹朋想了想，起身走到曹操身後，伸手搭在曹操的雙肩，手指用力，就感到曹操的身子猛然一僵硬。

「叔父莫緊張，阿福曾學過一手推拿，在家中常為母親舒緩疲乏。」

手指，輕重緩急的跳動，曹操兩肩的肌肉從一開始的緊繃，到慢慢的鬆弛，顯然已經適應。曹朋也怕是第一個這般靠近曹操的臣子。如果他手指稍稍用力，就很有可能置曹操於死地。

依著曹操多疑的性子，很難允許有人如此靠近他……可這時候，曹操卻鬆弛下來，顯得毫無防備。

片刻後，他拍了拍曹朋的手，「阿福，坐下。」

「喏！」

待曹朋坐下之後，曹操睜眼，上上下下打量曹朋一番，而後沉聲道：「之前，叔孫勸諫不可攻打並州，還說是你的主意？」

「啊？」曹朋連忙搖頭，「主公誤會，此事與阿福無關。事實上，年關姐夫與我說起此事之前，我一直認為應該儘快解決高幹。也正是姐夫一番言語，讓我才有所警覺。打並州容易，治並州難。並州不同涼州，有太多的襟肘，著實不易。不過這件事卻非我所建議，乃姐夫自己發現……離開滎陽時，他還有些躊躇，不知能否勸諫叔父呢。」

「我就知道！」曹操笑了。

曹朋直言相告，讓他非常欣慰。不僅僅是因為曹朋的誠實，同時也感慨鄧稷的成長……

他雖身有殘疾，難治中樞，但以他的才幹，治理一方，卻是足以擔當重任。

曹操心裡已有一個計畫，準備給鄧稷添加一點擔子。不過，東郡這邊一下子也找不到合適人選接任，只能延遲退後。畢竟，東郡剛有所改變，不論是士林還是百姓，已漸漸接受了鄧稷的存在。這時候換人過去，未必能夠平穩的接過東郡，倒不如讓鄧稷留在東郡，待時機成熟，再做任免。

「阿福，何以看江東？」

不是說要任我為南陽郡太守嗎？

問我江東，又是什麼意思？

曹朋疑惑的看了曹操一眼，想了想，沉聲答道：「江東，富庶之地。」

「哦？」

「而今雖偏荒冷僻，卻是魚米之鄉。孫權今盤踞江東，憑藉父兄餘蔭，會有一番作為。此人年紀雖與我相仿，但才具不俗，守江東是綽綽有餘。只是此人剛愎暴虐，似孫氏一脈所傳。而今他卑謙有禮，看似溫文爾雅，可一旦其勢大成，必為桀紂之流。不過，孫權這個人很剛強，表面恭順，然則內心卻極為強硬。」

「父兄之傳？」曹操輕輕點頭，「孫堅和孫策，確是那種剛愎之人。」

他話鋒一轉，道：「我欲取江東，當何如之？」

不會是要我去淮南吧？

想想，似乎也有可能……

甘寧在淮南，而曹朋在江淮地區，也頗有些威望。

曹朋越來越疑惑，但又不好詢問。總不能直接了當的問曹操：你不是讓我去南陽？一個勁兒問我江東的事情幹嘛？

「去歲，我曾與主公言，欲取江東，必先興水軍。而今，我依舊是這個觀點。若沒有強橫水軍，取江東不過是鏡中花、水中月，不太現實。」

曹操點頭，沉吟不語。

片刻後，他對曹朋道：「阿福，你接著說。」

曹朋不禁苦笑。

說什麼？或者說，你想要聽什麼？

這東一榔頭，西一棒子的，我根本就不清楚你究竟想要聽什麼。

曹操似乎看出了曹朋的為難，於是開口道：「你所言，欲取江東，必興水軍，我仔細考慮了一下，確有道理。只是，水軍難成……文若曾與我算帳，言若建如江東水軍一般規模，須費糧餉十億錢。你也說了，孫權得三世之利，憑父兄之餘蔭，才有今日之江東水軍。而我……」

曹朋似乎有點明白了！

曹操不是不想建水軍，而是建不起來。

的確，這北人善馬，南人善舟，是一個定律。

北方沒有大型船塢，更沒有修建樓船艨艟的匠人，想要建造一支水軍，的確是不太容易……更不要說曹操帳下善水戰者，寥寥無幾。

曹朋掰著指頭算了一下，真正擅長水戰的人，屈指可數。而其中，似周倉這樣的人，都屬於極高明的水軍將領。

興建水軍，果然是一個不太現實的夢啊！

「主公之意，欲取荊襄？」

曹朋眼中，眸光閃閃，臉上露出了一抹笑容。

他，盯上了荊襄水軍。

「我曾聞一說法，言江水如龍，巴蜀為首，荊襄為腹，江東龍尾。欲取江東，須興水軍，確是不錯。但若無根基，何以取江東？自古以來，秦滅楚國，自巴蜀順江而下，楚國方滅。」

「就如你說，這天下大勢，不過東西之爭，南北之爭。今東西之爭已漸漸結束，而南北之爭，方為今後所重。巴蜀，有劍門之險，得大江天塹，一時間難以攻取。雖說劉璋暗弱，但其父子兩代經營，恐難一舉克之。若我為孫權，必謀荊襄，而後取龍首，則可龍騰江南。所以，絕不可是荊襄為孫權所得，我必先取之，方可心安。」

曹朋頓時沉默。

曹操接著說：「元讓剛勇，然剛烈有餘，而謀略不足。他一直輕視荊襄，方有今日之敗。我欲使你接掌南陽，卻不知你，當如何應對而今危局呢？」

終於言歸正傳了！

和曹操交談，至少要耗費海量腦細胞，真他娘的是一個累！

曹朋整理了一下思緒，片刻後，沉聲道：「主公，阿福以為，而今之荊州，乃劉表之荊州。」

曹操眼睛一亮。

「劉備不過寄人籬下，卻獲此大勝，不異於反客為主。若我為劉表，恐也無法忍受。故而劉備之勝，與他並非好事，反而是一樁壞事。若我為南陽太守，當謹守葉縣和舞陰，而後拉攏當地豪紳，平穩民心。若劉備來襲，我必堅守不出，不出年底，劉備必退。所謂一動不如一靜，且隨他囂張，卻持久不得，此阿福南陽之策。」

曹朋沒有提他最擅長的屯田。因為他很清楚，南陽郡絕不是推行屯田的好地方。

與許都、滎陽不一樣，在經歷了數次大戰之後，當地豪強縉紳早已大不如前，大量的土地荒蕪，成為孕育屯田的土壤，而且無論海西、河西，還是鄧稷推行屯田的延津，都是這種狀況。相比之下，南陽的情況頗有些不同，就在於黃巾之後，南陽豪強縉紳再未經歷大戰。

而劉表得荊州之後，以寬仁而治，令南陽縉紳力量重又崛起。要屯田，必然會激起南陽縉紳的反對，甚至可能會引發一場場暴動，令其徹底投向劉備。

所以，曹朋決意，示之以弱，而後圖之。

曹操露出一抹笑意，連連點頭。

其實在他心裡，也是這樣認為。他現在沒有餘力對付荊州，就暫時讓荊州維持現在的局面，待他幹掉了袁熙，便是收拾荊州之時。但在這之前，他需要一個沉穩的人，來執行他的這個思路。而曹朋的示之以弱，無疑最為符合他的觀點……

「阿福，一會兒我會讓奉孝來接你，你暫時就先住在白蘭精舍。至於其他事情，你也不必著急。過幾日，呂氏漢國的使節前來，還需要你出面與之接待。待送走呂氏漢國，我再委任與你。而今朝堂上頗有爭議，若呂氏漢國歸附成功，當是大功一件，到時候那些人也再無辦法阻止……」

「呂氏漢國使節抵達之前，你暫委屈一下，莫拋頭露面。平日多研究一下南陽郡，有什麼事情可以讓奉孝與我知曉。總之，一切暫以呂氏漢國之事為重，之後再與你深切詳談。」

章十七

見錢眼開郭奉孝

的確，當下的頭等大事，就是呂氏漢國的歸附。而呂氏漢國能不能歸附朝廷，也決定了曹操在未來對袁熙的幽州之戰中，投入多少的力量。

三萬高句麗兵馬，聽上去或許不算太多，然則真投入幽州戰場的話，很有可能會影響到整個戰局。一旦出現膠著，就有可能引發鮮卑、並州、南匈奴、烏丸，乃至整個冀州地區的連鎖反應。

曹操當然不想和袁熙膠著，在他看來，對幽州之戰，必須要一戰功成，絕不能拖泥帶水。為此，他幾乎調集了冀州、兗州、豫州三州府庫，所為的就是迅速平定。所以這一戰，必須成功。

「對了，呂布那閨女好像是叫做……呂藍？」

「啊？」

「那女子頗不簡單，在三韓號稱呂氏女虎。說不得到時候，還要你費些周折。你這兩日在白蘭精舍好生調養，我隨時會與你知曉狀況。」

「喏！」

在曹操準備離去的時候，曹朋突然問了一句：「叔父，呂氏漢國，遣何人為使？」

曹操腳下一頓，看了曹朋一眼，輕嘆一口氣道：「便是那高順。」

言語中，有無盡的悵然。

曹朋知道，當初曹操圍攻呂布的時候，對高順極為讚賞。他甚至做好準備要招攬高順歸降，卻不想曹朋從中插了一桿子，高順最終追隨呂氏家眷遠赴海外，前往三韓打拚天下。

那一聲嘆息中，也包含了對曹朋的不滿。

可曹朋呢，也是有些無奈。

你老曹好色如命，我怎可能把呂布一家交給你？且不說別的，你攻取了下邳之後，明明把呂布部將秦宜祿的老婆杜氏許給了關羽，結果你老人家看過之後，直接就把那杜氏收到房裡。

曹操和關羽之間，也因此產生了些許矛盾。

這件事，真的有！至少是曹朋親眼所見……

不僅如此，秦宜祿死後，秦宜祿的兒子也被曹操收下，當成養子對待。那孩子叫什麼來著？對，秦朗！如今似乎也有八歲大了，還在曹府中生活，據說挺受曹操的疼愛。說起來，曹操這一點的確不錯。他雖說對人妻有一種近乎偏執的喜好，但對那些收養來的孩子，是真好。

之前的曹真，現在的秦朗……

據說，曹操收秦朗為子的時候，曾想要給秦朗改名。結果杜氏堅決不從，曹操居然沒有反對，依舊讓秦阿蘇繼承了他老子秦宜祿的姓氏。

而今秦朗八歲，曹操也在為他尋找啟蒙先生。不過這一次，曹朋是堅決不會跳出來。之前曹沖的那些作為，多多少少還是讓他感到難過。

自己來許都，曹朋不信曹沖不知道，但他居然未來探望。

他，已十歲了！該懂事了……

見錢眼開郭奉孝

其實，曹朋冤枉了曹沖。

曹操秘密招曹朋返回，很少人知曉。包括曹沖，也不知道曹朋已到了許都。

而曹植之所以能知道，更賴他平日裡為曹操處理文牘，也是在無意中知曉。當然了，曹植來見曹朋，是別有用意。所以在分別的時候，曹植還問曹操：「父親，不知孩兒可否去拜訪曹家哥哥？」

曹操笑道：「自然可以。」

曹植願意和曹朋接觸，曹操還是比較願意看到。

因為他已經發現曹朋和曹沖之間的疏離。如果曹沖是個普通人家的孩子，或者曹丕在世，那麼曹操倒未必會反對曹朋和曹沖之間的接觸。但現在，曹丕死了，而誰為嫡子，曹操仍未做出決斷，故而他也不希望曹沖和曹朋走得太近，因為他擔心曹朋會影響到曹沖。

曹朋對曹沖的影響力越大，就越容易出事。

曹操不想壞了曹朋的性命，但也不會希望自己的繼承人將來成為曹朋的傀儡！

畢竟，曹沖和曹彰在很多地方不太一樣。曹彰熱血、衝動，而且非常叛逆，所以曹操讓他跟隨曹朋，是希望曹彰能改掉這些缺點。可曹沖呢，年紀雖小，卻有自己的主見。至於那主見是否正確？不重要……錯誤的，可以糾正。畢竟曹沖小，可塑性遠遠比成年人更大。

也正是因為這個，當曹沖和周不疑走近的時候，曹操並沒有插手。哪怕他明知道這裡面有一些問題存在，可是他依舊沒有出聲，只是在一旁默默的觀察。

只不過他沒有想到，自己的這種沉默，竟然使環夫人產生了一些誤解。

曹操離開不久後，典府門外就有家奴來報：「郭祭酒來了。」

「阿福，這兩日我和老三怕無法陪你，軍務繁忙，而且往來也不太方便……過幾日，我們就要前往葉縣，到時候我和老三在葉縣等你前來會合。嘿嘿，我們哥兩個，給你去打前站。」

分別時，典滿和許儀送曹朋出門。

曹朋點點頭，與二人拱手道別，便走出了府門。

想必郭嘉一直待在司空府，要不然也不可能這麼快趕來。

郭嘉在車上探出頭，朝著曹朋招了招手。曹朋二話不說，登上馬車，而後車簾落下，馬車沿著大街，緩緩行進。

車中，廂壁上嵌著一盞油燈。油碗向內凹陷的很深，所以不必擔心會潑出來，引發火災。

燈光不是特別亮，卻照得很通透。

郭嘉笑呵呵道：「阿福，這一眨眼，咱們又快有一年未見了。」

曹朋瞪著郭嘉，卻沒有好臉色。「是啊，你連面都不用露，嫂嫂來了幾次，就拿走了我近十刀鹿紋箋，也不知落入何人之手。」

郭嘉聽聞，頓時露出尷尬之色。

他打了個哈哈，辯解道：「這件事，與我干係不大。那十刀鹿紋箋，文若拿走三刀，公達取走了兩刀，剩下的五刀，主公前些日到我家裡，硬拿走了兩刀不說，連帶著我自己買的冷金箋和魚子箋，也被拿走了不少。阿福，商量個事兒……你那鹿紋箋，實在是太貴了！我一個月的俸祿，也買不得多少。能不能便宜一點？如此一來，大家都可以開心，何樂而不為？」

「你們開心，我可不開心。」曹朋突然低吼道：「知不知道我那工坊裡，一個月才有幾多鹿紋箋？」

「這個，這個……」

郭嘉突然有點後悔了！

當初曹朋在開設工坊的時候，還派人和他說，讓他出五百貫，便可以得到百分之一的股份。結果郭嘉認為太少了，同時手裡也確實沒有餘錢，便拒絕了。現在看來，大大的失算……

原以為百分之一的股份沒多少，可看白鹿紙坊晝夜不停的忙碌，就知道是何等的興旺。福紙樓的紙張，很少庫存超過一個月。單只是太學每天消耗的硬黃紙和素箋，數量就極為驚人。

一刀素箋一百張，價值不過八十錢。買得多，還有折扣。

原以為賣不得什麼錢，可現在看來，那絕對是日進斗金。

福紙樓真正賺錢的，並不是鹿紋箋、冷金箋和魚子箋。真正賺錢的，恰恰是那些看上去極為便宜的染黃紙和素箋。其次，是那些彩箋，為許多士子所鍾愛。

東漢末年，雖說混亂不堪，但也是一個個性張揚的年代。所謂的魏晉風骨，很大程度上是源於東漢末年的士人。

用一種獨特的顏色，來代表自家的個性，當然不會有人拒絕。

比如那建安七子……對了，現在還沒有這麼個名頭，就暫且以建安七子來稱呼吧。

建安七子當中的王粲，好用青箋。於是他專門派人到福紙樓，花費重金，表示要單獨製作彩箋。王粲的彩箋，採用牡丹紋，故而在許都得了個綽號，叫做：青姑子。

別誤會，這可不是罵人的話。牡丹別名鼠姑，而王粲又好用青箋，所以便有了青姑子的雅號。

還有陳琳，好荷花，但同時生性喜紅色，故而就選用了紅箋，襯荷花紋……

這種特製的紙張，未必就比鹿紋箋便宜。但在製作工藝上，只需要做好花紋紙模，便可以生產出來。而且別還價……談錢就俗了。你要講個性，你要求喜好，那就別怕花錢。訂製的紙張，五百刀起。也就是說，曹朋只需要用極少的成本，就能賣出鹿紋箋的價錢。那些名士，還得來求著你，否則免談。賺文化人的錢，有時候就是這麼簡單！更不要說去賺那些家中極為富有的文化人錢財。

用與眾不同的彩箋，是品位，是地位，更是一種個性彰顯。

別以為有錢就能買來。那些鄉紳土豪就算花三倍的價錢，也別想在福紙樓訂製。能讓福紙樓為你訂製，從某種程度上而言，就是對你身分地位的認可。

連郭嘉的妻子，那麼一個從不談論錢帛、性格淡漠的女子都責怪郭嘉，當初為何就不答應呢？

現在，郭嘉把錢送到曹朋跟前，曹朋也未必理睬。

看著郭嘉長吁短嘆，曹朋就格外有成就感。

鬼才啊！

能讓一個鬼才開始重視錢帛，那是何等的成就？

「得了，你莫和我裝……這是去年你在紙坊的分紅，一共一千二百貫，你收好就是……省得將來小奕長大了抱怨我這個做叔父的，發財連他老子都不肯帶上。你那五百貫，就是個幌子，為你名聲考慮。省得將來有人說我花錢買通你……於我而言，我缺你那五百貫不成？」

郭嘉頓時愕然。

他從曹朋手中，接過了一張用桑皮福紙做成的契約書，上面清清楚楚寫著：今得穎陰人郭嘉出資五百貫，入白鹿紙坊。分額百之一，每年十二月二十二日分紅結算。契約一式三份，紙坊與郭嘉各持一紙，餘者至官府報備。此契約可轉讓，可繼承，直至郭嘉本人自願賣出，雙方不得反悔。立約人，白鹿紙坊曹朋、穎陰人郭嘉。

在契約書背面，還有滎陽太守大印。

隨同契約的，還有一張飛錢。郭嘉一眼就認出，這是中央銀樓，也就是原先曹朋和陳群設立的那座銀樓，發放出來的新式飛錢。

這飛機採用桑皮福紙，經過特殊的辦法處理後製作而成。至於飛錢真偽，只有中央銀樓的人才能辨別出來。這種飛錢不在市面上流通，主要用於交易而製成。飛錢上用篆書寫著一千二百貫，蓋有中央銀樓大印，只要郭嘉願意，可以隨時在中央銀樓兌換。

郭嘉結結巴巴：「這怎生好、這怎生好……要不，我回頭把那五百貫給你？」

「呸！」曹朋啐了一口，便不再理睬郭嘉。

每年能有一、兩千貫的淨收益，對於整日裡入不敷出的郭嘉來說，無疑是天降橫財。

他愣了一會兒，也不客氣，把那飛錢往懷裡一塞，掀起車簾對外面吼道：「郭仁。」

「老爺有何吩咐？」

「趕快先回去，告訴夫人，讓她擺好酒菜，我回去之後，要與客人痛飲。」

尼瑪，太現實了吧！合算著，要沒這張飛錢，我到你家裡連杯酒水都沒有？

曹朋不由得一陣劇烈咳嗽，指著郭嘉，半天說不出一句話來……

白蘭精舍，是郭嘉府中書房的名稱。

不過在許都，許多人都知道，這白蘭精舍就代表著郭嘉的住所。

曹朋在郭府角門外下車，和郭嘉一同走進郭府。郭嘉的府邸不算太大，和早年曹洪賣給曹朋的那座府邸，面積相差不多。不過，布置的非常雅致，令人一走進去，頓覺耳目一新……

這，卻要多虧了鍾夫人的手段。

郭嘉的俸祿不低，軍師祭酒，加騎都尉，拜洧陽亭侯，林林總總，再算上曹操的那些賞賜，一年下來也有三、四千石的俸祿。只是這傢伙從來是左手進，右手出，根本沒有半點理財的本事。如果不是他老婆操持著，再加上荀彧、陳群這幫子好友偶爾資助，怕早就餓死了。

曹朋覺得曹操讓他住在郭嘉的家裡，恐怕是不安好心。其中，未嘗沒有讓他資助郭嘉的意思在裡面。

而今的曹友學，要說是曹操手下眾人的第二富，那絕沒有人敢說自己是首富……

沒辦法，這貨太能撈錢了！

當初在許都，開設了一家天下第一鍋，就是日進斗金。

而今，天下第一鍋已成為許都一家極具特色的飯館。他們有著其他人所無法具備的優勢，那就是可以從河西購入最為便宜的羔羊。每年冬季，天下第一鍋就成為許都城裡生意最興隆的酒樓之一。還沒人敢去招惹，那酒樓的背後，實在是藏著太多無人敢去招惹的大佬。

天下第一鍋，現掛名黃承彥名下。

而黃承彥雖然久居潁川，不在許都，卻有著非凡的影響力……

連曹操見到黃承彥，都要尊一聲『彣公』，可見他的地位。更不要說，這酒樓背後的其他人物。

曹朋在鍾夫人熱情的招待下，洗漱乾淨，而後與郭嘉坐下。

他看著郭嘉，笑嘻嘻的問道：「郭大哥，現在可以說了，你好端端把我推出來做那南陽郡太守，究竟是什麼意思？」

郭嘉笑了！

「難不成，你想要在那滎陽坐滿三年不成？」

曹朋擺手，「這不是理由……我雖說不願意一直待在滎陽，可問題是，南陽郡而今就是一副爛攤子。朝中官員無數，司空帳下更有許多能人，為何單單選中了我，這讓我感覺很奇怪。」

郭嘉臉上的笑容漸漸隱退。

他看著曹朋，半晌後幽幽道：「不願你在滎陽耽擱，只是其一。雖則你在滎陽又是造紙，又創出覆土燒刃之法，改良兵器，可終究還是有些大材小用……南陽局勢不穩，須一強力之人出鎮。此人須識得進退，瞭解輕重，更重要的是，要清楚南陽於主公的重要性。而今劉表與主公方盟，尚不可撕破臉皮，所以主公不可能在此時用兵。」

章十七 見錢眼開郭奉孝

「你一來有海西、河西之經驗，能應對複雜而混亂的局面。二來嘛，則因為你是南陽人，於南陽縉紳而言，更容易被他們接受，平撫他們惶恐的心理。這一點，元讓卻不足。他剛勇有餘，而懷柔不足，在南陽出鎮兩載，卻無太大進展。你過去之後，要盡力拉攏當地縉紳，再交好荊襄世族，孤立劉備。我思來想去，能做到這幾點的人，似乎唯有你堪堪合適。」

「郭大哥，你把我抬得太高了，小心我下不來。」

郭嘉笑了笑，「下不來，就別下來了……」

曹朋頓時沉默！

郭嘉的意思很清楚，那就是要他待在檯上。此去南陽，做得好要做，做不好也要做，要麼飛黃騰達，要麼……

曹操是不會殺了自己，但如果此行南陽失利，必會惹出許多波折。

半晌後，曹朋嘆了口氣，搖頭道：「我就知道，有好事你斷不會想著我，不是麻煩事，你也不會舉薦我去南陽。」

「呵呵，你行的。」

曹朋靠在圈椅上，雙手搭著扶手，仰面朝天。

「郭大哥，劉備何故突然用兵？」

郭嘉一笑，「此文和之謀所致。」

「哦？」曹朋連忙坐直了身子，目光炯炯，盯著郭嘉。

「之前，文和設計買通了蔡氏族人，透過那人之口，諫言蔡氏和蔡瑁，讓他們拉攏劉備，輔佐劉琮，並許以樊城駐守。他這本就是離間之計，若劉備答應了蔡氏，勢必會和劉表帶去荊州的山陽舊部反目。支援劉琮，也就意味著和劉琦反目……你也知道，劉表雖說寵愛劉琮，對劉琦頗有疏遠，但劉琦忠厚，內心剛烈，在劉表進駐荊州時，也曾立下過不少功勳。所以，山陽舊部多支持劉琦，在荊州也算是一支力量。」

「諸如伊籍、李珪等人，雖而不掌實權，但都是有真才實學的人物。更不要說劉表的姪兒劉磐、劉虎，皆掌兵權之人，多傾向劉琦。所以，如果劉備從了蔡氏，就會受劉琦的敵視；反之，他若是不從，必然被蔡氏所不容，受荊襄世族打壓更甚……總之，文和之計，令劉備陷入兩難之中。」

曹朋明白了！

他忍不住笑道：「原來是賈毒蛇逼得太狠，添油添得多了，讓這火勢控制不住了，把劉備逼急了？」

賈毒蛇？

郭嘉一怔，旋即啞然失笑。

想想賈詡平日裡總是陰森森的模樣，好像誰欠了他多少錢似的。賈毒蛇之名，的確是很適合，使得郭嘉連連點頭。

「差不多就是這樣，劉備之所以敢打宛城，估計也是被逼急了，所以有心藉打宛城而自立。」

「劉表，能同意？」

「劉景升而今臥病在床，荊州諸多事宜，若非重要，多由蒯越、蒯良兄弟負責。此二人也多傾向蔡氏，故而早晚會對劉備施加壓力。不過，我卻不敢肯定劉備能堅持多久。最重要的是，他得了宛城之後，聲名大振。若是讓他在南陽繼續肆虐，早晚必然會鬧出一番事端。」

曹朋冷笑，「賈毒蛇燒的火，卻要我去滅火？」

「你不願意？」

曹朋搔搔頭，「我倒是想去，可身邊無人。你也知道，我部曲大都留在西北，身邊只有龐德、龐明兄弟，連個出謀劃策的人也沒有。此去南陽，非同小可。劉備不是馬騰之流，雖說他實力不如馬騰，可是論手段，遠非馬騰可比。」

對付馬騰，我也有龐統、徐庶可以幫忙。可到了南陽，我身邊是真的沒有什麼人可以用……

「西北那邊的人手，你莫想抽調。」

郭嘉一句話，堵死了曹朋小心思，「你要人，我可以給你推薦，同時你也可以在司空帳下挑選。但西北那邊剛穩定下來，從去年的情況來看，整個涼州，都不可能給你抽調出人手來，所以你休想去動西北的心思。哦，對了……前年劉先來訪，帶來了一個人，我覺得挺不錯。」

「誰？」

「杜畿。」

曹朋不由得瞇起了眼睛，「你說誰？」

「杜畿，杜伯侯。」

這名字聽上去，似乎有點耳熟。

對了，想起來了……杜預的祖父。杜預是三國末期，與鄧艾齊名的大將之一，同時也是滅吳的元勳功臣。破鐵鎖橫江者，便是杜預。只不過在建安十一年，杜預似乎還沒有出生吧。

杜畿，京兆杜陵人。少孤，繼母對他非常壞，他卻極為孝順。二十歲時出任郡功曹，守鄭縣令，後舉孝廉，除漢中府丞。後天下大亂，便客居荊州。建安九年末，劉先奉命出使許都，杜畿一同前來，而後沒有再隨劉先返回荊州，卻是定居許都。

歷史上，荀彧向曹操舉薦杜畿。

這個傢伙，似乎也是一個牛人……

「他現住何處？」

郭嘉道：「許都草場街……不過他而今過得頗不得意，兒子才八歲，卻連個寫字的黃麻紙都沒有。

我曾與他聊過幾次，此人頗有才幹，而且對荊襄極為熟悉。我本想向司空舉薦，不成想發生了南陽兵敗。我思來想去，就猜到你這傢伙必不會甘心就任，所以把這個人留給你。」

「哈，我是不是要謝謝你？」

郭嘉溫雅一笑，「若你要道謝，我也受得起。」

對郭嘉，曹朋是一點招數都沒有。

這廝臉皮極厚，若和他較真，那就真的是輸了。不過，曹朋倒也沒有怪罪郭嘉的意思，畢竟他和郭嘉一起聊天，有時候甚至比和鄧稷一起聊天還要輕鬆，是個不可多得的談話對象。而且，郭嘉頗能舉一反三，理解新事物的速度也非常快。也就是和曹朋交談如此，換個人，他未必這樣。

「一個杜畿，恐怕還不夠。」

「阿福，你無恥的風範，越來越凌厲。」郭嘉笑罵道：「我早就知道你這傢伙不會滿足。不過，我還有一個人選，你可以考慮一下。」

郭嘉就是這樣。好像牙膏，你不擠他就不出來。

「誰？」

「鄧芝。」

曹朋愕然看著郭嘉道：「那是我姐夫的人。」

「我知道！」郭嘉笑咪咪道：「前次叔孫過來，我曾與鄧芝有過幾次交談。此人頗有才具，見識不凡。叔孫而今在東郡，得你這傢伙之助，過得是逍遙快活。兗州那些老頑固們對他，可說是言聽計從。伯苗留在東郡，也不過是處理一些雜務，說實話，有點屈才，可惜了。」

「我記得他和叔孫是同宗，都是棘陽人，而且久居新野，想來對南陽的狀況，更加熟悉。你去南陽，須有熟悉南陽的人協助，不管是杜畿，還是鄧芝，這兩個人都是最合適的人選。對了，還有一個人，只是不知道你能否請得動。」

「哪個？」

「盧毓，盧子家。」

曹朋瞪大眼睛，「郭大哥，你莫要給我亂推薦，盧毓又是哪個？」

說實話，郭嘉推薦的三個人中，除了鄧芝，曹朋都不熟悉。杜畿還好說，畢竟有點印象，知道他有個牛逼的孫子。可是盧毓？這又是哪一頭？曹朋甚至連聽都沒有聽說過這個名字。

「你不知道盧子家？」這一次，輪到郭嘉吃驚了。

曹朋臉上掛著黑線，一臉鬱悶的問道：「我需要知道他嗎？」

「虧你和他並稱許都三傑，你居然不曉得他的名字？」

「許都三傑？」

「你、盧毓，還有臨沂侯劉光。」

劉光居然和自己齊名，是那勞什子許都三傑？

曹朋還真是不太清楚……

「什麼時候的事情？」

「呵呵，早在三年前，劉光從朔方返還，而你留在了河西。盧毓也是當年從幽州而來，投奔主公，其人才學不俗，而且心思細膩，文章也非常華美。故而有好事之人，將你三人列為許都三傑，號稱三俊……沒想到，你居然連這個都不知道。」

郭嘉的臉上一副『你是土老帽』的表情，讓曹朋惱怒不已。

「我哪知道你們這些無聊的傢伙，弄這麼一個名號出來！三年前，我還在經營河西，面臨馬騰之威脅，哪有精神去理睬這些事？不過，這盧毓究竟什麼來頭？看你這模樣，好像很敬重似的，莫非又是哪家豪門子弟？否則斷不會是這模樣。」
郭嘉苦笑搖頭，「你還真說對了！」
「願聞其詳。」
「盧子家的父親，便是大名鼎鼎的盧中郎。」說到這裡，他臉色突然變得有些古怪，「要說起來，盧子家和劉備還是同輩，關係頗為親近。」
曹朋的腦海中，頓時閃過了一個名字。
盧中郎？
這個中郎，一般而言指的是職務，是中郎將。
普通的中郎將，斷然不會讓郭嘉一臉哈巴狗的模樣。而東漢末年，姓盧的中郎將……似乎只有一人。
「可是北中郎將盧植子幹公？」
郭嘉點頭微笑，一副『孺子可教』的模樣。
怪不得他說盧毓和劉備是同輩。那劉備曾師從盧植，盧毓算起來，自然是劉備的小師弟。有這麼一層關係在，可以便曹朋在南陽，與劉備之間增加一個緩衝帶。
你還別說，郭嘉推薦的這三個人對曹朋來說，還真是非常合適。不管是鄧芝還是杜畿，抑或盧毓，這三人也是目前最適合出現在南陽郡的人選。
曹朋不禁輕輕點頭，表示贊同。
「人選，我已經給你了。至於能不能請得動，就看你自己的本事。」
曹朋大怒，「郭奉孝，你是說，你還沒有談好？」
「當然，你看我整日操勞，人都瘦了許多，哪有那工夫去為你找幕僚。曹友學，你可莫要不識好歹，若不是看在你給我一千二百貫的紅利分上，我才懶得為你操這份心思呢。」

章十七

見錢眼開郭奉孝

鍾夫人在一旁，抿著嘴偷笑。而郭嘉的獨子郭奕，則依偎在母親懷中，看著那兩個好像鬥雞一樣伸著脖子，似要爭吵一般的傢伙。

郭嘉是真的很不爽！

我挖空心思，幫你挑選幕僚，結果你還不領情？

而曹朋呢，同樣不爽。

老子一千二百貫丟出去，居然還要我親自去勸說……

不過，他也知道，這個時代的人多少有點小脾氣。鄧芝那邊還好說，派人去東郡與鄧稷說一聲，想來鄧芝也不會拒絕這衣錦還鄉的機會。杜畿嘛，據說過得不如意，他歷經波折，還有家世，應該也不難勸說他出山……

倒是盧毓！這個曹朋全無半點印象的傢伙，恐怕沒那麼好對付。

盧毓和曹朋是同年，而今都是二十五歲。有個老家世，老子又是大名鼎鼎的盧植，肯定不容易對付。年輕人，都有些心高氣傲。如果曹朋是三十多歲，或者四十歲，說不定盧毓還能尊重一些。關鍵是，兩個人一樣大，必然是誰也不會服氣誰，那又如何才能請得他出山？

鍾夫人站起來打圓場：「奉孝，友學是你兄弟，你何必為難他？」

「哼，還是嫂嫂體貼，全不似某人沒心沒肺。我就一直奇怪，以嫂嫂這般貌美賢慧，怎會嫁與這麼一個疲塌傢伙？」

「曹友學！」郭嘉氣得臉紅脖子粗。

而鍾夫人卻笑得更加燦爛，「叔叔說得好，奉孝平日裡忒疲塌，之前你讓他去找張先生看身子，他卻死活不肯……哼哼，好在張先生看在叔叔的面子上，親自登門為他診斷，才算了卻了心事。你莫理他！我告訴你，子家而今正忙著想找人為他父親所著《尚書章句》和《三禮解詁》拓印成書。若你能幫他拓印出這兩部書來，盧子家定會感激，自然也就容易說話。」

曹朋聽聞，頓時笑了……

每個人都有弱點，只在於如何知曉。

盧毓尋求為其父遺著拓印刊行的途徑，想來知道的人不會太多。若非郭嘉這等層次的人，一般人很難知曉。曹朋相信，這實際上是郭嘉的主意，只是他不想表露太多，所以才藉鍾夫人之口說出。即便是曹朋沒有和郭嘉爭吵起來，鍾夫人也會在恰當的時機，告訴曹朋答案。

只是，不挖苦郭嘉兩句，曹朋心裡不舒服……

而今的南陽郡，的確是個火坑。

郭嘉雖說是出於好意，可面對現在南陽混亂之局，曹朋也覺得有些頭疼。

回想起來，他三次入仕，似乎面對的都是相同局面。海西、河西，乃至於今日的南陽郡，都算不得什麼穩妥地區。而且曹朋可以肯定，南陽郡絕對比海西與河西的局面更加複雜。

那是中原，是光武帝劉秀龍興之地。

當年劉秀就是靠著南陽宗族起家……我的個天，誰又敢保證，那南陽郡是一個清平之地呢？

想到這裡，曹朋開始感到頭疼。

章十八

爾一輕浮子

當晚，曹朋便在白蘭精舍住下。

一夜無事，第二天醒來時，天還沒有亮，曹朋帶著郭奕，在庭院中打拳健身。

郭奕和他老子郭嘉很相似，身子骨都不是很強壯的人。所以曹朋一住下，鍾夫人就請求，讓曹朋教郭奕健身。

這年月，沒個好身子骨，還真難以成就大事。

郭嘉這兩年倒是挺注意鍛鍊，而且隨著華佗的到來，又傳授了五禽戲與郭嘉。雖不說是天天鍛鍊，可是隔三差五的，郭嘉還是會打一趟拳。久而久之，郭嘉的身子骨的確好轉許多，當年服用五石散而留下的隱疾，在華佗和張仲景的聯手診療下，已漸漸的消除。至少曹朋不用擔心，這傢伙去一趟幽州便可能掛掉。總之，郭嘉的身體還有精神，都不算太差。

曹朋帶著郭奕練完了拳腳，郭奕出了一身的汗。

洗漱完畢，曹朋來到郭嘉的書房，卻見鍾夫人正在書房中打掃。

「叔叔來了！」鍾夫人笑著和曹朋打招呼。

人逢喜事精神爽。

對於鍾夫人而言，也是如此。

昨天晚上，郭嘉把曹朋分給他的一千二百貫紅利，一併交給了鍾夫人。這也讓鍾夫人感覺身上的壓力輕鬆許多。

郭嘉存不住錢，他那點俸祿也剛剛好足夠維持生活。而郭嘉本身又喜好交際，平日裡會跑去找荀彧、陳琳、孔融、王粲等那些人唱和。可是和荀彧這些身家頗為豐厚的人交際，花費總是難免，總不可能每次出去飲酒，都讓荀彧他們付帳。哪怕荀彧等人不說什麼，郭嘉也會不好意思。同時他又好買書，但市面上的書冊非常昂貴，是一筆極大的開支。

一來二去，郭府真存不住多少錢財。

若不是鍾夫人精打細算，而曹操時常會給予賞賜，郭府甚至可能維持不下去。只看郭府的家僕奴婢不過寥寥二十餘人，便可以看出端倪。這還是郭嘉沒有納妾養婢，否則花費必然更加驚人。

許都是都城，在都城裡生活，成本必然超出其他地方。車馬費、交際費，以及各種各樣的支出……一千二百貫不算多，但對於郭府而言，卻能極大的緩解窘況。更重要的是，這筆錢的來路很乾淨。鄧稷是郭奕的乾爹，所以郭府和曹府之間的關係，大都也為人所知。郭家和曹家聯手做些生意，在情理之中，算不得什麼問題。那麼，郭嘉得紅利，自然也是再正常不過。

郭嘉這一千二百貫，拿的是心安理得。

鍾夫人呢，自然也很高興，同時對曹朋，又多了幾分感激。

「這是奉孝從文若那邊找來的文牘，大都是關於荊州，主要是南陽郡的一些記載。奉孝說，你且安心住下，好好看看這些文牘。等呂氏漢國的事情完結，少不得還要應付司空考校。」

「另外，杜畿那邊，奉孝也會與之說項。只是叔叔還須花費些錢帛，先解了杜伯侯的窘況。估計這兩日，杜伯侯會來拜訪，叔叔可以當面考校此人。至於子家那邊，還要叔叔自己去處理，但想來以叔叔之能，必不成問題。」

曹朋問道：「郭大哥呢？」

「一大早就被喚走了……聽說呂氏漢國的使節已從白馬縣出發，估計今天就能過鴻溝水。」鍾夫人說罷，眼珠子一轉，突然閃過一抹好奇之色：「叔叔，有句話不知當不當問。」

「嫂嫂不必客套。」

「聽說那呂氏漢國的國主，是女人？」

「應該是吧。」

說實話，曹朋也不太清楚呂氏漢國的狀況。

但依照著曹真的說法，那呂氏漢國的國主，所謂的『呂氏女虎』，應該就是呂藍。因為除了呂藍之外，似乎也沒有其他選擇。嚴夫人？貂蟬？呵呵，好像都不太可能出任這國主之位。

想到呂藍，曹朋腦海中突然浮現出那個總是帶著嬌憨笑容，卻又故作英武的天真少女模樣。

他嘴角微微一翹，臉上頓時浮現出一抹溫柔笑意。

也不知，呂大小姐而今坐在那國主位子上，又是怎樣的一種模樣……

「叔叔？叔叔？」

「啊，嫂嫂喚我何事？」

鍾夫人連著呼喚了兩聲，方把曹朋從沉思中喚醒。

略有些尷尬的搔搔頭，曹朋剛要開口，卻見鍾夫人抿著嘴，輕聲笑道：「若是如此，那少不得叔叔還要費些心思……嘻嘻，我聽人說，呂氏漢國的國主可是極為美豔，是一個美人呢。」

那曖昧的笑容，讓曹朋好生尷尬。他也只好哈哈一笑，算是把這個話題扯開……

南陽郡，號南都。

東漢末年時，領三十七縣，是名副其實的上郡。

掰著指頭算了算，武威九縣、河西五縣、金城十一縣、隴西十一縣……四郡加起來，還抵不上一個南陽郡。而單是南陽郡一郡人口，幾乎是涼州人口總和的五分之三，有近百萬之多。其地域廣袤，同時地勢複雜，有山巒、有丘陵、有河道、有平原。

自東漢以來，漢室對南陽郡豪強一直是一種近乎於縱容的態度，也正因為這個原因，東漢以來，南陽豪強的數量最多。

歷史上，大多數王朝興起之後，必有屠殺功臣的舉動。似乎除了北宋初，趙匡胤杯酒釋兵權之外，其他朝代的功臣元勳，都沒有落得什麼好下場。

其實不然！

若說『杯酒釋兵權』，趙匡胤絕非第一人。

東漢時，劉秀登基以後，也曾有一個類似於杯酒釋兵權的舉措。當年追隨他起兵的南陽豪強，在得到了大量的土地之後，紛紛將手中的兵權交還給了劉秀。

所以，就東漢而言，開國的功臣，下場還算不差。

但這也就使得東漢以來，豪強力量增加。其中南陽郡又是一個極為特殊的地方，不但有皇親國戚，更有地方強梁。曹朋前世曾學過一篇強項令的文章，說的也正是這種情況。南陽豪強數量極多，而且在地方上，根基深厚。

你算一算，那雲台二十八將當中，有多少南陽郡人？

太傅鄧禹、大司馬吳漢、左將軍賈復、征南大將軍岑彭、建義大將軍朱祜……等等。這是有名望的，而那些沒有列入雲台二十八將的又有多少？這些人當中，有的漸趨沒落，有的依舊存在。林林總總，在郭嘉提供的這份文牘當中，竟記載了現存於南陽的豪強有幾近百家。

曹朋只看得頭皮發麻。

這真的和海西、河西不一樣。

海西，不過三家而已，且多以廣陵陳氏為首。而河西郡，雖說兵荒馬亂，可並無豪強世族之憂，無非是一些羌胡部落，還有紅澤那一幫子遺民。

在海西，只要得到陳氏的支持，便可以立足；在河西，只要幹掉那些羌胡，籠絡紅澤遺民，也算是再無任何危險。偏偏這南陽郡，卻是盤根錯節，複雜得讓人感到頭暈腦脹。

每個縣，都有各自的豪強存在。這些豪強，或是擁有龐大的部曲私兵，或是在當地立足百年，實力龐大。而最為麻煩的，莫過於這些豪強世家沒有一個首腦人物，大家各自過各自的生活，彼此間誰也不會服誰。

曹朋粗略看了一遍，就不由得連連苦笑。

「叔父，你在笑什麼？」郭奕在一旁，正練習著《八百字文》。抬頭看到曹朋那一臉笑容，不由得好奇詢問。

曹朋道：「小奕啊，你老子這一次，可真是給我找了一個好差事。」

「好差事難道不好嗎？」

「好，當然好！」曹朋沒法子和一個小孩子訴苦，只能強笑著點點頭，「下次有這等好差事，我一定拉著你老子一同享用。」

他心裡面卻咬牙切齒的咒罵：郭嘉，這梁子，咱們算結下了……

「阿嚏！」郭嘉狠狠的打了一個噴嚏，然後揉了揉鼻子。

「奉孝，身子不舒服？」荀彧關切的詢問。

郭嘉抖了抖肩膀，搖搖頭道：「不知道，總覺得後脊梁骨發涼，也不知是什麼原因。前些時候張先生剛為我看過，似乎並沒什麼大礙。這今天也不知道是怎地，一個勁兒的在打噴嚏。」

「待會兒，去找張先生再看看。」

「嗯，我正有此打算。」

這時候，正在翻看文牘的曹操抬起頭來，突然問道：「奉孝，你說讓阿福去南陽郡，真的能行嗎？他才二十五，如何能鎮得住那些強梁？南陽郡的情況，可是不比當初的下邳海西縣。」

郭嘉笑了，「主公，你不用為友學擔心。那小子肚子裡有貨，只是太過疲塌。你不逼他，他就繼續疲塌著；可你若是一逼，他絕對可以勝任。」

董昭放下了筆，正色道：「奉孝此言差矣。」

「哦，公仁有何見教？」

「我只是覺得，你剛才說的不是友學，而是你自己。」

董昭屬於那種偏嚴肅的人。特別是當他板著臉來說笑話的時候，往往會讓人感覺很冷。

曹操正喝著豆湯，一口就噴了出來，連連咳嗽。而荀彧則強忍著笑，扭過頭，卻見肩膀不住顫抖。

郭嘉的臉，頓時黑下來。「公仁，你這話怎講？」

「我一直在留意，發現了一個狀況。每次主公議事的時候，你都縮在後面不肯開口。若不是主公點將問你，你什麼時候主動過？」

「我……」郭嘉那張臉，頓時漲得通紅。

曹操好不容易止住了笑，連連點頭道：「仔細想想，好像還真是這麼一個狀況。奉孝，看起來以後

章十八 爾一輕浮子

我也要經常逼你一逼。否則，你肚子裡的那些貨，是否也和阿福一樣，不肯出來呢？」

郭嘉的臉，拉得老長……

午飯，曹朋吃得不甚爽快。

倒也不是不豐富！看得出，鍾夫人還是很好客……只是礙於這時代的料理方式，令飯菜極為乏味。似曹朋這種在家裡被步鸞等人養得挑三揀四的主兒，自然不太舒服。

「嫂嫂，晚膳時，讓我來吧。」

「叔叔還會烹煮？」

在這裡，需要解釋一件事情。

所謂君子遠庖廚，並非是說君子不能下廚房。

而孔子所言君子，多是指有德行、有操守的人。這裡，並沒有單一的指出是男人還是女子。所謂君子遠庖廚，大致上是說，有德行的人當盡量去避免追求口腹之欲，而應該將精力投注於修養上。不是說，君子就不能下廚房……而在東漢末年，更沒有類似的理解。事實上，許多名士都是老饕，有時候也喜歡自己烹煮一些美食，來滿足一下自己的口腹之欲……

曹朋笑而不語。

午後，他帶著郭奕，在後花園中讀書。

正當他為郭奕講解那《八百字文》的時候，忽聽家僕來報：新侯來訪。

新侯，就是曹植！

建安九年，曹植當時十二歲。因曹丕在冀州戰死，曹操返回許都之後，便加曹植為新侯，配五百戶食邑。這新侯的『新』，指梁郡新城。

曹朋不由得愕然，疑惑的起身道：「有請。」

他拍了拍郭奕，讓他繼續練字，而後邁步向前廳走去。

只不過，他有些奇怪：我和曹植似乎並沒有什麼交情，這好端端，他突然跑來見我，是何用意？莫非，他要拉攏我嗎？

曹朋眉頭緊蹙一起，暗自感到頭痛！

「曹家哥哥，小弟今日冒昧叨擾，還望哥哥勿怪。」

曹植身著一件月白色禪衣，直裾大袖，衣袂飄飄，透出幾分飄逸之氣。

他一臉燦爛笑容，向曹朋拱手一揖，顯得頗為尊敬。可越是如此，曹朋就越是忐忑。這小子究竟是什麼居心？好端端突然前來拜訪，而且又禮數周全，斷然不是為了和他吟風弄月而來。

再者，若曹植真要與他談論詩文，曹朋也會感到頭痛。

十四歲的曹植，已盡顯名士之風，令人不由得為他的氣度所心折。

曹朋按捺下心中的忐忑，微微一笑，拱手還禮，「子建今來，朋亦倍感榮幸。我在西北，就常聽人談起子建之名，言子建才學過人，乃世所罕見。只可惜，一直未得機會與子建相切磋。」

這一番話，倒是發自肺腑。

煮豆燃豆萁，豆在釜中泣，本是同根生，相煎何太急。

七步一詩，那是實實在在的才學。當年曹朋雖在東陵亭也有過七步成詩的先例，可他那是假的七步詩，終究算不得數，比起曹植那真正的本事，還遠遠不如。當然了，而今的曹植，遠沒有後世他作《七步詩》時的那份驚豔才學。可即便如此，年僅十四的曹植，也足以讓人讚嘆。

連曹操都在私下裡稱讚：子建文才富豔，少有人能及。

八十章
爾一輕浮子

這裡面，固然有父親對兒子的愛惜，但如果曹植沒有真才實學，恐怕也當不得曹操的讚賞。

曹植說罷，為曹朋引介道：「兄長，可知德祖乎？」

在他身後還跟隨著一個三旬男子，看上去有些面善。

曹朋一怔，愕然打量那男子，露出疑惑之色。

「在下楊修，見過曹三篇！」

楊修！

曹朋頓時恍然大悟，朝著對方，微微拱手。

這兩個人，果然混到了一起……

不過，曹朋並非是和楊修第一次照面，只是他自己記不太清楚了。

早在建安二年，曹朋初至許都時，其母張氏在回春堂外遭伏均等人圍攻，而曹朋和典滿參戰，也因此才有了後來的小八義。當時楊修也是隨伏均圍攻張氏等人的幫凶，只不過他很聰明，一見情況不妙，便立刻退出。後來雖被其父楊彪，也就是那弘農楊氏之主，前太尉楊彪狠狠的處罰，卻不似伏均那般淒慘——伏均跛了一腳，也因此與曹朋一家結為死敵。

再往後，楊彪回家養老去了，而楊修則留在許都繼續求學，並從此和伏均等人疏遠。

歷史上，這廝也是個頗有名氣的角色，卻是一個只會耍小聰明、賣弄才學之輩。最終，楊修被曹操所殺，也算是為後人所知。

而此時的楊修，顯得非常文雅，透著一絲倨傲之色。隨著他才學展現，又與曹植結交，被曹操委任曹植的書佐，身分日漸增長。特別是在曹丕死後，曹植的地位也隨之水漲船高，連帶著楊修也變得傲氣起來，在人前頗為張揚。

不過，他卻不敢在曹朋跟前賣弄。

那份倨傲，是他自幼養成的一種氣質，無法改變。但言語之間，楊修對曹朋還是顯得非常恭敬。不管怎麼說，曹朋都不是他能夠得罪的人物。

鍾夫人之前已經做過了交代，所以曹朋也沒有客套。

他引曹植、楊修來到偏廳，分賓主落坐後，頗為玩味的問道：「子建今日登門，有何指教？」

卻見曹植面露猶豫之色，看上去好像非常為難。

不過，在猶豫了片刻之後，曹植一咬牙，從懷中取出一篇詩文，遞到了曹朋面前。

「兄長，去年植於雒水，曾見一女子，甚為傾心，日夜思之，難以忘懷。故作詩賦一篇，以紀念之。植知兄長才學過人，故冒昧前來拜訪，想請兄長為我指教一二。」

果然是比詩文！這可真是……

曹朋接過詩文，強笑一聲，「也不知是何家女子有此福分，竟得子建如此掛念。」

曹植沒有接話，而是用一種極為期待的目光，凝視曹朋。曹朋抖了抖詩篇，凝神看了過去。但見賦曰——

建安十年，余朝京師，還濟洛川。古人有言：斯水之神，名曰宓妃。感宋玉對楚王神女之事，遂作斯賦，其辭曰：

余從京域，言歸東藩，背伊闕，越轘轅，經通谷，陵景山。日既西傾，車殆馬煩。爾乃稅駕乎蘅皋，秣駟乎芝田，容與乎陽林，流眄乎洛川。於是精移神駭，忽焉思散。俯則未察，仰以殊觀……

余告之曰：其形也，翩若驚鴻，婉若游龍，榮曜秋菊，華茂春松。彷彿兮若輕雲之蔽月，飄飄兮若流風之回雪。遠而望之，皎若太陽之朝霞。迫而察之，灼若芙蕖出淥波……肩若削成，腰如約素。延頸秀項，皓質呈露，芳澤無加，鉛華弗禦。雲髻峨峨，修眉聯娟，丹脣外朗，皓齒內鮮……

曹朋越看，越覺得不太對勁。

八十章
子浮輕一爾

《洛神賦》，這分明就是名揚後世的《洛神賦》！

曹植年方十四，便作出了《洛神賦》？

他駭然抬起頭來，向曹植看去。

洛神……不對，後世說洛神就是甄宓。而曹植一直對甄宓極為愛戀，只是因為甄宓嫁給了曹丕，所以黯然神傷。而今，甄宓沒有嫁給曹丕，卻嫁給了曹朋。同樣的，甄宓也是曹植的嫂子。難道說，曹植這篇《洛神賦》，就是因甄宓所寫？若真是這樣，那曹朋又豈能善罷甘休？

要知道，曹植這一篇《洛神賦》，在後世引出了多少爭議。

有人說曹植和甄宓相戀，蓋因曹丕，以至於兩人未能終成眷屬。難不成現在沒了曹丕，自己卻要代替曹丕的位置？不對啊，甄宓在河西，名聲並不顯，知道她的人不多。而且自隨他返回中原，很少拋頭露面。他們二人絕不可能……慢著，建安十年，不就是在去年發生的事情？

曹朋閉上了眼睛，回憶去年的種種。

甄宓在去年，也沒怎麼出門……不對，她好像出門一次，就是在暮秋時，帶著孩兒曹叡，和步鸞、郭寰一同前往雒陽禮佛，為孩兒們祈福。詩賦裡也說，曹植是在去年返京時，途經雒水。

操！這傢伙在意淫我老婆！

曹朋勃然大怒，眼睛不自覺的瞇縫起來：「子建，此為何意？」言語中，透出淡淡的殺氣，周身更散發出一絲冷意。

可惜曹植並未覺察到曹朋的這個反應，見曹朋詢問，頓時興奮起來，忙起身拱手道：「兄長，不瞞兄長，小弟去歲在雒水所遇女子，乃兄長妾室。小弟也知不該，只是……小弟今日斗膽，望兄長將其賜予小弟。小弟願以千金，不，三千金還謝之，還望兄長能夠成全一二。」

尼瑪，想女人想瘋了，居然想到了我的頭上！

你私下裡意淫甄宓，我可以不與你一般見識。可是，你居然當著我的面討要，著實是欺人太甚！

曹朋怒由心生，啪的一巴掌，連帶著那篇詩賦，一起拍在了身旁的紅木八仙桌上。

「子建，爾忒無禮！」

他這一聲怒喝，猶如巨雷般在廳中炸響。

那結實的紅木八仙桌，受不得曹朋這含怒一掌，竟頓時四分五裂。連帶著那篇詩賦，也化為片片蝴蝶，飄落在了地上。

濃濃的殺氣，迫人而去，只令得曹植和楊修頓時臉色蒼白。

「若非看爾父兄情面，就憑你今日這番話，我便立時將你擊殺。無禮，當真是欺我太甚！曹子建，你立刻給我滾出去，若再停留，休怪我不顧叔父的顏面！」

說罷，曹朋甩袖大步離去，只令得曹植和楊修在廳中不知所措。

曹朋覺得，曹植是來羞辱他的。

但卻是冤枉了曹植……

東漢時，乃至於到後來，因女子的社會地位不高，往往被當成貨物看待。特別是在士林當中，互贈美妾美姬，在當時人看來是一樁非常風雅的事情，甚至有時候會被傳為美談。

曹植認為，甄宓不過是曹朋的妾室，所以才來討要。若換作是黃月英或者夏侯真那種妻室，他是斷然不敢開這個口。只是他沒有想到這事竟然惹得曹朋如此憤怒，一時間呆立在大廳裡，卻不知道該如何是好……

曹朋怒氣沖沖離開大廳，返回住處後，仍覺得萬分惱怒。

曹植，虧我還視他為才子，卻是一個無行的輕浮子。他這般辱我，實在是、實在是氣煞我也！

越想越覺得惱怒，曹朋抬手抓起屋中的紅木圈椅，狠狠的砸在門上，那扇堅固的房門被砸得粉碎。

曹賊

章十八 爾一輕浮子

屋外的家僕也不知發生了什麼事情，個個嚇得噤若寒蟬。

片刻之後，鍾夫人匆匆趕來。她走進屋中，卻見曹朋面色鐵青，端坐在椅子上，雙手緊握拳頭。

「叔叔，你這又是何必？」

「嫂嫂，曹子建欺我太甚……」

鍾夫人聽聞，不由得苦笑。

對於士林中的這種風尚，她也是非常反感，身為女人，自然痛恨這種不把女人當人看待的行為。只是，鍾夫人也不明白曹朋為何如此的憤怒，只得輕聲勸慰，同時又派人立刻去找郭嘉回來，否則的話，她可保不住曹朋會惹出什麼事端。

但是，鍾夫人對曹朋的反應，卻是很讚賞。

「那兩個賊子，可還在？」

「已經走了……叔叔你不知道，你剛才那模樣可真真個駭了所有人，連小奕都不敢靠近過來。子建和德祖今日之舉，也確實是有些過分。不過叔叔剛才的反應太激烈了，萬一因此而得罪了司空和卞夫人，到最後豈不是要吃虧嗎？」

「若司空不分事由，我寧可回滎陽繼續服刑。」

「叔叔何來這氣話，司空……呵呵，聽嫂嫂的話，莫再生氣，若氣壞了身子，可不值當。」

鍾夫人正勸慰著曹朋，而另一邊，郭奕則直奔司空府。

「我要見我父親！請通報父親，家中出了大事……叔叔在家裡發火，連母親都奈何不得！」

郭奕說得是亂七八糟，司空府的門丁則是聽得莫名其妙。

就在這時，從府中行出一個童子，看到郭奕，忙走上前來問道：「小奕，何故在此？」

「倉舒，請立刻帶我去見我父親，家裡出事兒了，曹叔叔發雷霆之怒，弄不好就要出人命了！」

「哪個曹叔叔？」

「自然、自然就是曹家叔叔……曹朋，阿福叔叔。」

曹沖一怔，露出愕然之色，「曹家哥哥何時來到許都？為何我一點消息都不知道？」他一邊詢問，一邊拉著郭奕的手，就往司空府裡走。

門丁見曹沖出面，自然不可能再出面阻止。

曹沖拉著郭奕，一邊走一邊問道：「小奕，曹家哥哥因為何事而發雷霆之怒？他何時來的？」

「昨天晚上，他昨天晚上到的許都。早上還帶我打拳健身，下午時還非常和善的教我寫字。可不知怎地，一下子好像變了人一樣，看他那模樣，簡直就像一頭凶獸。母親現正在家中勸說他，卻不知道能否勸得住他。」

郭奕一著急，話語更加混亂，只聽得曹沖越發糊塗起來。

不過，他還是從郭奕的話語中聽出了一些頭緒：曹朋昨晚抵達許都，就住在郭嘉的家裡。他現在是待罪之身，竟堂而皇之的來到許都，並且在郭嘉的家裡落足，說明是父親召喚他而來。若非如此，曹朋斷然不可能擅自離開滎陽……那也就是說，父親一定有要事要與他商議。

這其次，則是有人招惹了曹朋。

是誰招惹了曹朋？曹沖非常好奇……

他大概知道自己這位啟蒙先生的秉性，那是個一般不會動怒，但一旦發怒，必然會有大事發生。

他第一次發怒，結果斷了輔國將軍的手；第二次發怒，殺了關中名士，涼州刺史韋端……

誰這麼大的膽子，居然敢去撩撥曹家哥哥？

而此時，郭嘉正在後院花廳裡，和荀彧、董昭等人，與曹操商議事情。忽聽外面一陣騷亂，緊跟著

曹賊

章十八
爾一輕浮子

就聽到典韋大聲道：「五公子，非是我不肯通報，而是主公正在商議事情，不得打攪。」

「我有要事，要見父親。」

曹操一怔，擰著眉，邁步走出花廳。

「倉舒，為何在此喧譁？」

不等曹沖回答，就見郭奕從曹沖身後衝出來，朝著站在曹操身後的郭嘉喊道：「爹爹快點回家，曹叔叔……曹叔叔他要殺人……若再不回去，只怕曹植哥哥會有危險，母親要你立刻回去！」

這話一出口，不僅是郭嘉，連曹操也不禁大吃一驚。

郭嘉大驚失色，連忙跳出來，厲聲道：「小奕休要胡言亂語，慢慢說，究竟發生了什麼事情？」

曹朋也忒膽大了！

你老兄現在還是刑徒，有刑罰在身，怎能如此囂張？

郭嘉不相信曹朋真的會殺曹植，可是聽郭奕一說，也是嚇得不輕。他偷眼朝著曹操打量了一下，見曹操面沉似水，心裡也暗自有些惶恐。畢竟，任誰聽說有人要殺自己兒子，都不會太高興，哪怕那個人同樣得自己的寵愛和信任，但畢竟還是比不得親生骨肉那般親近。

也許是看到了郭嘉，郭奕漸漸冷靜下來。他結結巴巴的向郭嘉等人講述經過，待郭嘉說完了，包括曹操在內，不由得同時輕出一口長氣。

原來不是殺人，是發火了。不過好端端的，曹朋幹嘛要發火？

還有，曹植為什麼會突然前去拜訪曹朋？

曹操心裡不由得疑惑，猶豫了一下，他轉身道：「奉孝、文若，你二人過去看看究竟是怎麼回事。君明！」

「喏！」典韋大步上前，插手行禮。剛才他乍聽消息，也是一驚，此時聽到曹操呼喚，自然不敢有半點怠慢。

「若友學只是發火的話，想必子建他們已經離開。你立刻帶人，給我把他帶回來，我要親自問他。」

典韋答應一聲，匆匆離去。

曹操輕輕拍了拍額頭，看了一眼站在臺階下的曹沖，「倉舒，你先回去，今日不得出門。」

「謹遵父親諭令。」說完，曹沖也走了。

可曹操卻不禁苦笑，回身向董昭看去，「我本打算讓友學私下裡與呂氏漢國接觸，待呂氏漢國正式歸附，我也有藉口將他赦免。不成想這孩子……看起來，想要隱瞞是不太可能了！既然隱瞞不住，那我打算讓他乾脆站出來，遮遮掩掩的，也透著小家子氣。就讓他做譯官丞，配合子揚來負責接待呂氏漢國。這樣一來，也更方便他和呂氏漢國接觸，公仁以為如何？」

似呂氏漢國海外來投，屬於外交層面的事情。

在東漢時，有專人負責這類事情，官職為大鴻臚。早在秦時，便有類似的職務，名為典客，負責與異族番邦的接觸。到武帝時，改為大鴻臚，最初只是為大聲宣贊，並沒有太大的權力。但後來，這大鴻臚漸漸演變成專門負責外交的事務，於是便成為朝堂上一個重要職務。

大鴻臚下，設行人、譯官和別火三丞。

大鴻臚秩兩千石，而其麾下三丞，則是比千石的職務。

讓曹朋出任譯官丞，也是不得已而為之，臨時擔任。而今的大鴻臚，並未設立，但對外事務，一直由劉曄來負責。劉曄和曹汲關係不錯，讓曹朋擔任他的部曲，也不會有太多麻煩。

只是曹操有些惱火，既是對曹朋，也是對曹植。

按照他的計畫，呂氏漢國前來，他讓曹朋秘密與呂氏漢國接觸之後，再以呂氏漢國的名義，正式宣布將曹朋赦免。畢竟是海外來投，近似於開疆擴土的功業，於朝廷而言，是一樁偌大的功勳。那時候赦免曹朋，順理成章，即便是朝中有人反對，曹操也有足夠的理由反駁。

等赦免了曹朋之後，再藉由南陽混亂，令其就任南陽郡太守之職。

一切，曹操都已經設計好了，卻沒想到突然出了這麼一個變故。如果郭奕沒有慌慌張張的跑來報信，曹操還有辦法進行彌補，可現在……曹操也知道，這件事情想壓下來，絕無可能。

董昭忍不住笑了，「主公既然決意，管他許多。左右都是圍著呂氏漢國，就算是讓友學現在出來，誰又能夠阻攔？若因此而使呂氏漢國反悔，責任誰來承擔？依我看，讓友學站出來也好，如此更可以表示我們的誠意，令呂氏漢國歸附。至於那些居心叵測之人，必然會阻攔，即便是將來呂氏漢國歸附，他們也會阻攔主公赦免友學。結果都是一樣，主公何必顧慮太多？若真有那不長眼的……呵呵，主公也不必理會。」

曹操默然！

董昭的意思非常明白。

你老大現在手裡拿著刀、掌著權，何必在乎別人怎麼說？不管呂氏漢國是否歸附，總會有反對的意見。你要赦免曹朋，許都上下，包括皇城裡那位，難道不知道？既然大家心知肚明，何必遮遮掩掩？你就是要赦免曹朋，看誰能夠阻攔你！

說起來，曹操的這個做法，有點做了婊子立牌坊的意思。

他有心赦免，可又怕被人指責，所以才想出了這麼一個主意……

可問題是，看不爽你、看不慣曹朋的人多了去。你不管怎麼做，都落不得好，又何必在意！只要你手裡拿著刀，掌著朝堂事務，任他們說去。若真不耐煩了，找個由頭，幹了他們便是，看誰敢再跳出來說三道四。

董昭早就想這麼勸說曹操了，只是找不到合適的機會。在他看來，曹操完全沒有必要有那麼多的顧處，隨心做就是，只要能為國家帶來好處，又何必在乎那些廢人們的指責和詰問？

曹操也是心有同感。

自從他掌控朝堂，奉天子以令不臣，遷都許縣以來，指責之聲難道還少了不成？缺糧少衣，被人指責無能；推行屯田，被人說是囂張跋扈；豐收了被人罵；遇到災荒，被人說是上天警示；出門打仗，說是窮兵黷武；窩在許都，則被人稱之為把持朝綱，不思進取……反正，不管他做什麼，都會有人跳出來叫囂。

一來二去，曹操也真習慣了！

你們叫囂你們的，我該怎麼做還是怎麼做……

只是這一次，也不知道是怎麼了，他居然想出這麼一個招數。

老子就是要赦免曹朋，哪個敢阻攔我，我砍了他全家！

少年時，任俠而荒唐，曹操什麼事情沒做過，又豈會真的在意別人所言？

聽了董昭這一番話，曹操頓時豁然開朗，忍不住哈哈大笑，「公仁所言極是，我就是要用阿福。哪個阻攔，就讓他給我打下一個涼州來，否則的話，我耐煩他去聒噪？嗯，就這麼辦，公仁你立刻去找羊衜，讓他通知子揚，就說讓曹朋加譯官丞，隨同他一起接待呂氏漢國使節。誰要是跑去找他反對，就讓他來找我說較。」

那雙細目中，閃過一抹森然。

看起來，老子這口刀，太久沒有染血。若有人不識趣，膽敢來破壞我的事情，那休怪我翻臉無情！

大約一個時辰後，郭嘉和荀彧返回司空府。

當他們抵達司空府的時候，典韋也早已經把曹植和楊修兩人帶了回來，正跪在堂下，噤若寒蟬。

卞夫人等人也都來了，誰也沒有開口。

曹彰神情森然，手握橫刀，冷冷盯著曹植和楊修；曹沖則雙手攏在大袖裡，一言不發，低著頭也不知在想些什麼。至於曹整、曹熊等一干子嗣，也都老老實實的待在一旁，不敢說話。還有曹操長女曹憲、次女曹節、三女曹華，也都來了。

「怎麼回事？」郭嘉忍不住輕聲詢問典韋。

典韋苦笑道：「剛才又鬧了一陣，惱了主公。」

「誰？」

典韋掃了一眼面無表情的環夫人和卞夫人，又偷偷指了指曹彰，「子文剛才差點拔劍要殺子建，幸虧是卞夫人把他攔住，才算是沒有鬧出更大的事情。環夫人說，友學太過張狂跋扈，當以重罰。不過卞夫人卻說，是子建過於輕浮，登門向人討要妾室，著實有些荒唐，怪不得阿福發火……」

典韋說到這裡，不由得苦笑連連：「看不懂，真看不懂。環夫人為子建說話，而卞夫人卻為阿福求情。兩位夫人這明爭暗鬥，幾乎擺到了檯面上，惹得主公大怒，把一家人都抓過來，什麼也不說，就是待在這邊……」

郭嘉聽聞，不由得看了環夫人和卞夫人一眼。

小夫人的氣度，還是小了些。

他能猜出環夫人為什麼要幫著曹植說話。不是她想幫曹植，而是她要把曹植往火坑裡推……

郭嘉回府後，詢問了事情的緣由。曹朋還沒有消氣，所以是鍾夫人把事情經過，原原本本的講述了一遍。

這件事，原本沒什麼大不了。至少在郭嘉眼裡看來，曹朋有些小題大做了……曹植登門向他討要妾室，倒也未必就是要羞辱曹朋，而是這時代的一種風尚。文人雅士，以互贈美妾而為風雅，有時候甚至會成為美談，比如說什麼成人之美啊……

曹操歷史上就幹過這種事情。他曾娶了許都歌舞大家來鶯兒為妾，之後來鶯兒與曹操的侍衛王圖私通，曹操聽說之後，非但沒殺了來鶯兒，反而把來鶯兒送給王圖。當然了，後來那來鶯兒還是死了，令曹操非常心痛。

不過這也說明，在上層社會裡，贈美妾是一樁很平常的事情。

呃……曹操現在還沒有娶來鶯兒，但據說頗有意動；而原本故事中給曹操戴上綠帽子的侍衛王圖，已經被曹操所殺，也不曉得這頂綠帽子是否還會扣在曹操頭上。

但這並非關鍵，關鍵還是在於這件事原本算不得什麼。曹植固然有錯，但不是大錯；曹朋雖小題大做，卻是愛妾心切，才有此反應。若放在平常，或者其他人身上，最多也就是被人談論一下而已。可偏偏這件事發生在曹朋和曹植身上……

鍾夫人盡量是站在公允的角度來說明經過。但她是一個女人，對這種互贈姬妾的事情，極為反感。所以在不知不覺中偏離了立場，於是曹植便成了輕浮之輩，向曹朋討要甄宓。

環夫人為曹植說情，其實是想要置曹植於死地。

但卞夫人也不是吃素的，連消帶打的化解……

而在這個時候還搞這種內鬥，純粹是給曹操添亂。所以，郭嘉覺得環夫人的氣度小了，遠遠比不得卞夫人。至於曹彰……郭嘉看了一眼，那鬚髮賁張的黃鬚兒，輕輕點頭。這孩子性情剛烈，且知道尊師重道，倒是個性情中人，若他是發自真心，確是不錯。

而曹沖的沉默，也表現出了他的不同凡響。他用沉默，來表達了自家的觀點。四哥有不對之處，但曹朋似乎有些衝動，一邊是他的兄長，一邊是曾經為他啟蒙的曹朋，這時候他不管站在哪一邊，都只能令事情變得更複雜。所以，他沉默了！但是這沉默，卻又為他增添了不少分數。

爾一輕浮子

郭嘉和荀彧相視一眼，兩人都不禁苦笑一聲。

兩人邁步走進花廳，卻見曹操正坐在太師椅上，輕輕敲打額頭。曹操有偏頭疼的毛病，特別是在情緒激動的時候，這病情就會變得嚴重起來。

見郭嘉和荀彧進來，他擺手讓二人坐下，「究竟是怎麼回事？」

他雖然聽曹植說了一遍，可畢竟是一人之言，會有失偏頗。所以，他才讓郭嘉和荀彧回去打聽。

郭嘉照著鍾夫人的陳述，將事情的經過講述了一遍。他倒是非常公允，只是那鍾夫人的言語中本就存在著偏見，所以郭嘉和荀彧的陳述裡，也就自然帶著傾向。

「這件事，確實是子建冒昧了。」

曹操突然怒道：「只是冒昧？依我看，他就是輕浮子！」

「主公息怒。」

曹操閉上眼睛，長長出了一口氣，「比起子桓，子建才情卓絕，高出許多。然子桓十二歲，便隨我征戰宛城，在我兵敗之時，仍能冷靜沉穩，招攏殘兵，逃離出來；子建，卻少了這些歷練，整日裡隨著那幫子輕浮無賴子一起，終究難成氣候。可惜，子文失於莽直，性情過於暴烈，雖說現在開始讀書，但這性子一時也難以改變；倉舒聰慧，不輸子建，而且遇事冷靜，但是卻透著一絲刻薄寡恩。」

曹操很少在臣子前談論家事，而今突然開了這個話題，讓郭嘉和荀彧嚇了一跳。

「主公……」

曹操坐直了身子，一擺手道：「這件事就到此為止。明日一早，我會命人送子建前往長安就學，讓子文到參戶亭，隨文遠歷練一番；至於倉舒，我原以為讓他在家中，隨著性子來，不限制他的成長，但現在看來，卻似乎有失偏頗了……讓他留在許都，未必是一樁好事。他這年紀，就該待在學堂裡就學，而非在家中閉門造車。」

「文若，煩你一件事，請你著人託元常一句話，讓倉舒隱姓埋名，在潁川書院就學。一應依照普通學子，不可以給他任何的照拂……這兩年我疏於家中事務，現在卻不得不問。」

曹操說罷，起身朝著荀彧，搭手一揖。

章十九

杜伯侯

曹朋回來了！

以待罪之身返還許都，並將出任譯官丞之職，頓時引得各方人士關注。

對於曹朋返回許都，其實算不得什麼。甚至在此之前，有許多人期盼著曹朋能夠回到許都居住。

福紙樓啊福紙樓……如何能讓人不魂牽夢縈？

可是，已待罪之身，出任比千石的職務，卻是從未有過的事情。

雖說有戴罪立功的說法，但和曹朋的情況卻不一樣。戴罪立功，是說你犯了過錯，但未曾判罰，繼續留任。可曹朋呢，已被罰鬼薪三歲，這是正正經經的罪人，卻做到了比千石職務？

當曹操宣布了消息之後，立刻引得無數人跳出來叫囂。

以待罪之身，而擔任重要官職，接迎番邦，豈不是視禮法而不顧，令番邦人恥笑？墮我天朝威風！

可是，曹操卻不予理睬。

你們叫囂，你們吵鬧，隨你們的便。我該用什麼人，就用什麼人，你們也管不著。反正我做什麼，你們都要罵，我何必順著你們？

曹操以極其強勢的態度，震懾了朝堂上的反對之聲。

但僅止如此，也就罷了。

曹操似乎是受了什麼刺激，在任命了曹朋出任譯官丞後的當天，竟再一次發布詔令，名為：唯才是舉令。

自古受命及中興之君，曷嘗不得賢人君子與之共治天下者乎！及其得賢也，曾不出閭巷，豈幸相遇哉？上之人不求之耳。今天下尚未定，此特求賢之急時也。『孟公綽為趙，魏老則優，不可以為滕、薛大夫。』若必廉士而後可用，則齊桓其何以霸世！今天下得無有被褐懷玉而釣于渭濱者乎？又得無盜嫂受金而未遇無知者乎？二三子其佐我明揚仄陋，唯才是舉，吾得而用之。

一篇求賢令，引得天下震盪。

各方人士或破口大罵，或指責曹操，或拍手稱讚，或暗中欣喜……其反應各不相同。

而朝堂之上，因一篇唯才是舉令出，頓時息聲。但實際上，卻又激流暗湧！

曹朋輕輕放下手中那份用桑皮褔紙寫成的詔令，久久說不出話來。

蝴蝶效應，似乎越來越大了！

他救下了典韋，打造出了海西與河西，重開了西域商路。提前數年幹掉了馬騰，趕走了馬超，為曹操營建了一個大西北後方。但同樣的，曹丕死了，袁熙仍在抵抗。曹操採納了鄧稷的主意，決定暫緩攻擊並州。也就是說，北疆之戰至少要再持續三年，乃至更久……

而他面前的這份唯才是舉令，記憶中是在建安十五年出現。

現在，不過建安十一年，唯才是舉令整整提前了四年，又將會給這個時代帶來什麼變動？

唯才是舉令，也是曹操的一大功業。在唯才是舉令發出之後，他啟用了大批寒門士子，削弱了世家子弟對朝堂的影響力，更進一步降低了漢室朝廷的影響。

前面說過，東漢與西漢的建立有很大的不同。劉邦建立漢朝，靠的是一群庶族而起家。換句話說，楚漢之爭，是一場庶族和世族之間的較量。結果作為庶族代表的劉邦取得了勝利，而作為世族代表的項羽則被劉邦所敗，自刎於烏江……

不過，世族並未就此沉淪。

叔孫通制定禮樂，為劉邦樹立了威望。而後，西漢漸漸由庶族轉為世族所統治，最終被王莽所篡。於是有劉秀起於南陽，靠的就是南陽世族的力量。如果說，東漢是以這些豪強世族為基礎而建立起來的，絲毫沒有錯處。曹操，起寒士而用之，對於漢室朝廷而言，有著極為重要的意義。

曹朋一直認為，曹操的唯才是舉令很好，但問題在於缺乏延續性，最終被曹丕推翻。啟用寒門庶族，必然會帶來和世族之間的矛盾。這其中需要一個緩衝的過程，需要曹操慢慢調和，並進行梳理，才可以做到平衡二字。

可惜，未等梳理成功，曹操便死了。而後的曹丕，遠沒有曹操那種雄才大略，以至於無法延續他的政策，才使得世族重新抬頭。

曹朋覺得，若多給曹操一些時間，說不定就能使二者平衡。

或者說，在吸納了足夠的寒門庶族之後，曹魏政權培養出一支新興的世族力量，可以對抗舊有的世族力量，也許就能夠更加長久。只是，曹丕沒能理解曹操，而曹操也未能完成心願。

曹朋培養曹沖時，曾不斷灌輸唯才是舉的概念。可惜，在調教了三年之後，曹朋離開許都。而曹操對曹沖又是一種放縱的態度，很少涉及曹沖的學問，以至於在鑽研了董仲舒留下的文典之後，曹沖的思想漸漸發生了變化。

這不能怪曹沖，畢竟這與他的身世有巨大的關係。

拋開他曹二代的身分不說，單以他母親環夫人的出身而言，便可以看出一些端倪。

曹丕在世時，拉攏了大批世族力量。而環夫人在無奈下，選擇了吸納寒門庶族的力量來對抗。可問題是，環夫人本身就是出身於世族家庭。琅琊環氏雖然比不得那些中原老牌的世家大族，卻畢竟也有百年之久，一個世家出身的環夫人，又怎可能真正的接受寒門庶族力量？

所以，當曹丕死後，世族開始出現動搖，環夫人便開始改變策略……

其中最為明顯的，就是她對曹朋的態度。最初，環夫人是想要曹沖得到曹朋的幫助，而穩固地位。換言之，在曹沖拜師的時候，環夫人把曹朋視作同盟，那是一種相對平等的關係。但隨著曹丕一死，環夫人的思想也在發生變化。

她想要敲打一下曹朋，也就是說，她已經在悄然不經意之中，轉變了她和曹朋之間的關係。從最開始的平等，到後來視曹朋為下屬。這種態度，也在很大程度上，影響到了曹沖的思想。

畢竟，曹沖追隨曹朋，不過三載。可他如今十歲，從小就跟在環夫人的身邊，就影響力而言，曹朋終究無法和環夫人相提並論……而等到環夫人後悔的時候，曹沖已經開始有了自己的主張。這也是為什麼環夫人要他去拜見曹朋，而曹沖卻裝病、不肯前往的原因。

他一方面，不知道該如何面對曹朋，另一方面又有些懼怕曹朋……同時，他對曹朋又有一絲抵觸心理作祟，也就造成如今的疏遠。

對於這一切，曹朋並不在意。

求人不如求己，既然曹沖無法讓他實現理想，那就自己來做。

只是，當唯才是舉令提前四年出現在他面前的時候，曹朋仍舊感到萬分的震驚，同時更感惶恐。因為歷史偏離軌道的跡象，越來越明顯，他原來的那些記憶，是否還能產生作用呢？

曹朋自己也說不清楚。

不過，他很佩服曹操。

曹操挑選了這麼一個時機，藉由呂氏漢國歸附以及曹朋這麼一個契機，將唯才是舉令堂而皇之的推出來，令人無法拒絕。如果否認，則就是說，拒絕曹朋復起；拒絕曹朋復起，就有可能令呂氏漢國的歸附產生波折。自黃巾以來，漢室日間衰頹，也需要這麼一個機會來振作，錯過了這個機會，漢室很可能再也沒有機會後起。所以，那些漢室老臣也只能忍氣吞聲……

不過，這並不代表保皇黨一脈就此認輸。

曹朋非常清楚，漢帝一脈和曹操之間的爭鬥，才剛剛拉開序幕。結果會如何?曹朋說不準。只看郭嘉的表情就知道，這件事無疑有著巨大的意義。

曹朋把詔令收起，對郭嘉笑道：「郭大哥，不必如此悶悶不樂。」

「我怎能開心起來?」郭嘉苦笑一聲，輕聲道：「主公這份唯才是舉令一出，也就代表著把所有的矛盾都擺在檯面。」

「那又如何?」

「阿福，你難道真看不出來這其中的干係?」

曹朋哈哈大笑，「郭大哥，天有陰陽，時有晝夜，日出月落，人有生死。刀把子攥在主公手裡，只看主公如何下好這盤棋。有消亡，就有崛起……你我只須盡心竭力為主公做事，分擔憂愁即可。至於最後的結果，自有主公來決斷，你我又何必擔心?」

曹朋能感覺得出來，曹操發出唯才是舉令，絕非一時興起，他應該是早有這方面的心思，可是卻找不到一個合適的機會來發布。曹朋這次，給他提供了一個契機，才使得唯才是舉令提前出現。既然是早有謀劃，說明曹操已經做好了應對的準備。

曹朋見郭嘉仍有些沉重，於是想了想，突然問道：「郭大哥，我記得漢初時，曾設立有丞相一職，何故後來棄之不用？」

郭嘉心神不定，隨口道：「阿福，你真是糊塗。這丞相一職……」

郭嘉突然間閉上了嘴巴，轉過身，向曹朋看去……

說到這裡，就必須要談到兩個概念，那就是皇權和相權。

皇權，顧名思義，所以不再贅言；但相權，指的正是宰相的職權。打個比方，漢代的皇帝和丞相各有一個類似於『秘書處』的組織，可以獨立運轉。皇帝有六尚，指的是尚冠、尚衣、尚食、尚席、尚沐、尚書等。漢代最初的尚書，其實職權和地位都不算太高，卻代表著皇權。

荀彧為尚書令，說穿了其實就是代表著皇帝六尚的部門。

而丞相的『秘書處』，卻相對龐大，名為『十三曹』。如果按照十三曹的職能，可以看出當時的政務首先要彙集到丞相手中，而不歸屬於皇帝。

因為皇帝只有一個籠統的尚書處，而尚書處裡，也不過四到八個人而已。如此規模，根本就無法承擔起整個國家的運轉。而丞相府下屬的十三曹，權力相對更大。漢初，一切事物的處理出於相府，而不是在皇室。也就是說，真正使國家正常運轉的人不是皇帝，而是丞相。

如果再具體形容一些，皇室是黨，相府是政府。皇室指揮政府，是象徵性的意義，卻不插手日常事務。負責日常事務的，其實是丞相府。

西漢初，幾任丞相，比如蕭何、曹參、陳平這些人，都是開國功臣。他們位尊職重，敢於諫言，對當時的社會而言，有著極為重要的意義，所以不可以輕舉妄動。但是隨著景帝削藩，皇室開始集權，到漢武帝時，更進一步削弱了丞相的權力。

漢武帝重用內廷近臣，而遠丞相。當時在位的丞相，不論是薛澤、趙周、莊青翟、石慶，還是田千秋等人，皆謹小慎微。武帝末年，霍光為大司馬大將軍，進一步令丞相的權力削弱。到了西漢末年，大司馬已在丞相之上，而丞相的職權也多為內廷所取，基本上已沒有了權力。

漢成帝時，何武以丞相一人難以處理繁多政事為理由，建議設立三公，從此，丞相的權力便被分為大司馬、大司空和丞相三人所有。到漢哀帝的時候，又改丞相為大司徒，徹底把相權消滅。東漢初年，劉秀為加強中央集權，於是又設立了內廷尚書，加大了尚書的權力。如此一來，三公的權力再一次被削弱，而慢慢的轉入外戚和宦官手中。

至東漢末年，丞相制度一直未能得到恢復。哪怕是董卓篡朝的時候，也不敢改變三公制度，雖自稱相國，卻不敢出任丞相一職。

郭嘉眸光閃閃，凝視曹朋。

重置丞相？

開十三曹，總理天下事務，架空漢室……

其實，而今曹操不就是這麼做的嗎？朝堂上雖然在明面上尊漢帝，但實際上都是由曹操一手執掌。先置丞相，如此一來曹操總理天下政務，也就名正言順。

接下來……

郭嘉突然激靈靈打了個寒顫，一種奇怪的衝動，陡然間從內心深處湧起。他猶豫了一下，一咬牙，轉身就走。

「郭大哥，你去哪裡？」

郭嘉回頭，微微一笑，「我有要事，要與司空商議。阿福你晌午不要亂走，我已經代你約好了杜畿，可能過一會兒就會抵達。還有，呂氏漢國的時節已到了新鄭。子丹日間奉命離開許都，前去迎接他們，估計最遲後日，便可抵達。」

曹朋點點頭，不復贅言。他拿起一卷文牘，攤開來後，低頭閱讀。

而郭嘉，則匆匆離去……

建安十三年初，曹操挾遼東大勝之威，返還許都。

而後，他罷三公之職，重置丞相，設丞相府，掌十三曹，由奉天子以令諸侯，而為挾天子以令諸侯。從此，漢帝在朝堂上再無任何發話的餘地，大小事務皆由丞相府處置，總理天下事務，完全把漢帝架空。也就是從那時候起，曹司空變成了曹丞相，權勢熏天，氣焰張狂。

也就是在當年，曹操遭遇赤壁之戰，最終慘敗而歸……

赤壁之戰的失敗，究竟給曹操帶來了什麼？

很難說清楚！

但有一點可以確定，那就是赤壁之戰，無疑是曹操出任丞相之後的第一戰。而這一戰的失利，不僅僅是軍事上，其政治上的影響更大。至少，對曹操這個東漢以來的第一個丞相，影響甚大。也就是在那之後，曹操受到了各方面的衝擊。因為他的失敗，使得各方對他輪番指責，更有西涼之亂發生，使得曹操耗費數載才算平靖。

曹朋把那份文牘放下，起身走出書房。

建安十一年的暮夏，氣溫不高。事實上，整個夏季都算不得炎熱，是一個頗為舒適的夏天。秋季，將至。院中盛開的花朵，已呈現出凋零之色。

風柔柔的，從後院的池塘水面拂過，帶起一圈圈漣漪。曹朋邁步走上水榭長廊，手扶欄杆，看著池塘中的秋水蕩漾，嘴角微微一翹，露出了一抹古怪的笑容。

奉孝，果真是鬼才也！

他只提了一句，郭嘉便反應過來。

杜伯侯

歷史上，曹操也重置了丞相之職，而他今日提起，不過是順水推舟，把時間提前了兩載……

重置丞相，需要有一個契機。

當初，曹操憑藉攻克遼東，一統北方之大勝，而順理成章的成為丞相。

現在北方雖未完全統一，但一統之勢已無可阻擋。呂氏漢國的歸附，是一樁絲毫不遜色，甚至比歷史上那統一北方更加顯赫、更加驚人的功績。有漢以來，所謂功業莫過於開疆擴土。漢武帝後期勞民傷財，昏庸糊塗，令朝綱混亂，偏偏所有人提起他，都會翹起拇指。

何也？

蓋因他開疆擴土，大敗匈奴。

呂氏漢國的歸附，無疑是開疆擴土之功。

曹操憑此，足以登上丞相之位，就猶如歷史上他成為丞相一樣。提前一年半，無疑有一個巨大的好處，那就是曹操登上丞相之位後，接下來的立威之戰是對遼東，而非在赤壁。

孫、劉聯手的威力，遠不是小小的袁熙可比。

所以，即便曹操氣焰張狂，志得意滿，也足以幹掉袁熙。

憑此大勝，曹操可以坐穩丞相之位，而不至於有任何波折。至於曹操如何上位？如何在朝堂上通過？曹朋不會去過問！有郭嘉、董昭那些人在，輪不到他來費心。他所要做的，就是把這個由頭提出來，具體的事情，還是讓郭嘉他們去操作，反正到最後，都會有他曹朋的功勞。

想到這裡，曹朋輕輕拍擊了一下欄杆。

可是，南陽的問題，又該如何解決？

「公子！」一名郭府家臣，在水榭外躬身行禮。「府外有一個名叫杜畿的男子，說是受主人之邀，前來拜會。夫人讓小人，前來通知公子。」

杜畿來了！

曹朋收回心思，回身道：「快帶我前去迎接。」

郭府的家臣心裡一怔。

眼前這位爺是什麼來歷？他心裡可是非常清楚。單只看這位爺，敢當著曹司空愛子之面拍碎桌案，大發雷霆之怒，而曹司空愛子卻噤若寒蟬，嚇得連個屁都不敢放，就知道這位爺的厲害。主人對這位爺，頗為友善；夫人對這位爺，極為敬重；小公子對這位爺，更仰慕萬分。

曹朋的名聲在許都，可是響亮得很。六年前，他縱馬闖輔國將軍府，大開殺戒，砍斷伏完之手，至今仍歷歷在目，為百姓所談論；更不要說他後來在西北所建立的功業，就說他被囚禁滎陽，只用一個福紙樓，攪動整個許都上層人物為之瘋狂。

那文采、那名聲、那權勢……還有那賺錢的本領，都被市井中的販夫走卒所津津樂道。就連郭府的家臣，對曹朋也是敬重萬分。特別是他昨日剛發雷霆之怒，而今卻安然無恙，更可看出端倪。

門外那人，看上去落魄至極。而這位爺卻如此鄭重其事，要親自前去迎接。

幸好剛才沒有怠慢了對方，否則定是要吃不了兜著走……

說話間，曹朋隨著家臣便來到了郭府大門。隨著曹朋一聲令下，郭府大門，隨之大開。

說起杜畿，在歷史上，或者說在曹魏的歷史上，也非是等閒之輩。

此人在得了荀彧的推薦之後，曹操便以他為司空司直，遷護羌校尉，並使持節，領西平太守，後出鎮河東，政績斐然。當時天下動盪，郡縣殘破，而河東在杜畿的治下，卻最先恢復元氣。

韓遂、馬騰造反時，關中動盪。唯有河東，沒有發生任何叛亂。曹丕登基之後，賜杜畿為關內侯，後又任尚書，進豐樂亭侯，守司隸校尉。

杜伯侯

如此一個歷史上顯赫的人物，在《三國演義》中並沒有登場。

如果不是杜畿有一個牛逼的孫子，曹朋甚至有可能不知道這個人。京兆杜氏，也正是因此人而興起。又後推四百年，初唐名臣杜如晦，也正是這京兆杜氏所出，為杜畿的後裔子孫。

只不過，而今的杜畿，落魄至極。

當初天下大亂，為漢中府丞的杜畿棄官而走，帶著家眷從關中逃亡去了相對穩定的荊州。一晃，近二十載。杜畿在荊州，始終無法獲得機會。

也怪不得他沒本事，荊州世族本就是一個極為排外的集團。哪怕是劉表手下那些從山陽帶過去的舊部人馬，歷經十餘載，也未能融入荊襄世族的圈子。到而今，兩邊人相互對峙，衝突不斷。更不要說杜畿這種聲名不顯、貧窮落魄，更沒有半點背景和靠山的外來人，焉能站穩腳跟？

歷時二十載，杜畿終於無法堅持。

在建安三年時，他的兒子杜恕出生，而最為恩愛，陪他一起顛沛流離卻從無怨言的妻子，因病而過世，杜畿也因此生出了還家之想。恰逢劉先出使許都，杜畿帶著兒子從荊州來到了許都。不過，到了許都之後，他才發現了問題：他在荊襄沒有背景和靠山，來到許都，同樣沒有背景和靠山！得親戚的幫助，他在許都擔任一個城門小吏，算是有了著落。

只是，一個區區小吏，又如何能讓杜畿滿足？

許都的物價，是整個中原地區，除雒陽之外，最為昂貴的地方。

為小吏的收入，堪堪維持生計。可兒子越來越大，也到了就學的年紀，卻因沒錢而無法就學。杜畿心裡如何不急？

在許都待了一年多，依舊沒有找到門路。聽說而今關中老家正在興復，而且隨著河西，特別是河西走廊的開啟，衍生出了很多機會，杜畿便動了心思，想要回老家碰碰運氣。

卻不想，就在他剛拿定主意準備離開許都的時候，他一年半來苦苦尋求的機會，終於來了！就在前日，杜畿突然得到通知，說是司空祭酒郭嘉郭奉孝，指名要見他，讓他過府一敘。

郭嘉和杜畿認識的時候，並沒有表露身分，所以杜畿一直都不知道，當初和他在草場街那破爛酒肆中一起對酌的男子，竟然是而今司空府最得曹操所信任的司空祭酒。以至於當杜畿聽說之後，面對同僚的詢問，卻茫然不知所措。

不過，他不是一直在等待這個機會嗎？而今機會來了，他怎麼都要試一試運氣。

借錢，租了兩身新衣服，把珍藏多年、妻子過世前為他親手縫製的那雙靴子取出來，套在了腳上。還花了十個五銖，買了一個香囊。這是士人最喜歡的裝束。又去福紙樓，買了一把竹紙扇。據說，這扇子是大名鼎鼎的公子朋，曹三篇所造，分為絲、帛、紙三等材質，為當今士人所愛。杜畿買不起那種絲扇，卻也要配上一把竹紙扇，才不至於丟了這份臉面。

一切準備妥當，杜畿心中苦澀萬分。

能否成功，在此一舉。這一身行頭，花費了他一個月的薪水。若是不得成功，他可真的在許都無法立足了……

一手拉著兒子的手，杜畿站在郭府門外，心中忐忑不安。他不清楚郭嘉是如何知曉了他的名字，也不知道自己這模樣，能否入得對方的眼呢？

就在杜畿忐忑之時，忽聽大門匡當一聲，大開。

杜畿一怔，連忙回頭觀察。

這中門大開，是代表著有貴客前來。以郭嘉的身分和地位，在許都恐怕沒幾個人值得他如此興師動眾。至少杜畿看來，他沒有這種資格，所以下意識的拉著兒子往旁邊退，臉上露出一絲惶恐和失落。若是有貴客前來，豈不是說他今天就白來了？那樣的話，下一次機會不知要等到何時……心中，陡然湧出

章十九 杜伯侯

一股悲戚。杜畿輕輕嘆了口氣，拉著杜恕準備離去。

「敢問，門外可是杜伯侯？」

一個洪亮的聲音，在杜畿的耳邊響起。杜畿一怔，回頭看去，卻見一個身材高大、頜下蓄著短鬚、體形魁梧的青年，大步走出來。

那青年，身高約在一百八十五公分左右，生得虎背熊腰，體格健壯。一身月白色長袍，顯然是用最昂貴的絲帛專門訂製而成，格外貼身合體。往臉上看，膚色略顯麥色，透出一股健康的活力；五官是濃眉大眼，鼻直口方。

青年走出大門，往門階上那麼一站，頓時令人感受到一種無法抗拒的威風。那強大的氣場，絕不是普通人能夠具有。若非身在高位，或是地位非凡的人，絕不可能有如此的威風……

這，似乎不是郭嘉郭祭酒！

杜畿可是聽人說過，郭嘉是個文弱秀氣的人，而非這等氣勢逼人。

「父親！」杜恕輕輕扯了一下杜畿，而後下意識的往杜畿身後躲了躲。

這個人的氣場，太強了。強大到讓杜恕感到一種莫名的緊張和恐懼。不僅是他一個小孩子如此，就連杜畿也是一樣。

他醒悟過來，連忙上前兩步，躬身行禮，「城門小吏杜伯侯，拜見公子。」

「你，是杜畿？」曹朋露出了一抹微笑，上上下下的打量杜畿。

這杜畿的年紀，據郭嘉說，不過四十出頭，但看上去已兩鬢斑白，頗有些衰老。生活的磨難，在杜畿的臉上留下了深深的溝壑。他本是一個相貌出眾之人，而今卻看上去頗有頹然。

「小吏正是。」不知為何，在曹朋面前，杜畿竟生出了一種莫名的緊張，說話時也變得格外小心謹慎，戰戰兢兢，如履薄冰。

正當他在心裡揣度這青年是何等身分的時候，曹朋卻上前一步，蓬的一下子攫住了杜畿的胳膊。

「杜伯侯，怎來得這般遲？我已等候多時。」

杜畿懵了！

那隻大手極有力量，使他無法掙脫。而從那言語中，杜畿也似乎是聽出了些許端倪：眼前這人，在等他……難道說，中門大開，只是為了迎接他這個城門小吏？

杜畿心裡頓時湧起一股暖流。鼻子發酸，眼淚差一點就流下來……

多少年了！

從沒有人如此待他……想當初，劉表入主荊州，他信心滿滿的前去投奔，結果在大門口就被人趕走。二十載過去，人情冷暖，世態炎涼，也讓杜畿看得個真真切切。而今突如其來的這份尊重，使得杜畿有一種墮入夢中的感受，一時間手忙腳亂，竟不知道該如何回答。

「父親，叔叔在與你說話。」

「啊……」杜畿方才反應過來。

而曹朋，則留意到了杜畿身邊那小童子。他看上去不過六、七歲的模樣，體格瘦小，顯然是營養不良所致，臉色略帶著幾分菜色。不過那雙眸子卻充滿了靈性，讓人一見就不免生出喜愛之情。

曹朋鬆開了杜畿，蹲下了身子：「娃娃，叫什麼？」

「小民杜恕，見過公子。」杜恕好像個小大人一般，恭敬有禮，不卑不亢。

曹朋忍不住哈哈大笑，伸手一把將杜恕抱起來……這孩子，可真輕。

「走，叔父帶你去玩耍。」說罷，他邁步往府中行去，走了兩步又停下腳步，扭頭看著仍呆立在府門外的杜畿，眉頭一蹙，「伯侯，走啊……你還要在這裡站到什麼時候？隨我吃酒去。」

「敢問公子……」

你連你是誰都沒有說清楚，抱著我兒子就走？

杜畿連忙拱手詢問。

曹朋笑道：「我叫曹朋……奉孝向我推薦你，說你是做大事的人。所以邀你前來，且謀一場富貴。」

直到許多年後，時任水軍大都督的杜畿，回想起當初與曹朋第一次相見時，仍是熱淚盈眶。

「公子與我一個希望！所謂富貴，其實於我當時而言，若夢幻耳。蓋因公子抱起小兒，全不在意小兒衣衫襤褸之色。我至今猶記得，小兒的靴子髒了公子衣袍，可是公子卻絲毫不怪，反而與我說，要謀一場富貴。自那時起，我便知公子乃我一生所尋，可以追隨的人……」

杜畿非常爽快的答應，願意隨曹朋前往南陽。

對此，曹朋也很開心，他往南陽的班底已有了三分之一。當下，曹朋讓杜畿先從草場街搬出來，暫時安置在奉車侯府當中。反正府裡也沒什麼人，曹朋也不必擔心父母不會同意。草場街實在是太過喧囂，不太適合居住，杜畿搬到奉車侯府，於曹朋而言，也能方便他召喚。

杜畿臨行之前，曹朋從鍾夫人那裡先借來了二十貫，交給杜畿。

「給小恕換件衣服，莫再苛待。回頭我會與濮陽先生說一聲，讓小恕先入學堂。至於一應費用，你不要去操心，我自會為他解決。城門那邊我會派人與之說清楚。從明日開始，你便來我這裡做事，我正好有許多事情要與人商議。好了，回去收拾一下，待會我會派人到你家中，接你先到我府中安住。」

「公子恩義，伯侯必效死命。」杜畿終於忍不住痛哭失聲。

起起伏伏，歷經坎坷，而今終於又看到了希望。

他痛哭，不是為了自己的命運，而是想到了亡故的妻子。若妻子至今仍活著，定然會萬分高興。他從漢中府丞，顛沛流離到荊州二十載，虧得妻子的照拂和鼓勵。而今，他終於有了奔頭，可是妻子卻已不在。

杜畿很堅強！可即便是再堅強的人，在這種情況下也難以把持。

曹朋拍了拍杜畿的肩膀，沉聲道：「莫要如此，你看，把小恕都嚇壞了。」

杜畿抹去了眼淚，低頭看了看兒子。杜恕已經八歲了，可看上去好像六、七歲的孩子一樣，而且單薄瘦弱。

此時，杜恕也眼淚汪汪，緊緊抓著杜畿的衣袍。杜畿深吸一口氣，平定了一下情緒，躬身道：「公子切留步，也無須派人前去接我父子。畿回家收拾一下之後，自會前往侯府聽命。」

「誒，而今有了前程，若不與人知，豈不是錦衣夜行？」曹朋說著話，伸出手揉了揉杜恕的腦袋。

如果沒有差池的話，這小傢伙，恐怕就是將來那位西晉名將杜預的老爹了……

只不過，曹朋並不知道，歷史上的杜恕，同樣是個絲毫不遜色於杜預的人物。杜恕和他父親一樣，是個文武雙全的能人，曾官拜魏國幽州刺史，建威將軍，烏丸校尉。著有《體論》八篇和《興性論》，成為當時名士，為士林所重，聲名極為響亮。前文書說，杜畿建立了京兆杜氏一族，但真正令杜氏成為關中世族的人，卻是杜恕，因為他創立了杜氏傳承數百年的門風。

檢驗世族的標準，基本上有三個部分：

這第一個標準，便是累世出身。家中上溯三代，有幾人為官？

第二個標準，田產家財。作為世家，宗房林立，若無充足的田產和家財，很難長久，這也是為什麼曹朋經商的時候，世族會踴躍加入。對陳群、鍾繇這些人來說，錢財是阿堵物——錢財只是身外之物，並不用重視。但他們可以不去重視，宗族卻無法忽視。充足的財力對世族而言，有著舉足輕重的作用，不可以等閒視之。

而這第三個標準，就是家學。這一點，甚至遠遠高過於前面兩點。沒有家學的傳承，就不可能成為

章十九
杜伯侯

世家、高門大閥。

就以汝南袁紹一族為例子。

汝南袁氏的家學傳承，就是《尚書》。袁氏對《尚書》獨到的理解，令他們聲名遠揚。相比之下，東漢末年時的大將軍何進一支，既有皇后，又有何進、何苗兩兄弟，偏偏卻不為世人所認可，甚至大多數時候是被士人所利用。何進家中，富貴不可言，同時田產無數……就因為何氏沒有家學的傳承，所以提起他，總會說他是屠戶出身，言語間會不經意的露出鄙薄。

人言龐德公，會尊一聲『小龐尚書』。而這一句小龐尚書，甚至連劉表也不敢有半點怠慢之處。

原因？

就是龐德公家學淵源，讓人不敢輕視。

杜畿明白曹朋的意思，不由得更加感激。他來許都一年半，遭人多少白眼，而今他終於有了前程，曹朋派車馬去，說穿了就是要給他撐腰，為他杜伯侯揚名……

杜畿再次向曹朋道謝，帶著杜恕回家了。

曹朋擺手，讓郭府的老家臣郭正上來，從腰間取下一塊令牌，遞給了郭正。

「持我腰牌，前往奉車侯府，讓他們派出幾輛車馬，去草場街把杜畿父子接過去。告訴他們，要好生安置。我晚上會返回侯府，若被我知道怠慢了杜氏父子，我就扒了他們的皮。」

在奉車侯府中，曹汲為尊。

但侯府上下都知道，這家裡說話真正算數的，是那個很少在侯府居住的曹朋。

本來，曹朋昨夜就該返回侯府，只是不成想被郭嘉拉住飲酒，直到深夜才算結束。如此一來，曹朋也不好回家。他沒有通行腰牌，而許都入亥時便開始執行宵禁，自然無法出去，所以就在郭府繼續住下。

也是該回去了！

曹操既然已經任命他為譯官丞，也就等於把他的罪責全部赦免。他現在可以光明正大的出現在許都的街頭，又何必像之前那樣偷偷摸摸、躲躲藏藏，好似做賊一般。

曹朋回屋後，簡單收拾了一下。

有關南陽郡的那些文牘，必須帶走。不過，這件事只須和鍾夫人說一下，自然會送去侯府。

「叔叔要走了不成？」鍾夫人帶著郭奕前來，笑嘻嘻的問道。

曹朋點點頭，搭手道：「這兩日麻煩了嫂嫂，昨天更險些釀成大禍。幸得嫂嫂仗義執言，小弟才倖免於難。而今，主公既然已發出任命，我也該回家去了。要不然，這白蘭精舍定變成鬧市，到時候豈不是壞了郭大哥的清靜？再過些時候，待家人返回，請嫂嫂過府，品嘗小鸞的手藝。」

「那我就等著叔叔的邀請。」

鍾夫人知道，曹朋這一露面，必然會有熱鬧。不說別的，單只是那福紙樓，就足以讓許都諸多名士前去拜會。郭嘉喜好清靜，到時候郭府訪客不斷，說不得真就亂了白蘭精舍的清靜。所以，鍾夫人倒是沒有阻止。

又和郭奕逗了幾句，曹朋告辭離去。

出郭府大門，他仰面朝天，閉上了眼睛，享受這暮夏時分日光。

片刻後，曹朋突然笑了！他大吼一聲：「許都，我曹友學回來了！」

而後曹朋哈哈大笑，翻身上馬，朝著奉車侯府方向行去。

「阿福，回家了？」

曹操正在用餐，聽到稟報，眼皮子都不抬一下，隨口問了一句。

「朋公子午時離開了郭府，已抵達奉車侯府。」羊衜垂手恭敬的回答：「據說，朋公子在離開郭府的時候，還大吼了一句，說『許都，我曹友學回來了』。還有，他招攬了一個叫杜畿的人為幕僚，派侯府車馬前去迎接，令整個草場街都為之震動。據說，杜畿父子抵達奉車侯府的時候，公子還親自出門，把他們迎入府中。」

曹操臉上，閃過一抹古怪的笑容。

「算了，讓人回來吧。」

「那朋公子那邊……」

曹操笑道：「他那是在為去南陽而做準備。杜畿此人，奉孝也與我提過，只是我一直不得空……阿福從西北回來，幾乎沒帶什麼人，此去南陽，終究是身單力孤，找幾個幕僚也很正常。不必再盯著了，那小子已經猜到了。」

羊衜應了一聲，不再出聲。

曹操突然放下了筷子，問道：「進之，你隨我多久了？」

「啊……算起來，也快三年了。」

「三年，可不算短了……小阿福用三年，為我打下了一個涼州。」

曹操站起來，在屋中徘徊片刻後，看著羊衜問：「進之，可打算出去走走？」

「啊？」

「你的本事，我很清楚。繼續留在我身邊，也不是個長久之事。你剛才說阿福招攬了杜畿，我倒是想起一樁事……他身邊的確是沒什麼人幫襯。不如你隨他一同前往南陽，暫領個主簿的職位，也算是歷練一下。續公當年曾為南陽太守，想必你對南陽郡也不陌生……進之，不知你意下如何？」

主簿，聽上去似乎並不顯赫。但就職位而言，卻是郡太守以下，第三號人物。

羊衜連忙躬身行禮，「憑主公吩咐。」

「嗯，既然如此，那你就先下去吧。回去後，先不要告訴任何人，自己準備一下。待時機成熟，我會告知阿福，到時候你再去報到。」

「喏！」羊衜躬身離去。

曹操邁步走出了書房，但見斜陽夕照，映起一抹殘紅。

他深吸一口氣，眸光一閃，似乎想到了什麼有趣的事情，突然間嘿然而笑，而後負手離去。

重置丞相府？

這似乎，是一個不錯的主意。

正如曹朋所猜測的那樣，他回到家後，就再也閒不住了。

一個下午，接二連三的有人來拜訪，或是許都名流，或是本地的士紳，把曹朋擾得不勝其煩。

可他又不能怠慢。

他剛被赦免，說穿了正在風口浪尖上。

曹操藉由讓曹朋復出的機會，頒發了唯才是舉令，也使得曹朋的重新入仕變得極為不尋常。所以，這時候他還真不好去得罪什麼人，若怠慢了哪個，到最後很可能會惹來不必要的麻煩。曹朋相信，這個時候在這許都城裡，不曉得有多少雙眼睛正死死的盯著他……

或有羨慕，或有敬重，但其中必然少不得仇視和陰謀。

劉光一直沒有露面，更沒有發出任何反對的聲音。

以他的立場而言，這種情況很不正常。所以，越是這等時候，曹朋就越要冷靜，小心翼翼。

許都，畢竟不是涼州。他在涼州可以為所欲為，但在許都……

「公子，文舉先生派人送來請柬，請公子今晚毓秀樓赴宴。」

毓秀樓？

曹朋不由得眉頭一蹙。

那可是劉光的地盤。雖說劉光現在入仕，為避嫌，將毓秀樓頂了出去，可誰都知道，那不過是讓人看看而已。這毓秀樓，帶有太過於明顯的漢室印記，誰又可能輕易的接過來呢？

不過，孔融相邀，曹朋還真的不能拒絕。

拋開孔融在士林文壇中的地位和影響力不說，老頭兒對曹朋，那是真的不錯。

當初曹朋做《三字經》，老頭就大加讚賞。當時如果沒有老頭兒的力挺，估計也不可能那麼快被人接受。隨後，曹朋殺韋端，士林震動，但是以孔融為首的清流，卻在當時保持了沉默。

這也使得曹操對曹朋的處罰，多了一些迴旋的餘地。

可以想像，老頭兒當時也跟著鬧起來的話，清流一脈必然會緊跟著對曹朋群起而攻之，那時候，曹操的壓力可真的就大了！所以說，曹朋能夠輕描淡寫的被鬼薪三歲，清流不言，已經是對他最大的幫助。更不要說曹朋辦福紙樓，和老頭兒一說，立刻便答應下來，不但表示願意和曹朋合作，還為福紙樓題字。這份支持，也讓曹朋感動……這是一份難得的情義。

歷史上，說孔融清高自傲，不知進退。可接觸下來就會發現，其實這老頭兒是個很可愛的老傢伙。不似那些腐儒，孔融非常開明。並且在他的性子裡，有點老天真，說起話來很直接，從不拐彎抹角。也許正是因為這份天真，最終讓曹操無法忍耐。不過，從目前看來，老頭兒對學問的興趣越來越大，對於朝堂上的勾心鬥角，好像失去了興趣……

不管怎麼說，孔融送來請帖，曹朋是斷然不會拒絕。

他對杜畿道：「伯侯，你親自到孔府一趟，告訴文舉公，就說我必然會準時赴約，請他勿念。」

杜畿聽聞，也很興奮。

以他之前的身分地位，別說見孔融，恐怕連孔府的大門都進不去。有一個靠山的感覺，真的是非常好……至少，他現在可以親自拜見那位在文壇頗有名聲的老先生。

讓杜畿下去之後，曹朋合上了書本。站在窗牆前，他面帶沉吟之色。

孔融這個時候找我，又是什麼事情？

章二十 辯才少年

原本，曹朋打算早一些出門。

孔融是長者，在士林中的身分地位遠非曹朋可比。他親自相邀，作為晚輩，當然要提前到達。若是讓孔融等他，可就有點失了禮數。

可沒想到，曹彰卻來了！

「先生，父親讓我後日前往參戶亭。」曹彰興奮無比，一副摩拳擦掌的架式，看上去非常高興。

「參戶亭？」曹朋不禁愕然。他還真不知道這麼一個地方，那是在哪裡？

不過聽了曹彰的解釋，他很快就明白了曹操的用心。這是讓曹彰參戰，去賺取軍功啊！在曹朋看來，曹彰目前最需要做的，是踏踏實實的讀兩年書，好好做點學問。只是曹操的做法也沒有錯，去賺取些軍功，也是一種資歷。

看起來，曹操對幽州是勢在必得。

曹朋想了想，對曹彰道：「子文此去冀州，聽命於張文遠帳下，我自然高興。文遠是我的好友，我很瞭解他。此人驍勇善戰，兵法出眾，謀略不俗，膽氣過人。當初在呂溫侯帳下時，就聲名遠揚，非比常人。子文能在文遠帳下聽命，是一樁好事。不過我有一言，還望子文牢記。」

「願遵先生教誨。」

「文遠重規矩，不比我隨性。你在西北時可以自由自在，言論不羈。但是在文遠帳下，一定要約束住你那執拗的性子，要依令而行。文遠軍紀森然，斷然不會講究情面，你到了那邊，不可以由著性子，要守好規矩。」

「喏！」

「其二，文遠有大才。你此去也是一個機會，我贈你七個字，多聽多看少說話。能在文遠身邊效命，也是一樁福氣，你要好好把握。」

對於曹朋的推崇，曹彰不敢有半點怠慢。他再次點頭，表示牢記住曹朋的囑咐。

「其三，到了參戶亭，軍務繁忙，但不可以因此而耽擱了學問。我送你的幾部書，必須帶著，時常翻閱，哪怕只是看兩眼也好，卻不能一日不讀書。你也說過，想吸取西楚霸王的教訓。人言書中有顏如玉，書中有黃金屋，你可以慢慢的去尋找、去學習，但是卻不能就此而放棄。待你回來，我會考校你的學問。」

說到這裡，曹彰不由得鄭重起來，恭恭敬敬的應下。

「幽州之戰，我估計會在開春發生。那裡是苦寒之地，主公必然會在準備周全之後，一舉攻克。然，幽州地方錯綜複雜，袁熙在當地經營日久，根基不淺，一旦前線失利，他必然會向遼東撤退。到時候主公也定然不會善罷甘休，繼續追擊。只是遼東道路難行，地勢複雜，你到時候要陪著主公，保護好他，小心伏擊。」

「還要，代我照顧好奉孝，最好能請一名醫隨行……嗯，就讓董曉隨行吧。多帶一些藥物，以免遭遇水土不服。若萬一藥物周濟不上，我還有一個土法子，也不知道能否有用。讓軍卒開拔前，從本土帶一些土壤，若感到不舒服的時候，就用水沖泡土壤，說不定可以緩解一些症狀。」

「總之，幽州之戰並非你想的那麼簡單，其中牽扯頗深。不僅僅是對袁熙，還有烏丸、鮮卑這些胡虜摻雜其中。你隨行聽命，當多加小心……還有，多帶些衣裳，以免到了那裡受寒。」

對於曹彰，曹朋是發自內心的喜愛。

這傢伙是個很率性的人，有時候可能會很執拗，但心很大，能包容得天下，只是性子過直，太容易相信別人，難免會遇到挫折。曹朋又叮囑了許多事情，直到再也想不起來了，才算結束。

送走曹彰，曹朋不免有一種悵然若失的感覺。

曹彰，在經歷了一番波折後，終於又重踏上了北伐之路。他的成名之戰，便是遼東對烏丸之戰，似乎也就是現在這個年紀……只是不知道此去遼東，可能安然否？

不過，想到曹彰那一身武藝，曹朋也放心不少。

而今的曹彰，十六歲，但一身武藝，卻是不俗……不但槍馬純熟，騎射驚人，更兼久習太極，氣脈悠長。只要不遇到什麼超一流的武將，自保想來無虞。而遼東之戰裡，曹朋著實想不出有什麼超一流的武將存在。

「啊呀！」

當斜陽從窗稜照進屋中的時候，曹朋才發現，天將將黑。晚上和孔融可是約好了，要在毓秀樓吃酒，沒想到曹彰一來，竟然耽擱了這麼久的時間……

曹朋連忙喚來家奴，在府外上馬。

臨行時，曹朋對杜畿道：「伯侯，我書房案上，放著南陽的文牘。你可以拿回去看一看，心裡也能有個腹案。待這一段時間忙過去，我再與你討論。這幾天府中可能會忙碌，就煩勞與你。」

杜畿連忙躬身應命，目送曹朋打馬離去。

站在奉車侯府那高大的門階下，他回頭仰望府門上的那塊橫匾。落日的餘暉，照在橫匾上。那漆黑橫匾上的描金大字『曹府』，透出一種極為恢宏的氣勢。曾幾何時，自己落魄的甚至想要返回老家，往西域經商。沒成想，只一日間，自己已經變成了奉車侯府的幕僚，將來還會有更為遠大的前程……這就好像，一個早上還在為三餐而奔波的乞丐，到了晚上，卻發現自己身處華廈之中一樣，簡直就如同一場夢幻。

如果真是夢幻，那我情願這夢幻莫要醒來！

杜畿呆立良久之後，突然啞然失笑，搖著頭，邁步走進了侯府的大門。

曹朋對待杜畿的態度，和當初對待步騭他們的態度，還是不太一樣。步騭歸附時，那是在廣陵小有名聲，被人們所認可，而他本身也屬於淮陰大族，雖說沒落，卻見識不俗。而杜畿呢？經歷遠非步騭可以相比。他輝煌過，沉淪過，被人讚譽過，更親眼見識到了世態炎涼、人情冷暖。顛沛流離半生，若以人生閱歷而言，杜畿遠比步騭他們豐富。

也正是這個原因，曹朋沒有像對待龐統他們那樣，視為座上客。對杜畿而言，此時的禮數，也許不過夢幻。與其態度上熱情，倒不如給他一些實實在在的東西。比如，住上大房子，吃上好東西，兜裡面揣著錢帛，讓杜恕能夠受到良好的教育……對於杜畿來說，這些實實在在的好處，遠比那些虛透巴腦的讚譽或者禮數，更能讓他產生好感。

這將會是一個新搭檔，和之前那些搭檔完全不同。

他更成熟、更沉穩，經歷更豐富，思想更理性……

可以說，杜畿是曹朋入仕以來所接觸的幕僚當中，除了李儒之外，年紀最大的人。對於這麼一個人，曹朋還需要一個熟悉的過程。想必郭嘉推薦了杜畿，這個人斷然不是徒有虛名。

曹賊

十二章 辯才少年

曹朋一路策馬，朝著毓秀大街行去。

許都城中已經華燈初照，天黑了！

曹朋抵達毓秀樓的時候，卻意外的看到了一個熟人。

「史老大，何故在此？」

毓秀樓外，一個身材不高、體型略顯瘦削、形容憔悴的男子，正在為人牽馬。

史阿！

看他這副模樣，曹朋真的是嚇了一跳。

這傢伙未免也太落魄了吧……怎麼幹起了小廝的活計？

說起史阿，也許大家都還記得，他是東漢末年時期，第一劍手王越的親傳弟子。曹朋在建安二年時，與史阿結識，當時的史阿可是光彩照人，氣度非凡，兩人曾有過好幾次合作。

最初，曹洪在雒陽設立賭坊，便是史阿前去經營。而後曹朋在雒陽出任北部尉的時候，史阿也出過不少的力氣……

只是後來，史阿決意跟隨曹丕。一方面，曹丕是世子，另一方面，史阿曾當過曹丕的劍術老師，交情不錯。相比之下，曹朋當時就弱了點，因為砍了伏完的手，而被罷免官職，幽居家中。此後，曹朋與史阿，就再也沒有過交往……

而今的史阿，形容憔悴，一襲灰衣小廝的打扮，走起路來也是一瘸一拐。

看到曹朋的時候，史阿先是露出驚喜之色，而後面帶羞愧，扭頭就要走。曹朋連忙下馬，快走兩步，一把便抓住了史阿的手臂。

「史老大，你這是怎麼了？」

「公子，史阿愧對公子。」

「誒，你這是什麼話？你我之間也算是過命交情，當年在雒陽時還並肩作戰，談什麼愧不愧的？你……」曹朋看著史阿，眉頭一蹙。

這才幾年不見，史阿當初那滿頭黑髮，已變得花白。

「你，過來。」曹朋馬鞭一指旁邊一個看似領班的傢伙，「告訴你們掌櫃，給史老大結清工錢，而後把他送去奉車侯府。少了一錢，老子就拆了你這毓秀樓。我是曹朋，若掌櫃詢問，你就報我的名字。」

那夥計一臉橫肉，聽了曹朋的話，本要發作。可是當他聽到『曹朋』二字的時候，那到了嘴邊的髒話硬生生嚥了回去，臉上頓時露出阿諛笑容。

「卻是曹公子，這好辦、這好辦。」

「公子，你這又是何必……史阿如今廢人一個，如何當得公子這份情誼！」史阿一臉的惶恐，想要掙扎。

如今的曹朋，可不是當初和他一起在雒陽，靠著賭坊發財的那個小子。二十六歲的曹朋，身強力壯，已到了洗髓的巔峰，哪怕是在不經意中使力，也不是等閒人可以掙脫。

曹朋的手，好像鐵鉗一樣，牢牢攫住史阿的胳膊。他猛然發力，一把摟住了史阿的脖子，全不顧他身上的汙穢。

「史老大，你也說了情誼二字。既然說了情誼，就別那許多廢話。我幫你，不是可憐你，也不是其他原因。我們是朋友，朋友落難了，自然要有朋友幫忙，要不然，要這朋友有個球用處？我這會兒有事，無法脫身，要不然定會帶著你一同回去。」

「休要囉唆，當我是朋友的話，就老老實實到我家裡去，先洗一洗，換件衣服，待我晚上回去，咱們再相談。你可別想跑，我知道你家住在何處……你要是敢跑，躲著我，老子就發海捕文書通緝你，看到時候你能跑到什麼地方。」

十二章
辯才少年

曹朋言語之中，帶著令人無法抗拒的威壓。

史阿眼圈不由得一紅，眼淚刷的一下子就流出來。

「好，我不跑，我絕不跑。公子，衝你這句話，史阿沒白活這一遭。而今這許都的人，視我為蠍虎，躲之不及……呵呵，你自己麻煩還沒有結束，卻跑來招惹我這個麻煩。公子，你就不怕到時候，麻煩會更多？」

「呸！天大的麻煩，我幫你扛！」

曹朋笑了。他鬆開史阿，「好了，文舉先生在樓上等我，我不和你囉唆了。你先到我奉車侯府落腳，等我回來了，咱們兄弟好好吃他一杯酒，有什麼話，到時候再說。」

史阿輕輕點頭。接著，他突然壓低聲音，在曹朋耳邊道：「小心點，周不疑在樓上。」

曹朋聽聞一怔，旋即冷笑一聲：「黃口小兒，他算個球！」

史阿也笑了，一拱手，便退到了一旁。

曹朋大步流星走進毓秀樓。

而那領班模樣的夥計則一臉阿諛的笑容湊過來，「史老大，慢點慢點……小的這就帶你去見掌櫃，一會兒親自送你去侯府。史老大，你這可不夠意思了，既然認識朋公子，何不早說？嘿嘿，以後小弟還得要靠著史老大多多關照！請隨我來，隨我來！」

史阿卻笑了。

他並未客套，反而變得極為平靜。

三年了，快三年了！

三年來，他什麼沒見過？

而今的史阿，已心如止水，早已沒有了當年那份爭強鬥狠的豪情。所以，對那夥計，他也沒什麼好說，只是點點頭，輕聲道：「小二哥，請前面帶路吧。」

步履間雖然依舊是一瘸一拐，看上去非常彆扭。但是史阿的胸脯已經挺起，隨著那夥計一同尋掌櫃去了。

孔融在毓秀樓三層設宴。

曹朋報上了名號，自有侍者在前面領路，來到了三樓。

還沒等走進雅閣，就聽到裡面傳來一陣激烈的爭吵聲。似乎有不少人，在雅閣中發生了爭執。

曹朋站在門口，擺手示意侍者退下。他靜靜聆聽了片刻之後，臉上突然浮現出一抹森冷的笑意。深吸一口氣，曹朋拉開了雅閣的門，邁步走進去，與閣中眾人拱手，「曹某來遲，萬請勿怪！」

雅閣中有不少人，粗略一掃，大約十幾個，有老有少，有俊有醜，衣著各異，形容也大不同。當曹朋走進來的時候，雅閣裡突然安靜下來。一雙雙眼睛朝曹朋掃過來，目光中帶著不盡相同的意味，表情也頗不一樣。

孔融，是眾人當中年紀最長者。他今年五十三歲，相貌清臒，體態修長，一襲白色襌衣，跪坐於榻上，臉上帶著一種嚴穆之色。不過，當曹朋進來時，孔融的臉上卻露出一抹笑容。他並未起身，而是朝著曹朋一搭手。

也許，在旁人看來，這是一種倨傲的表現。

但曹朋卻知道，孔融並不是一個很懂得人情世故的人。

別看他當過北海太守，而今更身居高位，可實際上，他並不是很懂得交際，更不知道察言觀色。若非如此，歷史上他也不會激怒曹操，最終落得個家破人亡的下場。而今，孔融醉心學問，對於那些人情世故更少有留意。他天性如此，能與曹朋搭手，已經是一個破例。

「友學，何故來遲？」

「哦，剛回家，事務太繁雜。本來打算早些前來恭迎融公，哪知道子文突然跑來，又和我商議了些許事情，以至於……融公勿怪，諸君勿怪。呵呵，朋來遲，自罰三觴，權作賠罪。」

如果說，之前還有些人對曹朋姍姍來遲而感到不滿，但看到曹朋現在這個態度，心中的不滿也就煙消雲散。

人之常情嘛！人家剛一到家，自然事務繁多。而且世子前去拜訪，那也是無奈的事情。聽說世子將前往參戶亭從軍效命，和曹朋拜別一下，似乎也沒什麼可以指責。

在座大多數人都知道，曹彰曾隨曹朋就學，後來又隨著曹朋在西北建立功業，曾斬將奪旗，平定羌亂。算起來，曹朋不僅是曹彰的老師，更是曹彰的上官。曹朋獲罪，曹彰拋棄功業，不遠千里從武威陪伴曹朋前往滎陽。這在許都，已經是一個佳話，為不少人稱讚。特別是孔融這一派的人，對曹彰的作為更讚不絕口。

建安十年年關，曹操在司空府中擺酒設宴，宴請文武大臣、士林清流時，曾有人當眾作公宴詩，稱道曹彰的美德，令曹操大為開懷，甚至還賜了那人一個散官閒職的出身。

對於這種有溜鬚拍馬之嫌的行為，孔融這些人自然不屑於做，可是，卻不能阻止他們對曹彰的讚賞。尊師重道，乃上古聖人傳下來的美德。哪怕而今禮崩樂壞，有一些東西卻始終留存在人們心中。加之曹朋進來後，頗知禮數，對待孔融張口融公、閉口先生，給足了孔融面子。如此，若孔融還要再追究的話，那他這五十三年可真的是活到了狗身上……

孔融微笑道：「友學欲貪酒乎？自罰之說休要再言。來來來，我且與你介紹幾位俊彥，皆高士也。」說著話，孔融招手示意，曹朋坐在他身邊的空席上。

對於孔融的這個安排，大家也都沒有反對。

江湖地位擺在那裡，在座眾人多為白身，而曹朋卻是譯官丞，即將負責迎接呂氏漢國使者的事務。誰都清楚，所謂的譯官丞只是一個過渡！曹操已迫不及待的要讓曹朋復起，無人能夠阻擋。只要呂氏漢國歸漢成功，那曹朋就是大功一件，到時候自然而然可以獲得升遷。

曹朋也不客氣，上前坐下。

「山源，別來無恙。」

他坐下之後，朝著在座的一個青年拱手。那青年大約三十出頭，相貌俊朗，頗有幾分威武氣概。

「師兄別來無恙。」青年連忙還禮。

這青年，名叫周奇。

也許大家還記得這個人，曹朋就學於陸渾山臥龍谷的時候，周奇就已經入了書院，在胡昭門下求學。但當時他只是書院學子，並非胡昭親傳弟子。出身不算太好，是山民出身，所以對前去求學的司馬懿和曹朋，懷有濃濃的敵意。不過後來，他與曹朋之間的關係卻緩和許多。

史書上曾有記載，司馬懿在陸渾山求學時，曾惹怒了一名周生，後來趁胡昭不在山中，周生帶著幾十人，想要殺了司馬懿。幸虧胡昭聽到消息，及時返還，才算阻止了周生，救下司馬懿的性命。而那周生，便是周奇。在建安五年官渡之戰後，入胡昭門下，賜表字山源，正式成為胡昭的弟子。雖然年紀比曹朋大，但周奇還是要尊曹朋一聲『師兄』。

周奇現在於潁川書院教書，一直未入仕。今日也是受邀而來，不成想卻與曹朋再次相逢。

曹朋和周奇見過之後，就聽孔融朗笑一聲，「你師兄弟皆從孔明，那我就不再贅言。友學，此應德璉，亦才學出眾，文采飛揚。今日，德璉可是東主，你可不要輕怠了東主才是。」

應德璉是誰？

或許聽上去有些陌生。但如果提起他另一個稱號，也許能比較清楚：建安七子之一。

不過曹朋並不知道應德漣的來頭，向他看過去，仔細的打量了兩眼。

那應德漣忙欠身搭手，「家父常言，公子朋有大才。德漣初至許都，聞公子之名，故冒昧拜請融公，以為引薦。」

「令尊是……」

孔融道：「說起來，你可能見過。就是前司空掾，應珣。」

曹朋頓時清楚了。

建安五年，應珣為司空掾，不過只擔當一載，便因身體原因而告病還家。

也不怪應珣身子骨差，建安五年到七年，是司空府最為忙碌的時候。官渡之戰由開始到結束，緊跟著收復河之南，建安七年又有蒼亭之戰，袁紹病亡，可謂是建安之初的多事之時。那三年裡，司空掾換了好幾個人，而這個應珣，也是最讓曹操感到滿意的一個……

「原來是珣公公子，失敬。」

應德漣忙連聲道不敢。

應德漣，本名應瑒，建安七子之一。而今二十九歲，曾舉茂才，初至許都。

按照歷史的發展，在兩年後，曹操重置丞相，開丞相府時，應瑒官拜丞相掾屬。不過看他現在的樣子，似乎並不是很得意。加之孔融剛才說，應瑒是今天請客的金主，曹朋隱隱約約便猜出了他的真實目的。想來，應瑒有些耐不住寂寞，希望能儘快的尋找一個出路……

「孔璋想來友學當不陌生，我就不再介紹。」

坐在孔融下首，是一個四旬靠上的男子，生得儒雅溫文，氣度非凡。

陳琳，字孔璋，建安七子之一。

曹朋當然見過陳琳，而且非常熟悉。此人曾在袁紹門下做事，官渡之戰前，他做檄文討伐曹操，令曹操出了一身冷汗。官渡之後，陳琳被俘，曹軍上下皆要斬之，可曹操卻愛惜陳琳文采，為司空軍師祭酒。所以，和曹朋也算不得陌生。

曹朋拱手，陳琳還禮。

「劉公幹，亦我好友，不過你二人未曾見過。」

劉楨？

曹朋笑道：「我一返中原，便聽說了公幹之名。與融公同著《文論》，焉能不曉？公幹先生，請酒。」

曹朋舉杯，劉楨也連忙還禮。

今天，莫非是建安七子的聚會？這一眨眼的工夫，就竄出了四個人。

曹朋目光掃過雅閣，卻突然落在了末尾處，一個少年的身上。

沒錯，就是少年！

他坐在席間，卻透著與眾人格格不入的倨傲。

看年紀，大約在十四、五歲的模樣，生得儀表堂堂，頗有文秀，站起來大約七尺身高，體格略顯纖瘦。身著月白色直裾襌衣，衣袂飄然。只是，明明年歲不大，卻要做出一副小大人的模樣。在末尾處端坐，看上去很是孤單，卻仍舊透出堅強之氣。他直著腰，挺著胸，故作穩重。

可十四、五歲，就是十四、五歲。你再怎麼裝，也不可能像是二十四、五歲……

曹朋心裡一動，隱隱猜出了少年的身分。

周不疑！

毓秀樓外，史阿曾與他說，周不疑在。

周不疑這兩年在許都，接連挑釁曹朋，但曹朋始終沒有回應。一來，他懶得和周不疑爭執，二來呢，他在滎陽，而周不疑在許都，兩人並沒有交集。卻不想，居然在這毓秀樓中相會。

剛才在門外時，曹朋就聽到了雅閣中的爭執。

就是周不疑和應瑒等人的辯論。

而辯論的焦點，正是荀子的性本惡論。應瑒以為，人性本善；而周不疑卻堅持認為，人性本惡，正因為惡，聖人所以教化……這牽扯到一個教育的根本，所以雙方爭論得也是極為激烈。

只是周不疑這兩年太過於張狂，以至於不為人所喜。

他駁斥過荀悅，和孔融爭論過，批評過胡昭，抨擊過鍾繇……

而這些人，或是不擅雄辯，如胡昭；或者不屑於與之爭執，如鍾繇。孔融曾和他討論過，卻發現這少年好強詞奪理，也就失了興趣。至於荀悅，因《申鑒》一書，對讖緯之學進行批判，也和周不疑發生過一次辯論。那一次，周不疑以天人感應為基礎，令荀悅啞口無言。

畢竟董仲舒開創了漢代儒學的興盛，而天人感應更被皇室所尊崇。

荀悅本來是批判那些人為製造的祥瑞讖緯，可是牽扯到了天人感應，卻不免有些束手束腳。

曹朋曾研究過周不疑和荀悅的那次辯論，覺得是一次偷換概念的經典辯論。當然了，這也和荀悅是老實人有關，不知不覺，被周不疑帶進溝裡，等想要反擊時，已無能為力。

周不疑的才學究竟如何？曹朋並不清楚。

但曹朋卻可以從周不疑的幾次辯論中看出一些端倪。

這孩子博覽群書，見聞廣博；他思路敏捷，而且很懂得偷換概念的妙用，的確是有些本事。

可孩子啊，你想成名沒錯，卻不能如此張狂。你幾乎把整個中原士林得罪了一個遍……有些東西，即便是你說的有道理，可你得罪了那麼多人，又豈能有好果子吃？孔融這些人都是厚道長者，若換個心胸狹窄的，你小命難保。

而周不疑，也正在打量曹朋。

從內心而言，曹朋並不痛恨周不疑，相反，他覺得周不疑很可憐。

他還是個孩子……一個根本不清楚這世道有多麼險惡的孩子。你看他強做出一副堅強的模樣，在大人們冷漠的目光中，表面上似乎很鎮定，但內心的惶恐，恐怕只有他自己明白。

十四歲，便來到了龍潭虎穴。

雖然不知道他究竟是受了誰的指使，卻要承擔著無盡的責任。

雅閣裡十幾個人，卻沒有人坐在他的身邊。從曹朋走進來後，所有人似乎都在圍著曹朋轉，也就更透著少年的幾分孤單。

你能堅持多久？

抑或說，你能在這險惡的世界裡，存活多久？

周不疑臉上幾分少年的倔強之氣，挺著胸膛，毫無畏懼的看著曹朋。

而曹朋，也看著他，目光灼灼。

片刻之後，曹朋心裡陡然間有一絲憐惜之情。不是憐惜他的才華，而是憐惜他的倔強。

你以為，披上一層名士的光環，便可以高枕無憂嗎？

那是你沒有觸動某些人的神經。否則的話，殺你就好像碾死一隻螞蟻一樣簡單。

雅閣，突然間冷清下來。

孔融等人似乎也覺察到了曹朋和周不疑之間的那種對立，一個個都閉上了嘴巴。

說實話，孔融他們非常討厭周不疑。討厭他的無理攪三分，討厭他的張狂跋扈，討厭他的那種態度。

但不可否認，這少年的確是有些才華，至少就才思而言，他遠勝於同齡人。

曹朋，同樣是一個才學出眾的人。而且還是個性子暴烈，敢砍了伏完之手，殺了韋端的人。

辯才少年

若這少年不識好歹，惹怒了曹朋的話……

眾人心裡，不由得有些擔憂。

良久，周不疑嘴唇張開，似乎想要說些什麼。

哪知道曹朋卻搶先開口道：「少年，我剛才在門外，聽到你與諸君爭辯。你說的一些話，不是沒有道理，我亦贊同。但是，你張口普天之下莫非王土，閉口率土之濱莫非王臣。那我問你，你口口言天、言地……可知這天地，究竟有多大？人言九州，那你可知九州之外的歐羅巴大陸？可知道大秦國？可知道馬其頓國？可知道波斯？可知道埃及法老？」

「若不知天地有多大，你又如何與我妄論天下？」

【曹賊　第二部卷六　叱吒男兒本色　完】

狂狷文庫016

曹賊(第二部) 06- 叱吒男兒本色

出版者■典藏閣
作　者■庚新（風回）　繪　者■超合金叉雞飯
總編輯■歐綾纖
製作團隊■不思議工作室
郵撥帳號■50017206采舍國際有限公司（郵撥購買，請另付一成郵資）
台灣出版中心■新北市中和區中山路2段366巷10號10樓
電　話■(02)2248-7896　傳　真■(02)2248-7758
物流中心■新北市中和區中山路2段366巷10號3樓
電　話■(02)8245-8786　傳　真■(02)8245-8718
ISBN■978-986-271-358-7
出版日期■2013年6月

全球華文國際市場總代理／采舍國際
地　址■新北市中和區中山路2段366巷10號3樓
電　話■(02)8245-8786　傳　真■(02)8245-8718

新絲路網路書店
地　址■新北市中和區中山路2段366巷10號10樓
網　址■www.silkbook.com
電　話■(02)8245-9896
傳　真■(02)8245-8819

曹賊. 第二部 / 庚新作. — 初版. — 新北市 :
華文網，2013.01-
冊；　公分. —(狂狷文庫系列)
ISBN 978-986-271-336-5(第4冊 : 平裝). —
ISBN 978-986-271-349-5(第5冊 : 平裝)
ISBN 978-986-271-358-7(第6冊 : 平裝)
857.7　　101024773

☞您在什麼地方購買本書？☜

1. 便利商店（________市／縣）：☐7-11　☐全家　☐萊爾富　☐其他________

2. 網路書店：☐新絲路　☐博客來　☐金石堂　☐其他________

3. 書店（________市／縣）：☐金石堂　☐誠品　☐安利美特animate　☐其他________

姓名：________地址：________

聯絡電話：________　電子郵箱：________

您的性別：☐男　☐女　　您的生日：西元________年________月________日

（請務必填妥基本資料，以利贈品寄送）

您的職業：☐上班族　☐學生　☐服務業　☐軍警公教　☐資訊業　☐娛樂相關產業

☐自由業　☐其他________

您的學歷：☐高中（含高中以下）　☐專科、大學　☐研究所以上

☞購買前☜

您從何處得知本書：☐逛書店　☐網路廣告（網站：________）　☐親友介紹

（可複選）　☐出版書訊　☐銷售人員推薦　☐其他________

本書吸引您的原因：☐書名很好　☐封面精美　☐書腰文字　☐封底文字　☐欣賞作家

（可複選）　☐喜歡畫家　☐價格合理　☐題材有趣　☐廣告印象深刻

☐其他________

☞購買後☜

您滿意的部份：☐書名　☐封面　☐故事內容　☐版面編排　☐價格　☐贈品

（可複選）　☐其他

不滿意的部份：☐書名　☐封面　☐故事內容　☐版面編排　☐價格　☐贈品

（可複選）　☐其他

您對本書以及典藏閣的建議________

____

____

✌未來您是否願意收到相關書訊？☐是　☐否

✎感謝您寶貴的意見✎

印刷品

請貼
3.5元
郵票

235 新北市中和區中山路二段366巷10號10樓

華文網出版集團　收

（典藏閣－不思議工作室）

三國風雲之曹賊

第二部

卷之陸

此時男兒本色

庚新(風回)著

超合金叉雞飯 繪